c o n t e n t s

차례

일러스트 하치피스☆왕 디자인 AFTERGLOW

악역 영애입니다만
공략대상의 상태가 이상합니다

제 1 장

악역영애 미스티아 아렌

'악(惡)'은 갑자기 깨어난다

오늘은 나, 미스티아 아렌의 10살 생일이다.

생일이라고 해도 밤은 깊었고 오늘도 곧 끝난다. 이제 남은 일 정은 자는 것뿐. 째깍째깍 초침 소리가 들리는 방향으로 고개를 돌리자 커다란 시계의 실루엣이 보였다. 시계의 맨 위에는 아렌 가의 장미 문장이 새겨져 있지만, 지금은 조명을 꺼서 보이지 않는다.

부모님은 문장을 볼 때마다 내게 "너는 특별한 아이란다. 우리에게도, 모두에게도 말이야."라는 말을 했다.

우리 가문의 조상들은 귀족이면서도 왕가의 기사로서 공적을 계속 쌓아 올렸다고 어머니는 말했다. 때때로 신관으로 일하기도 했다고 아버지는 말했다. 할아버지, 할머니도 마찬가지였다.

그리고 아버지는 무슨 일을 하고 있냐면, 현재는 약물 연구나 의료 시설을 경영하고, 고아원에도 기부를 하며 의료와 복지, 양쪽 분야에서 공헌 중이다.

하지만 내 능력으로 왕실의 기사나 신관이 될 수는 없었다. 그렇다고 아버지처럼 뛰어난 경영술의 자질이나 사업적 시각이 있는 것도 아니다.

그런 나의 10살 생일 파티는 평범한 나와는 달리 성대하게 열렸다.

고기 요리는 물론이고 신선한 생선을 듬뿍 사용한 다양한 요리들. 보석을 박아 넣어서 보는 것만으로도 눈부신 장식에, 다 헤아릴 수도 없는 수의 내빈들. 각 약품 연구소와 의료 시설에서는 방대한 양의 꽃을 보내왔다.

호화찬란한 파티는 축하받는 내가 위축될 만한 규모였다. 그 여운이 남은 탓에 나는 아직도 잠들지 못했다.

생일 축하를 받는 것은 기쁜 일이다. 하지만 나는 가족, 그리고 저택에서 일하는 가까운 사람들에게 둘러싸여 케이크를 먹는 소소한 파티가 더 좋다.

하지만 그 소원은 입 밖으로 꺼낼 수 없었다. 내가 그 말을 해버리면 부모님의 마음을 짓밟는 일이 되니까.

저번 주, 부모님이 이번 달 들어 259번째로 원하는 선물을 묻기에 "둘이 건강했으면 좋겠어."라는 너무나도 순수한 대답을 남겨서 부모님을 울린 참이니까.

"잠이 안 와……."

도저히 잠이 오지 않아서 침대를 벗어난 나는 커튼을 걷고 창문을 열었다. 계절은 봄이지만 피부로 와닿는 밤바람은 아직 차갑다. 하늘에는 커다란 달이 떠 있고, 달빛이 내려앉는 정원을 내려다보면 마치 게임 이펙트처럼 나무와 꽃들이 고르게 줄지어 있었다. 정원사 포레스트가 공들여 관리해 준 덕분이겠지. 아름다운 정원을 바라보다가 순간 정신을 차렸다.

"……이펙트 ……게임?"

나도 내가 무슨 소리를 하는지 알 수 없었다. 이펙트라는 게 대체 뭐지? 최근 이런 일이 잦았다. 나도 모르는 말이 입 밖으로 튀어나오곤 했다.

당황하고 있는데 창틀에 뭔가가 빛나는 것이 보였다. 창틀 위에 놓여 있는 것은 내 손거울이었다.

분명 오늘 아침, 몸단장을 확인할 때 사용했던 손거울이다. 아버지가 불러서 이곳에 둔 채로 방을 나섰나 보다.

깨진 곳이 없나 확인하기 위해 손거울을 집어 들자 내 얼굴이 거울에 비쳤다. 얼굴이 비치지 않는 게 오히려 무서운 일이지만, 뭐라고 표현하기 어려운 불안감이 느껴졌다.

이 얼굴은 분명 나. 아렌가의 영애, 미스티아 아렌의 얼굴이 틀림없을 텐데.

"그래, 미스티아……."

이름을 입에 담자 머리가 욱신 아팠다. 그 두통이 신호라도 된 것처럼, 소리가 포함된 영상이 내 머릿속을 헤집었다.

지금까지 본 것, 들은 것, 느낀 것, 그 모든 것이 선명했다.

교복을 입고 학교로 가는 나. 집에서 여동생과 대화를 나누는 나. 침대에 누워 게임을 플레이하는 나. 그리고 게임 화면에 비치는, 미스티아 아렌.

지금 내가 든 손거울에 비치는 것은 계속 화면 너머로 보아왔던 그녀의 얼굴이다.

"나…… 미스티아잖아."

나는 분명 미스티아 아렌. 그것은 틀림없는 사실이다. 하지만 나는 미스티아지만 그녀가 아니었다. 그래서 절망했다.

"왜 내가 미스티아가 된 거지……?"

이곳이 여성향 게임 속 세계라는 현실을 깨달았기 때문이다.

눈 부신 빛을 느끼며 눈을 뜨자 익숙한 샹들리에의 형체가 시야에 들어왔다. 서둘러 베개 옆에 둔 손거울을 들여다보자 애매했던 의식이 뚜렷해졌다.

거울에 비친 것은 역시 미스티아 아렌. 나였다.

어제 이것이 꿈이라고 생각하며 억지로 잠자리에 들었건만, 이건 분명한 현실이었다.

아무래도 나는 두 번째 생을 미스티아 아렌으로 살게 된 모양이다. 주마등처럼 내 머릿속으로 흘러들어온 그 영상은 믿기 어렵지만 전생의 기억이었다. 어제는 몰랐던 '게임'과 '이펙트'라는 단어의 뜻을 지금은 확실히 이해할 수 있었다.

평범한 가정에서 태어나 자란 아버지, 평범한 가정에서 태어나 자란 어머니, 둘 사이에서 태어난, 매우 평범한 여자아이로 살던 나.

순도 높은 평범함에 비사교적인 성향을 지니고 자란 나에겐 사교적인 여동생이 있었고, 그렇게 네 가족이 함께 살았다.

나는 아무 고난도 위기도 없이 여고생이 되었고, 그저 매일 학교에 가고, 아르바이트를 하고, 게임을 하다 잠들었다. 그런 평범하고도 평범한 일상을 보냈다. 하지만 어느 날 등굣길에 트럭에 치이기 직전인 아이를 발견했다. 내 평범한 일상에 처음으로 나타난 비일상이었다.

나는 주저하지 않고 달려나갔다. 필사적으로 달려가 아이의 어깨를 잡아챈 순간, 트럭은 이미 내 눈앞에 있었다. 나는 순발

력이 뛰어나지도 않았고 특수한 훈련을 받지도 않았다. 즉사는 각오했다.

하지만 평범한 내게도 아이를 재빠르게 밀어낼 힘은 있었다.

잡고, 밀어치고, 결정타까지. 인생 처음으로 해낸 스모 기술은 완벽했다. 아이는 놀란 표정이었다. 트럭이 다가온다는 사실만 빼면 내게 묻지마 폭행을 당한 것이나 다름없으니 당연하지. 인생 처음으로 스모 기술을 선보이는 데에 운을 전부 쓴 나는 그대로 치였다. 엄밀히 말하면 부딪힌 후 날아가 땅에 거세게 내리꽂혔다.

인생 처음으로 날아가는 기분을 느낀 후 찾아온 격통. 운이 나빴는지 고통은 금방 끝나지 않았다. 내게 밀쳐진 아이가 무사한 모습을 보고 안심하고, 온몸에서 느껴지는 맹렬한 통증과 열, 두개골의 불쾌함에 괴로워하고 나서야 내 의식은 끊겼다.

그러니 아마 그대로 죽었을 것이다. 그래서 지금 다른 사람으로 살아 있는 거겠지.

어쨌든 나는 내가 지금까지 어떻게 살아왔고 어떻게 죽었는지를 어젯밤에 떠올렸다.

향년 16세. 인간의 평균 수명으로 치자면 짧은 인생이었다.

그러니까 아이답지 않다는 소리를 들어왔지. 그야 두 번째 인생인걸. 이른바 2회차. 기억은 없었지만 16세의 인격은 남아 있었던 것이다. 인생을 살아가는 신선함은 이미 잃은 것이나 마찬가지였다.

되돌아보면 정말 평범한 인생이었다.

그래서 게임이란 세계에 빠져든 것이었다. 건실하고 현실적인 인생을 살아왔지만 비범한 세계를 동경하는 마음이 있었다. 게임 속 세계엔 꿈이 있었다. 모든 것이 자유로웠다. 검이나 총을 휘둘러도, 윤리적으로 문제가 되는 품종 개량을 일삼아도, 농작물로 막대한 재산을 얻어도, 옷을 전부 팔아치우고 알몸으로 뛰어다녀도 체포되지 않는다.

하지만 이 세계──'두근러브'의 세계를 현실 삼아 살아간다는 것은 절망적이었다.

육성, 대전, 모험, 경영, 호러, 추리. 이 여섯 가지 장르의 게임만 플레이해 본 내게 친구가 새로운 장르를 개척해 보라며 빌려준 게임. 그것이 [두근두근 러브 스쿨]이었다.

로고는 밝은 POP 글씨체. '두근'과 '두근'의 사이에는 여아용 애니메이션에서 나오는 듯한 귀여운 분홍색 하트가, '러브'와 '스쿨'의 사이에는 선혈과 같은 섬뜩한 색상의 하트가 그려져 있었다.

지금 생각해 보면 친절한 로고였다. 정신적인 면만 신경 쓰다가는 물리적인 심장, 즉 목숨이 위험하다는 경고 표시였으니까.

배경은 근세와 중세가 섞인 세계. 적당히 좋은 요소를 도입하고 복잡한 부분은 대충 넘겼다. 깊은 지식이 없어도 그럴싸한 분위기를 즐길 수 있는 서양풍 세계관이었다.

가난한 집안의 주인공이 귀족들이 모여드는 아카데미에 입학하여, 우연처럼 보이면서도 착실하게, 제작자의 의도에 따라 외모 준수하고 성격에 조금 문제가 있는 장래 유망한 남성 캐릭터들과 만나 상대가 원하는 말을 해 주고 차례차례 함락시켜서 최종적으로는 사회적 강자, 부유층과의 혼인으로 골인하는 게임.

친구에게 그렇다고 설명을 들었는데 설명서에 적힌 줄거리도 대충 그와 비슷했다.

이 게임을 추천받았을 때, 친구의 권유이기는 했지만 나는 한 번 거절했었다. 나는 사교적이지 못했다. 당연하게도 남성과의 교제 경험도 없었으며 나의 기본적인 친분 관계는 가족과 극소수의 친구뿐. 명백히 사교성이 결여되어 있었다. 내가 만일 사고를 일으킨다면 동급생들은 인터뷰에서 "별로 기억나는 게 없네요."라고 대답하거나 "평소에 책상 아래를 보고 있을 때가 많았죠⋯⋯. 언젠가 사고를 일으킬 줄 알았어요."라고 대답할 것이 분명했다.

가족인 여동생조차 "언니는 사람 마음을 너무 몰라."라며 여러 번 충고했을 정도였다. 그런 인간이 게임 속 인간을 공략할 수 있을 리 없지 않은가. 빌려주더라도 감상은 들려주기 어렵다고, 기대에 부응하지 못할 것이라고 말하는 내게 친구는 웃으며 이렇게 대답했다.

"이거 엄청나니까 분명 괜찮을 거야."

뭐가 괜찮다는 건지 전혀 알 수 없는 대답이었다. 게다가 자세한 설명은 없고 "일단 해 봐, 괜찮으니까.", "안전하다니까.", "다들 한다니까.", "너도 해 보면 알 거야."라며 계속 강요해 왔다.

지금 떠올려 보면 하면 안 되는 것을 권유할 때 할 만한 말이었다.

그리고 반쯤 강요당해 플레이해 보니 확실히 엄청난 게임이었다. 친구의 말은 옳았다.

히로인인 주인공이 함락시켜야 하는, 이른바 '공략 대상'이라고 불리는 남성 캐릭터들은 여성향 게임을 플레이하지 않는 나도 '아―, 이거 알아.'라고 생각할 만한 인물들이었다.

자상하고 신사적인 왕자님 계열 동급생, 착실한 동급생, 개방적인 여성 편력을 지닌 선배, 불량한 선생님. 만화, 드라마 등에서 주인공과 엮이는 속성을 모아둔 듯한 구성. 친구는 이들을 반짝반짝 왕자님, 쿨데레, 바람둥이 캐릭터, 조폭 교사라고 설명했다.

참고로 반짝반짝 왕자님은 엄밀히 말하자면 왕자가 아니다. 행동이나 외모가 왕자님 같다는 뜻으로, 요컨대 별명이 왕자님일 뿐이었다.

나는 가장 무난해 보이는 성실 쿨데레 동급생과 행복한 결말을 목표로 플레이하여 무사히 클리어했다. 솔직히 내용은 잘 기억나지 않는다. 다음으로는 고집이 세 보이는 개방적인 바람둥이 선배를 선택. 그 캐릭터와도 해피 엔딩을 맞이했다, 고 기억한다. 개방적인 선배의 여성관을 갱생시키던 기억뿐이고 내용은 그다지 기억나지 않는다.

말투가 거친 선생님은 배려심이 깊었고 말투가 험할 뿐이었다. 내용은 기억나지 않는다.

나는 마지막으로 왕자님 계열 동급생을 공략했다.

그때까지 친구가 말했던 엄청난 요소는 전혀 보이지 않았지만, 나는 친구에게 '들었던 거랑 다르잖아.'라면서 주먹을 날리는 만행은 일으키지 않았다. 왜냐하면, 게임이란 것은 클리어 이후가 메인이니까. 게임을 클리어할 때까지는 일반인도 즐길 만한 난이도로 진행되다가, 클리어 후에는 고인물을 향한 도전장처럼 고난도 모드가 열리는 것이 게임의 정석이었다.

그래서 나는 방심한 상태로 왕자님 스토리에 진입했다. 하지만 그래선 안 됐다. 그의 루트는 그야말로 아수라장이었다.

반짝반짝 왕자님의 스토리를 플레이할 때만 라이벌 캐릭터가 등장한다. 이른바, 왕자님을 빼앗으려는 상대다. 참고로 그의 약혼자이기도 했다.

그 상대야말로 바로 이 게임을 '엄청난 것'으로 만드는 엄청난 여성…… 이름은, 미스티아 아렌. 캐치 카피는 '극악무도한 만행을 저지르며 어떤 짓을 해서라도 사랑을 쟁취하려는 흉악한 영애'였다.

무엇이 '흉악'하냐면 그녀의 행실이었다. 미스티아는 공격성의 화신, 잔혹 그 자체, 악의 의인화로서 그녀의 연적——히로인인 주인공을 몹시 괴롭힌다.

그 만행은 상식을 벗어나서, 주인공의 소지품에 손대는 것은 물론이고 주인공과 엮이는 자들까지 바로 배제. 파티에 주인공이 나타나면 맨손으로 그 드레스를 찢었다.

바다에 가면 주인공을 절벽에서 밀어버리고, 산에 가면 주인공을 계곡 아래로 밀어버린다.

무엇보다 무서운 것은 지금 서술한 이 악행들이 결코 비유가 아니라 말 그대로라는 것이다. 물론 주인공은 다음 장면에선 상처도 없이 멀끔하게 나타난다. 특수한 훈련을 받은 건지, 아니면 전투 병기인지 의심되지만 주인공이기 때문이겠지. 주인공이 죽으면 스토리를 진행할 수 없게 돼서 세계가 곤란해질 테니까.

미스티아가 이렇게까지 멋대로 굴면 그 범죄 행위가 세상에 드러나는 것도 당연한 일. 하지만 그녀는 좋은 가문과 권력을 전부 가지고 있었기 때문에 자신의 죄를 은폐한다. 게다가 그녀는 그 정도에 그치지 않았다. 반짝반짝 왕자님이 주인공에게 마음이 기운 것을 알아챈 그녀는 그를 잠들게 한 후 자신을 덮쳤다고 소문을 내거나, 아이가 생겼다며 협박했다. 마침내는 주인공에게 호감을 품은 자들을 잇달아 퇴학시켰다.

그렇게 주변 사람들에게까지 손을 뻗기 시작한 미스티아를 차마 두고 보지 못하고 폭발한 주인공은 학기 종료가 다가오는 3월, 3학년 선배의 졸업 파티장에서 그녀의 악행을 폭로하고 단죄한다. 그때까지 받았던 피해를 전부 공개한 것이다. 증거까지 붙여서.

하지만 미스티아는 마음을 고쳐먹기는커녕 파티로부터 1주일 지난 어느 깊은 밤, 주인공을 아카데미로 부른 후 불을 질러 주인공을 태워죽이려 한다.

그런 일까지 저질렀기에 미스티아의 말로는 그야말로 장렬했다. 투옥과 사형. 자신의 죄를 청산하는 결말로, 반짝반짝 왕자님과 미스티아가 이어지더라도 결국은 체포당하고 만다.

알기 쉬운 권선징악. 악은 반드시 벌 받는다. 그 결말을 보며 후련하게 느끼는 사람도 많았을 것이다. 하지만 나는 그 본인이 되어버렸다. 전혀 좋지 않다. 투옥이라고는 해도 결국 사형 대기나 마찬가지다. 가문의 앞길에 남은 것도 어둠뿐. 어둠도 그냥 어둠이 아니라 깊고 깊은 지옥 바닥에 추락할 것이 확실했다.

어째서 난 미스티아가 되어 버린 걸까.

주인공이 아닌 것만으로도 다행인가. 재학 중에 절벽에서 추락하지 않는 것만으로도 안심해야 하나. 그녀의 경이적인 생존 능력은 상식을 뛰어넘었지만 그건 게임 속 세계이기 때문이다. 절벽에서 떨어지면 사람은 죽는다. 불 속에 갇혀도 사람은 죽는다.

이렇게 생일 밤을 지나 다음 날 아침을 맞이해도 머릿속을 도저히 정리할 수 없었다. 고장 난 음악 플레이어처럼 '왜? 어째서?' 같은 말만 계속 머릿속에 맴돌았다.

"미스티아 님. 기분이 안 좋으신가요?"

쟁반에 옥구슬이 굴러가는 듯한 맑은 목소리에 정신이 돌아왔다. 전속 메이드인 멜로가 불안한 표정으로 내 얼굴을 살피고 있었다. 고민에 빠져 있느라 그녀가 방에 들어온 것도 알아채지 못했다. 노크 소리가 들려서 반사적으로 대답했나 보다.

"조금 더 쉬시겠어요?"

가지런히 잘라 아름다운 호선을 이루고 있는 은색 단발이 흔들리고, 걱정이 담긴 남색 눈동자가 내게 똑바로 시선을 보냈다. 기품이 느껴지는 검은 메이드복에서 쭉 뻗어 나온 팔다리는 마치 눈처럼 희었다. 마치 천사 같았다. 조용하고 차분하고 조심스러운 성격. 외면과 내면 모두가 완벽한 존재, 멜로.

내 전속 메이드인 멜로는 어릴 때부터 내 시중을 들어주는, 유일한 친구 같은 존재다. 내가 위험에 빠졌을 때 몸을 던져 날 지켜주기도 했기에, 나는 그녀에게 전폭적인 신뢰를 보내고 있다.

그보다 게임 속 미스티아에게 이런 예쁜 메이드가 있는 줄은 전혀 모르고 있었다.

미스티아 관련 인물의 일러스트는 게임에서 별로 나오지 않았다. 모습이 나오는 건 미스티아의 명령을 받아 주인공을 폭행하는 사용인 세 명 정도. 아버지와 어머니는 미스티아의 "아버지에게 부탁할게.", "어머니에게 부탁하겠어."라는 대사에서만 등장했다. 그렇다고 해도 백작가 영애니까 시중 들어줄 사람이 당연히 있겠지. 게임에선 적당히 생략되었었나 보다.

멜로를 보고 있으면 행복한 기분이 드는 건 게임 보정 효과라거나…… 아니, 그건 아니겠지. 멜로가 그저 천사 같은 존재이기 때문일 것이다.

"조금 머리가 멍해서."

"그러면 조식 전에 홍차를 올릴까요?"

멜로는 재빠르게 찻잔과 받침, 주전자를 준비했다. 홍차를 타는 모습조차 그림 같은 존재, 멜로. 예뻐. 너무 좋아. 내 방의 가구는 기본적으로 전부 검은색이고, 선반이나 소파, 커튼에 조금 칙칙한 진홍색이 포인트 컬러로 들어가 있을 뿐이라 이곳에 있는 그녀의 존재가 더욱 돋보였다.

부모님이 고르는 가구는 기본적으로 빨간색이나 검은색뿐이다. 저택도 그 두 가지 색으로 통일되어 있어서 항상 의아하게 생각했는데 악역 영애 미스티아의 저택이라고 생각하면 납득이 갔다.

그보다 미스티아가 영애가 아니라 영식이었다면 멜로와 결혼해서 행복해졌을지도 모르는데. 나는 그녀의 모습을 빤히 쳐다보다가 순간 정신을 차렸다.

외동딸인 내가 투옥된다는 것은 아렌 가문의 붕괴와 마찬가지. 사랑스러움을 의인화한 듯한 이 멜로를 길거리에 나앉게 만들어 버릴지도 모른다.

등줄기에 오싹한 감각이 전해져왔다. 안 돼. 현실도피 하고 있을 때가 아니야. 멜로가 길거리에 나앉게 된다면 그녀는 순식간에 나쁜 놈들의 먹이가 되어버릴 거야. 게다가 느긋하고 성모 같은 성정을 지닌 어머니, 그런 어머니에게 사랑한다는 말을 남기고는 어째서인지 죽어버리는 아버지도 투옥된다. 죽는 건 나뿐만이 아니다.

내가 최악의 말로를 맞이하면 가족, 멜로, 사용인 모두. 즉 주변인들도 피해를 볼 것이다. 어떻게든, 무슨 짓을 해서라도 죽음으로 죄를 갚는 일만큼은 피해야 한다.

아직 희망은 있다. 나는 태어난 이후로 게임 속 미스티아와 같은 행동은 딱히 하지 않았다. 이대로 지내면 죄를 묻게 될 일이 애초에 없다. 미스티아의 죄상과 관련된 주인공과의 만남은 귀족 아카데미 입학── 15세 때의 일이다. 나는 지금 10살. 아직 5년의 여유가 있다. 입학하지 않고 다른 나라로 유학을 가거나 다른 남성과 약혼하면 끝나는 일이다.

왜냐하면, 미스티아는 반짝반짝 왕자님의 '약혼자'로서 등장하니까. 하지만 지금까지 나는 그와 만난 적도 없고 이름을 들은 적도 없다. 즉, 앞으로 5년 이내에 혼담이 오간다는 것이고, 내가 그 혼담을 거절하면 되는 것이다.

나 자신에게 괜찮다는 말을 각인시키듯이 끄덕이고 있자 멜로는 걱정스러운 눈으로 나를 쳐다봤다.

"……무슨 일 있으신가요?"

"아무것도 아냐, 괜찮아. 아니, 괜찮게 만들 거야."

"혹시……, 오늘 약혼 상대를 뵈러 가는 게 걱정되어서 그러세요?"

"응?"

"레이드 녹터 님의 저택으로는 낮에 출발할 예정인데 시간을 늦출까요?"

"……오, 오늘?"

"네."

"……오늘?"

"네."

"오늘이야?"

내 대답에 멜로는 "맞아요."라며 조금 곤란한 얼굴로 대답했다.

그녀의 대답에 내 머릿속은 새하얘졌다.

왜냐하면, 지금 멜로가 말한 이름──레이드 녹터는 미스티아가 그 악행을 거리낌 없이 발휘하는 루트의 공략대상, 바로 그 사람이기 때문이다.

완전무결한 왕자님

게임 속 레이드 녹터는 쉽게 말하자면 완벽한 신사였다.

주인공, 미스티아와 동갑. 현대로 치자면 고등학교에 해당하는 귀족 아카데미에서 클래스메이트로 등장하는 그는 유서 깊은 백작가의 외동아들이다.

두뇌 명석하고 문무 겸비, 다양한 분야에서 1등을 거머쥐고, 그 뛰어난 능력과 집안을 자만하지 않으며, 누구에게나 자상하고 온화한 인품을 보여 모두의 동경을 받는다.

단정하면서도 반짝이는 금발과 산뜻한 푸른색 눈동자. 누구나 시선을 빼앗길만한 아름다운 외모와 분위기는 그야말로 왕자님 그 자체. 그가 어느 날 갑자기 '사실 전 동화책에서 나왔는데요.'라고 말하더라도 병원을 소개해 줄 사람은 없을 것이다.

그런 완벽하고 신사적인 소년. 즉 10세의 레이드 녹터가 테이블을 사이에 두고 건너편, 내 앞에 앉아 있다. 그리고 나를 보며 미소 짓고 있다.

시간을 거슬러 올라가, 멜로에게 녹터가의 마차가 온다는 이야기를 들은 직후. 나는 서둘러 아버지에게 현재 상황을 물으러 갔다.

나는 들어본 적 없는 이야기니까 약혼이라고 해도 먼저 맞선을 보고 나서 잘 되면 약혼으로 이어지는 흐름이겠지.

멜로가 약혼자라고 말한 건 아마 별생각 없었을 것이다. 뭔가 착오가 있기를 바라며 아버지에게 물어보니, 약혼은 이미 결정된 사항이라고 한다. 약혼이 결정된 후 만나는 것이었다.

아버지 말로는 3개월 전, "슬슬 미스티아도 약혼자가 필요하겠지."라는 말에 내가 "으음." 하고 대답했다고 한다. 잘 기억나지 않지만, 당시엔 생일 전야제를 3개월 전부터 밤새도록 열고 싶다는 아버지에게 질려서 이야기를 대충 들었던 것 같다.

내 대답을 승낙이라고 판단한 아버지는 눈 깜짝할 새에 약혼자 후보 중에서 좋은 사람을 골라 한 사람으로 후보를 좁혔다고 한다.

그런 약혼 경위를 들으며 나는 아침 식사를 하고, 몸단장한 후 부모님과 함께 흔들리는 마차에 몸을 싣고 녹터 저택에 도착하고야 말았다. 저택에 도착하자마자 게임에서 본 적 있는, 어딘가 기계적이고 담담한 녹터 백작과 처연한 분위기의 녹터 부인과 인사를 나눴다. 그 후 부모님은 부모님끼리, 자식은 자식끼리 나뉘어 나는 레이드 녹터와 단둘이 이렇게 방 하나에 수용되고 말았다.

그래서 나는 지금 둘만의 티타임이라도 가지듯이 그와 테이블을 사이에 두고 마주 앉아 있다. 눈앞에는 모락모락 김이 나는 향기로운 홍차, 섬세한 무늬가 들어간 쿠키가 늘어서 있고, 중앙에 놓인 꽃병에는 그의 눈동자 색과 같은 꽃다발이 장식되어 있었다. 하지만 지금은 긴장과 절망이 뒤섞여 나에겐 무채색의 돌멩이로만 보였다.

"반가워. 내 이름은 레이드 녹터. 잘 부탁해."

"저야말로 반갑습니다. 미스티아 아렌이라고 합니다."

인사를 나누고 레이드 녹터의 얼굴을 흘끔 살폈다. 게임에서 첫 등장, 그러니까 주인공을 사이에 낀 첫 만남은 그가 15살일 때 이루어진다. 현재 그와는 나이 차이가 있지만 머리카락 색과 눈동자 색이 같다. 위화감은 별로 들지 않았다. 옷차림도 기품이 흐르고 고귀하다고 해야 하나……. 확실히 왕자님다웠다.

하지만 실물을 앞에 두고도, 무엇보다도 중요한 그와의 이벤트 내용이 떠오르지 않는다.

미스티아의 범죄 행위가 너무 인상에 깊어서 기억 속에서 사라진 듯했다. 그를 보고 떠오른 것은 이를 악문 사나운 미스티아의 표정이나 통쾌하게 웃는 모습뿐이었다.

나의 전생을 떠올릴 때, 전생의 기억과 게임 스토리의 결말 대부분은 떠올랐다. 하지만 그와의 이벤트 내용이나 선택지는 전혀 기억나지 않았다.

결국 주인공이 어떤 선택지를 골라서 해피 엔딩을 맞이하는지를 알고 있어봐야 악역인 나에겐 관계없다. 문제는 스토리를 진행하면서 알아가는 트라우마나 콤플렉스, 그의 근간에 관한 것들을 알 수 없다는 점이었다.

마차를 타고 이곳으로 오면서 나는 약혼을 없었던 일로 만들려면 어떻게 해야 할지 계속 생각했다. 다만 상대의 약점을 알지 못하는 이상 허튼 수를 쓸 수는 없었다.

무례한 태도를 보이면 파혼할 수 있을 것 같지만, 맞선도 아니고 이미 약혼이 확정된 상황에서 일방적으로 무례한 행동을 보이면 부모님에게 민폐를 끼치게 된다. 괜히 안 좋은 소문이 돌아서 나중에 투옥, 사형의 포석이 될까 봐 무섭기도 하다.

그러니 오늘은 혼담을 뒤엎는 것은 포기하고 약혼을 깨고 싶을 땐 협력하겠다는 점을 미리 인지시켜 적이 아니란 자세를 보여주기로 했다.

하지만 갑자기 '당신이 15세가 되었을 때 운명의 상대와 만나게 될 테니 그땐 물러서겠어요. 저는 말하자면 그 사이를 일시적으로 메우는 약혼자일 뿐이에요.'라고 선언하면 정신 이상자나 수상한 종교에 몸을 담은 사람이라고 오해받겠지.

"그냥 편하게 레이드라고 불러."

"……네."

게임 속 미스티아는 그를 레이드라고 부를 수 있는 사람은 자신뿐이라며 과하게 주변을 견제했다. 그러니 나는 절대로 그를 이름으로 부르지 않을 것이다.

눈앞의 찻잔에 손을 뻗지도 않고 홍차를 바라보는 사람으로 존재하는 데에만 열중하고 있자 그가 피식 웃었다.

"그렇게 긴장하지 마. 우리 동갑이잖아?"

"아하하."

나의 긴장을 풀어주기 위해서인지 레이드 녹터가 편안한 말투로 말하며 미소 지었지만 내 입에서 나온 것은 "아하하."였다. '아'가 하나, '하'가 둘. 어색한 웃음이었다.

나는 그런 수상한 언동만 보였지만 그는 신경 쓰지 않는지 생글생글 웃기만 했다. 뭐라도 말해야겠어. 하지만 무슨 소리를 해야 할지 모르겠어.

"야, 약혼이라니 너무, 갑작스럽죠⋯⋯."

큰일이다. 횡설수설하는 말밖에 안 나와. 무슨 말을 해야 가문을 풍비박산 내지 않고, 저택에서 일하는 사람들을 길거리에 내몰지 않을 수 있을까. 솔직히 내 목숨은 포기했으니 가문과 사용인은 봐줬으면 한다.

"뭐, 우리 부모님들이 정하신 일이니까."

그가 말하는 것은 전에도 들어본 기억이 있다. 약혼자가 있다는 점을 주인공이 지적했을 때, 비슷한 말을 했었지. 이대로 대화를 이어나가면 그와 관련된 기억이 서서히 떠오를지도 모르겠다. 뭔가 미래를 위한 타개책을 찾아야만 해. 대화 소재가 될 만한 게 없을까.

"그러게요. 저희 부모님들이 정하신 거니까요."

힘내라, 내 입 근육. 고개를 들고 "그보다 방이 예쁘네요." 하며 방을 둘러보면서 힌트를 찾다 보니, 선반에 놓인 체스 세트가 눈에 들어왔다.

분명 여긴 접객실일 것이라고 생각했는데 어쩌면 내 추측이 틀렸을지도 모르겠어. 조금 낡은 체스 세트는 긁힌 자국이나 흠이 있긴 했지만 잘 손질된 것 같아 보였다. 체스는 온라인 게임으로만 자주 해 봤지, 실물로 보는 것은 처음이었다.

"하는 법 알아? 조금 해 볼래?"

체스 세트를 응시하는 나를 보고 그가 일어섰다. 그리고 체스 세트를 들고 테이블 위에 올려뒀다. 나는 딱히 체스를 두고 싶은 마음은 없었다. 하지만 그는 자리에 앉으며 "선공할래, 후공할래?"라며 내게 물었다. 아무래도 체스를 두는 건 결정된 모양이다.

어쩌지. 이대로 여유롭게 체스를 두고 있어도 되나? 하지만 거절할 이유도 없었다.

"……제가 후공으로 할게요."

"알았어. 나부터 시작할게."

레이드 녹터는 천천히 체스 말을 움직였다. 나는 긴장하며 내 체스 말을 들었다.

체스 말을 하나하나 움직이며 수비에 집중했다. 게임을 개시한 지도 벌써 10분. 형세는 레이드 녹터가 우세했지만 역전의 가능성이 없는 것은 아니었다. 그는 나를 봐주고 있었다.

"꽤 익숙한가 보네. 자주 해?"

실은 온라인 게임으로 매일 했어요, 라고 말할 순 없었으니 애매한 웃음으로 대답했다.

애초에 게임을 하면서 대화하기는 어렵다. 솔로 플레이만 많이 해와서 그럴지도 모르겠다. 말없이 게임에 집중하기만 했으니 입을 열기가 쉽지 않았다. 그러자 그는 "아, 맞다!" 하면서 뭔가 떠올린 듯이 외쳤다.

"저기, 진 사람이 소원을 하나 들어주기로 하는 건 어때?"

왜 그래야 하는데?

이해할 수 없는 인싸의 발상에 혼란스러워하다가, 어느 한 사실을 깨달았다.

무엇이든 소원을 들어준다는 건, 이 게임에 이기면 그를 마음대로 할 수 있다는 뜻이다. 이겨서 '지금 당장 이 약혼을 파기하고 싶어요.'라고 말……할 수는 없겠지. '체스 게임에 이겼으니까 파혼하겠습니다.'라고 말하면 부모님들은 분명 농담이라고 생각할 것이다. 최악의 경우, 농담 취급당해서 평생 파혼하지 못할 수도 있다.

이겨도 얻을 수 있는 게 없다. 그보다 내가 지면 레이드 녹터는 내게 뭘 원할까. 지금은 생각나는 게 없다며 소원을 나중으로 미루고, 귀족 아카데미에 입학하기 전에 '약혼을 파기하고 싶다.'라고 부탁해 주면 좋으련만. 그렇게 하면 흔쾌히 고개를 끄덕여 줄 수 있는데. 고개를 숙이자 그의 킹 위치가 눈에 들어왔다.

"아, 체크메이……."

지금이라면 비숍을 움직여서 이길 수 있다. 반사적으로 손을 움직여 레이드 녹터의 킹을 몰아넣고 어리둥절해졌다. 이겼다. 이기고 말았다, 내가.

뭐가 체크메이트야. 내 인생이 체크메이트라고. 어쩌지. 그의 기분을 상하게 했다간 내가 죽는다. 주저하며 그의 거동을 관찰하자 그는 "와, 내가 졌네. 나도 꽤 한다고 생각했는데 대단해."라며 나를 칭찬하기 시작했다.

아무래도 승패는 별로 신경 쓰지 않는 모양이다. 다행이다. 마음이 넓은 사람이었어. 역시 품행 단정하고 모두에게 자상한 레이드 녹터. 10살부터 그릇이 다르다. "아하하."와 "……네."밖에 말하지 못하는 수상한 사람에게 저도 날뛰지 않고 말투도 차분하다.

"자. 나한테 부탁할 소원 있어?"

작게 한숨을 내쉬며 안도하고 있자 레이드 녹터는 소원 이야기를 꺼내 들었다. 무슨 소원을 빌어야 하나. 그보다 지금은 소원을 비는 척하면서 의사를 표명할 절호의 기회가 아닐까?

이 기회를 놓친다면, 나는 나중에 갑자기 내 의사를 표명하면서 상대를 납득시킬 수 있을까? 아니, 못 한다. 절대로 못 한다. 그게 가능했다면 "아하하."밖에 말하지 못할 리 없다.

──기회는 분명 지금이다.

"……그러면 레이드 님이 좋아하는……, 운명이 느껴지는 여성이 나타났을 땐 제게 꼭 알려주실 수 있을까요?"

"무슨 의미지?"

"언젠가 세상에는 가문을 따지지 않고 자유롭게 연애하는 형태가 널리 퍼질 거예요. 그러니 저는 레이드 님이 소중하다고 생각하는 분을 찾았을 때, 약혼을 파기할 수 있도록 반드시 힘을 보탤게요."

정말로. 전력으로 협력할 것이다. 이 성의가 부디 레이드 녹터에게 전해졌으면 한다. 내 소원은 가족과 사용인들의 생활이 안정되는 것뿐이다.

"너는 약혼을 원하지 않아?"

레이드 녹터가 당황스러운 얼굴로 내게 말했다. 확실히 지금,

그는 주인공과 만나기 전이다. 이 시점에서 '약혼 파기에 협력하겠다.' 같은 소리를 해도 '무슨 소리를 하는 거야?'라는 생각만 들겠지.

약혼자의 협력이나 전면 항복 선언이 아니라 느닷없이 "아하하."라는 반응만 하는 수상한 인간의 언동일 뿐이다. 하지만 이럴 수밖에 없다. 지금 필요한 건 미스티아 아렌이 레이드 녹터의 연애에 협력하겠다고 표명했다는 사실이다.

"결혼은 사랑하는 이들끼리 하는 거니까요. 평생 백년해로할 상대요."

이렇게 말하면 연애 지상주의 영애의 발언이라고 생각해 주겠지. 게다가 레이드 녹터는 게임 속에서 비슷한 말을 했었다. 나는 나 자신에게 괜찮다고 말하듯이 체스 세트에 손을 뻗어 정리하기 시작했다.

"사랑하는 이라."

순간 그의 목소리가 차가워진 듯한 느낌이 들었다. 못 들은 체하자 그는 "내가 싫어?"라며 담백하게, 별 의미 없는 이야기를 하듯이 폭탄을 던졌다.

"네?"

왜 하필 그런 난감한 질문을 던지는 거야. 취미, 음악 취향, 음식 취향, 장식물이나 그림 등 많은 화제 중에서 왜 그런 단도직입적인 질문을 던지는 거야. 전혀 이해할 수가 없어.

하지만 아마, 이건 10살짜리 어린이의 순수한 의문이겠지. 다른 의도는 없을 것이다.

"······아뇨. 제가 말하고 싶은 건, 저는 레이드 님과 어울리지 않는다는 뜻이에요. 앞으로 당신에게 운명의 상대가 나타났을 때 저와의 약혼은 분명 방해가 되겠죠. 저는 제 존재가 미래에 누군가의 연애······ 행복을 방해하게 되는 건 싫어요."

"운명, 말이지."

회의적인 태도를 전혀 숨기지 않고 그대로 드러내는 레이드 녹터의 대답에 나는 불안해졌다.

믿기 어렵겠지만 당신은 앞으로 5년 후에 운명의 상대와 사랑에 빠지게 될 거예요. 그 사랑이 저를 죽일 겁니다. 그리고 일가족과 사용인들은 뿔뿔이 흩어지겠죠. 그렇게 말하고 싶었지만 그럴 수 없었다.

그래도 더 좋은 말이 떠오르지 않아서 입을 열 수 없었다. 고요해진 실내에 시계 초침 소리만이 울려 퍼졌다.

그리고 지옥과도 같던 침묵은, 저녁이 되어 양가 부모님이 슬슬 시간이 늦었다면서 방으로 찾아올 때까지 이어졌다. 그사이에 우리는 서로의 속마음을 살피듯이 계속 말없이 있었다.

"피곤해······."

아렌가의 저택으로 돌아온 후, 나는 목욕을 마치고 저녁 식사를 하지 않고 침대로 향했다. 누워서 오늘 일을 떠올렸다.

나는 녹터가에서 지옥과도 같은 침묵을 만들어냈다. 그리고 돌아오는 마차 안에서 그것을 무척이나 후회했다.

하지만 귀가한 후 시간이 지나자 내 마음에는 기묘한 안심감이 피어났다. 레이드 녹터라는 위협에서 벗어나 곰곰이 생각해 보니 오늘의 대면은 그리 나쁘지 않았던 것 같다. 왜냐하면 그에게 '미스티아 아렌은 완전 이상한 사람이다.'라는 인상을 심어 줬을 테니까.

이상한 사람과 사귀고 싶어 하는 사람은 드물다.

앞으로 내가 딱히 별다른 행동을 하지 않아도 혼담은 이어지 겠지. 게임 속 미스티아는 첫 대면 자리에서 침묵을 만들지는 않았을 것이다. 약혼을 무리하게 성립시키려고 노력했으면 했 지, 파기하려고 하지는 않았을 것이다.

오늘 내 행동은 게임 속 미스티아에게서 완전히 벗어났다.

미스티아는 미스티아지만 내용물은 평범한 나. 운명이라는 것 은 의외로 간단한 분기점에서 크게 변할지도 모른다.

"오늘은 푹 자자……."

눈을 감고 양을 셌다. 양이 2500마리를 넘었을 때 양들은 동 족상잔을 일으키기 시작하고, 서서히 내 의식은 멀어져 갔다.

배드 엔딩은 누구의 것

"여기가 접객실이야. 굳이 말하지 않아도 전에 와 봤으니 알 테지만 말이야."

레이드 녹터가 그의 저택 접객실 앞에서 곤란한 얼굴로 웃었다. 나도 곤란했다.

지옥의 침묵 사건으로부터 2주 후. 어째서인지 우리 집에는 녹터가의 초대장이 도착했고, 나는 또다시 그의 저택으로 찾아와야 했다.

초대장──녹터가의 편지가 왔을 때 '분명 약혼을 거절하는 편지겠지.' 하고 기대감에 봉투를 열었으나 편지 속 내용은 '저택에 다시 한번 초대할 수 있을까요?'라는 내용이었다. 편지를 받아든 아버지가 '그러면 가까운 시일 내에 찾아뵙겠습니다.'라고 답장한 후, 양측에서 일정을 잡아 현재에 이른다.

이 레이드 녹터라는 공략 대상의 존재가 나타난 후, 약혼이 사실 결정된 상태였다거나 저택으로 초대하는 등 억지 전개가 계속 이어졌다. 여기에는 '레이드 녹터에겐 약혼자가 있다.'라는 설정을 무너트리지 않기 위한 게임 속 세계의 인과율 같은 것이 작용하고 있다는 의심을 떨칠 수 없었다.

그렇게 오늘도 녹터의 저택에 찾아왔는데, 우리 부모님은 녹터 부인과 어른의 대화를 나누겠다며 다른 방으로 가 버렸다. 그 탓에 나는 또다시 레이드 녹터와 단둘이다.

참고로 녹터 백작은 무슨 일이 있어도 빠질 수 없는 용무가 있다면서 나가고, 녹터 부인이 혼자서 우리 부모님을 상대하게 되었다고 한다. "죄송해요. 저희가 초대해 놓고는."이라며 부인이 사과했지만, 사과할 바에는 그냥 평생 초대를 하지 말아줬으면 좋겠다.

……하지만 아무리 생각해 봐도 의도를 전혀 알 수가 없었다. 그 침묵의 대면을 하고도 왜 수상한 영애 미스티아 아렌을 집으로 초대한 걸까.

"다음엔 어디로 갈까, 미스티아 양?"

복도를 걸으며 레이드 녹터가 뒤돌아 나를 봤다. 오늘도 함께 티타임을 가질 것이라 생각했는데 "오늘은 저택을 안내할게."라는 그의 말에 따라 지금은 저택을 배회하며 안내를 받는 중이다.

그에게서 시선을 돌리자 얼룩 하나 없는 새하얀 벽이 이어져 있었다. 녹터가 저택은 기본적으로 검은색과 붉은색으로 통일된 아렌가와 다르게 하얀색과 금색으로 구성되어 있었다. 게다가 그의 눈동자를 연상시키는 푸른색이 커튼이나 천장 장식에 사용되었다. 그의 왕자님 캐릭터 이미지가 반영된 거겠지.

구경하기에는 좋았지만, 안내해 준다고 해도 내가 이 저택에서 살 날은 평생 오지 않을 테니 이 저택에 관해 알 필요는 전혀 없다. 나가는 문만 알려주면 된다.

"하하. 아직도 긴장이 안 풀렸나 보네. 가고 싶은 곳 없어?"

레이드 녹터가 나를 보며 웃었다. '네. 지옥이나 감옥이 아니라면 어디든 좋아요.'라는 말을 삼키고 어색한 웃음을 지어 보였다. 그와 만날 때마다 어색하게 웃는 기술만 늘어나는 기분이다.

그보다 그는 정말 저번 대면에서 있었던 일을 잊은 걸까?

2주가 지났다고는 해도 사람의 기억이란 그리 간단히 지워지지 않는다. 2주 전의 식사 메뉴라면 몰라도 수상한 약혼자와의 첫 대면은 기억에 강렬하게 남아 있을 텐데. 흰색 베이스의 복도를 걸으며 나는 앞에서 걷는 그의 등을 바라봤다.

……혹시 약혼자와의 첫 대면 자리였기 때문에 레이드 녹터는 그 지옥의 침묵을 '부끄러움'으로 받아들인 게 아닐까. 부모님의 앞에서 솔직히 말하지 못하고 '미스티아 양은 좋은 사람이었어요.'라고 애매하게 넘겨버린 탓에 그의 부모가 그 말을 그대로 받아들인 결과가 이것일지도 모른다.

걸으며 그런 생각을 하고 있는데 갑자기 레이드 녹터가 멈춰섰다. 거리가 벌어져 있어서 부딪히지는 않았지만, 하마터면 부딪힐 뻔했다.

"저기가 아버지의 방이야."

그는 복도 안쪽을 가리켰다. 그곳에는 누가 봐도 저택 주인의 방으로 보이는 호화로운 문이 있었다. 문에는 별 모양을 닮은 꽃문양이 장식으로 들어가 있었다. 분명 이 꽃은 블루스타. 결혼식에 사용하는 꽃이라고 정원사인 포레스트가 말해줬던 기억이 있다.

"뭐, 아버지는 집에 안 계실 때가 많으니까 알아둘 필요는 없지만 말이야."

그가 작은 목소리로 중얼거렸다. 그 표정에는 쓸쓸한 것도 같고, 슬픈 것도 같은, 표현하기 어려운 감정이 어려 있었다.

나는 지금 그야말로 그가 건드리고 싶지 않은 부분—— 지뢰를 밟아버린 게 아닐까?

하지만 레이드 녹터와 그의 아버지에 관한 이벤트는 기억에 없었다. 마침 오늘 아침 다투는 바람에 어색해졌을 가능성도 있다.

"아참. 거실을 보여주는 걸 깜빡했네. 이쪽이야."

레이드 녹터는 정신을 차리고는 내 손을 잡고 왔던 길을 되돌아갔다. 표정도 목소리도 나를 배려하는 느낌으로 변했다. 위화감을 느끼며 그가 이끄는 대로 걷자 거실이 나왔다.

"오늘 저녁 식사회를 열 테니까 여기서 같이 식사하자."

그는 내게 둘러봐도 좋다고 하며 안으로 들어가도록 재촉했다. 분명 최후의 만찬이 되겠지. 사망 플래그다. 나는 바들바들 떨며 내부를 빙 둘러봤다.

흰색과 금색 베이스의 가구들이 눈에 들어왔다.

중앙에는 사람을 화장시킬 수도 있을 듯한 난로도 있었다. 흰색 바탕인데도 그을음이 보이지 않는다는 건 제대로 청소를 해뒀다는 뜻이겠지. 위에는 초상화를 걸 수 있을 만한 공간이 있고, 벽 전체의 흰색과 어우러져 마치 한 장의 캔버스처럼 보이기도 했다.

그래서인지 이상하게도 그 공간이 너무나도 신경 쓰였다. 부분적으로 색이 다르다면 실은 시체를 숨기고 새로 칠했다거나 숨겨진 문이 있는 것처럼 의심받을 수도 있다. 하지만 그 공간은 정말 그저 새하얗기만 했다. 그곳 외에는 꽃이나 장식물이 있는데 마치 고의로 피한 것처럼 그 공간만 아무것도 장식되어 있지 않았다.

"우리는 여기서 식사를 했어."

위화감이 느껴지는 공간을 빤히 쳐다보고 있자 레이드 녹터는 침묵이 신경 쓰였는지 입을 열었다. "……했어?"라고 머릿속에 드는 의문을 그대로 말하자 그는 "아버지는 바쁘고 어머니는 식사를 거를 때가 있으니까. 게다가 두 분 다 대부분 방에서 식사하셔."라고 왠지 쓸쓸한 목소리로 말했다.

"그렇군요."

"같이 먹든 안 먹든 딱히 다른 건 없지만 말이야."

레이드 녹터도 그저 10살 소년이다. 아버지가 자주 집을 비우면 외롭겠지.

그보다 저 정체불명의 공간이 신경 쓰인다. 나도 모르게 빨려 들어가듯이 자꾸만 시선이 그쪽으로 향했다. 가족의 초상화라도 걸어두면 좋을 텐데, 그런 참견을 하고 싶은 게 아니었다. 마치 집에 돌아왔더니 집이 빈 사이에 도둑이 든 흔적은 있는데 무엇을 도둑맞았는지 알 수 없는, 그런 느낌이 들었다.

아니, 빈집에 도둑이 든 적은 없지만.

중요한 뭔가를 못 보고 지나쳤나? 하지만 이 공간에 뭔가가 나타날 기미도 없었고, 사실은 무언가가 봉인되어 있을 가능성도 없었다. 그런 게임이 아니니까.

"아버지는 스스로에게도 타인에게도 엄격하셔. 바쁘니까 어찔 수 없지."

왜인지 레이드 녹터의 말에서 뭔가 걸리는 것이 느껴졌다. 그의 말투나 분위기, 목소리가 아니라 그 말 자체에. 전에도 이런 말을 들은 적이 있는 것 같다.

——운명이니까 어쩔 수 없지.

맞아, 이거였어.

"왜 그래?"

빨려 들어가듯이 빤히 벽을 쳐다보는 나를 보며 레이드 녹터가 이상하다는 표정을 지었다. 그의 표정……, 그 바다가 비치는 듯한 푸른 눈동자를 보고 납득했다.

아, 맞아. 이 말은 게임 속에서 그가 그의 어머니의 무덤 앞에서 했던 말이었다. "운명이니까 어쩔 수 없지."라고 그는 슬픔을 담아 말했다.

그래, 맞아. 거기서 들었던 말이었어.

"죄송해요. 아무것도 아니에요."

웃으며 넘기자 그는 더 추궁하지 않고 넘어갔다. 내게서 시선을 돌리고는 이동하자며 거실문에 손을 얹었다. 그 말에 따라 그가 있는 쪽으로 향하다가 나는 문득 멈춰 섰다.

……레이드 녹터의 어머니의 무덤?

무덤이라니, 죽은 사람이 묻히는 곳이잖아. 그렇게 생각하자마자 게임의 이벤트 영상이 머릿속에 재생되었다. 주인공이 레이드 녹터와 함께 그의 어머니의 묘를 보러 가는 그런 장면이.

레이드 녹터는 어느 날 갑자기 아카데미를 쉰다. 주인공이 그를 걱정하며 녹터 저택에 찾아가 보니, 마침 그는 어딘가로 출발하려던 참이었다. 그리고 주인공은 목적지도 모르는 채로 그와 동행하기로 한다.

도착한 곳은 묘지. 레이드 녹터는 자신의 어머니의 기일에 성묘를 하고 돌아가는 길에 담담하게 말한다. 어머니가 어떤 존재였는지, 그리고 그녀의 사망 이유를.

녹터 부인은 살해당했다. 레이드 녹터가 10살 때의 일이었다. 이루지 못할 연심을 품고 그 사랑의 불씨를 증오의 불씨로 바꿔버린 조카에게, 부인은 살해당했다. 부인은 게임 스토리가 시작될 시점엔 이미 세상을 떠난 상태였다.

나는 게임을 플레이하며 이 거실, 지금 비어있는 바로 저 공간에 레이드 녹터의 어머니, 녹터 부인의 초상화가 걸린 것을 봤었다. 그래서 분명 있었던 초상화가 없다는 점에 위화감을 느꼈던 것이다.

하지만 녹터 부인은 지금은 살아 있다.

……지금은?

──어머니를 살해할 때 그는 '둘이서 행복해지자.'라고 말했어. 극장에서 말이야.

레이드 녹터는 무덤 앞에서 그렇게 말했다. 현재 그는 10살이다. 그렇다는 것은 1년 이내에 그의 어머니는 살해당한다. 분명 그 사고가 일어나는 계절은 이맘쯤.

그가 어머니의 무덤을 보러 가는 날은, 그의 어머니의 기일은 분명…….

"내일이다."

중얼거린 순간 레이드 녹터가 눈을 번뜩 떴다. 하지만 그 표정도 서서히 흐려졌다. 내 의식은 마치 실이 끊긴 것처럼 멀어져 갔다.

"아아! 이대로 미스티아가 눈을 뜨지 않으면 어쩌지?!"

"진정 좀 해, 여보! 그런 말 하지 말고! 의사도 괜찮다고 말했잖아?"

"스티브가 데려온 남자라고 해도, 오진했을 가능성도 있잖아?"

나를 부르는 목소리가 들려왔다. 이 목소리는 아버지와 어머니의 목소리다. 살짝 눈을 뜨자 부모님이 걱정스러운 표정으로 내 얼굴을 살피고 있었다. 그리고 눈을 뜬 나를 보고 놀라더니 아버지는 나를 끌어안았다.

"미스티아, 괜찮니?"

"응……?"

"잠깐, 여보! 미스티아는 방금까지 쓰러져 있었으니까 그렇게 세게 끌어안으면 안 돼!"

어머니의 말에 아버지는 서둘러 나를 놓아주었다. 상황 파악을 못 하고 있자 "여긴 미스티아의 방이야. 녹터 저택에서 쓰러지는 바람에……."라며 아버지가 어찌할 바를 모르겠다는 표정으로 나를 봤다.

그렇구나. 나는 부인에 관한 일을 떠올리고는 쓰러져 버렸구나. 게임의 이벤트 내용을 무리하게 떠올리면서 뇌가 영향을 받기라도 했나.

……설마 하루 종일 누워 있었던 건 아니겠지?

서둘러 창밖을 보자 밖은 어두웠다. 방에 있는 일력도 날짜가 아직 바뀌지 않았다.

"레이드 군이 우리를 찾아와서, 부인이 서둘러 의사를 불러 줬어. 저택에 돌아와서 전속의에게도 진찰을 받았는데 수면 부족이라는 모양이야. 미스티아, 너 또 밤을 새운 거니? 쓰러질 정도로 자꾸 무리하면 엄마에게도 생각이 있단다."

어머니의 말에 끄덕이며 나는 달력을 확인했다. 지금은 날짜가 바뀌지 않았다. 게임의 스토리대로 진행된다면 녹터 부인이 살해당하는 것은 내일이다.

아직, 시간이 있다.

"정말이지, 아직도 멍해서는……. 일단 오늘은 푹 쉬렴."

"잠이 안 오면 언제든 부르거라."

부모님은 나를 배려하며 방을 나갔다. 문이 닫히는 것을 지켜보다가 나는 벌떡 일어났다.

내일 밤, 녹터 부인이 살해당한다. 그렇다는 것은 아직 부인은 살아있다는 것. 지금이라면 그녀를 구할 시간이 있을 것이다.

부모님께 솔직히 말할까? 믿어주실 리가 없다. 어린아이의 농담이라고 생각하시겠지. 그렇다면 부인을 붙잡아서 극장에 가지 못하도록 할까? 하지만 범인인 조카에게 극장이라는 장소는 중요하지 않을 것이다. 극장에 가지 않으면 저택으로 찾아올 수도 있다.

상대의 행동을 우리가 파악하고 있을 때 극장에서 어떻게든 처리하는 게 가장 좋겠지. 하지만 그 방법이 떠오르지 않는다. 극장에서 부인을 지키기 위해서는 어떻게 해야…….

무기를 준비할까? 전생처럼 내가 열여섯이었다면 몰라도 아직 10살이다. 쉽게 제압당할 거야.

애초에 극장에 동행하려면 어떻게 해야 하지? 뒤를 쫓을까?

뭔가 힌트가 없을까 두리번거리다가 손거울이 눈에 들어왔다. 뭐라도 의지가 되었으면 하는 마음에 들여다보니, 사나운 눈을 한 소녀가── 내가 불쾌하다는 눈동자로 나를 노려보고 있었다.

그래. 거기 있는 건, 아니, 여기 있는 건 평범한 여고생이 아니다. 온갖 극악무도한 짓을 일으키는, 무슨 짓을 해서라도 사랑을 쟁취하려는 흉악한 여자다.

──내게 불가능한 일이 있을 리 없잖아.

그렇게 말하며 비겁한 수단을 사용하고, 악에 물들고, 사람들의 증오를 받아도, 업신여겨져도 목숨이 다하는 날까지 절대 포기만큼은 하지 않았던 여자.

지금 나는 미스티아 아렌.

평범한 내게는 불가능하지만 미스티아 아렌에게 가능한 일은 아직 있다.

나는 결의를 다지고 부모님을 찾아갔다.

미개척 루트의 결말은

"레이드 님이랑 같이 가고 싶어, 가고 싶어, 가고 싶어, 가고 싶어어어어어어어어어—————!"

엎드린 채로 떼를 쓰는 나를 둘러싸고 녹터 부부, 레이드 녹터, 그리고 우리 부모님이 당황한 얼굴로 서 있다. 모여드는 시선은 전혀 신경 쓰지 않고 나는 있는 힘껏 날뛰었다.

"가.고.싶.어어어어어어어어어어어!!"

녹터 부인이 살해당하는 것은 오늘 낮. 나는 녹터가 저택에서 그저 날뛰는 중이다.

어젯밤, 내가 부모님을 찾아가서 한 것. 그것은 '떼쓰기'였다. 미스티아 아렌의 히든카드는 '부모님에게 부탁해서 억지로 일을 진행시키기'뿐이었다.

어느 때는 증거 인멸, 또 어느 때는 주인공을 위기에 빠트리기 위해 '아빠, 엄마, 부탁이야—!'를 시전했던 미스티아. 주인공, 즉 플레이어는 그녀의 필살기에 고통받았다. 이른바 비장의 수단이었다. 지금 이 방법을 사용하지 않으면 언제 쓰냐는 생각에 나는 어젯밤 침실로 돌아가는 부모님을 따라가 '레이드 님 저택에 놀러 가고 싶어!' 하며 계속 떼를 썼다.

부모님은 처음엔 내가 지금까지 보인 적 없는 적극적인 태도를 보이자, 열이 있는 게 아니냐며 전속의인 랜스데이 선생님을 불렀다. 하지만 나는 끈질기게 부모님을 설득했다. 부모님은 내 몸 상태를 생각해서, 그리고 녹터가의 사정도 겸사겸사 생각해서 반대했지만, 원래부터 딸에게는 매우 무른 그들이었다. 결국 녹터가로 가는 마차를 준비해 주었다.

약속조차 잡지 않고 저택에 돌격하다니, 이보다 더한 만행은 없지만 나는 녹터 부인의 목숨을 지키기 위해, 부인의 기일인 오늘 이렇게 녹터가에 돌격하여 극장에 동행, 나아가서는 살해 현장이 되는 마차에 동행하기 위해 결국 다른 사람의 집에서 현재 바둥바둥하며 떼를 쓰는 중이다.

"같이 갈—거—야아아아아아아아아!"

갓 잡은 신선한 물고기처럼 양팔과 양다리를 일사불란하게 움직여 바닥을 두드렸다.

고급 카펫이 깔려 있긴 해도 이 아래는 차가운 대리석이라 온몸이 아프다. 두드릴 때마다 대미지가 몸으로 전해져 왔다. 객관적으로 내 행동을 생각하면 정신이 버티지 못해 죽고 싶을 정도다. 하지만 사람의 목숨을 생각하면 체면도 부끄러움도 고통도 잊을 수 있다.

그러나 "지금까지 억지 한 번 안 부리던 미스티아가 이렇게 떼를 쓰다니……."라며 부모님이 감동하고 있는 것이 더욱 나를 비참하게 만들었다. 녹터 부인은 쓴웃음을 지었고, 레이드 녹터와 백작은 마치 괴물을 보는 듯한 눈으로 나를 바라봤다. 정당한 반응이다. 잘 모르는 상대가 자신의 집에서 큰소리를 내며 날뛰고 있는걸. 이보다 무서운 일은 없겠지.

하지만 사람 목숨이 달려있다. 오히려 사람 목숨이 달리지 않았다면 이런 짓은 벌이지 않았을 것이다. 이건 부인이 사망하는 미래를 바꾸기 위한 계획의 일환이다.

그래, 이건 계획——살해 현장이 될 예정인 마차에 동행하여 문 옆에 진을 치고 앉아 조카가 와도 문을 절대 열어주지 않을 것이다. 그때 조카를 도발해서 그가 대신 나를 죽이려 들면 극장의 경비나 주변 호위가 그를 체포하겠지. 그런 큰 도박을 건 계획이었다.

애초에 살인 미수까지 가지 않으면 헌병대—— 전생에 비유하여 말하자면 이 나라의 경찰 조직은 조카를 체포할 수 없다.

조카를 잘 도발해서 날붙이를 꺼내도록 만들어야 한다. 범인 체포의 결정타가 되는 가장 중요한 점이 운에 달렸다. 내가 동승하지 않으면 계획은 무산된다. 쌓인 문제가 하늘에 닿을 지경이지만 이 계획이 지금 상황에서는 유일하게 실행 가능한 수단이다. 나는 이 억지로 점철된 수라와도 같은 계획에라도 도박을 걸어야 했다.

그러므로, 극장으로 가는 길에 동행해도 된다는 허락을 받기 위해 나는 지금 떼를 쓰고 있다.

그보다 빨리 허락해 줬으면 좋겠다. 어차피 오늘이 지나면 내가 이렇게 돌격할 일은 없다. 더는 만날 일도 없겠지. 오늘만 지나면 된다. 빨리 허가해 달라는 마음을 담아 바닥을 계속 연타했다.

"싫어어어어어! 같이 갈래애애애으애으애으애!!"

추가로 단말마 같은 비명을 20초 간격으로 반복하는 것도 잊지 않았다. 내 기도가 담긴 스타카토식 비브라토다. 눈물 효과도 추가하기 위해 깨끗한 물도 준비해 두었다.

"이렇게 가고 싶다고 하는데 데려가죠. 우리 가족이 될 아이니까요, 괜찮죠?"

구원자의 목소리, 아니, 녹터 부인의 목소리가 들려왔다. 부인은 곤란한 표정으로 웃었다. 이런 나를 가족 삼고 싶지 않을 텐데, 이 사람은 성모인가? 한편 백작과 레이드 녹터는 끈덕진 기름때를 보는 듯한 눈으로 나를 보고 있었다. 역시 부자라서 그런지 닮았군. 결국 백작은 "그래."라며 포기한듯한 표정으로 고개를 끄덕였다. 나는 '녹터 가문과 엮이는 건 오늘이 마지막일 거예요.'라며 마음속으로 사과를 건네며 폭주하던 손을 거뒀다.

그 후로는 모든 일이 척척 진행되었다. "아들의 약혼자가 미쳤다."라는 사실이 효과적이었던 거겠지. 녹터 백작은 일이 있어서 빠진다고 했지만, 나는 추가로 떼를 쓰고 조르고 억지를 부리며 바이브레이션으로 발목을 붙잡고, 같이 마차에 타고 싶다며 발버둥을 쳤다.

그 후로 백작은 완전히 의지가 사라졌는지 지금은 나를 피곤한 눈을 넘어선 죽은 눈으로 보고 있었다. 레이드 녹터도 지친 모습이었다. 그는 어린아이답지 않은 데다가 외동아들. 어린아이와 만날 일 자체가 없으니 아이가 생떼를 부리는 모습에 익숙하지 않겠지. 나는 진심으로 그에게 동정을 보냈다.

마차에 탄 나는 문 쪽 좌석에 진을 쳤다. 내가 이 자리를 양보하지 않는 이상, 아무도 마차에서 나가지 못한다.

몰래 숨겨서 가져온 밧줄을 꺼내 들어 안쪽 문고리에 건 후, 좌석 아래의 금속부에 연결했다. 이제 문은 고정했다. 이 밧줄은 어젯밤 멜로가 준비해 준 것이다. 내구도 테스트도 거친 밧줄이라 간단히 끊어지지는 않을 것이다.

"연극 기대되지, 레이드?"

"응."

녹터 부인이 레이드 녹터에게 말을 걸었다. 그는 끄덕이며 의아한 눈으로 나를 쳐다봤다.

분명 언제 또 날뛰는 건지 지켜보고 있는 거겠지.

나는 기묘한 긴장감이 흐르는 마차 안의 분위기를 강렬하게 느끼며 그저 창밖만 바라보았다.

마차 창문으로 어둑한 밤 풍경이 지나가는 것을 곁눈질하며 가만히 숨소리를 줄였다. 극장으로 가는 마차 안에는 말이 달리는 소리만이 울려 퍼졌다. 당연하지, 마차 안에 언제 날뛸지 모르는 폭탄이 타 있는데. 나를 제외한 사람들만이 불안한 것은 아니었다. 나 또한 불안하다. 이 마차가 극장에 도착했을 때, 사람을 죽일 마음을 먹은 예비 살인자가 나타난다. 지금까지 살아오면서 '죽이고 싶다.'고 생각한 사람은 있었다. 여동생을 일방적으로 비난하며 필통을 부순 사람이었다. 그래도 죽일 마음을 먹고, 더 나아가서 살해 계획을 짜면서까지 죽이려고 했던 사람은 없었다. 전생의 그 트럭 운전사도 나를 죽일 생각으로 차를 몬 것은 아닐 것이다. 그건 사고였다.

하지만 이제부터 마주할 것은 살인이 가능한 인간. 그래서 더욱 불안했다. 그런 인간을 도발해야 했다. 내가 찔리는 정도라면 몰라도 부모님, 레이드 녹터, 녹터 백작과 부인까지도 위험에 노출시켜야 한다.

창문으로 고개를 돌려 극장이 가까워지는 것을 보고 있다 보니, 드문드문 상점의 조명이 창문을 통해 들어오기 시작했다. 이제 바로 앞이다. 정말 바로 앞. 심장의 고동이 거세지고 호흡이 얕아지는 것이 스스로도 느껴졌다. 마차 문고리를 잡은 손에 힘을 더하자 극장의 광고가 보이며 서서히 마차의 속도가 줄어들었다.

"거의 다 도착했나 보군."

녹터 백작이 안도한 표정으로 중얼거렸다. 드디어 마차가 움직임을 멈추고, 마치 기다렸던 것처럼 문 앞에 인영이 나타났다.

"안녕하세요. 저예요. 징이요."

녹터 백작이 "아내의 조카입니다."라고 부모님에게 설명했다. 조카의 목소리는 온화했지만, 어딘가 절박함이 느껴졌다. 이 사람이 부인을 죽이려고 하는구나. 문고리를 잡은 손에 힘이 들어가고 땀이 배어 나왔다. 밧줄도 있다. 우리가 열지 않는 이상 안전할 텐데도 심장 소리가 시끄러웠다.

"미스티아 양, 문을 열어주렴. 소개해 줄게."

타이르듯이 녹터 부인이 내게 말했지만 나는 무시했다. 입을 굳게 다물고 말없이 문을 바라보고 있자 이상함을 느낀 부모님이 내게 말을 걸었다.

"왜 그러니, 미스티아?"

"자, 어서 문을 열려무나."

창문 너머로 조카와 시선이 마주쳤다. 그 온화한 눈동자는 레이드 녹터, 녹터 부인과 같은 색이었다. 눈의 생김새만 다를 뿐이었다. 그런데도 오싹함이 느껴졌다. 형용하기 어려운 눈매였다. 날카롭지 않은데도 수상함이 느껴지는, 어딘가 위험한 눈을 하고 있었다. 그래도 겁먹으면 안 된다. 이 사람을 화나게 만들어야 한다. 도발해서 체포되도록 유도해야 한다. 나는 문고리를 잡은 손에 힘을 주며 조카를 노려보았다.

뭔가 말을 해서 도발해야 하는데, 말이 나오지 않았다. 머리에는 떠오르는데 목소리를 내면 손의 힘이 풀릴 것 같아서 무섭다.

······안 돼. 오늘 실패하면 녹터 부인은 언제 살해당할지 모른다. 나는 조카를 노려보며 폐에 숨을 불어넣고 배에 힘을 줬다.

"부인은 백작님을 좋아해."

확실히, 사실을 고하듯이 조카에게 선언하자 방금까지 미소를 띠고 나를 보고 있던 그의 표정이 순식간에 사라졌다. 효과가 있다. 나는 다리에 힘이 풀릴 것 같은 감각을 참고 그를 똑바로 바라봤다.

"그러니까 당신은 필요 없어. 당신은 부인에게 사랑받지 못해. 부인은 백작님을 사랑해. 그러니 당신은 필요 없어."

"너, 아까부터 무슨 소리를 하는 거야?"

조카가 반응하기 전에 녹터 백작이 이쪽으로 몸을 기울였다. 문을 향해 뻗는 손을 막으려 하던 그 순간.

"시끄러, 시끄러워, 시끄러워! 나는 그녀와 이어질 운명이야!"

조카는 난폭한 표정으로 변하더니 나이프를 꺼내 들었다. 그 목소리에선 방금까지 느껴지던 온화함이 아니라 끓어오르는 증오와 갈망만이 느껴졌다. 그는 미친 듯이 문을 두드리기 시작했다. 나이프를 휘두르고 있는 건지 고막을 찢는 듯한 불쾌한 소리가 울려 퍼졌다. 안쪽 문고리는 밧줄로 묶어뒀지만 문이 부서질 듯한 충격에 나는 온몸에 힘을 줘서 버렸다.

"자, 이리 나오세요. 아프지 않게 순식간에 죽여드릴게요! 둘이서 행복해지자고요!"

부인의 조카는 그렇게 말하며 온 힘을 다해 문을 두드리는 것을 멈추지 않았다. 빨리 와 줘. 극장의 경비든, 호위든, 헌병대든, 누구든 좋으니까. 온몸의 체중을 싣고 있는데도 문과 함께 날아가 버릴 것 같았다. 최악의 경우 내가 대신 칼을 맞아도 좋으니까 제발 누구라도. 그렇게 기도하자마자 문고리를 잡은 손 위로 힘 있고 단단한 손이 겹쳐져 왔다. 이 손은.

"아버지……."

아버지와 녹터 백작이 문을 붙잡고 내게 힘을 보태고 있었다. 놀란 표정으로 그들을 바라보자 어머니가 재빠르게 나를 와락 껴안았다. 나를 감싸듯이 숨이 막힐 정도로 끌어안았다.

"전부, 전부 네가 원흉이야! 너만 없었다면!"

어머니의 어깨너머로 조카가 소리 지르는 모습이 보였다. 조카의 눈이 녹터 백작에게 향한 순간, 그의 기세가 배로 거세졌다. 진동이 너무 심해서 정신을 차릴 수 없었다.

"네가! 그녀를 가두는 바람에, 전부 망해 버렸어! 네가…… 크윽."

갑자기 진동이 멈추고, 어머니가 나를 안은 힘이 약해졌다. 조카는 경비와 호위에게 양팔을 붙잡혀서 마차에서 떨어졌다.

"못 움직이게 해!"

"이 녀석!"

"나이프 뺏어, 나이프!"

"이거 놔, 돌려달라고! 그녀를 돌려줘! 나는! 그녀를 풀어줄 거야! 비켜! 나는 그녀를 행복하게! 행복하게 해줄 거라고!"

뒤이어 온 헌병대 다섯 명이 달라붙어 조카를 붙잡았다. 다행이야, 끝났어, 괜찮아. 가슴을 쓸어내리며 어머니의 팔에서 벗어나려고 한 순간이었다.

"사랑해. 나는 당신을 사랑해!"

조카는 이미 완전히 구속되어 연행되는 와중에도 눈을 크게 뜨고 남은 힘을 쥐어짜듯이 온몸으로 버티며 외쳤다. 그의 모습을 보고 황당해하고 있는데, 눈앞으로 빠르게 검은 그림자가 지나갔다.

"네가! 네가! 지금까지! 아내에게 이상한 편지를 보냈던 거냐!"

녹터 백작이 거세게 문을 열더니 마차에서 뛰쳐나갔다. 멜로가 끊어지지 않는다고 했던 밧줄은 이미 뜯겨 있었다. 밧줄엔 피가 스며들어 있었다. 백작이 힘으로 문을 연 것이다.

서둘러 녹터 백작을 눈으로 좇았다. 그는 조카를 향해 돌진하더니 주위는 신경 쓰지도 않고 조카를 때렸다. 그대로 한 방, 두 방, 몇 번이나 오른쪽 주먹으로 조카를 때리자 호위가 황급히 녹터 백작을 붙잡아 말렸다. 그러나 백작은 그 손을 뿌리치고 다시 조카를 향해 주먹을 휘둘렀다.

"죽여버리겠어! 그렇게 죽고 싶다면! 지금 이곳에서 죽여주지! 비켜! 저 녀석을 죽여버릴 테니까 방해하지 마! 이거 놔! 너도 죽고 싶은 거냐?!"

조카가 아니다. 이건 분명히 녹터 백작이 한 말이다. 목소리에는 분노와 증오가 섞여 있고, 마치 다른 사람 같아 보일 정도로 돌변한 모습이었다. 부인을 바라보니 부인도 많이 놀란 듯했다. 그 표정은 조카를 향한 공포가 아니라 자신의 남편을 향한 것이었다.

"시끄러워, 시끄러워, 시끄러워! 네가 돈을 써서 그녀를 샀잖아! 비겁한 수단을 사용해서! 원래는 사용인이었던 주제에!"

추가로 달려온 헌병대와 극장 경비가 혼란에 빠졌다. 조카는 다섯 명이 달라붙어서 단단히 구속되어 땅에 엎드린 상태였다. 신음하듯이 외치고 있지만, 얼굴은 너덜너덜해졌다. 하지만 녹터 백작은 여덟 명, 아홉 명이 달라붙어도 기세가 꺾이지 않았다. 여러 명이 붙어서 떨어뜨리려고 하는데도 조카와의 거리를 좁히려고 헌병대를 뿌리치며 날뛰는 중이다.

저 힘은 대체 어디에서 나오는 거야? 점점 녹터 백작을 붙잡는 헌병대의 인원이 늘어나고, 백작은 방침을 전환했는지 자신을 붙잡는 사람들까지 끌고 가며 조카에게 다가갔다.

"시끄러운 건 네놈이다! 내 아내를 그렇게 욕보이는 편지를 보내놓고는! 이제 두 번 다시 말할 수 없도록, 그녀를 볼 수도 없게 만들어 주지! 젠장! 비켜! 방해하지 마! 당장 여기서 저 녀석을 죽여버릴 테니까!"

냉정, 침착하고 기계적이었던 녹터 백작의 모습은 온데간데도 없었다. 주위를 둘러싼 사람들 사이로 보이는 백작의 모습은 마치 짐승 같았다. 나도, 부모님도, 부인도, 레이드 녹터도, 그 모습을 보며 그저 멍하니 서 있기만 했다.

녹터 부인의 조카와 헌병대를 태운 마차가 사라지는 것을 말 없이 지켜보았다. 옆을 보니 손에서 엄청난 양의 피를 흘리고 있는 녹터 백작을 부인이 치료하고 있었다. 백작은 아직도 분이 풀리지 않았는지 조카가 사라진 방향을 날카로운 안광을 빛내며 노려보고 있었다.

"무서웠지. 이제 괜찮단다."

"그래, 미스티아. 아버지와 어머니가 옆에 있으니까."

한편, 우리 부모님은 득도한 사람처럼 매우 침착한 태도를 보였다. 이성을 잃은 사람이 바로 앞에 있으면 오히려 냉정해진다는 이론이 있었던가.

아버지는 내 머리를 툭툭 쓰다듬고, 어머니도 내 머리를 마치 영험한 지장보살처럼 쓰다듬었다. 아니, 이건 차분한 게 아니다. 딸의 머리를 쓰다듬으며 정신을 안정시키려는 행위였다.

"저기, 아렌 백작님, 부인. 잠시 괜찮으신가요?"

헌병대 두 사람이 우리에게 다가왔다. 사정 청취를 위해서겠지. 나는 부모님에게서 슬쩍 벗어나 다시 녹터 부인이 있는 방향을 바라봤다. 백작을 계속 달래는 모습은 지쳐 보였지만, 살아있다는 점은 변함이 없다.

다들 살아있고, 부인의 조카는 체포되었다. 실감과 함께 다리에서 힘이 빠져나가 땅에 주저앉을 뻔했는데, 그러기 직전에 뭔가가 내 몸을 지탱했다.

"괜찮아?"

레이드 녹터가 나를 부축하며 걱정스러운 얼굴로 상태를 살폈다. 방금 자신의 아버지를 보며 당황하던 모습이 거짓말이었던 것처럼, 차분하기 그지없는 모습이었다. 회복이 빠르다. 그리고 나를 기름때가 아니라 인간처럼 보고 있었다.

"괜찮아요. 고마워요."

바로 자세를 고쳐 제대로 섰으나, 그에게 너무 쌀쌀맞게 군 게 아닐까 걱정되었다. 모친이 살해당할 뻔한 아이에게 보일 태도로는 좋지 않았다. 그렇다고 해도 어떻게 대해야 할지도 모르겠다. 격려하고 싶어도 내 말이 격려가 될 리가 없다. 어떻게 말하는 게 가장 좋을까. 애초에 가장 좋은 말이란 게 있긴 한 걸까. 그냥 말을 안 거는 게 좋을지도……. 나는 그에게 고개를 숙이고는 그 자리를 피해 녹터 백작이 있는 곳……, 헌병대가 현장 검증을 하는 곳으로 가 상황을 확인하기 위해 귀를 기울였다.

"범인은 며칠 전부터 계획을 꾸미고 있었던 모양입니다.

그…… 부인의 살해 계획을 말입니다."

"그럼 그때 문을 열었으면……."

"아마 무사히 끝나지 않았을 겁니다……. 오늘은 시간이 늦었으니 나중에 저택에 방문해서 이야기를 들어도 괜찮겠습니까? 그…… 부인에게도 여쭤보고 싶은 게 몇 가지……."

"그러지……, 아내가 말할 기분이 된다면 말이야……. 나는 내일 당장이라도 좋네. 적극적으로 협력하지."

"감사합니다. 그러면 먼저 실례하겠습니다."

녹터 백작은 많이 진정했는지 헌병대의 말에 담담하게 대답했다. 방금까지 분노에 차서 조카를 북처럼 때리던 모습은 어디에도 없었다. 그 모습을 바라보고 있자 백작이 이쪽으로 몸을 돌렸다. 큰일이다. 눈이 딱 마주쳐 버렸어.

"……어어, 저는 실례하겠습니다."

"기다려. 하고 싶은 말이 있어."

얼버무리자 녹터 백작은 기름때가 아니라 수상한 것을 보는 듯한 시선을 내게 보냈다. 큰일이다. 무슨 말을 할지 예상이 간다. '어떻게 아내의 조카가 살해 계획을 꾸민 걸 알고 있었지?'라던가, '왜 그때 문을 열지 않았지?' 같은 말이겠지. 뭐라고 대답해야 좋을까. '당신들 세계에서 일어나는 일은 뭐든 알고 있답니다.'라고 대답할 수 있을 리가 없다.

"너는 어떻게……."

"일단 집으로 돌아가죠. 부인의 상태도 좋지 않은 듯하고, 아이들도 이 자리에 오래 있는 건 좋지 않을 것 같습니다. 봄이라고는 해도 바람이 차니까요."

어느샌가 뒤로 다가온 아버지가 녹터 백작의 말을 가로막았다. 다행이다. 아버지는 재빨리 마차를 불러 귀가 준비를 했다. 그리고 나는, 아니, 우리는 마차를 타고, 왔던 인원 그대로 저택으로 돌아갔다.

극장에서부터 멈추지 않고 달린 마차가 드디어 저택에 도착했다. 마부가 마차의 문을 여는 것을 보고 나는 부모님과 함께 마차에서 내렸다. 아렌가의 저택에서 마차가 멀어지는 것을 지켜보다가 부모님을 향해 똑바로 섰다. 달빛을 받은 두 사람은 나를 보며 의아하다는 듯이 고개를 갸웃했다. 나는 고개를 숙였다.

"오늘은 미안해."

아버지와 어머니. 두 사람에게 수치를 안기고 위험한 일에 휘말리게 했다. 10살 소녀의 억지라고 하기에는 도를 넘은 행동이었으니 용서받지 못하겠지. 역시 부모님도 오늘 내 행동은 그냥 넘어가지 않을 것이다. 가만히 부모님의 말씀을 기다리고 있자, 부모님은 짠 것처럼 동시에 내 어깨에 손을 올렸다.

"사과하지 않아도 괜찮단다. 이유가 있었겠지. 그래도 앞으로 뭔가 무서운 일이 일어날 것 같다면 바로 말해주렴."

"응?"

"우리는 미스티아를 절대로 의심하지 않을 거야. 너는 우리의 보물이란다. 무슨 일이 있어도 반드시 널 믿어줄게."

고개를 들자 부모님은 미소를 짓고 있었다. 분명 내가 왜 그런 짓을 했는지 궁금할 텐데. 물어보고 싶을 텐데, 내가 이런 위험한 짓을 벌인 이유를 전혀 묻지 않았다. 게다가 나를 믿는다고까지 말해주었다.

부모님은 조심스레 나를 끌어안았다. 혼내기는커녕 나를 달래준다. 그렇게 민폐를 끼친 나를.

"그래도 나, 민폐를 끼쳤는데……."

"그게 무슨 문제겠니. 우리는 가족인걸."

"민폐라니, 아이가 부모에게 할 말이 아니야. 항상 미스티아가 하고 싶은 대로 해도 된단다."

두 사람의 체온은 정말 따뜻했다. 그 온도를 느낄 때마다 죄송해서, 그래도 너무 포근해서, 안심이 되었다.

"고마워요, 아버지, 어머니."

전생의 부모님도 소중하다. 그건 변함없는 사실이다. 하지만 지금 생의 부모님은 이 두 사람이다. 소중하고 소중한 내 가족.

……그러니 반드시 지킬 거야. 그러기 위해서는, 나는 미래를 바꿔야 한다.

두 사람을 끌어안으며 나는 굳게 다짐했다.

번외. 멋대로 착각하는 것은 병일까

SIDE: Raid

저택 거실 앞에 서서, 사용인들이 벽에 커다란 초상화를 거는 것을 가만히 쳐다보았다. 아버지와 어머니가 미소 짓고, 그 사이에 끼어 있는 나도 그림 속에서 웃고 있었다. 액자 중앙에는 녹터가의 문장이 새겨져 있다.

나는 그 문장을 볼 때마다 녹터가의 후계자로서의 의식을 키워오며 자라왔다.

"흠. 멋지게 완성되었군."

"그러네. 그래도 조금 크지 않아?"

지금 내 옆에 그림처럼 아버지와 어머니가 나란히 서 있었다. 두 사람을 바라보고 '이런 날이 오다니.'라고 생각하며 나는 조용히 과거 기억에 빠져들었다.

내가 5살일 때. 그때부터 나는 녹터가를 이어받는 것에 대해 생각했다. 주위의 기대도 모여들었고 녹터가의 후계자로서 기대에 부응할 책임이 있으니 모든 분야에서 뛰어나야 한다고 생각했다. 족쇄와도 같던 그것은 날이 갈수록 무거워졌고, 나는 녹터가의 이름에 부끄럽지 않도록 더욱 노력해 왔다.

괴롭긴 했지만, 결코 불행하지는 않았다. 왜냐하면 사랑하는 아버지와 어머니가 있었으니까. 두 사람은 노력하는 나를 칭찬해주었다. 나에 관한 이야기를 즐겁게 나누곤 했다. 나만 빼놓지 말라며 내가 투덜거리면 이내 셋이서 웃었다. 그 시간이 행복했다.

하지만 언제부터였을까.

아버지는 저택을 비우는 날이 많아지고 어머니는 말없이 창문 밖을 바라보는 시간이 길어졌다. 아버지는 언제 돌아오냐고 물으면 어머니는 그저 웃기만 할 뿐, 대답해 주지 않았다.

아버지는 일이 바쁜 탓에 저택을 비운다. 부모님은 사이가 좋았으니까 어머니가 몸이 좋지 않은 것은 외롭기 때문일지도 모른다.

아버지의 바쁜 일도 언젠가 끝날 줄 알았으나 아버지가 저택을 비우는 날은 계속 이어졌다. 그뿐만 아니라 그 빈도가 늘어나서 아버지가 저택에 있는 게 오히려 드문 일이 되었다. 우리 가족은 놀랄 정도로 변해갔다.

나는 가장 좋은 성과를 남겨두기로 마음먹었다. 언젠가 우리 가족 셋이서 함께 지내는 날이 오면 아버지와 어머니는 분명 서로를 어떻게 대해야 할지 모를 것이다. 그렇게 생각할 정도로 가족이 함께하는 시간이 줄어들었으니까. 그러니 나에 관한 이야기로 대화가 이어질 수 있도록, 언젠가는 다시 옛날처럼 나에 관해 즐겁게 이야기할 수 있도록 나는 계속 노력했다.

하지만 아버지는 여전히 집을 비웠다. 어머니는 방에서 좀처럼 나오지 않게 되었다.

그렇게 희망을 위한 노력이 의무로 변했을 때. 사용인끼리 하던 대화에서 아버지와 어머니의 이야기를 들었다.

그 이야기는 정말 흔하디흔한, 두 사람의 정략결혼 이야기였다.

어머니는 돈 때문에 아버지와 결혼하고, 아버지는 가문을 얻기 위해 어머니와 결혼했다. 우리 부모님에 관한 이야기를 들었을 때, 이상하게도 슬프지는 않았다. 그저 지금까지 붙들어왔던 것이 쿵 하고 떨어지는 듯한 기분이 들었다.

그렇구나. 두 사람 사이에는 사랑이 없었구나. 단지, 부모님이 돈을 벌고 가문을 지키려고 한 결과 내가 태어난 것뿐이었구나. 사이가 좋아 보였던 것도 내 착각이란 것을 깨닫자, 절실히 옛날로 돌아가고 싶었던 시간도, 부모님의 일도, 더는 신경 쓰고 싶지 않았다.

이제 그 무엇에도 기대를 걸지 않으리라. 그에 대한 관심이 사라진 후에도 나는 완벽함을 유지하기 위한 노력을 소홀히 하지 않았다. 소홀히 할 수 없었다. 그런 노력은 나도 모르게 습관처럼 몸에 배고 말았다.

어쩌면 나는 가족이 원래대로 돌아가는 것을 마음속 어딘가에서 기대하는 것일지도 모른다. 그런 내 모습이 너무나도 싫어서, 그래서 "결혼은 사랑하는 이들끼리 하는 거니까요."라고 말한 내 약혼자에게 짜증이 났다.

어느 날, 아버지가 돌아와 나를 부르더니 "혼담이 들어왔다." 라고 말하며 소개해 준, 아렌가의 영애…… 미스티아 아렌. 유서 깊은 고귀한 혈족으로 지금은 의료 시설과 약품 연구소에 출자하여 부를 쌓고 있는 가문. 이름만 들어도 바로 알 수 있었다. 이건 가문과 재력을 중시한 결혼이며, 부모님과 같은 상황이라고. 하지만 약혼 상대에겐 아무 감정도 들지 않았다.

그리고 그녀와 처음 만난 날. 나는 부모님이 드물게 나란히 서 있는 장면에 묘한 안도감을 느꼈고, 지금까지 전혀 신경 쓰지 않았던 약혼 상대에게 동정심이 들었다.

분명 아렌가도 전통과 가문을 중시하는, 나와 비슷한 가족이 겠지. 불쌍하게도. 그녀도 피해자일 것이다. 피해자끼리 잘 해 나갈 수 있을지도 모른다. 그렇게 생각했는데, 내 약혼자가 된 미스티아 아렌과 그녀의 부모님은 그림으로 그린 듯한 행복한 가족 그 자체였다.

아렌 백작이 부인을 보는 눈도, 부인이 백작을 보는 눈도, 부부가 영애를 보는 눈도, 우리 가족과는 달랐다.

사랑하는 남녀 사이에 태어난 딸. 나와 비슷하다고 생각했던 그녀의 모든 것이 전부 나와 달랐다.

마음에 안 든다고, 남몰래 생각했다.

실제로 대화도 해 봤지만 그 인상은 변하지 않았다. 사랑만 받으며 살아왔으니 이 세상에 얼마나 추악한 면이 있는지도 모르겠지. 힘 있는 눈동자와 달리 지친 듯한 담담한 말투, 그녀를 구성하는 모든 것이 마음에 들지 않았다.

그녀를 이해할 수 없었다. 이해하고 싶지도 않았다. 하지만 얼굴을 마주할 때는 그 마음을 감추듯이 웃는 얼굴을 유지했다. 무슨 행동을 해도, 무슨 말을 해도 웃었다. 하지만 그녀는 나를 경계했다.

나는 녹터가의 영식으로서 완벽하게 행동했다. 그런데 왜 그녀는 나를 두려워하는 걸까. 이유가 무엇인지 알 수 없었다. 하지만 알 필요도 없으니 더 깊이 생각하지는 않았다.

만남을 가진 후에는 양쪽 가문도 괜찮다고 생각했는지, 나와 그녀의 의사가 같다면 혼담을 진행하기로 했다. 하지만 그건 어디까지나 표면상으로 하는 이야기고, 서로의 상성이 좋아서 결혼하는 것처럼 만들고 싶은 거겠지.

어찌 되든 상관없다. 뭐든지. 나는 그녀에 관해서 따로 물어보는 부모님에게 "매우 인품이 좋은 영애였어요."라며 판에 박은 대답을 들려주었다.

첫 대면 이후 얼마 지나지 않아 아렌 부부, 그리고 미스티아 아렌을 저택에 초대했다. 그녀는 계속 나를 무서워했고 결국 중간에 쓰러져 버렸다. 왜 그녀가 나를 무서워하는지 궁금했으나 예상 가는 이유가 없었기 때문에 더 신경 쓰지 않기로 했다.

다음 날, 드물게도 아침 식사 자리에 아버지가 모습을 드러냈다. 그날은 1년에 한 번, 빼놓지 않고 가족끼리 극장에 가는 날이었다. 유행하는 연극을 보고 밖에서 저녁 식사를 한다. 예전엔 항상 셋이서 외출했지만, 최근 몇 년은 어머니와 단둘이 가는 것이 당연한 일이 되었다. 결국 아버지는 그날도 낮에 일이 있다고 말했고, 어머니는 표정을 바꾸지 않고 고개를 끄덕였다.

그렇게 낮이 되고, 아버지는 저택을 나서려 했다. 아무것도 변하지 않은 평소와도 같은 일상. 하지만 그 일상을 무너뜨리듯이 갑자기 미스티아 아렌이 저택에 나타나 현관 홀에서 떼를 쓰기 시작했다. 어디서 들었는지는 모르겠지만 자신도 오늘 우리와 함께 극장에 가겠다고 외치고는 아버지도 같이 가야 한다며 마구 난리를 쳤다.

양팔을 마구 흔들며 거친 목소리를 내는 모습이 저번에 본 그녀와는 전혀 다른 사람 같아서 혼란스러웠다. 어떻게 보면 아이다운 모습이긴 한데 너무 이질적이라 공포감마저 들었다. 아버지도 비슷한 감정이 들었는지 일을 취소하고 그녀의 부탁대로 극장에 동행하는 것을 승낙했다.

이렇게 나도 억지를 부려야 했었던 걸까.

그런 생각을 떨치며 마차에 타자, 미스티아 아렌은 입을 다물고 한마디도 하지 않았다. 어머니가 신경 써서 말을 걸어도 건성으로 대답했다. 아버지가 얼굴을 찌푸리는 것은 보지 않아도 느껴졌다. 그녀의 부모님은 기분이 안 좋아 보이는 우리 아버지와 자신들의 딸을 보고는 곤란한 표정을 지을 뿐이었다.

정말 무례한 영애라고 생각했다. 어찌 되든 상관없다고 생각했지만 이쯤 되면 미래가 불안해지기 시작했다. 약혼은 다른 상대와 하고 싶다고까지 생각했다. 약혼하기 전에 미스티아 아렌이 이렇게 고집부리는 성격이란 것을 알았다면 아버지는 분명 그녀를 내 약혼자로 고르지 않았을 것이다. 그런 생각을 하며 잠시 쳐다본 그녀의 옆모습은 왠지 두려움에 떨고 있는 것 같아서, 가슴이 술렁거렸다.

극장에 도착하자 사촌 형이 나타났다. 몇 번 만난 적이 있었는데 왠지 분위기가 바뀌어 있었다. 어쩐지 기분이 나쁘다고 생각하고 있는데, 어머니가 미스티아 아렌에게 문을 열도록 재촉했다. 하지만 그녀는 꼼짝도 하지 않았다.

그뿐만 아니라 또렷한 목소리로 "부인은 백작님을 좋아해."라고 선언했다. 갑작스러운 그녀의 발언에 아버지도 어머니도 당황했다. 하지만 그녀가 "그러니까 당신은 필요 없어. 당신은 부인에게 사랑받지 못해. 부인은 백작님을 사랑해. 그러니 당신은 필요 없어."라고 이어 말하자 사촌 형의 태도가 순식간에 바뀌었다.

"시끄러, 시끄러워, 시끄러워! 나는 그녀와 이어질 운명이야!"

그렇게 말하며 나이프를 꺼내 드는 그 남자의 눈을, 나는 절대 잊지 못할 것이다.

마차 안은 순식간에 공포와 혼란에 휩싸였다. 그 와중에 유일하게 미스티아 아렌만은 변함이 없었다. 그녀는 강하게 문고리를 쥘 뿐, 도망치려고 하지 않았다. 단지 마차 안의 사람들을 지키기 위해서만 움직였다. 그 손을 보다가 문고리가 밧줄 같은 것으로 좌석에 단단히 고정되어 있다는 것을 알아챘다. 내가 멍하니 그녀를 보고 있는 사이에 아버지와 아렌 백작이 문고리를 잡은 그녀의 손에 힘을 보태고, 곧바로 아렌 부인이 그녀를 잡아끌 듯이 끌어안았다. 나도 어머니에게 안기고, 잠시 후 사촌 형은 극장의 경비와 헌병대에게 붙잡혔다. 그런데 사건은 그게 끝이 아니었다.

아버지가 소리를 지르며 문을 열더니 사촌 형에게 돌진하여 주먹을 수차례 날린 것이다. 헌병대가 말리려 했지만, 분노를 드러내며 사촌 형을 죽이겠다고 날뛰었다. 문고리를 고정하던 밧줄이 끊어져서 피에 물들어 있는 것을 보고 아버지가 그랬다는 것을 알아챘다.

계속 폭주하던 아버지가 진정한 것은 사촌 형이 헌병대에 연행된 이후였다. 아렌 백작과 부인, 그리고 우리 부모님은 헌병대의 청취에 응하고, 자세한 이야기는 나중에 하기로 한 후 그날은 해산했다.

그렇게 가족 셋이서 저택에 돌아오고, 부모님은 나를 바로 방으로 보냈다. 다음 날, 부모님에게 불려 나가자 그곳엔 놀랄 만한 광경이 있었다.

의자에 앉은 두 사람의 눈에는 다크서클이 내려앉았고, 어머니의 눈은 빨갛게 부었으며 아버지는 양 볼이 부어 있었다. 두 사람은 밤새 대화를 나눈 듯했다. 어쩌면 이혼 이야기일지도 모른다. 각오하고 의자에 앉자, 두 사람은 사건의 경위, 지금까지 무슨 일이 있었는지 내게 이야기해주기 시작했다.

사촌 형은 몇 년이나 정체를 숨기고 어머니에게 편지를 보내 왔다고 한다. 확실한 협박문이었다고 아버지가 설명했다.

그리고 아버지는 누군가가 어머니에게 협박문을 보낸다는 것을 알고 계속 그 일을 조사해 왔다고 한다. 그 협박문에는 마치 범인과 어머니가 서로 마음이 있는 것처럼 쓰여 있었고, 너무나도 문체에 자신감이 넘쳤기에 아버지는 어머니를 의심하게 되었다. 아버지는 끓어오르는 질투심을 억누르고, 일을 마친 후의 모든 시간을 그 일을 조사하는 데 썼다고 한다.

아버지가 이 이야기를 할 때 어머니는 계속 아버지를 노려봤으며 아버지는 고개를 숙였다.

한편 어머니는 자신이 필요 없어졌기 때문에 아버지가 집을 비운다고 생각하여 크게 상심했다고 한다.

이 몇 년간의 격차는 서로를 사랑하기 때문에 어긋난 것이 원인이었다.

나는 두 사람의 이야기를 듣고 계속 신경 쓰였던 것을 물어보기로 했다. 두 사람의 결혼은 서로의 목적을 이루기 위해서였냐는 것을.

그리고 두 사람이 말해준 진실은 사용인들의 이야기와는 전혀 달랐다.

원래 아버지는 녹터가에 고용된 사용인이었고, 어머니는 녹터가의 영애였다고 한다.

어릴 때부터 어머니에게 마음이 있던 아버지는 자신의 모든 것을 이용하여 다른 가문에 양자로 들어간 후, 막대한 재산을 쌓아서 녹터가의 사위로 들어왔다고 한다.

마침 그 시기가 녹터가가 조금씩 곤궁에 빠지기 시작한 시기와 겹쳐서, 녹터가가 곤궁해진 것은 아버지가 어머니를 노리고 꾸민 짓이 아닌지 의심하는 목소리가 하나둘 들려왔다고 한다. 사랑이 없는 정략결혼이라는 소문을 부정하는 것보다 그렇게 생각하도록 두는 게 정황상 편리했다고 이야기하며, 두 사람은 내게 사과했다. 서로 대화를 나누지도 않은 채로 멋대로 행동하고 멋대로 상처받고, 결과적으로 나까지 상처입히게 되었다면서.

그 후로 아버지와 어머니는 부부다운 관계를 쌓아가는 중이다. 오히려 아버지는 어떻게든 저택에 붙어 있으려 했고 어머니에게서 떨어지려 하지 않았다. 어머니가 싫어할 정도였다. 얼마전 사건 때문에 불안해진 것도 있겠지만 원래 서로를 사랑하는 부부였다. 아버지와 어머니와 나. 셋이 함께 있는 날도, 함께 외출하는 날도 늘어났다.

전과는 달라졌지만, 예전부터 바라던 것이 조금씩 형태를 바꿔서 돌아오고 있는 듯한 기분이었다.

하지만 나는 행복해 보이는 아버지와 어머니를 볼 때마다 가끔 다른 생각이 들곤 했다. 사건 당일, 그녀에 관해서다.

그녀——미스티아 양이 없었다면 마차 문이 쉽게 열렸을 테고, 어머니는 살해당했을 것이다. 분명 아버지와 어머니는 오해를 풀지 못한 채로 영원히 어긋난 상태로 남았겠지. 그래서 그녀에게 감사했다.

하지만 아버지조차 특정하지 못한 범인의 존재를, 아니, 사촌형이 어머니를 죽이려 했다는 것을 그녀는 어떻게 알았을까. 헌병대는 그녀가 떼를 쓴 게 기적이었다고 말했지만 그게 우연일리 없다. 무척이나 조용하던 그녀는 그날만 상태가 이상했고, 이상한 행동을 보였다. 게다가 문이 열리지 않도록 밧줄로 고정까지 했다.

그렇다면 여기서 드는 의문이 있다.

그날 미스티아 양이 뭔가를 예지했다고 쳐도, 왜 나를 무서워하면서도 목숨을 던져서까지 우리 어머니를 구하려 한 걸까.

우리 가족과 아렌가가 이전부터 접점이 있었는지 조사해 봤지만, 전혀 그런 정보는 나오지 않았다. 만난 지도 얼마 안 된 상대의 모친을 구할 이유가 대체 어디에 있었던 걸까.

헌병대의 도착이 늦어졌거나, 아버지와 아렌 백작이 힘을 보태는 게 늦어졌다면 그녀가 어머니 대신 찔렸을지도 모른다.

이해할 수 없었다.

이제는 그녀를 생각해도 처음 만났을 때 느꼈던 불쾌감이 느껴지지 않았다. 불안에 가깝고 기대와 비슷한 감각이 들었다.

어느샌가 감았던 눈을 뜨고 앞을 바라보았다. 부모님은 셋이서 함께 정원의 꽃을 보러 가자는 이야기 중이었다. 그리고 이른 시일 내에 아렌가를 초대해서 다과회를 열고 싶다는 이야기도 했다.

사건으로부터 한 달이 지났다. 아버지는 어제 아렌가에 편지를 보냈다고 했다. 안정되었을 때 함께 식사하자고 제안했다고 한다. 아마 머지않은 시일 내에 식사회가 열리겠지. 미스티아 양과도 또 만날 수 있을 것이다.

그때는 제대로 그녀를 마주하고 싶다.

전에 만났을 땐 웃는 얼굴로 속마음을 숨겼지만 성의 있는 대응은 아니었다. 분명 그녀가 나를 무서워했던 건 나의 증오와도 비슷한 감정이 전달되었기 때문이겠지. 그러니 진심으로 사과하고 감사 인사를 전하고 싶다.

　나는 언젠가 내 가족의 초상화를 이렇게 거는 날이 올 것이라는 생각을 하며 부모님과 함께 초상화를 바라봤다.

제 2 장

악역 영애의 저택

아렌가의 사용인

녹터 부인이 습격당한 사건으로부터 한 달.

백작으로부터 '안정되면 저택에 초대하고 싶다.'라는 내용의 편지가 집에 도착했다. 부인의 조카는 투옥되었고, 재판이 이뤄지면 사형이나 무기징역이 구형될 것이라고 한다.

이제 부인의 신변 안전은 보장되었으니 안심이다. 내 행동도 우연이라고 생각했는지 사건 당일은 나를 이상하게 여겼지만, 시간이 지날수록 기억이 순화된 모양이었다. 위험할 뻔했다. 다양한 의미로.

처음에 난 부인을 구하는 것만을 생각했다. 부인의 사망을 막은 지금 다시 생각해 보면 부인의 목숨을 구하는 것은 녹터가와의 인연을 더 깊게 만들 위험성이 있었다.

녹터가가 나를 은인으로 생각한다면 투옥 루트와는 멀어진 게 아니냐고 생각할 수도 있다. 하지만 신뢰가 과하면 배신당했을 때 증오가 더 커진다. 호감의 반대는 무관심이라는 말이 있다. 지금은 확실히 무관심이 낫다.

하지만 내가 부인을 살리려는 의사를 가지고 행동한 게 아니라 우연이라고 여긴다면 감사의 농도도 옅어지겠지.

"조금만 기다리시면 완성된답니다."

안심하면서 내 방 의자에 기대앉아 있자 멜로가 찻주전자의 뚜껑을 잡고 내게로 몸을 돌렸다.

그 깔끔한 동작과 당당한 분위기는 이 세계의 것이 아닌 것처럼 아름답다. 같은 인간이 맞는지 의심이 될 정도다. 멜로는 천사 중에서도 대천사다.

"오늘의 홍차는 포르테 고아원에서 키운 찻잎을 사용했어요."

"옛날 생각난다. 멜로와 만났을 때 마신 차잖아."

홍차가 담긴 찻잔을 들고 옛날 기억을 떠올렸다. 나와 멜로가 만난 건 내가 네 살일 때의 일이다. 당시 여덟 살이었던 멜로는 아버지가 후원하는 포르테 고아원에서 지냈다. 찻잎 수확제에 참가한 아버지가 딸의 말동무로 삼기 위해 멜로를 아렌가로 데려왔다고 한다. 나는 당시 포르테 고아원에 자주 놀러 갔지만, 대천사와의 만남이 너무 충격적이었는지 지금은 잘 기억이 나지 않는다.

"오늘 일정은 어떻게 하시겠어요? 문지기의 연주를 들으러 갈까요? 아니면 전속의와 그림을 그리시겠어요?"

"저기 말이야. 잠깐 외출하지 않을래?"

"뭔가 필요한 게 있으시다면 제가 바로 구해올게요."

내 대답에 멜로는 노골적으로 반대하는 듯한 얼굴이 되었다. "잠깐 외출하고 싶어."라고 다시 말하자 그녀는 말없이 시선을 떨어트렸다.

사실 나는 사건 이후로 저택을 한 번도 나간 적이 없다.

한 달 동안 저택 안에만 있었다. 원래 집에 있기를 좋아했던 탓에, 외출이라고는 부모님이 다과회에 데려가 주거나 고아원, 아렌가가 출자하는 시설에 들를 때뿐이었다. 스스로 밖에 놀러

나가거나 쇼핑을 하러 가고 싶다고 생각한 적은 별로 없다. 스스로 외출할 땐 사용인의 생일 선물을 사러 갈 때뿐이었다. 하지만 최근엔 조금 사정이 달랐다. 외출하려고 하면 멜로나 다른 사용인들이 막아서기 때문이다.

녹터 부인의 조카는 이미 체포되어서 감옥에 있다. 하지만 사용인들은 이 가문의 영애가 사고를 맞닥뜨렸다는 충격이 아직도 가시지 않는지 나의 외출을 전력으로 막았다.

그 걱정은 사그라들 기미를 보이지 않았다. 내가 자고 있을 땐 방에 들어와서 순찰할 정도였다. 밤에 눈을 뜨면 반드시 사용인 중 누군가가 침대 옆에 서서 내 얼굴을 살피고 있다.

저택 내 사람들은 나를 걱정하고 있다. 기쁜 일이고, 미안하기도 했다. 하지만 그것뿐이라면 몰라도 다들 내게 맞추기 위해 휴일에도 밖에 나가지 않게 되었다. 사용인들은 정기적으로 휴일이 있는데도 내 앞에서 외출하기가 힘들었는지 비번일 때도 저택 안에 있었다. 단지 외출을 즐기지 않아서 안 나가는 것이라면 나도 크게 상관하지 않겠지만 지금 저택의 분위기는 매우 답답했다.

틀어박힌 영애와, 그 영애에게 맞추기 위해 외출하지 못하는 사용인들. 그런 환경은 좋지 않다. 좋을 리가 없다. 그래서 이제 원인인 내가 먼저 외출을 해서 사용인 모두가 외출하기 쉬운 환경을 만들고 싶었다. 그러기 위해서는 전속 메이드면서 내 호위를 맡고 있는 멜로를 설득해야만 했다.

"저기, 멜로. 같이 외출하자."

"안 돼요. 이건 아가씨의 안전을 위해서니까 부디 이해해 주세요."

"그래도 말이야. 가끔은 외출해서 햇빛을 보지 않으면 몸에 필요한 영양소가 부족해질지도 모르는데? 게다가 운동하지 않으면 살이 찔 테고."

"살이 쪄서 걷지 못하게 되시더라도 제가 옆에 있으니까요. 하지만…… 아가씨가 꼭 원하신다면 저택 안을 걸으시는 게 어떨까요?"

멜로는 진지한 표정으로 말했다. 마음은 기쁘지만 걷지 못할 정도로 살이 쪄도 괜찮다니.

"멜로는 나랑 외출하기 싫어?"

"저는 아가씨가 외출하셔서 위험한 일에 노출되는 게 싫어요."

"그러면 나랑 외출하는 건 싫지 않아?"

"당연히 싫지 않죠."

"그러면 나가자."

"그것과 이건 다른 이야기예요."

"그러면 멜로 옆에 딱 붙어 있을 테니까! 그리고 손도 잡으면 되지."

내 말에 멜로는 곰곰이 생각에 빠졌다. 아마 이건 흔들리고 있다는 신호다.

"약속할게. 내가 약속을 어기면 더는 외출하자고 조르지 않을게."

"……그렇게까지 말씀하신다면 어쩔 수 없죠."

멜로는 "약속이에요."라며 몇 번이고 확인하고 옷장에서 내 외출복을 고르려 했다. 나는 그런 멜로를 서둘러 막았다.

"시간 아까우니까 나는 내가 알아서 준비할게! 이따가 만나자! 정원 분수 앞에서!"

"정원…… 말인가요?"

"응! 거기서 만나."

"정원……."

멜로는 떨떠름한 표정을 지었다. 내가 "제발, 응?"이라며 계속 부탁하자 멜로는 그제야 고개를 끄덕이고는 방에서 나갔다. 외출이다. 그리고 데이트다. 내가 멋대로 데이트라고 정한 것뿐이지만.

옷장에서 입고 갈 옷을 골라 빠르게 갈아입었다. 거울을 보며 이상한 부분이 없는지 확인하고 가방에 지갑을 넣고 내용물을 점검한 후 출발하기 위해 문을 열었다. 그러자 눈앞에는 커다란 인영이 있었다.

시야에 들어온 것은 늠름하게 단련된 팔과 매우 날카롭고 뾰족한 식칼. 고개를 들어보니 요리장인 라이아스 씨가 "아가씨……? 어째서 외출을…… 하시는 건가요……?" 하고 갈색 눈동자를 흔들며 식칼을 든 채로 서 있었다.

혹시 멜로가 기쁜 마음에 사람들에게 말한 걸까? 너무 기대되어서……? 귀여워. 하지만 이렇게 바로 들킬 줄은. 라이아스 씨는 강조하듯이 "어째서!" 하고 크게 외쳤다.

"제 요리가 불만이신가요?! 그래서 외출하시는 건가요? 다른 사람이 만든 요리를 드시러 가는 건가요?! 용서할 수 없어요! 어째서죠? 그런 거죠? 역시 그런 거죠?! 제가 없는 곳에서! 제가 만들지 않은 것을 드시다니! 그럴 수가! 어떻게! 저를, 저를 버리시는 건가요? 제 요리가 질리신 건가요? 저를 위장으로 받아주시는 게 아니었나요?!"

대화가 전혀 통하지 않는 상태다.

라이아스 씨는 분노가 폭발하기 직전이었다. 기분 탓인지 눈동자 색보다 밝은 단발도 삐죽 솟은 것처럼 보였다. 식칼을 든 건 요리하는 도중에 서둘러 나오는 바람에 무심코 가져온 거겠지만 이건 좀 위험하다.

기본적으로 라이아스 씨는 내가 외식을 한다고 하면 이렇게 이성을 잃는다. 이유는 자신이 만든 것보다도 밖에서 먹은 게 맛있다면 자신이 해고되리라 생각하기 때문이었다.

라이아스 씨가 이 저택에서 일하기 시작한 것과 원래 저택에 있던 요리사가 그만두던 시점은 우연히 겹쳤다. 전에는 요리장, 요리사가 여러 명, 제빵사, 파티시에가 있었지만 전부 그만뒀다. 그래서인지 다음은 자신이 해고되리라 생각한 듯했다.

평소에 라이아스 씨는 내가 외식을 한 후에 이성을 잃을 뿐, 먹기 전에는 조용하다. 나, 모시는 분의 딸이 위험한 일을 당할 뻔해서 스트레스가 쌓인 것일까.

"라이아스 씨의 요리는 앞으로도 평생 먹고 싶을 정도로 맛있어요. 다른 요리사에게 눈을 돌리거나 마음을 뺏기는 일은 절대 없을 거예요."

그러니까 해고하는 일은 없을 거라고 설명하자 라이아스 씨가 눈을 크게 떴다. 그리고 오른손에 들고 있던 식칼을 떨어트렸다. 내가 주우려고 손을 뻗자 그는 내 어깨를 단단히 붙잡았다.

"저……, 저…… 계속, 계속 앞으로도 평생 요리를 할 테니까요! 제 요리로 아가씨가 성장할 수 있도록 할 테니까……! 제가…… 제가 아가씨의 세포 하나하나를…… 전부 제가 만들겠습니다……! 이물질이 끼어들어도 제 요리로 덮어씌워서 쫓아버릴 겁니다!"

아니, 장기 안에서 싸울 것까지는 없는데. 그보다 라이아스 씨의 얼굴이 붉었다. 기분 탓인지 숨도 거칠고 땀도 흐르는 것 같다. 내 어깨를 붙잡은 손을 건드려보니 손도 타는 것처럼 뜨거웠다.

"열이 있나요?"

"아뇨! 취미로 달리기를 해서, 그래서 열이 난 겁니다! 이제 또 달릴 생각입니다!"

라이아스 씨는 그렇게 말하며 "그럼 이만!" 하는 인사를 남기고 재빠르게 발을 돌려 그대로 전속력으로 달려가 버렸다.

일단 라이아스 씨에게는 피로 해소에 좋은 약을 선물해야겠어. 저렇게 달렸다간 금방 피곤해질 테니 매일 요리하기가 힘들 것이다. 아니, 이참에 사용인 모두에게 선물을 사주자.

그럼 어떤 걸 선물하는 게 좋을까.

그런 생각을 하며 가까운 길로 가기 위해 북동쪽 복도로 향하자 뒤에서 누군가가 내 위팔을 붙잡았다. 뒤돌아보니 마부, 솔 씨가 고개를 갸웃하며 내 팔을 잡고 있었다.

"아가씨. 어디 가는 거야? 3층은 위험하니까 아가씨는 가면 안 되는데…….."

솔 씨는 어두운 회색 눈동자를 내게서 돌려 북동쪽 계단을 바라봤다. 그 모습이 어딘가 허무하게 느껴져서 마치 마음이 이곳에 없는 것처럼 보이기도 했다.

"괜찮아요. 1층으로 내려가는 것뿐이에요. 그리고…… 갑자기 미안하지만, 마차를 몰아주실 수 있나요……?"

"아가씨, 외출하려고?"

"네. 시내 쪽으로 가고 싶어서…….."

"안 돼. 밖은…… 위험한걸. 나랑 산책하자."

솔 씨는 나를 쌀 포대처럼 안아 들려 했다. 내가 그의 힘을 거부하며 버티자 그는 이상하다는 듯이 나를 내려다보았다.

"아가씨?"

"부탁이에요. 외출하고 싶어요. 그리고, 솔 씨가 마차를 몰아 줬으면 해서…….."

"내가 부탁해도?"

"네."

솔 씨는 곰곰이 생각에 빠져들었다. 그리고 자신의 검지로 곱슬거리는 하늘색 머리카락을 한차례 만지작거리더니 "알겠어." 라며 긴장감 없는 목소리로 말하며 끄덕였다.

"괜찮나요?"

"응……. 방해되는 걸 콱 처리해 버려도 괜찮다면…….."

"콱……? 방해되는 게 뭔가요?"

"벌레."

벌레……? 콱……이라니, 벌레를 눌러 죽이겠다는 얘기인 걸까. 왜 벌레를 잡는 걸 굳이 나한테 허락받는 거지? 솔 씨는 평소에 벌레를 싫어하는 것 같지 않았는데…… 그래도 이렇게 말하니까…….

"네. 마음대로 하세요."

"좋아……. 그러면 준비하고 올게……. 문 앞에 마차 준비시켜 둘게~."

"고마워요."

솔 씨는 기쁜 듯이 표정을 피고는 느긋한 발걸음으로 복도를 걸어갔다. 그 뒷모습을 가만히 바라보다가 멜로가 기다리고 있다는 사실이 떠올랐다.

이렇게 있으면 안 되지. 멜로가 벌써 나와서 기다리고 있을지도 몰라.

나도 솔 씨의 뒤를 따라 정원으로 서둘러 나갔다.

저택을 빠져나가듯이 밖으로 나왔다. 그 후에도 잇달아 사용인들에게 붙잡히고 설득하는 과정을 반복해야 했다. 빨리, 빨리 멜로가 있는 곳으로 가야 하는데. 서두르자 나무를 가꾸고 있는 정원사, 포레스트가 시야 구석에 들어왔다. 그는 뒤돌아서 나를 보더니 가지를 자르는 큰 가위를 떨어트렸다.

"아가씨……!"

왜 다들 날붙이를 그렇게 쉽게 떨어트리는 거야. 포레스트는 땅에 떨어진 가위는 신경도 쓰지 않고 비틀거리며 이쪽으로 다가왔다.

"아가씨……, 아가씨……. 제가 잘못 본 거라면 죄송합니다만, 지금 어디로 가시려는 건가요? 설마, 설마 아니겠지만. 하하, 저택 밖으로 나가시려는 건 아니겠죠……?"

"저기, 오늘은 멜로랑 시내로 쇼핑하러 가려고."

"으아아아아아아아!"

내 대답에 그는 엎드리더니 신음했다. 나와 비슷한 새까만 머리카락을 쥐어뜯듯이 자신의 머리를 감싸더니, 그대로 기어오르는 것처럼 내 팔에 매달려왔다.

"제가 손질한 정원이 마음에 드시지 않았나요? 잡초가 꼬드기던가요? 왜 위험하게 밖으로 나가시려는 거죠? 그 집사가 문제인 거죠? 그 녀석, 그 녀석은 자기만 다른 녀석들과 다르다는 얼굴을 하고 아가씨에게 묘하게 친근하게 군단 말이죠. 결국 자기만 앞질러 가려고 하는군요. 아니면 마부인가요? 그 녀석은 믿으시면 안 됩니다. 아가씨 앞에선 착한 척하지만 다른 녀석들 앞에선……. 아아! 혹시 저 말고 다른 이들이 전부 아가씨를 꼬드기던가요?"

포레스트가 무슨 말을 하는지는 모르겠으나 폐활량이 대단하다는 건 알겠다. 말도 빠른데 발음까지 좋다. 다만 잡초는 말을 못 하고, 집사라면 나와 자주 마주치는 집사…… 아마 루크를 말하는 거겠지만 그와는 오늘 아침 식사 이후로 마주친 적이 없다.

"그냥 쇼핑하러 가는 거고 멜로가 같이 가니까 안전해요. 걱정해 줘서 고마워요."

"으윽! 당신은 항상, 항상 그러죠! 그 전속 메이드한테 너무 물러요! 사람의 마음을 흔들어 놓고는! 좋아하게 만들고는! 제대로 나를 봐주는데도! 나만 봐주지 않아! 곤란한 사람은 지나치지 않고 바로 주워서 데려오고! 돌봐주고! 상냥하게 대할 뿐! 저를 더 봐 주지 않아요! 저는 이렇게나 아가씨를 좋아하는데! 아가씨는 제게 전부를 주지 않죠! 사람의 마음을 이런 식으로 헤집어 놓고는! 언젠가 반드시 아가씨는 휩쓸리고 말 거예요. 저는 참을 수 있지만. 그러니까 밖에 나가면 안 되는데! 아아아, 아가씨가 억지로 다른 누군가의 것이 되어 버린다면 차라리 여기서……"

"잠깐, 진정해요. 저는 포레스트를 좋아해요."

"윽."

포레스트는 가슴을 붙잡고 갑자기 웅크려 앉았다. 심장발작인가 하여 당황하며 달려가자 그는 손을 들어 그런 나를 저지했다.

"왜 그래요?"

"죄송합니다, 잘 다녀오시길, 아가씨. 부디, 저는 신경 쓰지 마시고. 그러지 않으면…… 그리고 그렇게 말하지 말아 주세요. 제 심장이 남아나지 않을 거예요."

그는 움츠린 채로 전혀 고개를 들려고 하지 않았다.

"어, 그게…… 작게 말하라는 뜻인가요? 심장이 아픈가요? 일어나기 어려워요?"

"아뇨, 아픈 게 아니에요. 마음의 문제니까 정말 신경 쓰지 않으셔도 돼요. 그리고 작게 말하면 속삭이는 것 같아서 또 심장이 버티질 못할 테니까. 일단, 잘 다녀오세요. 외출할 땐 메이드 옆에 꼭 붙어계시고요."

"그래도."

"잘 다녀오세요오오오오!"

절규하는 듯한 기세에 눌려 나는 주저하면서 그 자리를 떴다. 걱정되니까 나중에 문지기인 브람 씨에게 부탁해서 집사장 스티브 씨에게 포레스트 얘기를 전달해 달라고 해야지.

……그보다 저택에서 일하는 사람들 전부 몸이 안 좋은 거 아닐까? 심신이 불안정한 느낌이 든다. 이대로라면 은둔 저택이 아니라 건강 불량 저택이 되어 버리겠어.

불안을 끌어안고 분수가 있는 곳으로 가자 그곳에는 천사가 있었다. 천사 겸 전속 메이드인 대천사 멜로. 그 분위기는 역시 명화에 비견할 만했다. 옷에는 소박하게 레이스가 달려 있고, 호위도 겸하기 때문에 움직이기 쉬운 반바지를 입고 있는데도 고급스러워 보이는 것은 그녀가 천사기 때문이겠지.

멜로는 내가 온 것을 알아채고는 "미스티아 님."이라며 기쁜 얼굴로 달려왔다. 귀여워서 나도 모르게 표정이 풀리자 그녀는 어딘가 긴장한 얼굴로 내게 손을 뻗었다.

"그럼 가죠, 미스티아 님."

"응."

그녀가 뻗은 손을 꼭 잡았다. 그리고 나는 멜로와 함께 문밖에 서 있는 마차로 향했다.

영애의 메이드

멜로와 손을 잡고 시내 상점가를 구경하며 걸었다. 카페나 레스토랑 테라스 석에는 귀족들이 앉아서 차를 마시고, 길에는 하인들이 포장된 상자나 봉투를 끌어안고 있거나, 마차에 짐을 가득 싣고 있었다.

방금까지 나도 멜로, 마부 솔 씨와 함께 산 물건들을 마차에 싣고 있었다. 사용인 모두에게 선물을 준다는 건, 약 40인분의 선물을 사야 한다는 뜻이다. 청소부장인 리자 씨를 비롯한 청소부들을 위해서 보습 효과가 좋은 향유를 샀고, 문지기 브람 씨가 새로운 바이올린을 원하던 것을 떠올려서 바이올린을 구매. 전속의인 랜스데이 선생님이 좋아하는 화가의 그림도 발견했고, 집사장 스티브 씨가 좋아하는 책도 구했다. 그렇게 사용인 모두에게 선물할 것을 다양하게 구매한 뒤, '그 사람한테 줄 선물을 더 샀으니까 이 사람한테도.' 하면서 살펴보다 보니 집으로 가져갈 짐의 양이 엄청나게 늘어나고 말았다.

그리고 짐을 마차에 실은 후 나는 다시 멜로와 쇼핑을 재개했다. 둘이서 솔 씨에게 줄 선물도 고르고 지금은 상점을 구경하며 걷는 중이다.

거리를 멍하니 바라보며 걷는 것은 즐거운 일은 아니다. 하지만 지금은 멜로와 손을 잡고 대화하며 걸어서 그런지 매우 즐거웠다.

"왠지, 이렇게 멜로랑 같이 걷는 것만으로도 재밌다."

"저도, 미스티아 님의 손을 잡고 이렇게 걷는 것만으로도 정말 만족스러운 기분이 들어요."

멜로는 내 손을 꽉 잡았다. 그저 둘이서 미소를 주고받기만 해도 마음이 풍족해진다. 하지만 제대로 앞을 보지 않으면 멜로까지 같이 넘어지게 만들지도 몰라. 시선을 제대로 앞으로 향하자, 길가에 낯익은 얼굴이 보였다.

"레이드 님이다."

차도를 낀 건너편에 레이드 녹터가 서 있었다. 호위와 함께 나와 있는 그는 나를 보고는 놀란 표정을 지었다.

"저분은 미스티아 님의 약혼자이신."

"맞아. 아직 약혼 얘기가 진행 중이지……."

멜로와 대화를 나누는 동안에도 레이드 녹터는 점점 거리가 가까워졌다. 그리고 그는 차도를 건널 타이밍을 기다리다가 이쪽으로 다가왔다.

"안녕, 오랜만이네, 미스티아 양."

"네, 오랜만이네요. 레이드 님. 건강해 보이셔서 다행이에요."

웃는 얼굴에 경련이 나지 않게 신경 쓰면서 인사하자 그는 내 옆에 있는 멜로를 보고 고개를 갸웃했다.

"미스티아 양. 호위는 어쩌고? 혹시 호위를 잃어버린 거야?"

"아뇨, 이쪽이 제 호위예요."

나는 멜로를 소개했다. 투옥되고 사형 신세가 되었을 때 '그러고 보니 심복인 메이드가 있었지.'라며 휘말리게 할지도 모르니까 이름은 알려주지 말자.

"그래? 너와 또래 같은데……."

그의 말대로, 지금 레이드 녹터가 데리고 온 호위는 멀리서 봐도 확실한 성인이었다. 거의 30대로 보였다.

한편 멜로는 나와 비슷한 나이대. 그가 이상하게 여기는 것도 당연하다. 내 전속 메이드는 호위로도 우수하답니다. 특별한 존재고 천사이기도 하죠. 라고 대답하면 좋겠지만 그렇게 하면 그의 호위의 기분을 상하게 할지도 모른다. "괜찮아요."라고 짧은 대답을 남기자 그는 잠시 생각에 빠졌다.

"만일 괜찮다면 나도 동행해도 될까?"

네?

나도 모르게 입 밖으로 튀어 나갈 뻔한 대답을 서둘러 목 안으로 삼켰다. 아마 레이드 녹터는 지금, 멜로의 호위 능력이 불안해서 선의를 보이는 것이다. 하지만 미안하게도 그 선의는 받을 수 없다. 그와 엮이고 싶지 않으니까. 우호적 관계를 쌓더라도 입학 후 주인공이 나타났을 때 매우 곤란해질 테니까. 주변 사람들이 내가 그에게 호감을 지니고 질투한다고 생각해서 소문이 나면 투옥, 사형 엔딩의 포석이 될지도 모른다. 너무 걱정이 과한 것 같다는 자각은 있지만, 지금부터 슬슬 거리를 둬야만 한다. 나는 파멸 루트를 타고 싶지 않다.

"괜찮아요. 지금 돌아가려던 참이었거든요. 마음은…… 감사합니다."

"아냐. 이제 귀가한다면 상관없지만……."

내 말에 레이드 녹터가 끄덕였다. "그럼, 다음에 봐."라고 말하며 멀어져간다. 그 뒷모습을 바라보며 어느샌가 떨어져 있던 멜로의 손을 다시 잡았다.

"미스티아 님?"

"괜찮아……."

멜로에게 걱정을 끼치지 않도록 얼버무리며 다시 걸었다. 그녀는 처음엔 내 뒤를 따라오듯이 걸었지만 바로 내 옆으로 나란히 섰다. 큰 거리에서 방향을 꺾어서, 레이드 녹터가 있던 거리에서 멀어졌다. 그렇게 들어온 골목길에는 작은 상점 몇 개가 늘어서 있었다. 골동품 상점이나 수제 인형 등, 장식품과 옷, 식품을 메인으로 한 대로변과는 분위기가 완전히 달랐다.

"여긴 꽤 차분한 분위기네."

"대로변의 배색은 하양, 금, 빨강, 파랑, 초록이 많았는데 이 부근은 검은색과 갈색을 많이 사용했네요."

"그러게."

차분하게 색 조합을 분석해내는 멜로를 보고 감탄하면서 계속 걸어가는데, 갑자기 커다란 쇼윈도가 시야에 들어왔다. 그곳엔 액자 몇 개가 반듯하게 진열되어 있었다.

내가 걸음을 멈추자 멜로도 내게 맞춰 멈춰 섰다.

"이 가게에 들어가 보고 싶어."

멜로에게 말하자 그녀는 상점으로 발걸음을 옮겼다. 둘이서 두껍고 반들거리는 나무문을 열어 안으로 들어섰다. 내부는 조금 어둑하고 선반이나 카운터가 전부 목제라 따스함이 느껴지는 분위기였다. 가게 중앙에는 관처럼 생긴 유리 케이스가 놓여 있었고, 쇼윈도에서 본 액자가 진열되어 있었다.

처음 들어온 가게지만 왠지 차분해지는 곳이었다. 벽을 따라 잡화가 진열되어 있고, 그중에 기성품은 거의 없는 것 같았다. 하나하나 물건을 구경하다가 멜로가 있는 방향을 바라보니 그녀는 유리 케이스에 손을 대고 액자 하나를 계속 쳐다보고 있었다.

그 액자는 흑백 배색에 은으로 된 조각이 붙어 있고, 곳곳에 빨간 보석이 박혀 있었다.

멜로는 그 액자가 마음에 든 걸까.

"멜로, 잠깐 저기…… 뭐라고 해야 하지. 벽에 걸린……, 저 강 그림이 그려진 천 가격 좀 보고 와 줄래?"

"……? 알겠습니다."

아무렇지 않은 척 멜로를 액자로부터 떨어트렸다. 순간 멜로 옆에 붙어있겠다는 약속을 깬 것 같아서 불안해졌지만 그녀는 바로 태피스트리가 있는 방향으로 다가갔다. 그 모습을 잘 확인한 후 그녀가 보고 있던 상품을 사러 계산 카운터로 향했다.

"아, 미스티아 아렌 님! 용감한 아렌가의 아가씨와 만나는 날이 오다니."

느닷없이 점주의 입에서 나온 말에 위화감이 느껴졌다. 하지만 멜로가 돌아오기 전에 계산을 마쳐야 해. 이건 일단 무시하자.

"저기, 저 물건을 사고 싶은데요."

"알겠습니다."

점주는 장갑을 끼고 유리 케이스로 향했다. 멜로가 돌아올까 봐 눈치를 보면서 액자가 포장되어가는 모습을 바라보고 있는데, 점원이 카운터 옆에서 상자를 꺼내 들었다.

"이 액자도 같이 구매하시는 건 어떠실까요? 이렇게 두 제품이 한 쌍이랍니다."

"……살게요. 하나씩 봉투에 담아 주세요. 그리고 이건 선물이 아니라 제 거라서요. 포장은 간단히 부탁드려요."

점주는 내 말에 입꼬리를 올리며 추가 액자를 포장하기 시작했다. 영업이 너무 자연스럽잖아. 하지만 이걸로 멜로와 커플 아이템을 갖췄다. 나는 만족하면서 점주가 포장을 완료하는 게 먼저일지, 멜로가 돌아오는 게 먼저일지 두 사람의 행동을 주시했다.

대로변보다 사람이 적은 골목길을 멜로와 함께 걸어갔다.

결국 액자는 멜로에게 들키지 않고 구매할 수 있었다. 별생각 없이 물어본 태피스트리의 가격은 터무니없었다. 아무래도 보석이 달려 있고, 더는 시중에 나오지 않는 그림이어서 그런 듯했다. 원래는 흔한 그림이었지만, 약 10년 전에 디자인이 새로운 것으로 바뀌어서 예전 그림은 희소성이 높아져서 가치가 올랐다고 한다.

쇼핑도 끝났으니 돌아가기로 했으나, 오늘 산 물건이 결국 마차 안을 가득 채우는 바람에 나와 멜로는 중간까지 걸어서 돌아가기로 했다.

미리 길을 정해두고, 먼저 저택에 도착해서 짐을 내리고 돌아온 마차를 타고 가자는 작전이었다.

오늘 산 물건은 전부 내 방에 옮겨달라고 하고, 나중에 메시지와 함께 계절을 착각한 산타클로스처럼 선물을 나눠줄 것이다.

완벽한 계획이다. 멜로도 선물을 받고 기뻐해 주면 좋겠다. 함께 사진도 찍고 싶어. 전생에선 누구나 사진을 간단히 찍을 수 있었지만, 이 세계에선 카메라가 발명된 지 얼마 되지 않았다. 방금 산 액자는 아마도 앞으로 수요가 있을 것을 예측해서 나온 상품이겠지.

멜로의 손을 잡고 걷고 있는데 거리 한 모퉁이에 작은 공원이 있는 것이 보였다. 당연하게도 놀이기구는 없었으며 중앙에 설치된 화단을 벤치가 둘러싸고 있는 공원이었다. 아마도 카페에 들어가기에는 부담될 때 잠깐 쉬기 위해 이용하는 곳이겠지. 하지만 사람이라고는 몇 미터 떨어진 우물에서 다리를 씻고 있는 청년뿐이었다.

그쪽을 바라보니 그의 다리에 깊은 상처가 난 것이 멀리서도 확실히 보였다. 눌어붙은 피는 아무리 씻어도 사라질 기미가 보이지 않았다.

씻는 방법이 잘못된 것 같아 보였다.

물을 잔뜩 퍼서 씻어낸 후에 단숨에 지혈하면 좋을 텐데. 물을 조금 퍼서 상처에 뿌리면 다시 피가 나오고, 물을 조금 뿌리면 피가 나오고를 계속 반복 중이다. 그 행동을 주의 깊게 관찰해 보니 그렇게 하는 이유를 알 수 있었다. 그의 팔은 빨갛게 부어 있어서 물을 많이 풀 수가 없었던 것이다.

"저기, 멜로."

"……안 돼요."

"그래도 다쳤잖아."

"……치료가 끝나면 바로 떨어지시게 할 거예요."

멜로는 "무슨 일이 있으면 부상자라도 제압하겠어요."라고 덧붙였다. 그 말에 끄덕이고는 나는 청년을 향해 다가갔다.

"괜찮나요?"

내가 말을 걸자 그는 '엑?' 소리를 내며 허둥지둥 반응했다. 역광이어서 얼굴은 잘 보이지 않았지만 분명 놀란 표정이겠지. 깜빡 잊고 있었다. 모르는 사람 입장에서 보자면 지금 자기보다 훨씬 어린 꼬마가 괜찮냐고 묻는 당황스러운 상황이겠지.

하지만 지금은 상처 치료가 먼저다. 현대 의료 기술이라면 몰라도 이곳은 카메라가 막 발명된 세계. 감염이라도 되면 다리를 절단해야 할지도 모른다.

물을 잔뜩 퍼서 놀라서 굳어버린 청년의 다리를 씻었다. 들고 다니던 손수건으로 닦은 후, 서툰 손짓으로 처치를 완료했다.

"이걸로 끝."

내가 말하자마자 멜로가 내 소매를 잡아당겼다. 가자는 신호였다.

"서툴게 응급 처치해 둔 것뿐이니까 나중에 의사한테 제대로 진료받으세요. 꼭이요."

청년에게 당부하고 우리는 자리를 떴다. 멜로는 내 손을 잡고 당장이라도 빨리 그 자리를 뜨고 싶다는 기분을 숨기지 않고 나를 계속 잡아끌었다.

"멜로, 왜 이렇게 빠르게 걸어?"

"앞으로 무슨 일이 일어날지 예상이 가요. 버려진 강아지라면 괜찮지만, 아가씨는 사람을 주워오고는 하시잖아요. 가능성이 있는 새싹은 바로 밟아버려야죠."

"아니, 사람은 안 주워."

"맞아요. 그런데도 아가씨는 사람을 주워오세요. 그러니까 이렇게 제대로 잡아두지 않으면 안 돼요."

"하하…… 그런가."

멜로의 태도가 왠지 기뻐서 웃고 있자 그녀는 "저는 지금 화내고 있는 거라고요."라 말하며 나를 흘겨보고는 바로 내 뒤로 시선을 보냈다.

"미스티아 양."

익숙한 목소리가 뒤에서 들려왔다. 뒤돌아보니 조금 뒤에 레이드 녹터와 그의 호위가 서 있었다. 멜로는 내 귓가에 얼굴을 가져다 댔다.

"실은, 아까 미스티아 님이 그 남자를 치료해 줄 때부터 보고 있었던 것 같아요. 저희가 모른 체하면 말을 걸지는 않을 것 같아서 가만히 있었는데……."

불쾌한 듯이 말하는 그녀의 목소리를 듣고 있자, 레이드 녹터는 미소를 지으며 이쪽으로 다가왔다.

"또 만나서 기뻐. 그보다 아까 네가 부상자를 치료해 주는 모습을 발견해서 잠시 보고 있었는데…… 엄청 능숙해서 놀랐어."

"그렇게 대단한 건⋯⋯."

"아렌가가 약이나 치료 부문에 출자하고 있다는 건 알고 있었는데 너도 공부를 열심히 했나 봐."

레이드 녹터는 감탄한 모양이었다. 사람의 흥미나 관심을 내 마음대로 제어할 수는 없는 노릇이지만 그가 우리 가문에 흥미를 느끼는 건 곤란하다. 나는 애매하게 끄덕이면서 시선을 이리저리 돌렸다.

"미스티아 님, 슬슬 돌아가실 시간이에요."

곤란한 표정을 짓고 있자 멜로가 조금 큰 목소리로 내게 말했다. 그 말을 들은 레이드 녹터는 퍼뜩 깨달은 표정이 되었다.

"미안. 내가 붙잡은 모양이네."

"아뇨, ⋯⋯그, 저는 먼저 실례할게요. 이만."

그에게 인사하고 서둘러 그 자리를 떴다. 멜로가 끼어들어 줘서 다행이야. 감사 인사를 하려고 멜로를 바라보니 그녀는 계속 뒤를 신경 쓰고 있었다. 나는 아무 말도 하지 못하고 그런 그녀의 뒤를 따라가기만 했다.

멜로와 함께 노을이 지는 길을 걸으며 저택으로 돌아갔다.

저무는 노을빛이 우리의 등 뒤로 강하게 비쳐와서, 벽돌길도, 멜로의 빛이 흐르는 은발도 따뜻한 주황색으로 빛나고 있었다. 둘이서 꽃 이름 퀴즈를 내며 걷고 있는데 멜로가 갑자기 발을 멈췄다.

"멜로?"

갑자기 서는 바람에 잡고 있던 손이 떨어졌다. 뒤돌아서 멜로의 얼굴을 봐도 역광이어서 잘 보이지 않았다. 한 걸음 다가가려고 하자 발에 뭔가 위화감이 느껴졌다. 신발 끈이 풀어진 것이다. 끈에 손을 뻗기 전에 멜로가 내 발치에 무릎을 꿇었다.

"멜로."

불러봐도 멜로는 내 신발 끈을 정성스레 묶을 뿐이었다. 다음 말을 잇지 못하고 있자, 멜로는 "……부탁이 하나 있어요."라며 어딘가 허무함이 느껴지는 목소리로 중얼거렸다.

"멜로의 부탁이라면 뭐든 들어줄게."

"……제가 모르는 곳에서 죽지 말아주세요."

그녀의 말이 너무나도 충격적이어서 마치 시간이 멈춘 듯한 기분이 들었다. 그때까지 고개를 숙이고 내 신발 끈만 바라보던 멜로는 고개를 들어 똑바로 나를 쳐다보았다.

"저는 당신이 건강할 때도 아플 때도 옆에 있고 싶어요. 한 무덤에 들어가고 싶어요. 미스티아 님과."

해가 지면서 멜로에게 닿는 빛의 방향이 바뀌었다. 그 덕분에 그녀가 촉촉한 눈동자로 나를 바라보고 있는 것을 알 수 있었다. 그 눈동자를 바라보고 있으니, 어느 날의 기억이 떠올랐다.

멜로가 나를 지켜준 날……, 아직 나와 멜로가 어렸을 적, 고아원에 방문했다가 팔팔 끓는 냄비 속 뜨거운 물이 내게 쏟아질 뻔한 적이 있었다.

멜로는 나를 감싸다가 등에 화상을 입었고, 부상이 남을지도 모른다는 말을 의사에게 들었다. 거울로 자신의 등을 본 그녀는

"미스티아가 무사해서 다행이야. 지켜냈다는 훈장 같아."라며 아무렇지도 않은 듯이 기쁘게 웃었다.

왜 웃는 거냐고, 전혀 기쁜 일이 아니지 않냐며 묻는 내게 그녀는 평생 혼자였다고 말했다. 평생 혼자, 자신을 위해서만 살아갈 줄 알았는데 다른 사람을 위해 살아갈 수 있다는 점이 기뻤다고. 그 사람을 위해라면 살아갈 수 있다고 생각할 만한 상대가 자신의 앞에 나타나서 기쁘다고 말했다.

그래서 나는 그 마음을 제대로 보답하고 싶었다.

고아였던 멜로는 지금까지 혼자서 살아왔다. 그러니 앞으로는 그녀를 혼자 두지 않겠다고 결심했다.

그런데도 녹터 부인의 조카가 부인을 습격한 사건으로, 나는 멜로에게 혼자 남겨질지도 모른다는 불안감을 주고 말았다. 그녀를 걱정시키지 않으려고 앞으로 내가 무슨 일을 할지 제대로 전하지 않은 탓에, 나는 그녀를 상처입힌 것이다.

"미안해, 멜로. 위험한 일을 벌여서."

멜로의 뺨에 살짝 손을 가져다 댔다. 말없이 있자 그녀는 "약속은 안 해주시는 건가요?"라고 말하며 나를 바라봤다.

"좋아. 같이 들어가자."

멜로에게는 항상 신세를 지고 있다. 함께 무덤에 들어가는 것 정도야 쉬운 일이다. 나는 그녀에게 손을 내밀었다. 무릎 꿇고 있던 멜로는 내 손을 잠시 바라보더니, 그 손을 잡고 일어섰다.

나는 멜로의 손을 끌어당기며 천천히 귀갓길을 걸었다.

"그러면 유언장에 적는 편이 좋으려나? 어딘가에 소중하게 보관해두자. 사람은 언제 죽을지 모르니까."

"괜찮아요. 미스티아 님이 승낙해 주셨다는 사실이 가장 중요하니까요. 미스티아 님이 돌아가시면 땅에 묻히실 때 그 유골을 끌어안고 거기서 같이 썩어가겠어요."

"그건 아사잖아! 수명이 다할 때 말한 거야, 수명이. 게다가 그런 짓 했다간 사람들이 막을걸!"

"그럼 밤이 깊었을 때 몰래."

"아니, 그건 안 돼. 그리고 살아있을 때 들어줄 수 있는 부탁도 많이 해 줘."

멜로는 항상 마지막을 생각하고 있는 것 같다. 그래도 살아있는 지금 이 순간에 바라는 걸 말해줬으면 한다. 그런 마음을 담아 그녀를 바라보자 "알겠습니다." 하며 고개를 끄덕였다.

그녀의 손을 잡고 둘이서 노을빛으로 붉게 물든 길을 걸었다. 전에도 이래왔던 것 같은 그리운 느낌이 들어서 앞으로도 이 시간이 이어지길 바라며 나는 저택으로 돌아왔다.

번외. 어둠 속에 숨은 사랑

SIDE: Melo

빛 하나 없는 어두운 복도를 걷는다. 발소리를 죽이고 장미 문장이 새겨진 문을 열었다.

방의 주인은 침대에서 규칙적인 숨소리를 내며 깊은 잠에 빠져 있었다. 깨우지 않도록 조용히 다가갔다.

오늘은 오랜만에 외출한 탓에 피곤하겠지. 닿을 듯 말 듯 아슬아슬한 손짓으로 검은 머리카락을 어루만졌다. 실은 볼을 만지고 싶었다. 하지만 깨우고 싶지 않아서 참았다.

처음엔, 동경이었다.

순수하고 무결하며 긍지 높은 존재에 대한, 존경 혹은 경외와도 같은 마음. 절대로 다가가서는 안 되는데 다가가고 싶어서 애가 탔다. 그런데 언제부터였을까. 이 빛을 나만의 것으로 만들고 싶다는 분수에 맞지 않는 소원을 품기 시작한 것은.

내가 태어난 곳은 모든 것이 꾀죄죄한 땅이었다. 모든 게 탁한 회색빛이었고, 어린아이는 쓰레기를 뒤지거나 구걸, 도둑질을 하며 살아갔다. 그런 곳에서 나는 자라왔다.

살아오면서 내게 주어진 형편은 당연하다고 생각했다. 하지만 점점 이곳과는 다른 장소가 있을 것이라는 생각이 들기 시작했고, 내가 있던 곳에 혐오감이 들었다. 그리고 나는 멀리 희미하게 보이는 도시를 향해 걷기 시작했다. 소문으로 들은, 도시라는 존재를 향해서.

그곳이라면 내가 있던 곳보다 더 나은 일거리가 있겠지. 지금보다 조금은 더 나은 생활을 할 수 있겠지. 거품과 같은 기대를 품고 나는 걸었다.

하지만 현실은 그리 녹록지 않았다. 낯선 도시의 변두리를 혼자 걷고 있다가는 납치당해서 노예로 팔리는 것이 당연했다.

내 어리석음을 깨달은 것은 노예시장에 상품으로 내놓이게 되었을 때. 이미 어찌하기에는 너무나도 늦어버렸다. 이제 내 삶은 끝났다고 각오했다. 내 인생에 볕이 드는 일은 평생 없을 거라는 것을 깨달았다.

분명 그랬는데.

"뭘 하고 있나요?"

고개를 들자 눈앞에는 어린 소녀가 서 있었다. 고급스러워 보이는, 때도 얼룩도 없는 옷차림을 보고 귀족이라는 것을 바로 알아챘다. 그녀는 감흥 없는 붉은 눈동자로 나를 빤히 쳐다봤다. 나는 그 시선을 피하듯이 고개를 가로저었다.

"아무것도 아냐."

"……그래도 엄청 슬퍼 보였는데요."

"나, 곧 팔릴 거야…… 노예로. 그러니까 즐거울 리가 없지."

"노예?"

"다른 사람이 멋대로 해도 되는 사람 말이야."

소녀는 내 말을 이해하지 못하는 듯했다. 그야 그렇겠지. 예쁜 드레스를 입고, 누가 봐도 사랑받고 살아온 어린아이가 이해할 리가 없다. 이런 더러운 세계가 있다는 것을. 그런데도 소녀는 마치 뭔가를 확인하듯이 나를 쳐다봤다. 잠시 후, 소녀처럼 단정한 차림을 한 귀족 남자——소녀의 아버지가 들어왔다. 그는 가게 안을 돌아보더니 미간을 찌푸리며 소녀의 팔을 잡고 자리를 뜨려고 했다.

"자, 가자. 이런 곳에는 오래 있는 거 아니야."

"이 아이는 그 '이런 곳'에 있는데?"

그런 대화를 반복하는 소녀와 아버지. 그녀는 죄인도 아닌 내가 사슬로 묶여 있는 게 이상하다거나, 어른이 '이런 곳'이라고 말하는 곳에 사람이 잡혀 있는 게 이상하다는 말을 반복하며 자신을 잡아끄는 아버지 상대로 버텼다.

잠시 교착 상태가 이어지더니 소녀의 아버지는 소녀에게 가만히 이곳에 있으라고 말하고 가게를 나갔다. 그리고 그와 함께 돌아온 점주는 기분 좋은 얼굴로 내 발에 묶인 족쇄를 풀었다.

"설마 아렌가에 팔릴 줄이야! 너도 운이 좋은 녀석이구나!"

점주는 거의 콧노래를 흥얼거리며 나를 소녀의 부친에게 떠밀었다. 그 말과 태도로 내가 팔렸다는 것을 알았다.

그 후로는 어지러울 정도로 일상의 모든 것이 바뀌었다.

나는 고아원에 맡겨졌다. 매일 세 번 식사하고 목욕을 했으며, 깔끔한 옷을 입고, 글자를 읽고 쓰는 법을 배우고, 바닥이 아닌 침대에서 자게 되었다.

소녀는 사흘에 한 번씩, 바뀐 생활에 놀라는 내 앞에 나타났다. 밥은 맛있는지, 뭔가 슬픈 일은 없는지 한차례 물어보고는 책과 과자를 선물해 줬다. 분명 그녀의 흥미가 떨어지면 나는 다시 버려지겠지. 그때까지는 이 생활을 마음껏 누리자. 그렇게 생각했으나, 나는 버려지지 않았다.

"처음 만났을 때부터 생각했는데, 당신은 정말 반짝여요."

정말 갑자기, 아무 서론도 없이, 어느 날 소녀는 내게 그렇게 말했다. 말의 의미를 이해할 수 없었다. 반짝인다고? 그건 대체 무슨 의미일까. 그녀는 자기가 말해놓고는 잠시 생각에 빠지더니 "예뻐, 맞아, 예뻐요!"라면서 웃었다.

"정말 예뻐요."

그렇게 말하며 내 손을 잡았다. 아무렇지도 않게, 마치 당연하다는 듯이.

"아니, 나는 더러워. 그러니까……."

"대체 어느 부분이요?"

소녀는 내 말을 가로막고는 의아하다는 눈으로 나를 쳐다봤다. 그리고 내 손을 쓰다듬으며 "전혀 더럽지 않은데요?"라며, 누구나 외면하던 나를 정말 자연스럽게 바라봐 줬다. 그때부터, 확실히 무언가가 변했다.

그녀의──미스티아 님의 옆에 있기 위해서 과거를 청산하고 새로 태어나, 공부하고, 다양한 기술을 익혀 그녀를 전속으로 모실 수 있는 메이드라는 위치를 얻어냈다.

예전엔 내가 이런 생활을 할 줄은 상상도 못 했다. 평생 진흙

탕이나 피 웅덩이 속에서 살아갈 각오를 하고 있었다. 분명 그랬는데.

버려져도 좋다. 내게 싫증이 나도 좋다. 하지만 그때까지는, 나는 미스티아 님에게 이 한 몸을 바치며 살고 싶다. 그때까지는, 그녀의 곁에서 노력하고 싶다. 포기하고 싶지 않다. 행복했다. 너무 행복해서 빛을 보는 것도 당연하게 느끼기 시작한 때였다——. 그런 생각을 비웃듯이, 행복이 위협당했다.

한 달 전, 미스티아 님의 약혼 이야기가 나오기 시작했다. 상대는 백작가의 영식이라고 한다. 우수하고, 나무랄 데가 없는 전통 있는 귀족 가문의 도련님. 미스티아 님도 10살이 되었다. 혼담이 나와도 이상하지 않을 나이다. 그녀가 원한다면, 그녀가 행복하다면 바로 그게 내 행복이었다.

그래도 내가 남자로 태어났다면, 백작가나 그 이상의 가문의 자식이었다면. 그런 질투와도 같은 증오에 사로잡혔다.

나는 뭐가 미운 걸까. 아무것도 가지지 못한 내가 미스티아 님의 행복을 진심으로 응원하지 못한다는 점이 미운 걸까.

아니면, 그녀의 약혼자가 미운 걸까.

그런 감정은 내가 지녀서는 안 됐다.

미스티아 님이 행복하다면 무엇이든 상관없다. 그렇게 참으며, 그녀가 약혼 이야기를 듣고 깊은 생각에 빠진 것도 모르는 척했는데. 약혼 상대의 저택에 다녀와서 식사도 하지 않고 잠든 것도 못 본 척했는데.

그녀가 행복해질 수 있다면 전부 참을 수 있는데.

약혼자와 첫 대면을 하고 얼마 후, 미스티아 님이 미친 남자의 손에 위험한 일을 당할 뻔했다.

약혼자의 모친과, 그 조카의 치정 사건에 미스티아 님이 휘말린 것이다.

용서 못 해. 용서할 수 있을 리가 없다. 전혀 관계없는 그녀가 왜 위험한 일에 휘말려야 하는 거지? 미친 남자는 체포되었고, 평생 감옥에서 썩을 거라고 들었다. 그래서 죽이러 갈 수가 없었다. 죽일 수는 있지만, 그러기 위해서는 저택을 비워야만 한다. 내가 저택을 비우는 사이에는 그녀를 지킬 수 없다. ……그녀를 위험하게 만든 자를 죽이러 갈 수 없다.

약혼자와의 결혼은 미스티아 님이 행복해지는 길이 아니다.

그것을 확실히 인식했다. 나는 우선 그녀와 약혼자가 마주치지 않게, 그녀가 저택을 나가지 못하도록 계획했다. 약혼자의 집에서 편지가 온 것은 미리 파악했다. 그 편지에는 약혼자의 저택에 초대하고 싶다는 내용이 적혀 있었으니, 미스티아 님이 아예 밖에 나가지 못하도록 막았다.

저택의 사용인들도 모두 그녀를 걱정했다. 내가 직접 움직이지 않아도 나와 같은 생각을 가지고 행동했다. 하지만 그녀는 엉뚱한 행동을 하곤 한다. 항상 눈을 빛내며 지켜볼 필요가 있었다.

"그러면 멜로 옆에 딱 붙어 있을 테니까! 그리고 손도 잡으면 되지."

미스티아 님의 말에 마음이 흔들렸다. 나는 왜 이리도 의지가 약한 걸까. 외출 준비를 하고 약속 장소로 향하는 길에 만난 저택의 사용인들은 모두 멍한 표정이었다. 미스티아 님을 차마 막지 못하고 나와 같은 결과로 끝났다는 것을 바로 알 수 있었다.

그렇게 함께 시내로 나가 쇼핑을 하고, 손을 잡고 귀가했다. 날이 저물었을 때 그녀와 헤어져 내 방으로 돌아오니, 방에는 자그맣게 포장된 무언가가 메시지와 함께 놓여 있었다.

[멜로에게. 항상 고마워. 앞으로도 잘 부탁해.]

포장 안에는, 미스티아 님을 떠올리게 하는 검은 액자가 들어 있었다. 함께 들어간 가게에서, 액자에 박힌 보석이 마치 맞춘 것처럼 붉은 게 그녀를 떠올리게 해서 나도 모르게 정신이 팔렸었다. 미스티아 님은 분명 그 모습을 본 거겠지.

미스티아 님에게 받은 물건은 서랍에 넣은 후에 자물쇠까지 잠가서 보관했다. 소중한 것은 남들이 건들지 못하도록 확실히 보관해야 한다.

하지만 이 세계에는 그 아무리 소중해도 어딘가에 넣어 보관할 수 없는 것이 있다.

이 세계에서 가장 소중한, 소중한 보물. 나의 빛은 아무도 보지 못하는 곳에 모셔둘 수 없다.

그리고 지금……, 내 앞에 잠들어 있는 미스티아 님을 바라보고 있자, 우연히도 그녀가 웃었다.

정말 사랑스러운── 그리고 그 누구보다 잔혹한 사람.

만난 지 6년. 그녀는 항상, 항상 내게 삶을 부여했다.

"행복하셔야 해요. ……당신만큼은, 영원히."

기도하듯이 중얼거린 말은 주인에게 닿지 못하고 밤의 어둠 속으로 사라져버렸다.

악역 영애입니다만
공략대상의 상태가 이상합니다

제
3
장

녹란 정원의 잠자는 공주

밤이 되기 전

여름이 다가오는 것이 느껴지는 오후, 나는 내 전속 메이드인 멜로와 정원사인 포레스트에게 수업을 받는 중이다. 두 사람은 메이드, 정원사라는 본업 외에도 내 전속 가정 교사로 일하고 있었다. 처음엔 부모님이 부른 선생님에게 가르침을 받았지만, 다들 2개월 정도 지나서 개인 사정으로 그만두고 말았다. 멜로는 선생님이 없는 나를 위해 공부했고, 포레스트는 품종 개량과 약품 연구까지 하는 뛰어난 두뇌를 활용하여 기존 업무에 더해 내 가정교사까지 겸임하고 있었다.

멜로는 평상시의 메이드복 차림이었지만 포레스트는 작업 중에 항상 착용하고 있는 허리 앞치마를 벗고 셔츠와 슬랙스를 입은 가벼운 차림이었다. 평소의 그는 꽃집에 일하는 청년 같았으나 오늘은 왠지 학생 같은 분위기가 풍겼다.

그런 생각을 하고 있자 문에서 거친 노크 소리가 들려왔다. 문 너머에서 "아가씨, 큰일이에요!" 하고 외치는 목소리는 아마 집사 루크의 목소리겠지. 내가 대답하자 멜로가 바로 문을 열었다.

그러자 주황색 머리카락을 휘날리면서 급한 얼굴로 어깨를 들썩이며 숨을 내쉬는 루크의 모습이 나타났다. 그는 숨을 헐떡이면서 "저기, 아가씨, 방금 말이죠."라면서 말을 끊어 말했다.

"왜 그래요? 천천히 말해도 괜찮아요."

"약혼자님이, 오셨습니다, 바, 방금이요."

이럴 수가. 전혀 괜찮은 일이 아니었잖아. 하지만 대답하기 전에 뒤에 있던 포레스트가 위압적인 목소리로 "뭐?"라고 중얼거렸다. 평소 그는 이런 말투가 아닌데. 사용인들의 평소와 다른 모습에 혼란스러워진 뇌가 잠시 멈췄다가 다시 움직이기 시작했다.

"루크. 레이드 님이 무슨 용무로 여기로 오신 거죠?"

"네. 아가씨와 대화가 하고 싶다고 합니다. 그리고 지금, 집사장이 접객실로 안내해서……."

레이드 녹터가 나와 대화하고 싶어 한다고? 그가 대체 나와 무슨 할 말이 있다고 찾아온단 말인가. 가고 싶지 않지만 집사장이 응대 중이다. 가봐야겠지.

나는 깊은 절망감을 느끼며 방을 나와, 서둘러 접객실로 향했다.

"오, 미스티아 양. 오랜만이야."

접객실의 문을 열자 레이드 녹터가 느긋한 모습으로 소파에 앉아있는 것이 보였다. 그는 지금 집사장 스티브 씨가 내온 홍차가 담긴 찻잔을 들려던 참이었다.

"무, 무슨 일로."

"근처에 볼일이 있어서. 온 김에 인사하러 왔어."

"인사……."

이건 그냥 예의적인 인사를 말하는 건가? 인사라는 이름의 도장 깨기가 아니고?

"그럼 저는 실례하겠습니다."

스티브 씨는 나를 위한 찻잔에 홍차를 따르고는 자리를 떴다. 다행이다. 여기서 무슨 일이 일어나도 다른 사람이 휘말릴 일은 없겠다며 안도하고 있자, 스티브 씨는 나를 스쳐 지나가며 "쫓아내고 싶으시다면 세 번 노크하십시오."라고 속삭이고는 접객실의 문을 닫았다.

"그렇게 서 있기만 하면 홍차가 식을 거야."

"아, 네…… 실례하겠습니다……."

레이드 녹터에게 재촉당한 나는 그의 맞은편에 앉았다. 방금 우린 홍차에서 김이 나는 것을 뚫어져라 쳐다보고 있자 그가 가만히 입을 열었다.

"사건이 일어난 후에 만날 기회도 없었고, 뭐, 시내에서 만난 후로 보름밖에 안 지나긴 했지만…… 그때도 별로 길게 대화하진 못했으니까."

"그렇죠."

오늘은 사건에 관해 얘기하러 왔다고 해석하면 되려나? 무슨 말을 해야 할지 전혀 모르겠다. 적당한 대꾸밖에 못 하겠다.

"저택으로 초대한다는 편지를 보냈는데 혹시 받았어? 아직 마음이 안정되지 않았으려나……?"

레이드 녹터가 조심스러운 목소리로 말했다. 하지만 이건 폭탄 투하나 다름없었다. 그의 집에서 초대장이 온 것은 충분하고도 넘칠 정도로 아버지에게 들어서 잘 알고 있다. 그리고 나는 초대를 전부 적당히 거절해 오고 있었다.

부모님은 녹터 부부와 의기투합했는지 내가 녹터가의 저택 초대에 응했으면 하는 얼굴이었다. 하지만 멜로나 사용인들은 "거절해도 되지 않을까요?"라며 내 생각에 찬동해 줬고, 부모님에게 슬쩍 "아가씨는 아직 몸 상태가……."라고 말하며 의견을 보탰다. 전속의인 랜스데이 선생님은 필요 없는 진찰까지 해줬다.

"조금씩이지만 나아지고는 있어요……."

"실은, 계속 너한테 사과하고 싶은 일이 있었어."

"네?"

"처음 만났을 때랑 두 번째 만났을 때, 그리고 사건이 일어나기 전에, 난 네게 싸늘한 태도를 보였지."

레이드 녹터의 말에 고개를 갸웃했다. 그가 내게 경멸의 시선을 보낸 것은 사건 전에 내가 그의 저택에서 난리를 쳤던 때뿐이었다. 저택에서 난리를 피우면 누구든지 싫어하겠지. 그러니 그의 태도는 당연한 것이었다. 그런데 첫 번째와 두 번째 만남에서도 그가 싸늘한 태도를 보였었나?

"실은, 우리 부모님이 사이가 나쁘다는 소문이 돌아서…… 나도 두 사람을 오해하고 있었어. 내가 결혼 자체에 부정적인 태도였던 바람에 네게도 괜한 분풀이를 한 것 같아서……."

"그렇군요……."

게임에서 그의 가정환경에서 일어났던 불화는 그의 부모님이 사이가 좋지 않았던 것이 원인이 아니었다. 그보다는 아버지가 어머니의 묘도 보러 가지 않고 어머니에 관한 이야기만 나오면 자리를 뜨는 등, 녹터 부인의 사망이 있었기에 일어난 일들이 원인이었다. 하지만 멜로의 존재처럼 게임에선 묘사되지 않았을 뿐, 원래부터 근본적인 문제가 있었을지도 모른다.

"네 부모님이 부러웠고, 그리고 네가 '결혼은 사랑하는 사람끼리 하는 것'이라고 말한 것도 그냥 흘려들을 수가 없었어."

나는 모르는 새에 레이드 녹터의 지뢰를 밟았던 건가.

내 과거 발언에 등골이 서늘해졌다. 첫 대면 자리에서 지뢰를 밟지 않으려고 그렇게 노력했는데 나는 멋지게 그의 지뢰를 밟아 버렸다. 게다가 부모님이 사이가 좋지 않아 고민하는 그에게 '연애결혼' 같은 말을 했으니 화가 나는 것도 당연하지.

"그건 어쩔 수 없는 일이라고 생각해요. 누구든 고민거리가 있을 때 그 고통을 가볍게 보는 사람이 있다면 당연히 화가 나겠죠. 저야말로 죄송해요."

"네가 사과할 일이 아니야. 이건 반대로 내가 사과해야 할 입장이지."

"사과라뇨. 신경 쓰지 마세요. 게다가 사건이 있었던 날도 제가 엄청나게 고집을 부렸고……."

"아냐. 그날 네 덕분에 어머니의 목숨을 구할 수 있었어. 아버지도 어머니도 널 만나고 싶어 해."

"그러지 않으셔도……."

"그리고 사과와 감사 인사를 해야 하는 입장에서 이런 말을 하는 건 좀 그렇지만, 가능하다면 이른 시일 내에 너와 네 부모님을 저택에 초대하고 싶어."

"네?"

"내년에 나한테 동생이 생기거든. 그러니까——."

"네?"

레이드 녹터의 발언에 의문부터 들었다. 그는 녹터가의 외동 아들인데. 그런 생각을 하다가, 그의 근본적인 가정환경이 게임과 다르다는 사실을 깨달았다. 지금 그의 어머니는 살아 있다. 이건 전혀 이상한 일이 아니다.

"왜 그래?"

"아, 아뇨. 형제가 있으면 좋죠. 그, 친구 같기도 하고 가족 같기도 한 느낌이……."

"……넌 외동딸 아니었어?"

날카로운 지적에 홍차를 뿜을 뻔했다. 그렇다. 미스티아는 외동딸이다. 지금 발언은 경솔했다. 마치 오랫동안 동생과 지내온 사람이 기억을 떠올리며 할 만한 발언이었다.

"도, 동생이 있으면 좋겠다고 계속 동경해왔거든요."

밝고 사교적이었던 전생의 동생. 언니인 나를 가끔 이상한 눈으로 쳐다보긴 했지만 말을 잘 듣는 동생이었다. 분명 내가 죽은 후에도 똑 부러지게 잘살고 있겠지. 정말 어디에 내놔도 부끄럽지 않은, 흠잡을 것 없는 동생이었다.

"미스티아 양?"

나를 부르는 목소리에 정신을 차리니 레이드 녹터가 이상한 것을 보는 눈으로 나를 쳐다보고 있었다. 아니야. 상상 속 여동생을 마음속으로 이뻐하고 있던 게 아니라고. 하지만 동생이 있었다고 말할 수도 없어서 나는 그대로 고개를 숙여버렸다.

안 돼. 고개를 숙이면 긍정하는 것 같잖아. 내가 얼굴을 다시 들자 그는 조용한 목소리로 말했다.

"······우리 가족은 바뀌었어."

"바뀌었다고요?"

"······너무 많이 바뀌어서 뭐가 바뀌었다고 말할 수 없을 정도야. 그래도 분명 좋은 방향으로······ 이건 네 덕분이라고 생각해. 고마워."

그는 손을 내밀며 맑고 푸른 눈으로 나를 똑바로 바라봤다. 빈말을 하는 것 같지는 않다. 손을 잡는 것 정도는 괜찮은 걸까. 이 손을 잡은 게 나비효과를 일으켜 나중에 무시무시한 일이 일어나지는 않을까. 하지만 악수를 거부하기에는 후환이 두려웠다.

주저하며 손을 잡자 그는 만족스럽게 웃었다. 창문을 통해 들어오는 밝은 햇빛을 받은 얼굴은 그야말로 10세 소년다운 얼굴이었다. 나는 어쩐지 그 웃음이 레이드 녹터답다고 생각했다.

녹란 정원

페이퍼 나이프를 한 손에 들고 레이드 녹터에게서 온 편지를 빤히 바라봤다.

그가 갑자기 저택에 나타난 날로부터 약 2주가 지났다. 그 2주 동안 이틀에 한 번꼴로 녹터가에서 편지가 오고 있었다. 전부터 녹터 백작이 아버지에게 편지를 보내던 것은 알고 있었지만 최근엔 녹터 백작이 아버지에게, 녹터 부인이 어머니에게, 그리고 레이드 녹터가 나에게 편지를 보냈다. 계절에 관한 것, 읽은 책, 가족의 현황에 관해 2장에 걸쳐 쓴 그의 편지는 읽는 것은 금방이었지만 답장할 생각을 하면 정신적으로 피로해진다.

말은 그 자리에서 어떻게든 얼버무릴 수 있지만 편지는 증거로 남는다. 무엇이 지뢰일지 모르는 레이드 녹터에게 편지를 보내는 행위는 지뢰밭에 돌을 던지는 것이나 마찬가지였다. 지뢰밭에 돌을 던지는 건 자살 행위. 나는 지금 그야말로 자살을 강요받는 중이다.

편지 봉투를 열기에는 부담스럽다. 하지만 언제까지고 편지 봉투만 보고 있을 수는 없다. 내일은 어머니와 함께 어머니의 친구의 친구의 친구가 개최하는 다과회에 초대받아 갈 예정이다. 빨리 잠자리에 들어서 내일을 준비해야 한다.

"문제없어. 괜찮아. 이번 편지도 분명 책 얘기일 거야. 괜찮아. 문제없어."

각오를 다지고 편지를 개봉하여 내용을 훑었다.

정원의 장미가 예쁘게 피었으니 괜찮다면 보러 와 달라는 초대였다. 몸이 떨렸다. 그 날 사형을 집행할 테니 와 달라는 것과 같은 의미였다.

나는 편지지 세트를 꺼내 실례가 되지 않도록 조심하면서 거절 답장을 적기 시작했다.

온화한 오후의 햇살 아래, 철을 맞은 꽃들이 흐드러지게 핀 정원에서 부인들이 싱글거리며 담소를 나눈다. 그 옆에는 테이블을 둘러싸고 아이들이 쿠키를 먹거나 알록달록한 색의 케이크를 먹고 있었다. 나는 기척을 지운 채로 그 모습을 지켜봤다.

레이드 녹터에게 보낼 답장을 적고 다음 날. 나는 어머니와 함께 초대받은 하임가 주최 다과회에 와 있다.

초대받았다고는 해도 하임가에는 처음 오는 것이고 애초에 이 가문에 관한 지식도 없다. 하지만 게임 관계자의 저택에 찾아온 게 아니라 평범한 다과회다. 처음엔 느긋하게 즐길 생각이었는데 나는 사교성이 죽어 있는 것이나 마찬가지였다. 또래 아이들에게 "재미없는 녀석이네."라며 곧장 낙인찍혀 혼자 겉돌고 있는 중이다.

다들 엄청 즐거운 얼굴로 디저트를 먹고 있다. 나는 하나쯤 먹고 관뒀다. 어제 요리장 라이아스 씨가 쿠키를 시식해 달라고 부탁하는 바람에, 그가 주는 대로 꽤 많은 양을 먹어버렸기 때문일지도 모른다. 적당히 자제해야 했다.

반성하면서 어머니가 있는 방향을 바라보니 어머니는 화제의 중심에 서 있었다.

저번에 시작한 자선 사업이나 고아원을 둘러보러 갔을 때의 이야기를 하는 중이었다. 주변 부인들은 놀란 듯한 얼굴로 어머니의 이야기를 들었다. 나도 같이 이야기를 듣고 싶었지만 여기 있으면 어머니가 자신의 딸이 또래들 사이에 끼지 못하는 것을 알아채고 말 것이다.

그러면 분명 어머니는 슬퍼하면서 날 걱정하겠지. 나는 딱히 혼자서 바닥만 내려다본다고 외로움이라는 감정을 느끼진 않지만, 어머니는 그런 상황을 외롭다고 느낄 사람이다.

그러니 나는 여기서 벗어나야 한다. 정원을 산책하고 오자.

변명은 이미 준비 완료했다. '화장실에 가려다 길을 잃었어요'라고 하면 된다. 완벽한 변명이다. 나는 모두에게 들키지 않도록 조심하며 조용히 자리를 벗어났다.

"엄청나다……."

정원을 정처 없이 걸어 다니던 나는 푸른 난으로만 채워진 듯한 또 다른 정원에 도착했다. 주변 일대가 전부 담녹색이라 순간 내가 눈병에 걸렸는지 의심했으나, 여기도 저기도 녹란(綠蘭)들이 흐드러지게 피어 있는 정원이었다.

하임가에는 정원이 두 개 있다는 이야기를 마차에서 어머니에게 전해 들었다. 다과회가 열린 정원은 알록달록하게 꾸며져 있고 각양각색의 꽃들이 있었지만 여긴 녹란으로 통일되어 있었다. 지금 이 순간 이 녹란에게 자아가 생겨 인간에게 반격을 개시한다면 나는 저항도 못 하고 바로 죽겠지. 그런 생각이 들 정도의 어마어마한 양이었다.

나는 식물은 잘 모른다. 정원사인 포레스트가 철이 아닌 꽃을 피우거나 색을 바꾸는 등의 다양한 연구를 하곤 했으니 그런 노력을 알아보기 위한 공부는 한다. 그래서 내 지식은 그가 관리하는 식물에 한정되어 있었다. 이 인공 정원의 의도를 파악할 능력은 없었다.

하지만 시야 전체가 같은 색으로 이루어진 풍경은 보고 있으니 편안한 기분이 들었다. 잠시 이곳에 머무르기로 마음먹고 나는 이곳을 정처 없이 걸어 다녔다.

분명 하임가는 초록색을 좋아할 것이다. 나는 특별히 좋아하는 색은 없었다. 부모님이나 저택의 사용인들은 모두 빨간색과 검은색을 좋아했다. 멜로도 그렇다. 그녀는 자신의 일기장을 딱 한 권만 제외하고는 전부 빨간색으로 통일해 두었다. 책장을 보면 새빨간 일기장들 사이에 딱 하나만 새하얀 일기장이 끼어있어서 눈에 띄었다. 포인트를 줬다고 생각하면 귀엽게 느껴졌다.

그녀의 책장을 떠올리며 정원 중앙에 있는 분수 주변을 걷고 있자 분수 그림자에 검은 덩어리가 있는 것이 보였다.

그것에 가까이 다가갈수록 그 덩어리의 윤곽이 뚜렷해졌다. 흙이나 묘목을 쌓아둔 건가? 차분히 응시하며 관찰하다가———, 나는 발을 멈췄다.

딱 어린아이 크기의 물체에는 시트 같은 천이 덮여 있었다. 아니, 어린아이 크기의 물체가 아니다. 어린아이다.

그 아이는 천을 덮어쓰고 무릎을 끌어안고 있었다. 발만 빼꼼 보일 뿐, 몸을 전부 숨기고 있었다. 그리고 꼼짝도 하지 않았다.

시체 유기——라는 말이 뇌리를 스쳤다.

아니, 아직 숨이 붙어있을지도 몰라. 시체라고 단정 짓는 건 좋지 않다. 조심조심 어깨로 보이는 곳에 손을 가져다 대자 아이는 깜짝 놀라며 마치 유령을 흉내 내듯이 천을 뒤집어쓴 채로 벌떡 일어났다.

"누구야?!"

일어섰지만 얼굴은 가려져서 보이지 않았다. 목소리로는 성별이 구별되지 않았지만 중성적인 목소리보다는 조금 높은 느낌이었다.

"미스티아 아렌이라고 해요. 저기, 왜 이런 곳에 있는 거죠? 몸이 안 좋은가요?"

"……아냐. 숨바꼭질을 하고 있었어."

목소리와 말투를 들어보니 그냥 가만히 두라는 듯한 뉘앙스가 팍팍 풍겨왔다. 깊이 파고들면 오히려 상대에게 부담되겠지.

"그렇군요. 그러면 실례할게요."

일단 하임 부인에게 여기에 아이가 있었다는 것을 알려주자. 마음속으로 그렇게 정하며 발걸음을 돌리려 했다. 하지만 곧바로 천을 뒤집어쓴 아이가 내 팔을 붙잡았다.

"자, 잠깐만."

"……역시 몸이 안 좋은가요?"

"그게 아냐, 그게 아니라."

그러면 이 손은 놔 줬으면 좋겠는데. 내 생각과는 다르게 아이는 내 팔을 잡은 손에 더 힘을 줬다. 뭐야, 이 애는? 상태를 살펴보려고 해도 얼굴이 천에 가려져 있어서 전혀 알 수가 없었다.

"이 정원을 안내해 줄 테니까…… 그때까진 안 보내줄 거야. 가자. 안내해 줄게."

그렇게 말하며 아이는 내 팔을 더욱 강하게 붙잡았다. 아파, 진짜 아프다고. 피가 안 통할 정도야. 나를 잡은 손은 한 손인데도 마치 걸레를 쥐어짜는 듯한 힘이었다.

"왜 안내를 해준다는 거죠?"

"싫어?"

엄청나게 고집이 센 타입이다. 질문은 받아주지 않고 팔은 걸레 쥐어짜듯이 잡고. 이 애는 대체 뭐지? 수상하지만, 거절했다간 팔을 더 부러트릴 기세로 더 세게 잡겠지.

"……좋아요."

"정말로?"

아이는 고집을 부린 것치고는 내 대답을 듣고 놀란 것처럼 반응했다. 나는 이상하다고 생각하면서도 고개를 끄덕이고는 아이에게 안내 받는 대로 걷기 시작했다.

"저 나무의 잎을 따서 차를 만들 수 있어. 열매도 달리는데 열매는 시간이 지나면 색이 점점 변하거든. 처음 달리는 하얀 열매는 먹어봤는데 짙은 색 열매는 아직 못 먹어 봤어. 색이 짙어지는 걸 기다리면 고양이가 전부 떨어트리거나 먹어버리거든."

　뽕나무를 지나치며 에리의 설명을 들으면서 그녀의 뒤를 따라 갔다.

　갑자기 정원을 안내해 주겠다고 나선 아이의 이름은 에리였 다. 아무래도 여자아이였던 모양이다. 그 외에는 전혀 말해주지 않았지만 정원의 안내를 자처하고 이런 이야기를 하는 것을 봐 선 하임가의 아이거나 친분이 있는 가문의 아이겠지.

　"이 녹란은 아버지랑 어머니, 내가 키우고 있는 거야. 철은 아 니지만 여러모로 노력해서 꽃을 피우게 해서……, 어머니도 아 버지도 이 녹란을 좋아해서 프러포즈할 때도 이걸로 꽃다발을 만들어서 선물했대."

　에리는 뒤집어쓴 천을 한 손으로 붙잡으며 나를 향해 뒤돌았 다. 이 이야기로 그녀가 하임가의 아이라는 것이 확실해졌다. 이 녹란 정원은 가족 모두가 소중히 가꾼 정원이라고 한다. 넓 은 정원을 가득 메우는 녹란은 부부의 사랑의 결정체였다. 마음 대로 들어와서 미안한 마음이 들었다. 나중에 부인에게 사과해 야겠어.

　"그렇군요. 멋대로 들어와서 죄송해요."

　"괜찮아. 에리도 아무도 없을 때 몰래 꽃을 돌보러 오거든."

　그녀는 외로움이 담긴 목소리로 중얼거렸다. 어라? 이 아이는 하임가의 아이가 아닌가? 왜 아무도 없을 때 돌보러 온다는 거 지? 특별한 사정이 있는 아이인가?

　"그럼 다음은 저택을 안내해 줄게."

그녀는 그렇게 말하며 내 손을 잡고 저택 방향으로 걷기 시작했다. "정원만 안내해 주는 거 아니었나요?"라는 내 질문에는 전혀 대답하지 않고 나를 데리고 뒷문으로 보이는 곳을 통해 저택 안으로 들어섰다. 이 모습을 보니 놔줄 생각은 없는 듯하다. 다과회에 돌아가는 것을 포기한 나는 저택 내의 복도를 걸어가는 그녀의 뒤를 따라갔다.

"저기, 저택에 멋대로 들어와도 괜찮나요?"

"에리가 허락했으니까 괜찮아."

괜찮나 보네. 뭐가 괜찮다는 건지는 모르겠지만 상대는 하임가의 아이일 테니 괜찮은 게 맞겠지.

"자, 이것 봐. 이 카펫은 꽃무늬로 되어 있어. 이건 하얗지만."

그녀는 바닥을 손가락으로 가리켰다. 그녀의 말대로 거기엔 하얀 난초 자수가 가득했다.

녹터가에서도 이렇게 저택을 안내받은 적이 있었는데 요즘은 저택을 안내하는 게 유행하기라도 하는 걸까. 그 저택은 내관도 외관도 저택보다는 성에 가까웠지만 하임가의 저택은 정통파 저택 분위기를 베이스로 조금씩 이국적인 분위기가 섞여 있어서 잘 조화를 이루고 있었다.

"아버지가 배를 타고 다양한 곳을 다니거든. 그래서 기념품을 진열해놨어."

에리가 가리킨 장식품들은 색 조합이 독특했다. 그러고 보니 전에 정원사 포레스트가 타국의 전통문양을 가르쳐 줬을 때 비슷한 무늬를 본 것도 같다. 구경하면서 복도를 걷자 그녀는 갑자기 문 앞에서 멈춰 섰다. 문에는 문패가 달려 있고 난초가 그려져 있었다.

"여기가 에리의 방이야."

그녀는 손잡이를 잡았다. 문패는 얼핏 봐도 특별히 주문한 것처럼 질이 좋았다. 역시 이 아이는 하임가의 영애구나. 그러면 왜 그녀는 다과회에 참가하지 않고 검은 천을 뒤집어쓰고 있던 거지? 게다가 아무도 보지 않을 때를 노려 꽃을 돌본다는 것도 이상했다.

"특별히 안에 들어오게 해 줄게."

"응?"

안에? 그렇게 말하기 전에 갑자기 방 안으로 끌려들어 갔다.

놀라면서도 주변을 둘러봤다. 가구도 전부 녹색으로 통일되어 있을 줄 알았는데 그렇지는 않았고, 차분한 색으로 꾸며져 있었다. 멋진 방이었지만 위화감이 느껴졌다.

녹터가 저택에서도 공간이 신경 쓰였었다. 게임에서 봤던 부인의 초상화가 없었기 때문이다. 하지만 여기서 느껴지는 위화감은 그런 것이 아니라 분위기에 관한 것이었다.

아이의 방인 것치고는 횅하고, 그런 것치고는 심플하지 않았다. 그림책을 꽂아둘 책장이나 장난감을 담는 상자는 있는데, 그림책이나 장난감 자체는 없었다. 책상과 의자, 침대, 빈 책장, 빈 장난감 상자, 옷장만으로 구성된 이 방은 아이가 살고 있는 방이라기보다는 앞으로 아이를 맞이하려는 듯한 방처럼 보였다.

"에리는 항상 여기에 있어."

"흐음."

어떻게든 대답은 했지만 나는 동요했다. 방금까지 아이가 사는 것 같지 않다고 생각했던 방에, 눈앞에 있는 이 아이가 "항상 여기에 있다."라고 말했기 때문이다.

"······여기선 뭘 하고 지내?"

동요를 들키지 않도록 조심스럽게 질문하자 에리는 조금 생각한 후, 두꺼운 커튼으로 가려진 곳을 손가락으로 가리켰다. 커튼은 완전히 쳐지지 않고 살짝 틈이 있었다.

"저 창문으로 하늘을 구경하곤 해."

이 아이, 여기 갇혀 있기라도 한 건가.

혼자서 정원의 꽃을 돌보고 방에서 하늘을 구경하기를 즐기고. 평범한 취미로 볼 수도 있지만 이런 방에서 지낸다는 점이 왠지 마음에 걸렸다. 깔끔한 게 좋다거나, 물건이 얼마 없는 상태를 좋아한다거나, 애초에 책이나 장난감에 흥미가 없는 등, 그녀가 원해서 이렇게 지내는 것이라면 딱히 상관없다. 하지만 누군가가 이런 생활을 강요한 것이라면 문제가 된다.

"책장의 책이나 장난감 상자의 장난감은 어디에 뒀어?"

"소중한 물건이라 따로 보관해 뒀어. 없어지지 않게. 부서지지 않게. ······그보다 다음은 거실로 가자. 안내할게."

에리는 추궁을 가로막듯이 내 팔을 끌었다. 나는 망설이면서도 방을 나섰다. 상대가 거절하는 이상 더 깊이 파고들 수는 없다. 그 후로도 입을 열지 않는 그녀의 뒤를 따라가는데, 뒤에서 "에리?"라며 그녀를 부르는 목소리가 들려왔다.

우리의 뒤——복도 안쪽에 하임 부인이 서 있었다.

"어머니……."

에리가 중얼거리자 부인이 곧바로 이쪽으로 달려왔다. 에리는 내 손을 놓고 재빠르게 방으로 돌아가 큰 소리를 내며 문을 닫았다. 부인이 내 앞을 지나갈 때, 자물쇠가 잠기는 듯한 금속 소리가 들렸다.

"기다리렴! 이야기가 하고 싶단다! 계속 방에 틀어박혀 있기만 하고, 대체 무슨 일이니? 에리, 어째서……."

부인은 문에 매달리듯이 하여 문을 두드렸지만 대답은 들려오지 않았다.

나는 어떻게 해야 하지? 상황을 살피고 있자 부인이 내 쪽으로 고개를 돌렸다.

"앗, 저, 하임 부인…… 저는…… 이만."

실례하겠습니다, 라며 발을 돌리려던 순간 팔을 붙잡혔다. 뒤돌아보니 역시나였다. 마치 조금 전 에리처럼 하임 부인이 내 팔을 붙잡은 것이었다.

"정말, 이제 어떻게 해야 할지 알 수가 없어서……."

고개를 숙이며 말하는 하임 부인의 눈에는 눈물이 비쳤다. 부인은 품에서 손수건을 꺼내 눈가에 가져다 댔다. 나는 테이블 맞은편 소파에 앉아 그 모습을 그저 바라보기만 했다.

나는 그 후 하임 부인에게 불려 하임가의 접객실로 안내받았다. 그리고 부인은 "부디 들어줬으면 하는데."라며 서론을 꺼내더니 에리에 관해서 말하기 시작했다.

에리는 예전엔 정말 잘 웃는 아이였다고 한다. 정원을 뛰어다니고 동물들과 장난치고, 꽃을 사랑하는 상냥한 아이. 동물도 사람도 좋아하던 그녀는 어느 날을 기점으로 갑자기 방에서 나오지 않게 되었다. 낮이 되어도 모습을 드러내지 않고, 그녀를 부르러 직접 방으로 가면 자물쇠가 걸려 있고 말을 걸어도 대답하지 않았다.

문틈 사이로 '내버려 둬'라는 짧은 글이 쓰인 편지를 내밀 뿐, 이유를 물어도 대답하지 않았다. 밖에서 창문으로 안쪽을 살피려 해도 커튼이 쳐져 있어서 안쪽이 보이지 않았다.

식사는 방 앞에 두면 잠시 후에 비워진 식기가 나온다. 귀를 기울이면 방 안에서 소리가 작게 들리고, 가끔은 훌쩍거리는 소리도 들려왔다고 한다.

그 소리를 들으며 딸이 살아 있음을 확인한다. 부인은 그런 생활을 해 왔다고 한다.

"그 아이는 다과회를 좋아하니까 정기적으로 또래 아이를 저택에 초대하면 언젠가 방에서 나와줄 거라고 생각했어. 그래도 전혀 효과가 없어서. ……그래서 그 아이가 너를 데리고 다니는 걸 보고 놀랐어. 오랜만에 그 아이의 모습을 볼 수 있었어……."

부인의 목소리가 떨렸다. 이 사람은 지금, 10살짜리 아이인 내게 매달리고 싶을 정도로 간절한 상태인 거겠지.

하지만 하임 부인이 말하는 에리와 실제로 내가 만난 에리는 전혀 달랐다. 내 팔을 붙잡고 안내해 주겠다고 자처하며 자신의 방에도 들여보내 줬던 이미지와는 정반대다.

하지만 소중한 책과 장난감을 숨겨두고, 밖에서 보이지 않도록 하는 것은 방에 틀어박히는 것 이상의 자기방어 본능처럼 느껴졌다.

"그 아이는 최근 반년 동안 방에서 나오지 않았어. 아무와도 대화하지 않고…… 그래서 오늘 처음 만난 네게 이런 말을 하는 것도 미안하지만…… 괜찮다면 또 그 아이를 만나러 와 줄 수 있겠니? 괜찮다면…… 당장 내일이라도."

부인은 주저하면서 말했다. 불안하게 흔들리는 비취색 눈동자를 관찰하며 나는 가능성 하나를 떠올리며 고개를 끄덕였다.

관이 열릴 때

   하임가의 다과회를 다녀오고 다음 날. 나는 다시 하임가의 저택에 찾아왔다.

   어제 다과회장으로 돌아갔을 때 어머니는 슬그머니 내게 "마음대로 자리를 벗어날 땐 엄마에게 제대로 말하고 가렴."이라며 귓속말을 했다. 딸의 방랑벽을 이해해 주는 모양이었다. 고마운 일이다.

   하임가에서 있었던 일은 어머니에게도 말했다. 덕분에 오늘은 고집을 부리지 않고 올바른 절차를 거쳐 저택에 찾아올 수 있었다.

   에리의 방 앞에 서서 노크하기 위해 문을 향해 손을 뻗었다. 부인은 "내가 옆에 있으면 안 나올지도 모르니까."라고 말하며 현관에서 대기 중이다.

   "어?"

   그런데 예상했던 문의 감촉이 아니라 따뜻함이 느껴졌다. 닫혀 있던 문이 열리고, 그 안에서 뻗어져 나온 손이 내 손목을 잡았다.

   "에리?"

   이름을 부른 순간 나는 방 안으로 휙 끌려들어 갔다. 힘에 끌려간 탓에 바닥에 착지했으나 이상하게도 전혀 아프지 않았다. 내가 착지한 곳에는 쿠션이 깔려 있어서 충격이 전부 쿠션에 흡

수된 모양이었다.

주변을 둘러보니 쿠션이 깔린 곳은 내가 착지한 곳뿐이었다. 어제는 이런 쿠션이 없었다. 아마도 나를 끌어당기기 위해 미리 깔아둔 듯했다. 일어서자 눈앞에 에리가 서 있었다. 그녀는 오늘도 천을 뒤집어쓰고 있어서 아래에서 들여다봐도 얼굴은 보이지 않았다.

"어―, 그러니까, 쿠션 깔아줘서 고마워."

"없으면 다칠 테니까."

에리는 무뚝뚝하게 대답했다. 이렇게 바로 방에 들여보낼 줄은 몰랐다. 오늘은 돌아가라며 화내거나 무시할 줄 알고 거절당하는 상황만 시뮬레이션하고 온 상태다. 그녀는 뒤집어쓴 천을 흔들며 나를 머리끝부터 발끝까지 확인하듯이 머리를 움직였다.

"어머니한테 얘기 듣고 온 거야?"

마치 심부름하러 온 아이를 보는 가게 주인 같은 말투였다. 하지만 그 목소리엔 아이를 향한 자상함이 아니라 불신이 담겨 있었다. 완전히 나를 의심하고 있다. 하지만 이건 어쩔 수 없다. 실제로 나는 하임 부인에게 부탁받아서 온 거니까.

"또 와 달라는 이야기는 들었어."

"역시."

"하지만 오늘 내가 여기 온 건 어제 인사도 못 하고 돌아간 게 마음에 걸려서야."

"정말 그것뿐이야?"

에리는 의심하는 마음을 숨기지 않고 물었다. 그녀가 안심할 수 있도록 나는 고개를 크게 끄덕였다.

"응. 딱히 방에서 나가자고 부탁하거나 설득하려고 하진 않을 테니까 그 점은 안심해. 이유도 묻지 않을게."

사람이 방에 틀어박히는 것에는 다양한 이유와 사정이 있다. 예를 들면 '밖이 무섭다'라는 공포심은 밖에서 사람 자체를 만나는 게 무서운 경우, 특정한 누군가를 만나는 게 무서운 경우, 방에서 나가는 것 자체가 무서운 경우 등 다양한 이유가 있다. 게다가 이유 자체가 없을 수도 있다. 하루 이틀 설득한다고 해결될 문제가 아니다.

부인은 방에 틀어박힌 이유를 물어봐 달라고 부탁했지만 에리가 스스로 말할 때까지 나는 그녀에게 아무것도 묻지 않을 생각이다. 게다가 그녀의 부모님 자체가 위협이고, 부인이 내게 한 말이 전부 꾸며낸 것이며 실은 그녀를 방에 가둔 게 부모님일 가능성도 있다. 그럴 경우엔 우리 부모님께 상담할 필요가 있다. 그러니 지금은 상태를 살피고 신중하게 판단하는 것이 중요하다.

에리는 잠시 생각에 빠져 있더니 내게 앉을 것을 재촉했다.

"그럼 에리랑 같이 놀자. 뭐 하고 놀지는 네가 정해도 돼."

그 말을 듣고 머리가 새하얘졌다.

나는 놀이 방법은 잘 모른다. 전에는 레이드 녹터와 체스를 뒀었지. 하지만 떠올려보면 그 후로 이렇게 또래 아이와 놀아본 기억이 없었다. 어렸을 땐 멜로……, 멜로와 마왕에 관한 이야기를 주고받거나 진흙 놀이를 한 기억은 있지만 그 외에 즐거운 놀이 방법은 아는 게 없다. 무난한 건 숨바꼭질…… 이 방에서 숨바꼭질을 하기엔 어렵겠지. 숨을 곳이라고는 침대 아니면 옷장뿐이었다.

"아무 생각도 안 난다. 어쩌지? 미안해."

"응?"

아무 생각도 나지 않았다. 솔직하게 말하자 에리가 놀랐다. 여전히 천을 뒤집어쓰고 있어서 표정은 보이지 않았지만 놀라는 목소리는 확실히 에리의 목소리였다.

"……그럼 인형 옷 입히기 할래?"

그녀는 나를 배려해 주려는 건지 침대 아래에서 상자를 꺼냈다. 안에는 종이 인형이 들어 있었다. 여자아이 인형과 남자아이 인형, 그리고 종이로 만들어진 옷들이 있었다.

이건 나도 안다. 동생이 어릴 적 자주 가지고 놀았던 거다. 인형에 옷을 입히면서 노는 거. 이 세계에도 있었구나.

"응. 이걸로 놀자."

이거라면 어떻게 가지고 노는지 나도 알고, 승부를 겨루는 것도 아니니까 안심이다. 안심되고 안전한 놀이. 내 대답에 에리는 끄덕이고는 바닥에 인형과 옷들을 죽 늘어놓기 시작했다. 왕자님으로 보이는 남자아이, 공주님으로 보이는 여자아이, 초기 아바타 같은 남녀, 할머니, 할아버지, 할아버지, 할아버지, 할아버지…… 배리에이션이 다양한 건지 치우쳐진 건지 모를 라인업이다.

"에리는 할아버지를 모으는 거야?"

"아, 아냐. 이건 난쟁이라서 다른 것보다 많아."

그렇구나. 난쟁이가 여럿 있고 공주님과 왕자님이 있다는 것은 백설 공주를 모티브로 한 옷 입히기 인형인가 보네. 동생이 가지고 놀던 것은 그야말로 현대! 라는 느낌의 시리즈였다. 세계가 다르면 장난감도 다르구나.

"다 입히고 나서 서로 보여주자."

"응."

에리는 공주님으로 보이는 여자아이 인형을 집어 들었다. 나도 그녀를 따라 바닥에 놓인 인형을 살폈다. 일단 시야에 들어온 늑대를 집어 들어서 난쟁이가 들고 있던 양산형 검, 모자를 장비시켜서 포장마차에 한 명쯤은 있을 듯한 건들거리는 수인형 병사를 완성시켰다. 그러자 에리는 내 손을 들여다보듯이 다가왔다.

"그건 뭐야? 강한 늑대?"

뭐라고 대답하면 좋을까. 이건 RPG 스토리 중반에 등장하는 수인 병사고, 나라를 지킨다는 명분으로 우쭐거리며 마을 사람들에게 건방지게 굴다 나중에 주인공에게 처벌당하는 병사야! 라고 대답할 수는 없었다.

고민하다가 "마을을 지키는 병사⋯⋯."라고 대답하자 에리는 납득했는지 흥미를 순식간에 잃은 듯한 목소리로 "그렇구나."라고 대답했다. 압박 면접처럼 "왜 그런 걸 만들었죠?", "무슨 의미가 담겼죠?", "이걸 만듦으로써 무엇에 공헌할 수 있다고 생각하시나요?", "예상되는 이익은?"이라는 질문이 들어오지 않아서 다행이다. 가슴을 쓸어내리며 안도하자 에리가 뭔가를 가리켰다.

"그럼 이건 그 동료."

그녀가 내민 것은 난쟁이의 모자와 양산형 검을 든 남자아이 인형이었다. 아무래도 관심이 없어진 건 아니었던 모양이다.

나한테 맞춰준 거구나. 기쁜걸.

나는 초기 아바타처럼 생긴 여자아이 인형을 집어 들어 원피스 위에 앞치마를 입혔다. 이 아이는 병사에게 괴롭힘당하는 포장마차의 마스코트다.

"그럼 이 아이는 병사가 자주 다니는 포장마차 점원."

"그게 뭐야."

에리가 후후훗 하며 웃었다. 목소리만 들리지만 그녀는 확실히 웃고 있었다.

"그럼 에리는 뭘 더 만들까―."

"수수께끼의 인물은 어때?"

"으음. 수상해 보이는걸."

"맞아. 수상한 사람. 엄청나게 수상하지만 강한 사람 말야."

인형의 옷을 갈아입히며 에리와 대화했다. 서서히 RPG 풍 캐릭터가 모이고, 점점 어울릴 만한 옷이 없어지자 에리가 그림용 종이와 물감 세트를 꺼내 들었다. 옷을 그리고 색을 칠한다. 물감이 마르는 사이 또 캐릭터를 만들고 물감이 마르면 자른다.

그렇게 인형을 만드는 사이에 커튼 틈으로 새어 들어오는 빛에 오렌지색이 섞이기 시작한 것을 깨달았다. 아무래도 이 방에 들어온 후로 몇 시간이 지난 모양이다. 에리는 붓을 종이 위에 내려두고는 쭈욱 기지개를 켰다.

"흐아, 힘들다."

재주가 좋은 건지, 뒤집어쓴 천이 큰 건지, 여전히 얼굴은 보이지 않았다.

"사람이 이만큼 많으면 마을을 만들어도 되겠다."

가장 처음 만든 병사의 옷을 바라보며 말했다. 바닥에는 에리와 오늘 만든 인형이 잔뜩 놓여 있다. 40명, 아니, 50명이 넘을지도 모른다. 이 정도 되면 캐릭터뿐만 아니라 포장마차나 성도 만들고 싶어진다. 게이머의 본능인가.

"그럼 내일도 놀러와 줄래?"

"응?"

"같이 만들자, 마을."

에리는 "부탁이야."라면서 어제와는 다르게 조심스러운 목소리로 말하며 내 손을 잡았다. 팔을 힘껏 쥐고 끌어당기던 폭력적인 행동이 아니라, 상냥하고 배려가 느껴지는 손길이었다.

"그래. 완성할 때까지 같이 힘내자."

나는 에리의 말에 고개를 끄덕였다. 천 때문에 표정은 보이지 않았지만 그녀가 웃는 것 같은 기분이 들었다.

눈을 뜬 공주

에리와 만난 지도 한 달이 지났다.

이제 계절은 완전히 여름에 들어섰다. 나는 이 한 달간, 하임 가에 계속 출입했다. 비가 올 때도, 바람이 올 때도. 거의 매일같이 들락날락했다.

인형 만들기에서 파생된 마을 조성은, 지금은 성과 포장마차, 집도 완성되어 약 10평 크기의 에리의 방의 절반을 메울 정도로 규모가 커졌다. 하지만 그녀는 "아직 절반이나 남았어."라고 말했다.

아무래도 그녀에겐 장인 기질이 있었는지, 이미 만든 건축물을 고치며 하루를 보낼 때도 있었다. 장래 유망한 장인 정신. 장래엔 연구자가 되는 것도 좋을 듯했다.

당연히 하임 부인은 연일 저택에 찾아오는 내게 딸의 상태를 물었다. 에리에게 마을 만들기에 관한 이야기라면 말해도 좋다는 허가를 받은 상태였다. 가상의 마을 건설 상황을 말해주자 하임 부인은 기쁜 얼굴로 내 이야기를 들었다. 한차례 마을 상황에 관해 전해 들은 하임 부인은 마지막엔 항상 내게 에리와 노는 게 힘들지는 않은지 불안한 목소리로 물었다.

솔직히 나는 자주 밖을 돌아다니는 타입이 아니라 매일같이 다른 사람의 집에 방문하는 것이 쉬운 일은 아니었다. 하지만 힘든 것도 아니었다. 오히려 에리와 보내는 시간은 내게 의미가 있었고 매우 즐거웠다. 처음엔 팔을 꽉 붙잡기에 가만히 내버려 둘 수 없어서 함께 있었을 뿐이었는데, 그녀와 실없는 대화를 주고받는 시간이나 함께 종이 마을을 만드는 시간은 내게 그 무엇으로도 대체할 수 없는 소중한 것이 되었다.

오히려 방에 틀어박힌 에리 입장에서는, 만난 지도 얼마 안 된 사람이 방에 들어오는 건 등교를 거부하는 학생의 집에 담임이 찾아와 등교하도록 설득하는 것만큼이나 부담스러운 일일 터였다. 그런데도 에리는 전혀 싫어하는 내색을 보이지 않았다.

한 번은 "이렇게 자주 와도 괜찮아?"라고 물은 적이 있었는데, "오기 싫어?"라며 내 팔을 또다시 꽉 붙잡았다. 그러니 아마도 나를 경계 대상에 포함시키지 않은 듯했다.

이건 우리 사이에 우정이 싹튼 게 아닐까? 친구가 될 수 있지 않을까? 아니, 이미 친구가 된 게 아닐까? 라는 낙관적인 생각까지 하게 되었다.

"미스티아. 물은 다 준비됐어?"

"이 정도로는 부족해. 주민들이 전부 말라죽을 거야."

그리고 오늘은 아침부터 "물가가 있으면 좋겠어."라는 에리의 지휘 아래, 둘이서 부지런히 우물을 만드는 중이다. 에리가 그림 종이에 색을 칠해 우물을 만들고, 나는 하늘색 종이를 잘라 우물 속 물을 만든다.

이 두 개를 조합해서 마을에 무수한 '물이 흘러넘치는 우물'을 설치할 생각이다. 가뭄에 고통받는 마을이 용사의 물 마법에 의해 구제된다는 설정이었다. 하지만 용사가 마을에 가뭄을 일으킨 장본인이고, 용사는 마을을 구해준다는 빌미로 금품을 갈취하려 한다는 꽤나 어두운 설정이 숨겨져 있었다. 에리는 이 설정을 듣고 웃었다.

그런 에리가 오늘은 굉장히 이상했다.

왠지 계속 이야기가 끊기지 않게 이어나가고 있었다. 딱히 대화가 없다고 어색한 것도 아니고 에리도 말수가 적은 유형이라고 생각했는데 오늘은 계속 진척 상황을 확인하거나 내 표정을 살피며 의미 없는 질문을 했다.

"미스티아는 무슨 동물 좋아해?"

얼핏 듣기엔 평범한 질문이다. 하지만 이 질문을 오늘 네 번이나 들었다. 아침부터 나는 약 한 시간 간격으로 좋아하는 동물이 뭐냐는 질문을 들었다. 나는 한 시간 간격으로 좋아하는 동물이 바뀌는 사람으로 유명한 것도 아니었다. 그래서 오히려 걱정되고 불안했다. 레이드 녹터가 같은 질문을 했다면 '오늘 날 죽이려는 건 아니겠지?'라고 불안해했겠지만, 에리는 평범한 여자아이다. 순수하게 그녀가 걱정되었다. 무슨 일이라도 생긴 걸까.

생각해 보면 전생에서 내가 초등학교에 다닐 때, 앞자리에 앉은 반 친구가 키우던 강아지가 죽었다며 갑자기 울음을 터트렸던 적이 있었다. 그는 수업이 한창 진행 중일 때 느닷없이 울음이 터졌는데, 수업 전 쉬는 시간엔 평소보다 말수가 많아서 이상하다고 생각한 적이 있었다. 마치 그때 같았다.

"에리. 무슨 일이라도 있었어?"

"아니."

에리는 그렇게 말하면서도 천을 더 깊이 뒤집어썼다. 분명 평소와 달랐지만 말하고 싶지 않아 하는데 억지로 대답을 끌어내는 것은 좋지 않다.

하지만 신경 쓰인다. 뭔가 도와줄 수 있는 일이 있다면 도와주고 싶다. 그래도 내가 이렇게 생각하는 것 자체가 에리에게는 부담이 될지도 모른다.

시계를 확인하자 점심 식사를 가지러 갈 시간이었다. 하임가에 올 때마다 나는 여기서 식사를 대접받았다. 처음엔 저택에서 도시락을 가져왔지만 하임 부인이 식사 정도는 대접하게 해달라며 슬픈 표정으로 말하기에 여기서 식사를 하게 되었다. 그래서 하임 부인이 에리의 식사를 방 앞으로 가져올 때 내 몫의 식사까지 가져와 달라고 부탁했다. 오늘도 슬슬 점심을 먹을 시간이었다.

"내가 점심 가지고 올게."

"……혼자 가져오게 해서 미안해."

"괜찮아. 다녀오는 동안 우물 만들고 있어 줘."

괜찮다고 말해도 에리는 미안하다는 표정이었다. 정직한 성격이었다. "다녀올게―." 하며 밝은 목소리로 말한 후 방을 나와 복도를 걷자 마침 부인이 점심을 카트에 싣고 가져오는 중이었다.

"오늘 점심은 샌드위치란다."

"감사합니다. 죄송해요, 제 몫까지 부탁드려서."

"괜찮아, 그 아이와 함께 먹어준다면 매일…… 아니, 매 끼니라도 기쁘게 준비해 줄 수 있단다. 혼자서 먹으면 외로울 테니까 말이야."

매 끼니를 함께하면 에리도 싫어하지 않을까. 하임 부인이 가져온 점심을 보니 샌드위치에는 계란, 햄, 양상추가 가득했다. 사이드로는 감자 샐러드도 있었다. 찻주전자에서 나는 차의 향기는 분명 뽕잎차인 듯했다.

"그럼 제가 가져갈게요. 감사해요. 잘 먹겠습니다."

부인에게 인사하고 카트를 밀어 방으로 돌아왔다. 그리고 평소처럼 방문을 열자 평소와는 다른—— 뭔가를 찢는 소리가 들려왔다.

소리가 난 곳, 눈앞의 광경이 믿기지 않아서 나는 멈춰버렸다.

그렇게나 마을 만들기에 열중하던 에리가 제 손으로 우물을 찢고 있었다. 그녀가 열심히 그림을 그린 종이는 잘게 찢겨서 바닥에 흩어졌다.

"에, 에리?"

내 부름에 그녀는 놀랐는지 허둥지둥하며 뒤를 돌았다. 그리고 그때, 에리가 뒤집어쓰고 있던 천이 아래로 흘러내렸다. 그리고 나타난 것은, 비취색 눈동자로 커다란 눈물을 뚝뚝 흘리고 있는 소녀…… 에리였다.

에리가 어두운 고동색 머리를 흐트러트리며 울고 있었다. 울려 버렸다. 내가 무슨 짓을 한 거지? 뭔가 말을 해야, 위로나, 뭐라도 해야, 어떡하지?

"우물…… 만들기 싫었어?"

"아냐……."

"그러면 왜, 뭔가 잘못해서?"

"아냐……!"

에리가 외치며 더욱 눈물을 흘렸다.

"마, 마을이 완성되면 미스티아가, 더는, 안 올 테니까. 싫어. 더 이야기하고 싶은데. 그런데 무슨 이야기를 해야 할지도 모르겠고, 버벅거리고, 말이 제대로 안 나와서, 기다리게만 하는데, 말을 제대로 못 하니까, 마을이 완성되면."

"에리."

"……친구로 지내지 못하잖아."

가냘픈 목소리가 떨렸다.

답답한 듯이 불안에 떨리는 눈동자. 그 모습을 보니 내가 에리를 혼자 놔둘 수 없었던 이유를 그제야 알게 되었다.

에리는 나와 닮았다.

대화가 서툴다. 재밌는 이야기를 하지 못한다. 그래서, 다른 사람과 대화하는 게 어렵다.

전생에서도 나는 어렸을 때 사람들과 잘 지내지 못했다. 아니, 지금도 그렇다. 대화도 서툴고 재밌는 이야기도 못 하고, 가족 외의 사람과는 용건 없는 잡담을 나누기 어려웠다. 분명 이웃에 살던 남자아이한테 말을 걸었다가 "재미없어—."라는 말을 들었던 게 원인이었다.

그 후로 나는 사람과 대화한 뒤에 '그 말은 하지 말걸 그랬어.', '내가 분위기를 깬 건 아니겠지?' 하는 생각에 빠져들고는 했다. 그렇게 점점 대화 자체가 더욱 거북해졌다.

그런 성격이 바뀐 것은 중학교에 입학한 후 얼마 지나지 않아서 "재밌는 얘기를 듣고 싶었으면 TV를 봤겠지. 딱히 재밌으려고 대화하는 것도 아니고, 대화한다고 돈을 주는 것도 아니니까 당당하게 말해."라며 동생이 지적한 후부터였다. 그 이후로 조금씩 일상 대화가 편해지기 시작했다.

에리도 아마 대화가 어려워진 계기가 있었겠지. 심한 말을 들었는지, 무슨 일을 당했는지는 알 수 없다. 그 후로 '조용히 있으면 안 돼.', '재밌는 이야기를 해야 해.' 하면서 긴장하고, 대화를 위한 화제를 찾는 일에 시간제한을 두고는 패닉에 빠지는 일의 반복.

후회하고, 나중에 몇 번이나 과거의 대화를 떠올리며 반성한다. 더는 실수하지 않으리라 결심한다. 그런 맹세는 에리 자신에게 위협으로 변했을 것이다. 그래서 스스로를 지키기 위해서 자신의 방에 틀어박혀서 외부와의 접촉을 단절시켰겠지.

그렇게 혼자 있기를 자청했지만, 한편으로는 외로웠을 것이다. 대화하는 게 무섭지만 혼자 있는 것도 힘들다. 분명 에리는 괴로웠을 것이다. 그래서 녹란 정원에서 나와 만났을 때 팔을 붙잡고 놓아주지 않았던 것이다. 누군가 자신을 도와주기를 원해서.

"딱히 무리해서 말하지 않아도 괜찮아."

천이 벗겨진 에리에게 조심스레 다가갔다. 그녀의 떨리는 주먹 위에 조심스레 내 손을 얹었다. 에리는 어찌할 줄 모르고 내 얼굴을 바라봤다.

"그, 그래도."

"괜찮아. 말 안 해도 돼. 난 계속 옆에 있을 거야. 조용히 있어도, 아무것도 안 해도, 괜찮아. 말하고 싶은 게 생기면 그때 말하면 되고, 그렇지 않으면 그대로 있으면 돼. 우린 계속 친구니까. 갑자기 사라질 일은 없을 거야. 약속할게."

그러니 울지 마. 그렇게 기도하며 손을 잡았다.

"정말로?"

"응. 정말."

"무슨 일이 있어도?"

"무슨 일이 있어도."

그렇게 대답하며 웃어 보이자 에리는 내게 매달리듯이 나를 끌어안았다. "우물 찢어서 미안해."라며 떨리는 목소리로 말했다.

"괜찮아. 다시 만들면 되지. 몇 번이든 다시 만들 수 있어."

에리의 체온이 느껴지는 등을 쓰다듬자 에리는 나를 더욱 세게 끌어안았다. 안심한 듯이 내게 완전히 기대더니, 잠시 후엔 새근새근 잠든 듯한 숨소리가 들려왔다.

바닥에 오래 눕혀두면 좋지 않다. 하지만 깨우기도 어려웠다. 10살짜리의 약한 힘으로는 그녀를 침대로 옮길 수도 없었다. 밖은 어두워지고 있었다. 아니, 이미 어두웠다. 슬슬 돌아갈 시간이었지만 방금 갑자기 사라지지 않을 거라고 약속해놓고 말없이 귀가해 버리는 것도 좀 그랬다. 하지만 통금 시간이…….

하지만 지금은 일단 에리와의 약속을 지키는 것이 중요하다.

나는 그녀를 끌어안고 안심하고 잘 수 있도록 조심스럽게 등을 어루만졌다.

"아……."

천천히 눈을 뜨자 낯선 천장이 시야에 들어왔다.

여긴 어디지? 기억을 되돌리다가 어제 있었던 일을 떠올렸다. 맞아. 어제 분명 잠든 에리를 안아주고 있었더니 내가 방에서 나오지 않았다는 것을 알아챈 하임 부인이 방으로 와서 묵고 가라고 했었지.

심부름꾼을 보내서 집에 연락을 부탁하고, 에리를 침대로 옮겨달라고 했었다. 나도 그 옆에서 잠들었다──는 것은, 나는 지금 에리와 같이 잤다는 것이다. 그렇게 생각하며 옆으로 고개를 돌렸으나 옆에는 아무도 없었다.

"큰일이다."

잠꼬대하다가 발로 차서 떨어트렸나? 무슨 짓을 저지른 거야. 서둘러 침대 아래를 확인했는데 바닥에는 아무것도 없었다.

왜 아무도 없지?

에리를 찾기 위해 주변을 둘러보다가 창밖이 몹시 밝다는 것을 깨달았다. 작은 틈새만 열려 있던 커튼은 완전히 걷혀 있고, 방 안으로 쏟아져 들어오는 햇빛이 시간의 경과를 말해주고 있었다.

큰일이다. 늦잠을 잤나 봐. 아마도 에리는 나보다 먼저 일어났을 것이다. 상냥하게 내가 푹 잘 수 있도록 가만히 놔둔 걸까? 아니면 날 몇 번이나 깨웠는데도 내가 안 일어났던 것일지도 모른다. 어쨌든 내가 늦잠을 잔 것만큼은 확실하다.

다른 사람 집에 묵으면서 늦잠을 자다니 이게 무슨 실례야. 추태를 보이고 말았다. 벌떡 일어나자 옆에는 새로운 옷이 준비되어 있었다. '미스티아 양에게'라고 적힌 카드까지 올려져 있었다.

아마 하임 부인이 신경 써 준 거겠지. 은혜를 늦잠으로 갚아 버리다니. 이보다 더한 민폐는 없으리라 생각하며 나는 서둘러 옷을 갈아입고 방을 나섰다.

서둘러 거실로 향했다. 하지만 다른 사람의 저택에서 뛰어다닐 수는 없는 노릇이라 빠른 걸음으로만 걸어야 하는 게 답답했다. 실례가 되지 않는 아슬아슬한 선을 지키며 나는 복도를 나아갔다. 그러자 코너에서 갑자기 사람이 튀어나왔다.

"앗."

나타난 것은 에리와 닮은 소년이었다. 아니, 똑같이 생겼다. 얼굴도, 키도, 체형도, 전부 같았지만 머리 기장만이 달랐다. 어제 처음 본 에리는 무릎에 닿을 정도로 긴 웨이브 머리를 지녔었다. 하지만 그는 곱슬기가 조금 있는 산뜻한 숏헤어였다.

에리에게 형제가 있었던가? 입고 있는 옷이 고급스러운 것을 봐선 귀족 자제겠지. 친척인가……? 하지만 에리에게서 친척이 있다는 소리는 한 번도 듣지 못했다.

어쩌면 이 하임가에 깃들어 있는 선대 당주의 유령……, 하지만 발도, 그림자도 제대로 있다. 유령은 아니라서 다행이다. 아니, 이런 생각을 하고 있을 때가 아니다. 인사부터 해야지.

"처음 뵙겠습니다. 미스티아 아렌이라고 해요. 이번엔 이 집에 신세를⋯⋯."

자기소개를 하고 있자 상대가 쿡쿡 웃기 시작했다. 아직 잠결에 흐트러진 머리가 그대로인가? 다른 사람의 집에서 늦잠을 잔 데다가 단정하지 못한 모습으로 돌아다니다니. 민폐 덩어리가 되어 버렸잖아. 서둘러 머리를 손으로 정돈하고 있자 그가 더욱 크게 웃었다.

"처음 보는 게 아니잖아. 나야 나, 에리. 아니, 정확히 말하자면 에릭이지만."

"에릭⋯⋯."

에릭이란 이름을 듣고 머릿속이 새하얘졌다. 시끄러운 이명이 들리고 주마등처럼 기억이 떠올랐다. "혼자 둬서 미안해."라며 그가 내 손을 잡았다. 그 손은 분명 어제 내가 잡았던 에리의 손이었다.

"이제 계속 같이 있는 거야. 그러니까 오늘부터 나를 에릭이라고 불러 줘. 나도 미스티아를 주인님이라고 부를 테니까."

상냥하게 웃는 에릭. 그 사실에 눈앞이 캄캄해지는 듯한 착각까지 들었다. 확실히 떠올랐다. 그는 '두근두근 러브 스쿨'에 나오는 공략 대상, 개방적인 여성 편력을 자랑하는 선배, 에릭 하임이었다.

서걱서걱 초록색으로 칠한 종이를 자르며 혼란스러운 머리를

정리하기 위해 노력했다. 우물에 작게 띄우기 위해 만든 연잎은 벌써 군락지를 만들 정도로 늘어난 상태다.

그래도 연잎을 만드는 손을 멈출 수 없었다. 혼란스러워서일지도 모른다. 눈앞에 맞닥뜨린 상황을 이해할 수 없었다. 우선 상황 정리를 위해서 오늘의 기억을 되짚어 보자.

일단, 눈을 뜨자 여자아이였던 친구가 실은 남자아이였고, 게임 속 공략대상이었으며, 거기에 "오늘부터 나를 에릭이라고 불러 줘. 나도 미스티아를 주인님이라고 부를 테니까."라며 어째서인지 나를 주인님이라고 부르려고 했다.

아니, 정리해 봐도 무슨 상황인지 모르겠어. 무서워. 꿈이라면 깨고 싶어.

그 후로 아침 식사를 하는 내게 에릭은 "주인님은 말야―." 하며 태연하게 말을 걸기 시작했다. 혼란스러운 와중에도 다른 곳에서 대접받는 밥은 남기면 안 된다는 신념 아래 식사를 이어나가자, 부인이 찾아와서 나에게 "정말 고맙구나! 이 아이를 잘 부탁해."라며 울었다.

그렇다. 너무 자연스러워서 못 알아챌 뻔했지만, 에리, 아니, 에릭은 평범하게 방 밖으로 나와 거실에서 식사를 하는 중이었다.

혹시 다른 사람이 아닐까?

그런 내 의문을 눈치챘는지 그는 내게 "식사가 끝나면 또 같이 마을 만들자."라고 말했다.

그리고 지금, 식사를 마친 우리는 함께 마을을 만드는 중이다. 그는 어제 찢은 우물을 수선하고 새로 색을 칠해 고치는 중이었다.

애초에 방에 틀어박힌 것도 갑작스러운 일이었으니, 갑자기 방 밖으로 나갈 마음을 먹은 것도 대충 이해할 수 있었다. 그것처럼 나를 주인님이라고 부르는 것도 대충 이해——할 수 있을 리가 없잖아.

아침 식사 후 방으로 돌아오면서 주인님 호칭에 대해 단호하게 거부 의사를 밝혔으나 에릭의 의사가 너무나 완고했던 탓에 "그럼 '님'은 붙이지 마."라는 조건을 붙여 쌍방 합의를 마쳤다. 하지만 나는 아직도 전혀 납득할 수가 없었다.

나보다 한 살 많은 소년이 자기보다 어린 이에게 '주인'이라고 부르는 이 이상한 상황.

나는 10살. 상대는 11살. 긍정적으로 생각해보려 해도 너무나도 이상했다.

아무렇지 않은 듯이 "오늘은 주종 관계 놀이를 하는 거야?"라고 묻자, "놀이가 아니라 앞으로 계속하는 거야."라는 대답이 돌아왔다. 역전되어 버렸다. 이미 하극상이 시작되었다.

……개방적인 성 관념의 조짐이 보이기 시작한 건가?

하지만 에릭 루트에서는 여성 편력이 화려했을 뿐, 성적 취향은 평범을 넘어서서 서술조차 되지 않았다.

게임 스토리 또한, 개방적이고 자유분방한 여성 편력을 지닌 그가 평민인 주인공을 신기해하며 다가갔다가 접점이 생긴다는 내용이었다.

주인공은 여성을 갖고 노는 그에게 반발하지만 서서히 마음이 끌리고, 결국엔 사랑에 빠지고, 그에게 마음을 전하려 한다. 하지만 그는 어릴 적 트라우마로 인해 주인공을 거절한다.

그런 그에게 주인공은 정신적으로, 그리고 물리적으로 몸소 부딪히며 그가 트라우마를 극복하게 만들고 두 사람은 멋지게 연인이 된다. 그러니 이런 "주인님!" 같은 취향은 없을 터였다.

지금 에릭은 말투가 부드러운 것치고는 고집이 세다. 하지만 언젠가 이런 말투도 사라지고 "여자? 한 명도 안 빼놓고 안아 봤지."라고 말하는 사람이 되어버린다. 목소리도 지금처럼 중성적인 목소리가 아니라 엄청난 저음이 된다.

지금은 가련한 꽃과 같은 존재가 나중엔 흉악한 성욕의 화신으로 바뀌는 것이다.

게다가 에릭은 미스티아를 싫어했다. 두 사람이 처음 만난 것은, 주인공이 그와 만난 것과 같은 타이밍이었다. 미스티아가 주인공에게 트집을 잡고 있을 때, 그는 주인공을 감싸며 미스티아에게 "나, 너 같은 여자 정말 싫어."라고 말한다. 그런데 정말 싫은 여자를 왜 주인이라고 부르는 걸까, 그는.

이건 확실한 이상 사태였다. 그보다 어떻게 생각해봐도 흑역사가 될 게 뻔하잖아. 연하 상대로 '주인' 호칭이라니. 팔에 붕대를 감거나 노트에 마법진을 그리는 것과는 차원이 다르다. 비뚤어진 방향으로 튀어 나가 버렸다. 흑역사도 이런 흑역사가 없다.

본편이 시작할 때까지는 약 5년이 남았다. 5년 이내에 '주인' 호칭을 버리게 할 수밖에 없다.

어떻게 해서든 그를 갱생시켜야 한다. 빠르게 타개책을 찾을 필요가 있다.

에릭을 빤히 쳐다보고 있자 그는 "이 정도면 완성이려나?"라며 내가 자른 연잎을 우물에 붙였다.

"완성?"

"응. 사실은 좀 더 빨리 완성시켜도 됐어. 완성해서 더 할 일이 없어지면, 주인이 날 만나러 올 이유가 없어지면 안 된다고 생각해서 계속 이유를 만들면서 완성을 미뤘거든."

"에릭……."

그는 고민했다. 나는 그가 장인 정신을 발휘해서 마을 만들기에 열중한다고 멋대로 생각했는데, 사실은 그게 아니라 혼자서 계속 고민하고 있었던 것이다. 외로워 보이는 그를 보니 자연스럽게 입에서 그의 이름이 흘러나왔다.

"그래도 이제 괜찮아. 이건 완성이야."

그는 마을에 우물을 설치했다. 그저 서 있을 뿐인 병사들은 어느새가 방 가득 펼쳐진 장대한 마을을 지키는 용감한 병사로 변해 있었다. 처음엔 어설픈 가게 그림 위에 서 있던 여자아이도, 지금은 제대로 된 포장마차에서 일하고 있다. 그뿐만 아니었다. 이곳엔 남녀노소를 따지지 않고 다양한 마을 사람들이 살고 있었다.

"멋지다. 옷이나 배경뿐만 아니라 사람도 늘어났어."

"학교 만드는 거 힘들었지. 창문 만드는 게 특히."

"맞아. 계속 네모난 모양으로 자르느라 고생했었지."

단순 작업은 싫지 않다. 하지만 양이 너무 많았다. 완전히 수

행하는 듯한 기분이었다. 결국엔 그냥 인간을 창문으로 치고 붙이고 넘어가고 싶을 정도로 정신적으로 힘든 과정이었다.

"중간에 주인이 '선생을 붙여 버리자!' 라고 말한 건 웃겼어."

에릭이 즐거운 듯이 깔깔 웃었다. 전대미문의 엽기 살인마와 같은 발언을 한 것을 마음 한구석으로 반성하다가, '선생'이란 말을 듣고 뭔가가 떠올랐다.

맞아. 이 상황은 딱히 지금 당장 타개할 필요가 없지.

왜냐하면 곧 이 상황을 타개할 존재가 그의 앞에 나타날 테니까 말이다.

"오늘도 덥다."

"그러게. 여름도 이제 다 끝나가는데."

창문으로 햇빛이 내리비치는 에릭의 방에서 나는 그와 함께 창밖을 구경했다.

에리가 에릭이었다는 사실을 알게 된 사건으로부터 2주가 지났다. 에릭이 "매일 만나지 못할까 봐 불안했지만 지금은 괜찮아."라고 말한 덕분에 하임가에 들르는 것은 3일에 한 번꼴로 줄어들었다.

주인 호칭이 바뀌지는 않았지만 나는 마음 편히 지내는 중이다. 왜냐하면 이 상황을 타개할 가망이 생겼기 때문이다.

"앗, 맞아! 있잖아, 주인. 어제 말야. 같이 못 놀았잖아?"

"응."

어제는 보통이라면 3일에 한 번씩 주기적으로 찾아오는 '같이 노는 날'이었다. 하지만 어제는 에릭에게 다른 용건이 생겨서 대체휴일처럼 오늘 대신 그의 저택에 놀러 온 상태다. 편하게 뒹굴뒹굴하며 멍하니 있는다. 친구와 함께 지내는 평화로운 일상이다. 그가 '에릭 하임'이라는 사실만 아니라면 앞으로도 계속 이렇게 지내고 싶었다.

"가정 교사가 오는 날이라 못 만난 거였어."

"오!"

이거야. 이거! 드디어 왔구나!

에릭의 말에 마음 한구석에 남아 있던 걱정이 싹 사라지는 기분이었다.

그 가정 교사야말로 그가 잊지 못하는 과거의 트라우마였다. 그리고 화려한 여성 편력의 원인이 되는 사람이었다.

에릭은 어릴 적 소심하고 말을 잘하지 못했다. 낯가림이 심한 그는 사람을 피하면서도 함께 있기를 원했고 고독을 느꼈다. 그런 그의 앞에 가정 교사로 한 여성이 나타난다. 상냥하고 어리광도 잘 받아주는 그녀에게 점점 의존하게 된 에릭은 연애편지에 가까운 편지를 보낸다. 그 편지를 받은 그녀는 기뻐하면서 그의 마음을 받아들이지만, 실은 뒤에서 그의 연심을 비웃고 있었다.

그런 모습을 운 나쁘게 목격한 에릭은 심하게 상처를 입었고, 점차 '여성' 자체를 꺼리기 시작했다. 성장하면서 자신의 외모가 뛰어나다는 것을 깨달은 그는 여성을 향한 증오로 낯가림과 소심함을 극복. 결국엔 여성을 갖고 놀다가 버리는 것으로 대리 복수를 반복하기 시작한다. 그렇게 여성을 하나하나 잠식해 나가는 괴물 선배로 전락한 그를, 주인공이 구원한다.

이대로 아무것도 안 하고 방치하면 분명 에릭은 가정 교사에게 반하고 심한 상처를 받을 것이다.

그가 상처받는 일은 피하고 싶다. 가능하다면 힘을 보태서 어떻게든 해결하고 싶다. 하지만 내가 개입하는 것으로 미래가 바뀌어서 그가 주인공과 엮이지 않게 된다면 그의 성장 기회를 빼앗는 일이 된다. 에릭은 모든 루트에서 주인공에게 "너와 만난 덕분에 나는 빛 아래에 있었다는 것을 깨닫게 됐어."라는 대사를 건넨다.

어떨 땐 해피엔딩일 때, 어떨 땐 다른 캐릭터 루트에서 그가 주인공에게 고백하고 차일 때 말이다.

주인공과 만나서 그녀에게 구애하고 엮이는 것으로 에릭은 행복을 얻는다.

그런 미래를 내가 없애버릴 수는 없다. 그를 주인공과 만나게 하기 위해서라도, 남을 주인이라고 부르는 흑역사를 막기 위해서라도, 그에게는 가정 교사와의 해프닝이 있어야 했다.

나는 그걸 그저 방관해야 한다. 죄책감이 엄청났다. 하지만 이것도 에릭의 행복을 위해서다. ──그렇게 생각한 다음 순간이었다.

"좀 일이 있어서 말야──. 해고해 버렸거든."

"응?"

아무렇지도 않게 '실수로 부숴버렸네. 데헷.' 같은 말투로 말하는 에릭을 보며 말문이 막혀버렸다. 이상하잖아. 그건 그렇게 간단한 얘기가 아닐 텐데. 그런데 왜, 왜 이런 중대 사건을 아무렇지도 않게 말하는 거지?

"그래서 어차피 이럴 거면 어제 주인이랑 노는 편이 나았겠다고 생각했어."

에릭은 혼란스러워하는 내 머리카락을 손가락으로 빙글빙글 돌리며 장난쳤다. 사고가 따라가지를 못했다. 가정 교사 이벤트는? 1주일 만에 해고? 왜? 첫사랑은? 편지는?

"여, 연애편지를 준 거야? 그래서 이런저런 사정이 있어서 해고한 거지……?"

"연애편지? 그게 뭐야?"

"응?"

에릭은 전혀 모르겠다는 표정이었다. 아니, 그건 내가 짓고 싶은 표정이라고. 그리고 그는 이해했다는 듯이 '아!' 하며 뭔가 떠오른 표정을 지었다. 그래, 그거. 연애편지 말이야. 연애편지.

"아하! 그렇구나! 주인은 질투했던 거네?"

아냐, 전혀 아냐. 왜 이야기가 그렇게 되는 건데? 방금까지 가정 교사에게 보내는 연애편지 이야기를 하고 있었는데 내가 왜 튀어나오는 거야.

아니, 이번에 해고했다는 가정 교사는 어쩌면 그의 트라우마를 일으켰던 가정 교사가 아닐지도 모른다. 그다음으로 올 가정 교사가 문제의 가정 교사인 거지. 왜냐하면 그녀는 에릭에게 중요한 사람이 될 테니까, 이렇게 간단히——.

"뭔가 말야―. 자꾸 나한테 환심을 사려고 하길래 좀 이상하네 싶어서 살짝 떠봤더니 바로 들킨 거 있지. 우리 집안을 경계하는 다른 집안에서 몰래 보낸 사람이라나 봐."

이건 확실하다. 문제의 가정 교사가 맞다. 분명해. 그러면 가정 교사는…….

"그래서 어머니한테 말해서 바로 해고해 버렸지―."

후후후 웃는 에릭을 보며 사고가 정지해 버렸다. 해고? 해고했다고? 그렇게 바로? 잠깐, 잠깐잠깐!

"좋아하지는 않았어? 한눈에 보고 운명을 느끼지 않았어? 왜? 어째서?"

에릭의 어깨를 붙잡고 흔들자 그는 왠지 기쁜 듯이 웃었다. 이건 웃긴 일이 아니야. 사활이 걸린 문제라고. 에릭의 진로에 관한 문제다.

"진정해, 주인. 괜찮아. 나한텐 주인뿐이니까."

에릭은 부드러운 미소를 지으며 내 뺨에 뽀뽀했다. 이 행동은 완전히 성에 개방적이게 된 그가 할만한 행동이었다. 주인 호칭은 여전했고. 정신이 나갈 듯한 현실을 눈앞에 두고, 나는 막연히 내가 해 왔던 행동을 되돌아봤다.

사람을 거부하면서도 고독을 두려워하던 아이는 자신에게 상냥한 가정 교사에게 마음을 연다. 하지만 그 전에 그가 '다른 누군가'에 의해서 사람을 멀리하는 것을 관둬서 고독해지지 않는다면.

아무리 상냥하게 구는 가정 교사가 나타나더라도 의존하지 않겠지. 그뿐만 아니라 자신만의 공간에 틀어박히지 않고 사람을 주의 깊게 볼 줄 알게 되며 상대의 본성도 간파해낸다.

즉 에릭이 가정 교사에게 만나기 전에 내가 저택을 오간 탓에 그는 가정 교사와 만나고도 아무 감정도 느끼지 못하고, 더 나아가서는 그녀의 계책을 꿰뚫어 보고 바로 해고해 버렸다.

"질투했구나, 주인. 귀여워…… 약속했으니까 질투할 필요 없는데 말이야…… 정말 귀여워. 정말 좋아……"

"지, 질투한 게 아니라, 그게."

"내겐 주인뿐이야. 평생."

에릭의 얼굴이 가까워진 것을 인식하자마자 또 뺨에 입술이 닿았다. 그는 기쁜 듯이, 그리고 집요하게 내 뺨과 이마에 뽀뽀했다.

왜지? 첫사랑 이벤트가 일어나지도 않았는데. 게다가 게임 이벤트 같은 행동을 왜 나한테 하는 거야. 그저 눈만 깜빡거리고 있는 나를 보며 에릭은 황홀한 듯이 웃었다.

번외. 나의 꿈

SIDE: Eric

나는 예전부터 사람과 대화하는 것이 좋았다. 내 이야기를 듣고 모두가 웃는 것을 보는 게 좋았다. 그래서 저택에 사람이 오면 무슨 이야기를 할까, 어떤 이야기를 들을 수 있을까 두근거렸다.

저택엔 다양한 어른들이 출입했다. 그중에서도 상인 아저씨의 이야기는 특히 재미있었다. 아저씨는 업무차 다양한 나라를 돌아다니며 그곳에서 본 것, 들은 것을 내게 이야기해 주었다. 나는 보답으로 그에게 책에서 읽은 기사 이야기나 정원에 사는 고양이가 나무에 올라간 이야기를 했다. 아저씨는 항상 내 이야기를 듣고 웃어주었다.

그러던 어느 날이었다.

정원에서 놀다가 저택에 돌아가자 거실에 어른들이 모여 있었다. 그중에는 상인 아저씨도 있었다. 그러고 보니 오늘은 아버지와 일하는 사람들이 모일 테니 거실에 오면 안 된다고 어머니가 말했었지. 그런 생각을 하며 나는 서둘러 안 보이는 곳에 숨었다.

오늘은 아저씨와 대화하면 안 되는 날. 하지만 인사 정도는 해도 되지 않을까? 인사는 대화의 범위에 포함되나?

고민하면서 상인 아저씨가 있는 방향으로 걸어가자 어른들의 목소리가 들려오기 시작했다.

"백작님은 아직인가? 회합 시간이 지났는데 말이야."

"흠. 저번 거래로 난항을 겪고 있나 보지요. 하임 백작님은 공평한 교섭을 지향하는 분이시니까요."

"하. 그 고집도 이번엔 쉽지 않을 겁니다. 그쪽은 에릭 도련님과 매우 친해진 모양이던데요."

"정신 연령이 비슷한가 보죠?"

"하하. 어린아이가 하는 말 아닙니까. 재미있어서 듣는 건 아니지요. 그저 친해지면 이득이 있으니까요."

상인 아저씨는 지금까지 본 적 없는 차가운 얼굴로 말했다.

아저씨와 대화했던 기억이 머릿속에서 빙빙 돌았다.

아저씨는 웃어줬지만 재밌어서 그런 게 아니야? 내 이야기가 별로였어?

그러면 나는 지금까지 뭘 한 걸까.

생각할수록 무서워져서 나는 한 발 뒤로 물러섰다. 소리를 내는 바람에 어른들의 시선이 일제히 내게로 향했다. 곧이어 곤란한 표정을 짓더니 다들 웃는 얼굴을 지어내기 시작했다.

왜 또 웃는 거야, 왜? 뭐가 웃긴 거야?

"에릭 도련님……."

어른 중 한 명이 내게 다가와서 손을 뻗는 순간, 등골에 오한이 서렸다. 무서워서, 기분 나빠서, 나는 거실을 뛰쳐나와 내 방으로 숨어들었다. 빨리 자물쇠를 잠그고 싶었다. 손이 떨리고 문고리가 손바닥의 땀으로 젖어가는 감촉은 지금도 생생히 떠올릴 수 있었다.

방금 그 어른들은 뭐가 웃겼던 걸까. 나를 보며 웃었다. 내가 이상하게 행동하는 게 웃긴 걸까? 나는 재미 없고 이상한 인간인 걸까?

방에서 그저 숨만 쉬고 있자 점점 내가 매우 부끄럽고 이상하고 혐오스러운 녀석으로 느껴졌다. 그 후에는 점점 사람들과 무슨 대화를 해야 할지를 알 수 없게 되었다. 모든 말이 거짓말처럼 들렸다. 어머니도, 아버지도, 사용인들도 내게 아무 짓도 하지 않았는데 나는 그들을 어떻게 대해야 할지, 어떤 대화를 해야 할지 알 수 없게 되었다.

어제, 그제, 1주일 전, 한 달 전, 예전에는 가능했던 것들이 점점 불가능해졌다.

그 증상은 점점 심해져서, 사람과 눈을 마주치는 것만으로도 기분이 나빠져 남몰래 구역질하기도 했다.

이런 모습을 아무에게도 들키고 싶지 않았다.

열심히 숨었지만 내일은 또 무엇을 못 하게 될지 알 수 없어서 무서웠다. 그리고 어느 순간, 나는 방에서 나가지 않게 되었다.

어머니는 매일 문을 향해 "나와주렴." 하고 말하며 울었다. 마음이 아팠지만 그래도 나는 이상한 내 모습을 모두에게 들키고 싶지 않았다. 나는, 나라는 존재가 기분 나빴다. 모두가 나처럼 나를 기분 나쁘게 생각할까 봐 무서웠다.

그 후로 반년이 지났다. 식사는 매일 매 끼니 방 앞으로 배달

되었다. 나는 아무도 없는 틈을 타 그것을 가져와 먹었다.

처음엔 허기를 채우기 위해 먹었지만 먹을수록 죄책감이 올라왔다. 방에서 나가지도 못하는 머저리인데도 배는 고팠다. 별로 살고 싶은 생각은 없는데, 사라져 버리고 싶은데. 그래도 사라지는 게 무서워서 매일 울면서 하루하루를 보냈다.

방에 있는 게 즐거워서가 아니다. 단지 있을 곳이 그곳밖에 없었다. 하지만 혼자서 방에 틀어박혀만 있기엔 괴로워서 나는 천을 뒤집어쓰고 밖에 나가기로 했다.

천을 뒤집어쓴 것은 남에게 들키지 않도록, 들키더라도 나인지 알아보지 못하도록 한 것이었다. 천이 한 장 사이에 있는 것만으로도 세계로부터 보호받는 기분이 들었다. 그 후로는 방에 있을 때도 천을 뒤집어쓰고 있었다.

나는 사람이 돌아다닐 땐 방에 틀어박히고, 사람이 없고 맑은 날엔 몰래 창문으로 방을 빠져나가 녹란 정원에서 시간을 보냈다.

그녀와 처음 만난 그날도 평소처럼 시간을 보내던 중이었다.

내가 다과회를 좋아했기에 어머니는 같은 계절에 쉴 틈 없이 몇 번이나 다과회를 주최했다. 실은 다과회가 열리는 장소에 다가가지 않도록 방 안에 있고 싶었지만, 사람을 데리고 방 앞에 찾아오는 것도 무서웠기에 나는 분수 옆에 쪼그려 앉았다. 쪼그려 앉아서 도움을 요청했다.

누구라도 좋으니까 당장 날 도와줬으면 좋겠어.

더 이상 살고 싶지 않으니까 누군가 날 데리러 와 줬으면 좋겠어. 나는 언제나 분수의 수면을 바라보며 기도했다. 예전에 읽은 그림책에 연못에서 여신님이 나와 소원을 들어준다는 이야기가 있었기 때문이었다. 하지만 그림책 안에선 다들 누군가에게 도움을 받는데, 나를 도와줄 사람은 이곳엔 없었다. 매일 기도해도 아무도 나타나지 않았다. 누구의 도움도 받을 수 없다는 사실에 낙담하고 있었는데, 그날만큼은 달랐다.

"저기, 왜 이런 곳에 있는 거죠? 몸이 안 좋은가요?"

머리 위에서 갑자기 목소리가 들려와서 놀라서 뒤돌아보니 그곳엔 또래로 보이는 여자아이가 서 있었다. 그녀는 자신을 미스티아 아렌이라고 소개했다. 나는 그 이름을 들어본 적이 있다. 아렌가. 상인 아저씨가 아버지에게 '보석을 별로 사 주지 않는다'고 말했던 그 가문이다. 딸이 태어난 후로 그렇게 변했다는 이야기를 나눴었다. 그 아이가 바로 이 아이라는 것을 바로 알아챘다.

아저씨가 한 말을 떠올리는 사이에도 그녀는 내 몸을 걱정하며 왜 여기에 있는지를 물었다. 나는 "숨바꼭질을 하고 있었어."라며 바로 거짓말을 했다. 그리고 내가 사람과 대화를 했다는 것에 놀랐다.

한편 그녀는 바로 자리를 뜨려고 했다. 나는 이대로 놓치면 안 된다는 생각에 그녀의 팔을 붙잡고 정원을 안내해주겠다고 했다.

이유는 잘 모르겠지만 그녀가 나를 도와주리라 생각했기 때문이다.

그리고 정원 안내를 받겠다는 그녀에게 나는 나를 에리라고 소개했다. 에리라는 이름은 '에릭'을 잘 발음하지 못하는 내가 네 살이 될 때까지 부모님이 부르던 이름이었다. 다른 이름을 알려준 것은 천을 뒤집어쓰는 행위와 비슷한 의미였을지도 모른다.

에릭에 '에리'라는 천을 씌우면 나도 조금은 치유될 수 있으리라고 그땐 생각했다.

하지만 정원을 안내하려고 해도 무슨 이야기를 해야 할지 알 수 없었다. 처음 만난 아렌가의 아이에게 부모님의 이야기를 하자 그녀는 아무렇지 않게 내 이야기를 들어주었다.

웃지도 않았고 흥미가 없다는 듯이 반응하지도 않았다. 그저 자연스럽게 당연하다는 듯이 이야기를 들어준다는 사실에 안심했다.

그녀의 눈동자는 뭔가를 요구하지 않는 눈동자였다. 웃지도 않았고, 조금 멍한 듯이 보이기도 했다. 뭔가를 강요하거나 요구하지 않는 그 눈을 보고 나는 편안함을 느꼈다.

그녀와 함께 있으면 그 방에 있어도 외롭지 않을 것 같았다. 그렇게 생각한 나는 그녀에게 저택을 안내했다. 방에서 그녀는 내게 질문해줬다. 누군가 내게 관심을 가진다는 사실에 오랜만에 기쁨을 느꼈다.

그리고 기쁜 마음으로 거실을 안내하려다가 어머니와 마주치고 말았다. 나는 아렌가의 아이를 그대로 두고 방으로 도망가서 서둘러 문을 잠가 버렸다. 방금까지 그렇게 즐거웠는데. 이제 끝났다고 생각하니 마음이 아프고 괴로웠다. 어머니는 분명 내가 방에서 나오지 않는다는 것을 그녀에게 설명하고, 그녀도 내가 이상하다는 것을 알게 되리라 생각했다.

녹란 정원 안내를 제대로 하고 그대로 헤어졌으면 이런 일은 없었을 텐데.

나는 그날 계속 침대 안에 웅크리고만 있었다.

다음 날. 정원에 나갈 기분도 아니라 방구석에 앉아 있자 아렌가의 아이가 저택에 찾아왔다.

복도에서 그녀의 목소리가 들려오기에, 만일 방으로 와 준다면 재빨리 들여보낼 생각으로 바닥에 쿠션을 가득 깔았다. 예상대로 그녀는 날 찾아와 줬고, 방 안으로 끌어당기자 제대로 쿠션에 착지했다.

그녀가 있다. 기쁘다. 와줘서 고맙다고 해야 하는데. 어머니에게 부탁받아 왔겠지만 일단 인사부터 해야 하는데. 아니면 어제 일을 먼저 사과해야 하나? 애초에 그녀는 나에 대해 얼마나 알고 있을까? 궁금해서 "어머니한테 얘기 듣고 온 거야?"라고 묻자 그녀는 어머니에게 이야기를 듣긴 했지만 날 만나러 왔다고 대답했다. 그리고 나를 밖으로 끌어낼 생각은 없다고 말했다.

그녀는 열심히 자신의 진심을 전하려 했고, 나를 배려하며 고민하면서 말을 꺼냈다. 그 모습이 나와 비슷하다고 생각했다. 그리고 같이 놀자는 이야기가 나와서 뭘 하고 놀면 좋을지 묻자 그녀는 불안한 듯이 눈동자를 흔들며 말했다. "아무 생각도 안 난다. 어쩌지?"라고.

그 표정은, 나와 같았다.

내가 무언가 말을 할 때 생각하는 표정과 똑같았다. 사과하는 그녀에게 뭐라도 말을 해야겠다는 생각에 나는 인형 놀이를 하자고 제안했다.

누군가를 위해 뭔가를 해야겠다고 생각한 것은 오랜만이었다.

나는 나를 돕고 싶다. 하지만 그녀를 도와주고 싶기도 했다.

그 후로 그녀와 인형 놀이를 했다. 그녀가 인형에게 입히는 옷은 전부 특이한 조합이었다. 그게 재밌었고, 평범하지 않다고 생각했고, 이상하다고 생각했다.

나도 설정을 열심히 떠올려서 그녀에게 말했다. 내 기분을 전달하는 게 너무나도 어려웠는데 간단히 할 수 있었다. 그녀는 내 이야기를 듣기만 하지 않았다. 듣고, 생각하고, 대답하기 쉽도록 질문했다.

내가 말하는 것을 도와주는 것처럼 느껴졌다.

한 차례 놀이가 끝나자, 그녀는 문득 인형을 바라보며 웃었다. 다른 사람이 웃는 건 정말 싫다고 생각했는데 이 아이의 웃음이라면 바라보고 있어도 좋다고 생각했다. 계속 같이 놀고 싶었기에 마을 만들기를 제안했다.

……아니, 그건 제안이 아니었다. 부탁이었다. 나와 함께 놀아달라고 그녀에게 부탁한 것이었다.

그녀가 승낙하자 자연스럽게 웃음이 흘러나왔다. 웃은 것은 오랜만이었다. 상인 아저씨가 모두에게 내 이야기를 하며 비웃던 것을 본 이후로 나는 웃지 못했다. 그러나 그녀와 함께 있으면 지금까지 불가능했던 것들이 거짓말처럼 쉬워졌다. 그녀와 함께 있으면 내가 잃은 전부를 되찾을 수 있다고 생각했다. 그런 기분이 들었다.

그 후로 한 달이 지나 여름이 한창일 때, 아렌가의 아이——미스티아는 매일 저택에 찾아왔다. 내가 항상 헤어질 때마다 내일도 와 달라고 부탁했기 때문이었다.

나는 그녀가 찾아와 주는 것이 기뻤지만 한편으로는 큰 불안을 느꼈다. 마을이 이미 완성되었기 때문이다. 마을 만들기를 이유로 저택에 초대해 왔는데, 완성해 버리면 초대할 이유가 없어진다. 나는 완성된 것을 숨기기 위해 뭔가 부족해, 다른 게 더 있었으면 좋겠어 하면서 만들 것을 늘려나갔다.

하지만 한계가 찾아왔다.

너무 늘어나 버린 주민들, 더는 둘 곳이 없는 집들.

마을 만들기가 없으면, 인형 놀이가 없으면, 미스티아와는 무슨 대화를 해야 할까. 어떻게 놀아야 좋을까. 어떻게 해야 옆에 있을 수 있을까.

내게는 아무것도 없다. 대화도 서툴다.

그날은 아침부터 둘이서 놀았다. 점심시간이 되어서 그녀는 점심을 가지러 방을 나갔다. 나는 밖에 나갈 수 없었다. 어머니가 내 방 앞에 식사를 두고 가지만 그녀는 자신의 몫까지 가져오도록 하는 것은 면목이 없다면서 자신이 직접 가져오겠다고 말했다. 그래서 점심은 그녀가 가지고 오는 게 규칙처럼 된 상태였다.

나는 밖에 나갈 수 없다.

그런데도 그런 나를 위해 미스티아가 노력하는 것을 보는 게 괴로웠다. 사과하자 그녀는 신경 쓰지 말라고 대답했다.

그래도 그날 내가 사과한 것은 그것뿐만이 아니었다.

그녀가 나를 떠나지 말았으면 했다. 그러니 마을은 완성시킬 수 없다. 방에 혼자 남은 것을 확인한 나는 방금까지 우물을 그리던 종이를 쫙쫙 찢었다. 우리의 관계가 이렇게 되지 않도록 엉망으로, 다시는 돌이킬 수 없게.

종이를 찢으며 나는 미스티아와의 추억을 떠올렸다. "나는 쓸모없는 아이야."라고 말하면 조심스레 부정하며 나를 칭찬해 주려고 노력하는 얼굴이나, 내가 실패해서 종이 집의 크기가 이상해졌을 때 "여긴 난쟁이들이 사는 집이라고 하자. 실은 지하실이 있어서……."라고 말하며 즐겁게 웃던 얼굴. 내가 저택에 오는 게 힘들지 않냐고 묻자, 너무 자주 온다고 비난하는 것처럼 알아들었는지 불안해하던 얼굴.

내가 오해라고 말하자 미스티아는 "다른 사람의 속마음을 잘 몰라서."라고 말했다. 그녀는 사람의 속마음을 모른다고 생각을 멈추고 포기하는 사람이 아니었다. 모르기에 알려고 노력하는 사람이었다. 그런 상냥한 점이 좋았고 존경스러웠다.

처음엔 누구든 상관없었다. 누구든 좋으니 나를 도와주길 바랐다. 누구든 좋으니, 옆에 있어 주기를 바랐다. 나를 긍정해 줬으면 했다. 그런 존재를 항상 원했다.

하지만 이제 나는 미스티아가 아니면 안 된다. 그녀를 잃고 싶지 않았다.

"어?"

갑자기 목소리가 들려와 고개를 돌려보니 미스티아가 있었다. 들키고 말았다. 비겁한 내 모습을 보이고 말았다. 날 혐오할 거야. 눈물이 뚝뚝 떨어졌다. 사과하고 싶은데, 용서해 줬으면 하는데 아무 말도 나오지 않았다.

"우물…… 만들기 싫었어?"

"아냐……."

"그러면 왜, 뭔가 잘못해서?"

"아냐……!"

미스티아는 여전히 나를 책망하지 않았다. 이유를 물어봐 줬다. 내게 사정이 있으리라 생각해 준다. 나는 그저 나약하고 비겁한 사람일 뿐인데. 미스티아를 이용하는 것뿐인데. 상냥함에 기대고 있을 뿐인데. 그저 나약한 에리가 아니다. 나는 이상한 녀석. 몹쓸 녀석이다.

"마, 마을이 완성되면 미스티아가, 더는, 안 올 테니까. 싫어. 더 이야기하고 싶은데. 그런데 무슨 이야기를 해야 할지도 모르겠고, 버벅거리고, 말이 제대로 안 나와서, 기다리게만 하는데, 말을 제대로 못 하니까, 마을이 완성되면, 친구로 지내지 못하잖아!"

미스티아가 옆에 있어 주기를 바랐다. 옆에 있고 싶다. 다른 사람은 안 된다. 미스티아가 함께 있는 게 즐겁고 행복했다. 그런데 제대로 말할 수 없었다. 재밌는 이야기를 할 수 없었다. 무슨 이야기를 해야 할지 알 수 없었다. 괴로워. 함께 있고 싶어. 나는 미스티아와 함께 있고 싶어.

처음엔 누구든 상관없었다. 하지만 이제는 아니다. 앞으로 비슷한 존재와 만나더라도 절대 만족하지 못할 것이다. 그 누구도 아닌, 미스티아와 함께 있고 싶다.

"딱히 무리해서 말하지 않아도 괜찮아."

그녀가 나를 봤다. 그 눈에는 경멸도 혐오도 분노도 없었다. 그저 나를 배려하는, 상냥한 눈으로 그녀는 나를 바라봤다.

"괜찮아. 말 안 해도 돼. 난 계속 옆에 있을 거야. 조용히 있어도, 아무것도 안 해도, 괜찮아. 말하고 싶은 게 생기면 그때 말하면 되고, 그렇지 않으면 그대로 있으면 돼. 우린 계속 친구니까. 갑자기 사라질 일은 없을 거야. 약속할게."

그녀가 진심을 전하듯이 내 손을 꼭 잡았다. 이렇게 행복한 일이 있어도 되는 건가? 비겁한 내가 이런 행복을 느껴도 되는 걸까? 그런 행복이, 내게.

"정말로?"

"응. 정말."

"무슨 일이 있어도?"

"무슨 일이 있어도."

눈물을 멈추지 못하는 내 옆에, 미스티아는 계속 있어 주었다. 고맙다는 인사를 전하고 싶은데 눈물이 멈추지 않아서 나는 그대로 울다 지쳐 잠들고 말았다.

그 후, 눈을 뜨니 밤이었다. 눈을 뜨자 평소와 다르게 따뜻한 체온이 느껴져서 옆을 보니 미스티아가 내 손을 잡고 잠들어 있었다. 그 손을 맞잡으니 마음속까지 따뜻해지는 기분이 들었다.

그녀는 비겁하고 속수무책인 나를 받아들이기 위해 노력해 줬다. 이대로 간단하게 나만 행복을 느끼면서 끝날 수도 있었다.

하지만 나도 바뀌어야 한다. 미스티아의 상냥함에 계속 기댈 수만은 없었다.

잠든 그녀를 깨우지 않도록 조심히 침대에서 빠져나와 나는 방을 나섰다. 이제 천을 뒤집어쓸 필요는 없었다.

지금까지 나는 쓸데없이 태어난 존재라고 생각했다. 나는 구제할 수 없는 존재이며, 더는 살고 싶지 않다고 생각했다. 그런데도 죽을 수 없었다. 죽지도 못하는 겁쟁이인 내가 정말 싫었다.

하지만 지금은 살고 싶은 마음이 들었다. 살아서, 미스티아와 함께 있고 싶었다. 내가 미스티아를 행복하게 만들어주고 싶었다.

나는 몰래 어머니를 찾아갔다. 어머니는 나를 보고는 놀라서 울음을 터트렸다. 그리고 둘이서 많은 대화를 나눴다. 전부는 아니지만 사람의 시선이 무서워진 것, 미스티아와 함께 있는 것은 괜찮았다는 것, 그리고 앞으로 하고 싶은 것을 전했다.

대화가 끝날 때쯤엔 밖이 서서히 밝아지고 있었다. 나는 바로 고집을 부려서 아침 일찍부터 머리카락을 잘라 달라고 했다.

에리를 버리고, 에릭 하임으로서 그녀와 만나기 위해서.

"처음 뵙겠습니다. 미스티아 아렌이라고 해요. 이번엔 이 집
에 신세를⋯⋯."

미스티아가 너무 안 일어나기에 불안해져서 방으로 향하자 마
침 코너를 도는 그녀와 만날 수 있었다. 일어난 그녀는 눈을 크
게 뜨고 나를 빤히 쳐다봤다. 물끄러미 쳐다보면서 내 정체를
인식하지 못했다. 그뿐만 아니라 초면이라고 생각해서 자기소
개를 하기 시작했다. 그런 모습이 사랑스러워서 왠지 웃음이 흘
러나왔다.

"처음 보는 게 아니잖아. 나야 나, 에리. 아니, 정확히 말하자
면 에릭이지만."

"에릭⋯⋯."

미스티아가 나를 알아봤다. 이상하게도 무섭지 않았다.

"응. 에릭이야."

미스티아에게 제대로 나를 인식시키기 위해 거듭 확인하듯이
이름을 알려줬다. 왜냐하면 앞으로 나는 그녀의 첫 번째가 될
테니까.

미스티아와 대화하다 보면 자주 '멜로'라는 이름이 나왔다. 저
택에서 일하는 메이드의 이름이라고 한다. 미스티아는 그녀를
가족 같은 존재라고 하며 항상 그 '멜로'가 소중하다는 듯이 말
했다.

그 이름을 들을 때마다 미스티아에게 그렇게 대우받는 메이드

가 부럽다고 생각했다. 왜냐하면 친구보다 더 위에 있는 존재일 테니까.

지인, 친구, 주종, 가족. 그 순서를 차례대로, 그야말로 마을을 만들 듯이 하나씩 관계를 쌓아나가서 단계를 계속 올려 나가다 보면 언젠가 나도 미스티아의 첫 번째가 될 수 있을 것이다.

……미스티아의 보물 같은 존재가 될 수 있다.

그래서 나는 그녀를 '주인님'이라고 부르기로 했다. 실은 아렌가의 저택에서 일하는 게 가장 좋겠지만 지금 내겐 어려운 일이었다. 지금 가능한 일은 이것이었다. 내가 주인님이라고 불렀을 때 미스티아가 떠올리는 게 사용인이 아니라 내가 된다면 나의 승리. 그다음에 내가 그녀를 미스티아라고 정확히 부르게 되는 날은 그녀를 내 신부로 들일 때가 되겠지. 이건 마법 주문 같은 것이었다. 녹란 꽃 100송이로 만든 꽃다발과 왼손 약지에 끼울 반지를 그녀에게 선물할 때까지의 맹세.

"그러니까 오늘부터 나를 에릭이라고 불러 줘. 나도 미스티아를 주인님이라고 부를 테니까 잘 부탁해."

나는 그렇게 말하며 멍하니 입을 벌린 그녀에게 웃어 보였다.

제
4
장

교
사
심
중
판
정

광란의 마음, 소동, 질주

더위가 가시고 시원한 바람이 부는 요즘. 나는 아렌가의 거실에서 에릭과 산술 공부를 하는 중이다. 묵묵히 서로가 낸 문제를 채점하고 있는데 에릭이 뭔가를 떠올린 듯이 입을 열었다.

"주인이랑 계속 같이 있으려면 어떻게 해야 할지 생각해 봤는데 말이야. 결혼은 어때?"

머리가 아파져 왔다. 열이 나는 걸지도 모르겠다.

에릭이 나를 주인이라고 부르기 시작한 지 한 달이나 지났다. 이제 서서히 나무에 단풍이 들 정도로 시간이 지났는데 그는 주종 놀이가 질리지도 않는지 그만둘 기색을 전혀 보이지 않았다.

지금까지 아무 대처도 하지 않았던 것은 아니다. 가정 교사 이벤트를 재현시켜서 다른 가정 교사와 연인 관계로 발전한다면 '주인이라고 부르는 건 좋지 않은 거구나'라고 생각하게 될 거라고 판단한 나는 그에게 가정 교사를 들일 것을 추천했다. 하지만 그는 단호히 거절했다. 그뿐만 아니라 "그렇게까지 말하면 주인이 날 가르쳐 줘."라며 내게 부탁하다가 결국에는 "주인이 가르쳐 주는 게 아니라면 필요 없어. 주인 말고 다른 사람과는 공부하기 싫어. 난 주인 때문에 바보가 되어 버릴 거야."라며 협박까지 하기 시작했다.

그 결과, 나는 2주 전부터 에릭에게 공부를 가르치고 있다.

만인은 교육을 받을 권리가 있다. 그 누구도 그것을 방해할 수는 없다. 그런 세계의 이치를 평범한 내가 거스를 수는 없었다.

그렇게 세 번째 스터디 모임을 맞이했다. 그야말로 수라도였다.

스터디 모임 장소는 에릭의 저택일 때도 있었고 우리 저택일 때도 있었다. 그 이후로 그는 우리 저택에 느닷없이 방문하기도 했다. 원래는 아웃도어파였을 것이다. 저택에 찾아오는 그의 얼굴은 기뻐 보였고, 나도 그가 사회생활을 하는 모습을 보는 것이 흐뭇했고 기뻤다.

에릭은 매일 변화하는 중이었다. 하지만 주인 호칭만큼은 절대로 포기하지 않았다.

한 살 어린 내게 '주인'이라고 부르며 뺨에 뽀뽀까지 하는 그의 행동은 일반적인 시점으로 보면 이상하기 그지없었다.

에릭은 가정 교사 실연 이벤트가 일어나지 않은 탓에 이상해지고 말았다. 주인 호칭도 뺨에 뽀뽀하는 것도 전부 본편이 시작하기 전에 미스티아와 만나버린 탓에 가정 교사 이벤트가 일어나지 않아서 생긴 버그일 것이다. 그에게는 심각한 버그가 생겨났다. 그러니 미스티아에게 결혼이라는 미친 소리까지 꺼내는 거겠지.

가정 교사에게 향하던 의존심이 내게 향하는 것을 이용해 내가 대신 그에게 상처를 줄까 하는 생각도 했으나, 웃음이 돌아오고 외출도 할 줄 알게 되었으며 서서히 밝아지기 시작한 그에게 심한 말을 하는 것은 마음이 내키지 않았다.

게다가 만일 상처를 주는 데까지는 성공했다 하더라도 올바른 상태로 돌아오지 않을 가능성도 있었다. 반드시 행복해진다는 확신이 있다면 몰라도, 확신하지 못하는 이상 그 방법은 실행하기 어려웠다.

그야말로 궁지에 몰린 상황.

하지만 빠져나갈 길이 없는 것은 아니다.

이 버그를 없애줄 사람이 이 세계에 딱 한 명 존재한다. 주인공, 바로 그 사람 말이다. 세계의 이치, 절대적인 히로인인 그녀와 연애하면 에릭의 버그는 사라질 것이다. 귀족 아카데미에 입학했을 때 그녀와 억지로라도 만남을 주선하고 사랑에 빠지게 만들어서 갱생시키면 된다.

하지만 그 계획에는 딱 하나, 커다란 디메리트가 있었다.

주인공과 엮이는 것은 에릭에게는 행복을 향한 길이지만, 반대로 내게는 지옥을 향한 길이었다.

무엇이 투옥, 사형 엔딩의 포석이 될지도 모르는 상황에선 절대로 주인공과 엮이고 싶지 않다는 것이 내 본심이다. 하지만 누군가의 인생이 달려 있다. 가정 교사 이벤트를 망친 죄가 크기도 했고, 소중한 친구의 행복을 위한 일이었다.

이렇게 기대했는데 주인공이 나타난다는 확신이 없어서 불안해지기도 했지만 분명 나타나겠지. 괜찮을 것이다. 왜냐하면 그녀는 이 세계의 히로인이니까 반드시 나타나야만 한다.

"나한텐 부모님이 정한 약혼자가 있어서 어려울 것 같네."

갑작스럽게 결혼 제안을 한 에릭에게 냉정하게 대답했다. 정말 괴롭고 고통스러운 사실이지만 레이드 녹터와의 약혼이 아직도 깨지지 않아서 다행이었다. 내 대답에 에릭은 조금의 표정

변화도 없이 고개를 끄덕였다.

"그야 나도 알고 있지. 그러면 처음엔 측실부터 시작하는 건 어때? 난 그런 것도 괜찮아. 그리고 정실이라고 하던가…… 정실을 쫓아내고 내가 정실이 되는 거야. 그런데 나는 아내가 아니라 남편인데 뭐라고 해야 하지?"

"아니, 잠깐."

에릭은 순수한 눈으로 고개를 갸웃했지만 전혀 웃을 수 없는 이야기였다. 레이드 녹터와 내가 결혼한다는 전제로 이야기를 진행시키는 것도 곤란했다. 그리고 측실이란 건 내가 아니라 남자인 에릭이 들이는 것이다. 왜 그런 역하렘 같은 말을 꺼내는 거야. 이것도 그건가? 내가 가정 교사 이벤트를 망쳤기 때문인가.

……잠깐. 내가 언제 에릭에게 약혼자가 있다는 이야기를 했었지?

"저기, 에릭. 내가 약혼자가 있다는 얘기를 전에 했던가……?"

"그보다 말이야. 주인도 나랑 계속 같이 있겠다고 말했었잖아. 그치, 주인?"

"친구로서 옆에 있겠다고 말한 건데?"

에릭은 나를 빤히 쳐다봤다. 계속 같이 있겠다는 것은 친구로서 있겠다는 뜻이다. 절대로 프러포즈의 의미로 말한 것이 아니었다. 그러나 그는 또다시 고개를 갸웃했다.

"으음, 그래도 말이야. 앞으로 주인과 계속 같이 있으려면 결혼이 가장 좋은 방법이라고 생각해."

"잠깐, 잠깐. 그건 아무도 모르는 일이잖아……? 친구로서 지

내도 충분할지도 모르고, 응? 나한텐 약혼자가 있고, 에릭한테
도 좀 더 좋은 사람이 나타날 거야."

응원하듯이 손을 잡자 에릭도 내 손을 맞잡았다. 다행이다.
이해한 모양이야.

"그러면 주인, 나랑 결혼하자."

"응?"

"약혼은 약혼일 뿐이잖아? 그 전에 결혼하면 되는 거야. 그렇
게 하면 계속 같이 있을 수 있어."

"아니, 저기, 그건 좀……."

"약혼자를 좋아해서 그래?"

"아니, 아직 네 번밖에 안 만났는걸."

게다가 약혼자는 내 사망에 직결되는 지뢰라고. 그렇게 말할
수는 없어서 고개를 숙였다. 왠지 에릭에게 점점 휘말리는 기분
이었다. 이대로 계속 이 화제를 이어나갔다가는 돌이킬 수 없을
정도로 얘기가 진행될지도 모른다.

"그 약혼자랑 결혼하고 싶지 않은 거지?"

"뭐…… 그렇긴 해."

"그러면 우리가 결혼하면 주인도 행복하고, 나도 행복하고,
우리한테 나쁠 건 하나도 없잖아."

확실히 에릭과 결혼하면 일가족과 사용인들이 뿔뿔이 흩어지
고 투옥되어 결국 사형을 맞이하는 엔딩은 피할 수 있다.

하지만 그는 행복해지지 못한다. 그는 주인공과 만나 사랑에
빠져야 행복을 깨닫게 된다. 반대로 나와 함께 있으면 무엇을

깨달을 수 있을까. 가만히 있어도 그의 인생을 망쳐버리고 있는데. 더 이상 망칠 수는 없었다.

즐겁다는 얼굴로 웃는 에릭 앞에서 나는 시선을 이리저리 옮겼다. 그러자 마침 창문 밖에 곱슬거리는 하늘색 머리카락이 보였다. 마부 솔 씨가 말을 데리고 가다가 회색 섞인 눈동자로 나를 쳐다보고 있었다. 에릭은 내 시선을 알아채고는 "미스티아, 말에 관심 있어?"라며 질문했다.

"아니, 딱히……."

"그래? 말에 관심이 있으면 나중에 같이 타자고 할 생각이었는데."

에릭은 앉아 있던 의자에서 일어나 내 뒤로 오더니 자신의 턱을 내 머리 위에 얹었다. 내 어깨에 손을 두고 툭툭 두드렸다. 그만두게 할 생각으로 피하자 그는 앗 하며 외쳤다.

"리본 풀렸어…… 주인, 묶어 줘~."

"아, 미안해."

움직이다가 부딪혔는지 에릭의 상의 목 부분에 묶여 있던 리본이 풀려 있었다. 나는 일어서서 그와 마주 보고 리본을 다시 묶었다.

그는 리본을 묶는 것—— 이른바 나비매듭이 서툰 모양이었다. 평소엔 저택의 사용인들이나 부인이 묶어준다고 해서, 나와 단둘이 있을 땐 내가 묶어주고는 했다. 혼자서 묶는 연습을 하기도 했지만 능숙해질 기미가 보이지 않았다.

"저기—, 나중에 어디로 확 가버리자. 둘이서 말 타고 말야~,

사랑의 도피 같은 거?"

에릭이 부드럽게 웃었다. 그의 그런 말을 듣자 내 머릿속에 아이디어가 하나 스쳐 지나갔다.

교사는 무슨 생각을 하는가

에릭과 세 번째 스터디 모임을 마치고 일주일 후. 나는 맑고 푸른 하늘 아래, 장엄하고 차분한 분위기의 석재 저택을 눈앞에 두고 있었다.

무슨 짓을 해서라도 에릭과 이 세계의 히로인인 주인공을 만나게 해야 한다.

하지만 그러려면 막대한 리스크가 동반된다.

미스티아가 투옥되는 데에는 레이드 녹터의 영향이 컸다. 즉, 미스티아의 재판에서 검사는 레이드 녹터, 피해자는 주인공, 피고인은 나. 참고로 변호사는 없었다.

즉, 내가 피해자인 주인공에게 아무 짓도 하지 않으면 사건도 재판도 일어나지 않고, 그녀와 연관되지도 않는다.

하지만 에릭은 주인공을 만나지 못한다면 행복해질 수 없다.

그래서 나는 생각했다. 승마를 연습하자고.

지금까지 나는 일가족과 사용인이 뿔뿔이 흩어지는 투옥, 사형 배드 엔딩을 회피하는 수단을 모색했지만, 결국 피하지 못했을 경우를 생각하지 못했다.

아니, 생각하는 것 자체를 피하고 있었다. 상상만으로도 고통스러웠으니까.

부모님이 투옥된다. 게다가 사랑스러운 멜로와 지금도 저택에서 열심히 일하는 사람들이 아무 죄도 없이 직업을 잃는다. 은

인과도 같은 사람들에게서 인간답고 문화적인 근무 환경을 빼앗아 버리는 상황은 상상도 하고 싶지 않았다.

하지만 그저 피할 수만은 없었다. 도망치는 게 아니라 현실을 제대로 직시하고, 장래에 일어날 수 있는 비극을 대처할 방법을 모색해야 한다.

미스티아는 귀족 아카데미에 불을 지르고, 그 자리에서 현행범으로 체포된다. 방화를 저지를 생각은 전혀 없었지만 어쩌다가 자연발화로 아카데미가 타 버리고 그게 내 탓이 되어버릴 가능성은 존재한다.

철저하게 항소하며 재판에서 싸우는 것도 염두에 두고 법 공부도 하고 있지만 결국 나는 일반인. 유능한 변호사를 구하면 되겠지만, 귀족 아카데미 방화 미수범을 담당하고 싶어 하는 변호사는 없을 것이다.

그렇다면 현실적인 수단은── 도망가는 것뿐. 그래서 말을 떠올린 것이다.

말을 타고 도망칠 수밖에 없다.

투옥 이벤트가 일어나기 몇 달 전에 이웃 나라로 도망가는 게 최선책이지만, 부모님을 어떻게 설득할지는 아직 아무 계획도 없다. 도망은 사건 직전에 가야 한다. 사용인의 재취직처를 마련한 후, '미스티아의 고집'으로 모두를 해고한다. 멜로도 마찬가지다.

그리고 부모님과 나는 말을 타고 도망친다. 아버지는 어머니를 태우고, 나는 짐을 태우고 도망친다. 말 두 필만 있다면 충분하다.

그래서 나는 에릭과 공부를 마친 그날, 바로 승마술 훈련을 받기 위해 우리 저택이 자랑하는 마부 솔 씨에게 부탁했다. 그런데 "……싫어."라고 거절당하고 말았다. 게다가 "……내가 필요 없어서 그래……?"라며 매우 슬픈 표정으로 말하기에 또다시 부탁할 수가 없었다.

그래서 "말을 타고 싶어!"라고 아버지에게 부탁해 봤으나, 아버지는 말을 못 타는 사람이었다. 허리가 좋지 않다고 한다. 그렇다면 결국 내가 두 사람을 마차에 태우고 도망갈 수밖에 없다. 내가 반드시 승마술을 익혀야 하는 상황이 되었다.

그 후로 대책을 강구하고 있는데, 부탁한 지 3일 후 아버지는 "나 대신 가르쳐 줄 사람을 소개해 주마."라며 한 저택——시크 가문을 소개해준 것이다.

그래서 나는 앞으로 한 달 동안 매주 3회씩 시크가의 저택을 오가며 승마술 훈련을 받게 되었다.

참고로 미리 조사도 해 봤다. 사전 조사를 하지 않고 에릭과 만나버린 탓에 나는 그의 가정 교사 첫사랑 이벤트를 방해하여 인생을 망쳐버린 전적이 있지 않은가. 그런 안타까운 사건이 또 일어나서는 안 된다.

집사장 스티브 씨를 통해 시크가를 조사해 본 결과, 그곳엔 지금 내 또래 아이는 없고 나보다 8살 연상인 외동아들만 있다고 한다. 이름은 제이 시크. 물론 가명이 아니라 본명이다.

이름을 들어도 아무 기억도 떠오르지 않았다.

즉, 공략 대상이 아니라는 것이다. 그뿐만 아니라 게임과는 관계없는 사람. 엄청나게 안심되었다. 레이드 녹터를 만나 생전 처음 느껴보는 중압감이 온몸을 짓눌렀던 그때가 그리워질 지경이었다.

그리고 이 지역의 귀족은 '두근러브'의 무대인 귀족 아카데미가 아니라 다른 아카데미에 다닌다. 즉, 같은 학군이 아니다. 이 얼마나 멋진 곳인가.

희망이 생겨서인지 반짝여 보이는 그 건물을 향해, 나는 한 발짝을 내디뎠다.

저택에서 시크가의 백작, 부인과 인사를 나눈 나는 승마용 복장으로 갈아입고 집사의 안내를 받아 마구간으로 향했다. 제대로 승마술을 배워서 도망갈 생각에 의욕을 불태우고 있자 마구간 앞에 한 청년의 모습이 보였다.

"네가 승마를 배우고 싶다는 아가씨인가?"

"네. 미스티아 아렌이라고 합니다. 잘 부탁드립니……."

거리가 가까워지자 청년의 얼굴이 또렷이 보여서, 숙이려던 고개가 멈췄다. 혹시 내가 잘못 봤나 싶어서 고개를 들어보니 눈에 들어온 것은 흘러내린 베이지색 머리와 주황색 눈동자. 꿰뚫어 보는 듯한 그 시선에 직감이 번뜩였다.

나는 그를 알고 있다.

어째서, 왜? 마음속에 떠오르는 모든 감정이 마구 섞여들었다. 그렇게 조사를 했는데. 이름을 들었는데도 아무 기억도 떠오르지 않았다. 이곳은 학군도 다른 지역이었다. 하지만 편안한 옷차림이고 교사의 복장은 아니었지만 외모와 체격이 게임과 거의 같았다.

그런 그를 빤히 쳐다보다가 깨달았다.

맞아…… 교사였어. 그래서 이 사람만 예외였던 거야.

"왜 그러지?"

"아뇨, 아무것도 아니에요. 잘 부탁드립니다."

청년의 말에 서둘러 다시 고개를 숙였다.

그는 두근러브의 공략 대상 중 유일한 교사였다. 게임에 표기되는 이름은 별명, 애초에 학생이 아닌 그에게 학군은 전혀 의미 없었다.

그는, 제이 시크──. 아마도, 아니 분명 나중에 '제시 선생님'이 될 그는 두근러브의 공략 대상이며 유일하게 아카데미 학생이 아닌 캐릭터, 즉 아카데미의 교사다.

게임 속 이름 표기도 그만 달랐다. 메인 공략 대상은 풀네임이 표기되지만 그는 제시 선생님이라고만 표기된다. 그렇다고 해서 이름을 숨기는 등의 특수한 설정이 있는 건 아니었다. 그저 "저분은 제이 시크 선생님이야."라는 반 친구의 대사로 잠깐 풀네임이 소개된다.

주인공, 레이드 녹터, 미스티아, 치정이 뒤얽힌 3인조가 있는 반의 담임으로 등장하는 그는 기본적으로 말수가 적어서 많은 말을 하지 않았다. 하지만 그것은 과거에 무슨 일이 있었던 게 아니라 그냥 '그런 성격'일 뿐이었다. 조용히 있는 것을 좋아하고, 말하는 것을 싫어하는 게 아니다. 그냥 '그런 성격'이다. 조폭 교사, 호랑이 선생님 등으로 불리는 것은 말투가 난폭하고 비교적 근육이 붙은 몸인 데다가 날카로운 눈빛 탓에 그 인상이 짙어졌을 뿐, 사실은 정말 평범한 선생님일 뿐이다.

스스로 주인공에게 무언가 액션을 취하기 시작하는 다른 공략 대상과는 다르게 그는 주인공에게 아무것도 하지 않는다. 서브 시나리오에 가까운 위치나 성격을 고려하기 전에 그는 교사, 주인공은 학생이다. 선생님에게 뭔가 장치를 해두는 게 더 이상한 일이다.

두근러브의 아카데미에서도 현대의 일반적인 규율에 준거하여 선생과 학생의 연애는 강력히 금지되었다⋯⋯는 이유도 있지만, 무엇보다 게임 시작 시점에 주인공은 15세. 즉 18세 미만. 두 사람 사이에 뭔가가 생기면 이 나라의 법에 접촉된다.

그래서 과거에 여러 사건이 있었거나 가족 관계에 문제가 있는 다른 공략 대상과는 다르게 그와의 연애 루트는 사랑에 빠지거나 꼬시는 과정보다도, 마음이 통한 후의 파란이 메인이었다.

아카데미에서 두 사람의 소문이 퍼져나가 선생님에게는 퇴직 이야기가 나온다. 한편 주인공은 괴롭힘을 받기 시작하고⋯⋯, 수많은 오해, 다툼을 반복하다가 둘이 힘을 합쳐 고난을 극복하며 해피 엔딩. 행복한 결말을 맞이한다.

한편 내게는 전혀 행복한 결말이 아니었다. 대체 이곳은 정체가 뭐지. 두근러브 인구 과밀 구역 같은 건가.

혼란스러워하고 있자 제시 선생님은 나를 쳐다보더니 조용히 고개를 가로저었다.

"존댓말 하지 않아도 된다."

"네?"

"편하게 대하란 말이다."

아니, 그건 안 되지. 오늘 처음 만난 데다가 나보다 나이가 많은 상대에게 반말을 할 수는 없다.

"그, 그래도."

"날 너무 신경 쓰다가 말에서 떨어지기라도 하면 곤란하니까."

그게 무슨 억지지. 반말하는 게 더 신경 쓰이는데. 게임에선 분명 이런 대사는 나오지 않았다.

"저기, 저는 최대한 밖에선 모든 상대에게……."

"여기선 예외다."

에둘러 거절하려고 해도 미래의 선생님은 "말에서 떨어지면 곤란하니까."라며 물러서지를 않았다. 윗사람에게 그런 무례한 언동을 할 바에야 그냥 말에서 떨어지는 편이 마음이 편하다.

하지만 이대로 있다간 승마 연습 시간이 점점 줄어들 것이다. 승마를 배워야 도망칠 수 있다. 이렇게 되면 일가족의 목숨과 연상을 향한 존댓말 중 하나를 골라야 하는 상황. 당연히 일가족의 목숨이지. 하지만 이게 복선이 되어 앞으로 무슨 일이 일어날지를 모르니 역시 내키지는 않았다.

……아니, 생각을 바꿔보자. 존댓말을 입 밖으로는 내지 않고 마음속에서만 하면 되지.

에릭은 아직 정신이 미숙한 11살, 게다가 불안정한 시기에 연관되었으니 갑자기 나타난 나라는 존재의 영향을 강하게 받아 버렸다.

제시 선생님은 18세. 정신적으로도 육체적으로도 건강한 인간이 과연 10세 꼬마에게 영향을 받을까?

내가 막 태어나 목도 가누지 못할 때, 그는 가방을 메고 방과 후에 모험을 하겠다며 돌아다니다 옆 마을까지 가버릴 정도로 큰 상태였겠지. 그 정도로 나이 차이가 있다. 여기서 내가 존 댓말을 하지 않는다고 해서 그에게 영향을 주진 못할 것이다. ……괜찮아, 할 수 있어.

"알겠…어……."

"……내 이름은 제이다. 잘 부탁하지."

"자, 잘 부탁해."

마음속으로 뒤에 '요'를 붙이며 나는 꼭 승마를 제대로 배우겠다며 강하게, 아주 강하게 마음을 먹었다.

리듬에 맞춰 규칙적으로 나아가는 말. 그 말에 올라타 고삐를 쥔 내 손 위에 근육질에 거친 손이 힘 있게 겹쳐져 있다.

자기소개를 마친 나는 어째서인지 제시 선생님과 함께 말을 타는 중이다.

그 후로 바로 승마 연습을 시작하기에 '이제부터니까 힘내자, 꼭 말을 능숙하게 탈 수 있게 노력하자' 하며 의욕을 불태우고 있었는데, 선생님은 나를 휙 들어 올리더니 말에 올라탔다. "우선 말에 탔을 때의 감각에 익숙해져야 해."라고 말했고, 지금 상황이 됐다.

미리 설명해 줬으면 좋았을 텐데 갑자기 짐짝처럼 말 위에 올려졌다. 하지만 이건 선생님의 성격이겠지. 단적으로 할 말만을 전하고, 사전 설명을 그다지 하지 않는다. 분명 게임에서도 "설명……하는 거 까먹었어." 같은 말을 하던 장면이 있었을 것이다.

말을 타고 저택에서 나와 지금은 시크가 부근의 숲을 나아가는 중이다. 나아간다고는 해도 내 뒤엔 선생님의 몸이 있고, 양 옆은 선생님의 팔로 고정되어 있다. 안전벨트라는 단어가 머릿속에 떠올랐다. 지금 내가 떨어지지 않고 우아하게 말을 탈 수 있는 건 바로 선생님이 내 몸을 지지하고 있기 때문이다. 생각한다는 점을 빼면 체온이 있는 짐짝. 그게 바로 나였다.

하지만 설마 첫날부터 말을 타게 될 줄은 몰랐다. '말에 타기엔 아직 일러, 우선 마구간 청소부터 시작해.'라는 청소 패턴. '우선은 말의 마음을 이해해야 한다, 수업은 그 이후부터다.'라는 교류 패턴. '일단 타 봐, 그거 봐, 못 타겠지.'라는 낙마 패턴. 이 세 종류의 패턴을 상상하고 있었는데. 승마 감각부터 익히라는 건 예상외였다.

주위를 둘러보니 마차의 창 너머로 봤던 울창하게 우거진 밀림 같던 풍경은 그림책이나 동화에 나오는 밝은 숲으로 변해 있었다. 주변엔 네스트리움 꽃이 활짝 피었고 멀리엔 연못도 보였다. 아무래도 위치나 경로에 따라 지형이 바뀌는 모양이었다.

……소풍하러 와도 좋겠다.

안 돼. 단순히 체험하러 온 것처럼 여유롭게 승마를 즐길 여유는 없다. 제대로 고삐를 쥐고 말을 타는 감각을 익혀서 제시 선생님의 기술을 빼앗아야만 한다.

정신을 차리고 고삐를 꽉 쥐자 선생님이 갑자기 작은 목소리로 말했다.

"……넌 놀랄 정도로 나를 무서워하지 않아."

뭐, 확실히 레이드 녹터를 만났을 때처럼 무섭지는 않았다. 그는 내 사형과 관계가 없기 때문이다.

……아니, 그보다 갑자기 뭐야. 처음 만난 날부터 갑자기 이런 말을 듣게 되다니. 선생님 발언의 의도를 전혀 파악할 수가 없었다. 선생님은 마치 내가 뭔가를 말하고 거기에 대답하듯이 말하고 있었다. 하지만 나는 아직 아무 말도 하지 않았다.

사실 나도 모르게 소풍하러 오고 싶다는 망상을 입 밖으로 꺼냈던가? 하나하나를 곱씹어봐도 아무것도 짚이는 것이 없었다. 게다가 망상이 입 밖으로 나왔더라도 대화가 전혀 이어지지 않았다.

무서워하지 않는다니, 대체 뭐를……? 이라고 생각하다가 떠올렸다. 이 대사는 분명 게임에서 제시 선생님이 주인공에게 하던 말이다.

정확히는 "너, 내가 무섭지 않나?"였다. 조금 다른 것은 내가 주인공이 아니기 때문이겠지. 왜 본편도 시작하지 않았고 주인공도 아닌 상대에게 이런 발언을 하는 걸까. 에릭처럼 뭔가 이벤트를 방해했을 가능성이 제일 크지만 선생님의 정신적 근간과 이어지는 이벤트는 애초에 없었을 터.

그렇다는 것은 선생님의 발언은 '그냥 하는 소리'라는 거겠지.

하지만 그렇다고 하더라도 지금 내가 긍정한다면 나중에 일어
날 이벤트에 영향을 미칠 것이다. 제시 선생님의 '처음으로 자신
을 무서워하지 않은 상대'는 주인공이지, 미스티아가 아니니까.

그렇다고 해서 이벤트를 깨지 않기 위해 '아뇨, 무서운데요?'라
고 대답할 수도 없었다. 그러면 아예 고르지 않는 편이 나았다.

일단 모호하게 대답하고 마치 못 들은 것처럼 가장하기 위해
뒤를 돌았다. 그런데 그와 동시에 몸이 크게 흔들렸다.

중심이 무너지고 선생님의 코와 내 코가 정면충돌할 정도로
얼굴이 가까워졌다. 선생님이 내 몸을 꽉 붙잡았다. 말이 발밑
에 있던 장애물을 피한 모양이었다.

"죄송해요. 떨어질 뻔했어요. 잡아주셔서 감사합니다."

"네가 무사하다면야……. 자, 앞을 봐."

"네."

제시 선생님이 잡아주지 않았다면 나는 분명 낙마했겠지. 그
것도 그냥 낙마가 아니라 도움닫기 하여 빠르게 움직이는 말에
서 낙마할 뻔했다. 게다가 뒤도는 타이밍이 조금이라도 잘못되
었다면 선생님과 얼굴을 정통으로 부딪히는 사고가 일어날 수
도 있었다. 아마 주인공이었다면 여기서 입술과 입술이 닿는 연
애 이벤트가 생기지 않았을까. 하지만 나는 히로인이 아니다.
유혈 사태가 일어날 가능성이 더 컸으며 선생님의 얼굴에 상처
까지 낼 뻔했다.

"말에 타 있을 땐 앞을 본 채로 들어."

"네."

"미리 말해주는 게 좋았겠군. 미안."

"아뇨, 선생님이 사과하지 말아 주세……."

그렇게 말하며 나는 또 뒤돌아보려다가 정신을 차리고 제대로 앞을 봤다.

"좋은 마음가짐이지만 아까부터 다시 존댓말이군."

"앗, 아, 그럼, 사과하지 마……?"

"여전히 어색해."

어색한 게 당연하지. 가족 말고 나보다 나이 많은 사람에게 반말을 한 적은 전생에도 없었다. 이대로 반말을 유지하더라도 평생 익숙해지지 않을 것 같다.

"아니, 이 말투가 기본이라…… 존댓말을 안 쓰는 편이 더 어려운…… 거……야."

"부모님한테도 그렇게 말하나?"

"부모님한텐 편하게 말하는데요, 말하는데. 부모님 말고 다른 사람에겐 기본적으로 이렇게 말해요, 말하지."

"사용인한테도 그런 말투를 쓰나?"

"네…… 아, 그래도 멜로는, 그러니까, 전속 메이드인 멜로란 여자아이가 있는데. 그래도 멜로한테는 존댓말을 안 쓰기도 해요. 어릴 적부터 같이 지내와서 익숙해져서요."

멜로는 연상이지만 그녀와는 편하게 대화할 수 있었다. 이건 그녀를 연상이라고 생각하지 않기 때문이 아니라 내게 그녀는 가족과 같은 존재이기 때문이다. 아니, '같은 존재'가 아니라 가족 그 자체다. 나이를 생각하면 멜로가 연상이지만 언니 같기도 하고 동생 같기도 한 천사. 그것이 멜로다.

"그럼 언젠가 편해지겠지."

아니, 과연 그럴까요……라고 마음속으로 생각했다. 멜로와는 6년이나 함께 지내왔다. 가족이다. 그러나 이쪽은 5년 후에 학생과 선생님으로 만날 존재. 편하게 대할 수 있을 리가 없다.

게다가 아마도 선생님의 존댓말을 선호하지 않는 성향은 서서히 옅어질 것이다. 게임에선 편하게 말하라는 대사는 없었으니까.

"편해지려나요……."

아, 실수했다. 또 존댓말을……이라고 생각했는데 선생님의 반응은 없었다. 어떤 표정인지 궁금하지만 뒤돌아보지 않았다. 선생님은 한 손으로 나를 지지하고 다른 한 손으로는 고삐를 휙 잡아당겼다.

"돌아가자."

"네?"

"제대로 잡고 있어."

지금까지의 속도와는 비교할 수 없을 정도의 속도로 말이 달리기 시작했다.

"저, 저기?"

"곧 태풍이 올 거야. 늦어지기 전에 돌아가자."

"태풍이요……?"

"가을 하늘은 쉽게 변하지. 이 시기엔 조금이라도 방심하면 늦어버려."

위를 올려다보니 분명 아까까지만 해도 맑았던 새파란 하늘이 흐린 회색 구름으로 뒤덮이기 시작하고 있었다.

가을 하늘은 변하기 쉽다. 조금이라도 방심하면 늦어버린다.

숲속을 달리는 말에서 떨어지지 않도록 고삐를 꽉 쥐고 나는 선생님의 말씀을 확실히 기억하기 위해 마음속에 새겼다.

천마의 소용돌이

내 방 의자에 앉아 멍하니 위를 올려다봤다. 위에는 파란 하늘
도 흐린 하늘도 아닌 천장이 펼쳐져 있을 뿐이었다.

시크가의 저택에 가서 주 3회씩 승마 연습을 한 지도 이제 3주.

연습은 비교적 수월하게 진행되는 중이었다.

말은 시크가 소유의 말. 즉, 시크가에서 배려해 준 덕분에 평
소에 전문가가 타는 말을 탈 수 있었다. 탄다기보다는 태워진다
고 표현해야 할지도 모르겠지만. 그래도 요즘은 혼자서 탈 수도
있게 되었고 속도도 빨라졌다. 기분 탓인지 말이 나를 보며 반
응하는 것 같기도 했다.

그리고 제시 선생님과 주기적으로 만났지만 별다른 사건은 일
어나지 않았다. 애초에 선생님과 주인공의 시나리오는 선생님
의 인생 패턴이나 사고방식을 바꾸는 시나리오가 아니라 '교사
와 학생의 연애'가 주축이다.

즉, 현재 제시 선생님에게 에릭이나 레이드 녹터처럼 '앞으로
의 인생에 지대한 영향을 미치는 중대한 사건'은 일어나지 않는
다. 내 행동으로 선생님의 건전한 정신의 성장이 방해받는 일은
없을 것이다.

평화로운 나날. 그런 나날이 오래 이어지는 것이야말로 행복
이었다. 짧고 굵은 인생과 가늘고 긴 인생 중 어느 쪽이 좋냐는
질문을 흔히들 하는데, 나는 고민할 것도 없이 가늘고 긴, 평온

한 인생을 선택할 것이다.

오늘은 승마 연습은 없고 에릭과 함께 공부하는 날이다. 슬슬 시간이 됐으려나, 막연히 생각하며 창밖을 바라보니 문 근처에 마차가 세워져 있었다. 현관 홀로 나가자 익숙한 에릭의 곱슬거리는 검은 고동색 머리가 아니라, 하늘거리는 금색 머리카락이 문 사이로 들어오는 바람을 맞아 휘날리고 있었다.

"왜……."

에릭——이 아니다. 현관 홀에 서 있는 것은 레이드 녹터였다.

"미스티아 양, 안녕. 갑자기 찾아와서 미안해. 근처에 들른 김에 와 봤어."

"아, 안녕하세요."

이 무슨 지옥 같은 타이밍이란 말인가.

방금까지 평온한 이상향을 떠올리며 행복해하고 있었는데, 갑자기 이렇게 저택 안이 디스토피아로 변해버릴 줄은 상상도 하지 못했다. 이대로라면 위험한 일이 벌어진다. 곧 에릭이 올 것이다. 에릭과 레이드 녹터가 마주치고 만다. 그들의 첫 대면은 본편이 시작된 후여야 한다. 본편이 시작하기 5년 전인 지금, 미스티아의 저택에서 에릭과 레이드 녹터가 만나버리는 상황이 있어서는 안 된다.

즉, 지금 두 사람을 마주치게 한다면 나중에 그들에게 찾아올 '공략 대상끼리의 첫 대면 이벤트'가 없어지고 만다.

에릭은 내가 가정 교사 이벤트를 파괴해 버린 탓에 한 살 어린아이에게 주인이라고 부르는 버그가 생겨버렸다. 미스티아가 주인공에게 폭력을 행사하는, 이른바 '괴롭힘 이벤트'를 파괴하는 것과는 차원이 다르다. 괴롭힘 이벤트를 파괴하면 주인공의 스트레스와 신체, 심리적 피해가 사라져 양호한 상태가 된다. 하지만 공략 대상들의 만남 등, 친목, 교류 계열 이벤트를 파괴하는 것은 그들의 정신이 건전하게 성장하는 것을 방해할 가능성이 있다.

지금 에릭은 나를 주인이라고 부른다. 버그가 생겨난 것이다. 두 사람을 만나게 할 수는 없다. 무슨 일이 일어날지 모른다.

"죄송해요. 저, 실은 곧 친구가 올 예정이라⋯⋯."

기회가 되면 또 나중에, 라며 자연스레 귀가를 재촉했다. 방문한 상대를 바로 집으로 돌려보내는 건 솔직히 엄청나게 무례한 행위지만 어쩔 수 없다. 날 용서하지 않아도 괜찮으니까 돌아가 주길 바랐다.

"그러면 인사라도 해야겠네."

품행 단정하고 미래에 반장이 될 소년, 레이드 녹터. 역시 사교성의 화신이다. 하지만 지금 그 자세를 마냥 칭찬하고 있을 수만은 없다. 약혼도 언젠가 파기할 테니 일부러 소문낼 필요도 없고 최대한 비밀로 하고 싶었다.

"저기, 이, 이제 제가 맞이하러 나갈 생각이거든요."

"같이 가 줄까?"

상냥한 배려였다. 모두가 그를 좋아하고 존경하는 이유를 알 수 있었다. 이렇게 내가 무례한 태도를 보이는데도 나를 배려해 주는 것은 쉬운 일이 아니다. 미간을 찌푸리거나 노려봐도 어쩔 수 없다고 생각했는데 그는 미소를 잃지 않았다. 눈부셔. 하지만 지금, 그 신사적인 행동은 고맙지 않았다. 이제 부디 제발 나를 보내줬으면 좋겠다.

"아뇨. 그렇게 오래 걸리진 않을 거라, 정말로요."

그렇게 말하며 현관문에 손을 얹었는데, 손은 허공을 휘저었다. 건들지도 않았는데 문이 열렸다. 그럴 리가 없는데. 이건 자동문이 아니라 평범한 목제 문이다. 즉, 지금 누군가가 반대편에서 문을 열었다는 것이다. 그리고 아마도 그건——.

"주인! 나와서 기다려 준 거야? 기뻐! 너무 좋아!"

그렇게 말하며 문을 연 장본인인 에릭이 나를 향해 달려들었다.

"에릭……!"

평소와 같은 행동이지만 매우 곤란했다. 에릭은 날 끌어안고 내 등을 쓰다듬었다.

"놔 주면 좋겠는데. 아니면 헌병대를 부를 수도 있어."

날 끌어안는 에릭을 보고 레이드 녹터가 웃음을 싹 지우고 에릭을 내게서 떨어트리려 했다. 그 얼굴은 마치 감정이 전부 사라진 것만 같았다.

레이드 녹터는 건강하고 건전하며 정의로운 인물이다. 그건 알고 있지만 에릭이 떠난다면 바로 나를 죽일 것만 같은 직감이 들었다.

한편 보이지 않는 건지, 신경 쓰지 않는 건지. 에릭은 만족할 때까지 내 뺨에 뽀뽀하고는 레이드 녹터 앞에 서서 인사했다.

"난 에릭 하임. 미스티아의 친구. 잘 부탁해."

"나는 레이드 녹터. 미스티아의 약혼자야."

레이드 녹터는 에릭을 평가하는 듯한 눈으로 바라본 후, 자기소개를 했다. 이제 서로 소개도 마쳤으니 해산해 줬으면 좋겠다. 두 사람이 본편 전에 만나버린 이 상황은 이제 돌이킬 수 없다. 서로의 사이가 좋지도, 험악하지도 않은 이 상태에서 해산하고 그저 아는 사람 정도로 끝낼 수 있다면 본편이나 각자의 정신적 성장에 지장은 없을 것이다. 아니, 그렇게 믿고 싶다.

"네가 미스티아 양의 친구인가. 문을 열자마자 미스티아를 끌어안길래 수상한 사람인 줄 알았어."

"신경 쓰지 마."

"그래도 뺨에 입 맞추는 건 좋지 않은 행동이라고 생각하는데. 그런 인사를 하는 나라가 있다는 건 알지만, 모두가 그렇게 인사해야 하는 건 아니니까."

레이드 녹터는 나를 한 번 바라보고는 에릭에게 충고했다. 에릭은 그 말을 듣고 고개를 끄덕였다.

"그렇구나. 그럼 앞으로는 단둘이 있을 때나 아무도 안 보고 있을 때 해야겠네."

"아니. 장소 문제가 아니라 어디서든 하면 안 돼."

에릭의 말에 나는 고개를 가로저었다. 뺨에 뽀뽀하는 버릇이 나타날 때마다 충고했지만 좀 더 강하게 막아야 했다. 그보다 왠지 위화감이 느껴졌다. 에릭의 상태……라기보다 목소리가 평소와 다르지 않아……?

뭐 그건 됐고. 일단 두 사람을 해산시키자. 미스티아의 저택에서 만났다는 사실도, 5년이나 지나면 분명 기억에서 사라지겠지. 입학해서 본편이 시작한 후 아카데미에서 만나더라도 "어디서 본 것 같긴 한데, 일단 처음 뵙겠습니다."라고 인사할 정도로 초면이나 마찬가지인 사이가 될 것이다. 그러니까 오늘은 여기서 해산이다, 해산.

"그럼 오늘은 일단 해산을……."

"아, 맞다! 모처럼이니까 오늘은 셋이서 다과회 어때?"

에릭이 좋은 생각이 났다는 듯이 밝은 목소리로 제안했다. 그 바람에 내 목소리가 묻혀 버렸다.

방에 틀어박혀 타인과 만나기를 거부하던 그가 먼저 초면인 상대에게 다과회를 제안할 정도로 사교성을 회복했다. 친구로서 기쁜 일이다. 하지만 타이밍이 타이밍이라 그저 기뻐하고만 있을 수는 없었다.

"내가 껴도 괜찮나? 미리 만날 약속을 한 거지? ……둘이서."

"응. 그래도 우리 둘은 언제든 같이 놀 수 있으니까 괜찮아! ……안 되려나?"

그렇게 말하며 에릭이 나를 바라봤다. 그만둬. 내게 선택권을 떠넘기지 마. 부탁이야, 에릭.

"그럼 그렇게 해도 될까? 미스티아 양은 내가 다과회에 껴도 괜찮은…… 거지?"

레이드 녹터는 화내고 있다. 입꼬리가 부드럽게 호선을 그리고 있지만 눈에는 분노의 불꽃이 타오르고 있었다. 지금 내가 거절하면 본편 시나리오가 시작하기도 전에, 당장 내일이라도 고소장을 받을지도 모른다.

거절하고 싶어.

너무 거절하고 싶어. 하지만 레이드 녹터의 원한을 사서 배드 엔딩의 가능성을 높이기는 무섭고, 이벤트를 망치고 싶지도 않고, 그들의 건전한 정신적 성장을 파괴하기도 싫었다. 머릿속에 여러 가능성과 배드 엔딩이 소용돌이처럼 빙글빙글 휘몰아치고, 나는 결국 힘없이 고개를 끄덕일 수밖에 없었다.

"힘들겠다. 부모님끼리 정한 약혼이라니."

"그렇지 않아. 우리의 의사도 물어보셨으니까."

테이블을 둘러싸고 우아하게 홍차를 마시며 대화를 나누는 레이드 녹터와 에릭. 그리고 그 사이에 앉아 나는 홍차의 파문을 멍하니 바라보는 중이었다.

원래 다과회는 여유롭게 시간을 보내야 하는 거 아닌가. 그런데 에릭의 제안으로 시작한 이 다과회는 당장이라도 어둠의 힘을 지닌 마물이나 마왕 그 자체가 소환될 것만 같은 살벌한 분위기가 주변에 휘몰아치고 있었다.

한마디로 말하자면, 지옥이었다.

우리 집에 마련된 작은 지옥.

분명 찻잔에 담긴 건 평소에 자주 마시는 홍차인데도 맛과 향이 전혀 느껴지지 않았다. 그뿐만 아니라 피에 물든 것처럼 비릿한 쇠 냄새가 나는 듯한 착각도 들었다. 지금까지 이렇게 빨리 끝내고 돌아가고 싶은 마음이 드는 다과회는 겪어본 적 없었다.

화제도 화제다. 처음엔 쿠키나 홍차에 관한 대화를 나눴는데, 어느샌가 에릭과 내가 여름에 어떻게 지냈는지, 나와 레이드 녹터가 어떻게 약혼하게 되었는지에 관한 화제로 바뀌었다.

"그러고 보니 방금 미스티아 양과 언제든지 놀 수 있다고 했는데, 그게 정말이야?"

"응. 그게 왜?"

레이드 녹터가 뭔가 떠오른 듯이 질문하자 에릭이 눈을 크게 떴다. 안 좋은 예감이 든다.

"아니, 미스티아 양은 항상 바쁜 줄 알았거든. 저택에 초대해도 좀처럼 긍정적인 대답을 들려주지 않아서."

"흐음. 타이밍이 나빴나 보네. 우리 저택엔 자주 오거든. 방금 말한 것처럼 여름엔 거의 매일 같이 놀았어."

부정하고 싶지만 내가 여름에 매일 산책하듯이 에릭의 저택에 찾아간 것은 사실이었다. 그 사이에 레이드 녹터에게서 온 초대는 전부 거절했었다. 전부 사실이다.

하지만 에릭이 부디 날 생각해서 얼버무리기를 바랐다. 여름에 있었던 일은 최대한 편집해 줬으면 했다.

"우리 집에서 자고 간 적도 있는걸?"

"호오."

레이드 녹터가 명백히 적의가 담긴 눈으로 나를 바라봤다. 내가 잘못한 것은 하나도 없었다. 있을 리가 없다. 그러나 무서운 나머지 반사적으로 눈을 피해버렸다. 그리고 고개를 돌린 나와 눈이 마주친 에릭이 의미심장하게 미소 지었다. 어떻게 하지?

지금은 내가 해명할 차례인가? 잘 모르겠다. 그리고 레이드 녹터가 입을 열었다.

"좋겠다. 역시 약혼자가 되면 부모님 입장도 있으니 친구처럼 쉽게만 만나지는 못하니까. 실은 너처럼 좀 더 자유롭게 왕래하고 싶었거든."

레이드 녹터의 말을 듣고 에릭이 내게 불안해 보이는 시선을 보냈다. 그 반대쪽은 볼 수 없었다.

험악한 분위기. 완전히 수라장 그 자체였다. 하지만 이 두 사람의 태도는 흔한 삼각관계처럼 나를 사이에 두고 싸우는 태도가 아니었다.

에릭의 이 불온한 태도는 분명 방에 틀어박히던 시기를 빠져나와 처음 생긴 친구를 뺏길 것이라는 불안에서 비롯했겠지.

앞으로도 계속 친구로 있겠다고 약속했지만, 정작 친구의 약혼자를 마주하고 보니 왠지 모를 불안감이 느껴진 것이다. 친구보다 약혼자를 더 소중히 여기지 않을까, 누굴 더 좋아할까, 나와 더 이상 친구로 있어 주지 않는 게 아닐까, 더 이상 함께 놀지 못하는 게 아닐까. 아마 그런 걱정을 하는 게 틀림없다.

에릭은 소중한 친구고, 애초에 나와 레이드 녹터의 관계는 '저택에서 난리를 피운 가해자와 그 피해자'일 뿐이다. 그 이상도 그 이하도 아니다.

게다가 레이드 녹터가 제대로 된 친구나 약혼자라고 가정하더라도 에릭과 친구란 사실에는 변함이 없다.

한편 레이드 녹터는 자신의 약혼자가 부주의하게 다른 남성과 가까이 지냈다는 사실에 화가 났겠지. 얼핏 보면 연인 관계에서 일어나는 질투처럼 보이지만, 본질은 크게 차이가 난다.

　레이드 녹터는 성실한 인간이다. 게다가 불성실한 사람을 싫어한다. 내가 장래에 바람을 피울 가능성이 있다고 생각하겠지. 그래서 내 행동이 녹터가와 아렌가의 갈등으로 이어지리라 생각해서 화내는 것이다.

　물론 이건 바람이 아니고 나는 에릭에게 그가 의심할 만한 감정을 품고 있지 않았다. 그것은 에릭도 마찬가지일 것이다. 주인이란 호칭이 이상하긴 해도 우리는 평범한 친구 관계일 뿐이다. 그리고 언젠가 에릭도 레이드 녹터도 주인공을 사랑하게 될 것이다. 레이드 녹터는 지금 내 행동을 보고 '경솔해. 약혼을 뭐라고 생각하는 거야?'라고 생각하고 있을지도 모르지만, 결국 약혼은 없던 일이 될 것이다. 일방적으로 파기당할지, 원만하게 해결될지에 따라서 내 운명이 달라질 뿐, 약혼이 파기된다는 사실에는 변함이 없다.

　따라서 지금 두 사람은 의미 없는 감정으로 서로에게 적의를 보이는 것이다.

　하지만 의미 없는 싸움의 원인이 뭔지 알아도 내가 해결할 수가 없었다. 이 자리에서 갑자기 에릭에게 '에릭이랑 나는 앞으로도 계속 친구야.'라고 말하더라도 그저 상황을 모면하기 위한 말이라고 생각할 가능성이 있다. 레이드 녹터에게 '결국 약혼은 없던 일이 될 테니 아렌가와 녹터가의 갈등은 일어나지 않을 거예요. 안심하세요.'라고 말할 수도 없었다.

멋지게 사면초가에 빠지고 말았다. 내가 여기서 할 수 있는 것은 분위기가 더는 험악해지지 않도록 전력을 쏟는 일뿐이다.

"만나지 못하는 만큼, 나랑 미스티아 양은 편지를 자주 주고받거든."

"흐음. 나랑 미스티아는 저택을 오고 가는데."

"저기, 쿠키도 드셔 보세요……."

파지직 불똥이 튈 정도로 서로를 노려보는 두 사람에게 디저트를 권하며 자연스레 화제를 바꾸도록 유도했다. 그러자 "지금은 잠시 대화 중이니까 먼저 먹어."라고 레이드 녹터가, "응. 아직 궁금한 게 있으니까 먼저 먹고 있어."라고 에릭이 내게 웃으며 말했다.

기적처럼 의견이 일치했다.

나는 부디 비극이 일어나지 않기만을 기도하며 더는 김이 나지 않는 찻잔을 바라봤다.

유사 수라장 사고로부터 1주일이 지난 어느 날의 저녁. 나는 시크가에서 승마 연습을 마친 후 말을 계속 쓰다듬는 중이었다. 왜냐하면 제시 선생님이 "저택에서 가져올 게 있으니까 잠시만 기다려."라고 부탁했기 때문이다. 아마 마구간 열쇠 같은 걸 까먹은 거겠지. 한마디로 나는 지금 말이 나가지 않도록 감시하는 중이었다.

"오-, 옳지, 옳지."

꼬리를 메트로놈처럼 흔드는 말을 쓰다듬는다. 대답은 없었다. 말은 살아 있다. 그저 대화가 안 통할 뿐이다. 말을 쓰다듬고 있으니 수라장 사고가 떠올라 오늘 몇 번째인지 모를 한숨을 쉬었다.

또 변화를 만들고 말았다.

레이드 녹터와 에릭이 처음 만나는 건 분명 귀족 아카데미에 입학한 후. 11살일 때 만날 리 없었다. 게다가 첫 만남 장소가 미스티아의 저택이라니 있을 수 없는 일이다. 어째서 나는 이리도 실수만을 반복하는 걸까. 내 학습 능력은 평범하다고 생각했는데 그게 아니었던 모양이다.

다행히도 에릭은 주인 호칭 외의 이상 행동을 보이지 않았다. 레이드 녹터도 이상한 모습은 보이지 않았다. 하지만 앞으로는 더욱 신경 써야 한다. 또다시 변화를 일으킬 수는 없다.

"돌이킬 수 없는 일을 저질렀을 때는 어떻게 해야 한다고 생각해?"

말을 걸어봐도 당연히 말은 대답하지 않는다. 애니메이션이나 만화처럼 '히힝!' 하며 대답하지도 않았다. 상대는 말. 말은 인간의 언어를 알아듣지 못하고 나도 말의 언어를 모른다. 지금 이 순간 말이 '부탁이니까 나한테 말 좀 그만 걸어.'라고 말해도 나는 알아듣지 못할 것이다. 그러니 말을 이어나갔다.

"모든 책임을 지고 내 목숨을 바칠 수밖에 없겠지……."

이제 투옥, 사형, 단두대를 기다리기 전에 책임을 지고 내가 먼저 목숨을 버리는 게 더 현실적으로 느껴졌다. 우울해졌다. 하지만 가족과 사용인을 지키기 위해서라면 최악의 경우엔 그렇게 할 수밖에 없다.

아니, 아예 먼 곳으로 떠나버릴까? 어딘가 먼 곳으로, 해외로 몰래── 그런 생각을 하다가 뭔가가 번뜩였다.

유학이다.

유학이란 수단이 있었다. 애초에 인생을 포기하기 전에 아카데미를 그만두면 되는 일이다. 하지만 에릭을 주인공과 만나게 할 사명이 있는데. 아니, 주인공과 만나게 한 후 주인 호칭을 버리면 그때 유학을 가면 되겠지.

"무슨 일이 생기면 날 멀리 데려다줘."

아까부터 나를 빤히 쳐다보는 말을 쓰다듬었다. 아니, 이 말은 시크가의 말이니까 승마 연습이 끝나면 더는 만날 수 없는 말이다. 하지만 쓰다듬다 보니까 왠지 의지하고 싶은 기분이 들었다. 녹터 부인이 습격당했을 때, 부모님이 나를 계속 쓰다듬었던 게 이런 기분이었을까.

"좋아하나?"

뒤돌아보니 제시 선생님이 서 있었다. 말에게 열심히 말을 거는 장면을 들키고 말았다. 말이 안 통한다는 사실에 안심하며 매달리는 모습을. 나는 적당히 "네." 하고 대답하며 고개를 끄덕였다.

"……그럼 내일 안장이라도 사러 갈까."

안장? 아, 말 등에 얹는 거. 지금 내가 쓰다듬는 말 등 위에도 달려 있는, 인간이 말 위에 타기 쉽게 만든 좌석 같은 것을 말하는 것이다. 도망칠 때는 말에 안장을 얹을 틈도 없을 테고, 마차를 이용하면 필요 없을 테니 별로 중요하게 여기지 않아서 안장에 관한 것은 잘 알지 못한다.

"내일 시간 있어?"

"네."

"그럼 내일 낮에 데리러 갈게."

제시 선생님은 오늘 수업은 끝이라고 하며 자리를 떴다. 되는 대로 대답했는데 내일 같이 시내로 나가게 된 건가. 좋지 않은 예감이 들었지만 선생님과 주인공이 시내에서 만나는 이벤트는 없었다. 게다가 선생님은 시내와 뭔가 연관이 있지도 않았다.

나는 크게 걱정하지 않고 가벼운 마음으로 가기로 했다.

개최된 광기의 연회

다음 날, 나와 제시 선생님은 승마용품점으로 찾아왔다. 시내 거리는 복작거리는 포장마차와 화려한 가게가 섞여 있어서 다양한 사람들이 오가는 곳이었다. 앞을 제대로 보고 걷지 않으면 위험할 정도라 가게에 도착하는 데에도 꽤 고생했다.

그렇게 들어온 가게 내부에는 안장부터 채찍, 부츠 등 인간이 사용하는 승마용품부터, 말의 먹이까지 구비되어 있었다. 손님은 우리뿐인 듯했다. 선생님은 내부를 둘러본 후 근처에 있던 초인종을 울렸다.

"이거, 이거, 제이 님 아니십니까! 주문하러 오셨습니까?"

초인종 소리를 듣고 안쪽에서 점주로 보이는 아저씨가 나와 이쪽으로 다가왔다. 그는 눈을 반짝이며 기쁜 표정으로 우리를 맞이했다.

"어. 그리고 이 녀석이 쓸 안장이 필요한데…… 체격에 맞는 게 있을까?"

"물론입니다! 모든 연령층에 맞춘 훌륭한 안장이 준비되어 있지요!"

점주 아저씨는 "잠시 기다리십시오!" 하며 가게 안쪽으로 다시 들어가 버렸다. 그리고 상자를 가지고 나와 몇 개를 열어 빈 선반에 진열하여 우리에게 보여줬다.

"이쪽입니다! 색상은 나중에 주문하실 수 있습니다."

이상하게도 사람을 끌어당기는 웃음이었다. 주변을 둘러보니 안장을 시승해 보기 위한 등신대 말 모형이 있었다. 말 목에는 '시승용!'이라고 화려한 빨간 글씨가 적혀 있어서 굉장히 눈에 띄었다.

　"그보다 제이 님의 약혼자분은 굉장히 어른스러운 분이시군요! 이제 데이트하러 가시는 건가요?"

　"아, 아냐!"

　"후후후. 숨기지 않으셔도 됩니다! 제이 님의 그 차림! 오늘 정말 멋지신데 말입니다―!"

　그러고 보니 선생님의 오늘 옷차림은 평소와 조금 달랐다. 하지만 그건 평소엔 승마 연습할 때만 만났기 때문이겠지. 선생님은 승마할 때 가벼운 차림으로 활동성을 중시했다. 그런데 오늘은 왠지 어른스러운 분위기가 흘렀다.

　"시끄러워. 더 이상 말하지 마."

　"후후후. 약혼자분의 안장은 제이 님이 고르시는 거겠죠? 그럼 천천히 구경하십시오."

　"아니라니까……! ……안내는 고마워."

　점수 아저씨가 인사하며 가게 안쪽으로 들어갔다. 선생님은 내게로 몸을 돌리더니 어딘가 난감한 표정으로 내게 고개를 숙였다.

　"미안. 이 가게 점주는 항상 저런 느낌이거든. 마음에 담아두지 마."

　"아뇨, 괜찮아요. 그보다 뭘 골라야 할지 모르겠네요…… 괜찮다면 골라 주실 수 있을까요……?"

초보자인 나는 무슨 안장을 골라야 할지 알 수가 없었다. 일단 어젯밤에 승마책을 읽으며 안장 고르는 법 등을 외워두긴 했지만 실물을 보니 뭘 골라야 할지 전혀 알 수가 없었다.

제시 선생님은 내 말에 끄덕이고는 안장 몇 개를 들고 살펴보더니 다시 자리로 돌려놓았다. 그것을 몇 번 반복하고는 각각 빨간색, 하얀색, 검은색으로 된 안장 세 개를 추려냈다.

"이 정도가 좋겠는데. 한번 타 보고 골라."

"네."

말 모형 위에 타서 하나씩 시승해 보았다. 빨간색과 하얀색 안장이 편안해서 뭘 고르든 괜찮을 것 같았다. 그럼 색이 마음에 드는 걸 고르면 되려나. 그렇게 생각하며 마지막 검은 안장에 탔다.

"우왓."

"어때?"

엄청 몸에 잘 맞잖아. 자세를 바로 하려고 의식하지 않아도 저절로 허리가 펴졌다. 무엇보다도 타고 있으면 엄청나게 편했다. 운명이 느껴졌다. 엄청나!

"이거 엄청나다. 이거 엄청나요. 딱 맞아요. 감사합니다!"

"그럼 다행이네."

감사할 따름이었다. 세 개로 추려준 것도 감사할 일인데 이렇게 몸에 딱 맞는 안장을 골라 주다니. 역시. 역시 제시 선생님이야.

"고르신 모양이군요! 그러면 그 안장은 두 분을 축복하며 저희 가게에서 드리는 선물로 하죠."

말 모형에서 내려오니 점주 아저씨가 어느샌가 뒤에 서 있었다. 그리고 내가 탔던 안장을 들고는 다시 가게 안쪽으로 들어가려 했다.

"아뇨, 가격은 제대로 지불할게요!"

"아니, 내가 내지."

서둘러 쫓아가자 점주 아저씨가 쉿 소리를 내며 입술에 손가락을 가져다 댔다. 발걸음을 멈추자 아저씨는 눈 깜짝할 새에 가게 안쪽으로 들어가더니 종업원용 문을 닫아 버렸다.

"……돈은 내도 받아줄 것 같지 않군."

"그래도……."

"뭐, 나중에 그만큼 더 사면 되겠지."

"……네. 잔뜩 살게요."

나중에 부모님의 안장이랑 고삐도 사자. 마부 솔 씨의 승마용품을 교체할 때도 이 가게를 이용하자.

나는 친절에 보답할 수 있도록 구매 계획을 세우며 기다렸다. 그리고 포장된 물건을 받아들고 점주 아저씨에게 감사 인사를 한 후 가게를 나섰다.

제시 선생님과 함께 거리를 걸었다. 점심시간이어서 그런지 아까보다도 거리를 거니는 사람이 많아졌다. 구매한 안장은 선생님이 들어주고 있었다. 내가 들겠다고 해도 그는 계속 거부했다. 생각해 보면 18세 청년과 10세 아이가 함께 다니는데 10살

아이만 커다란 짐을 들고 있으면 사람들이 보고 눈살을 찌푸리겠지. 그 점을 이해하고 그냥 그에게 맡기기로 했다.

"……가, 가게로 들어가지. 단 건 좋아하나?"

"네."

"그럼 큰 거리 앞에 단골 가게가 있어. 저기서 꺾자."

"알겠어요."

제시 선생님의 말씀에 끄덕여 대답하고는 우리는 큰 거리로 나왔다. 그리고 그 직후——.

"있다!"

갑자기 남자 여러 명이 일제히 우리를 둘러싸더니 제시 선생님을 붙잡았다. 선생님은 그들을 떨쳐내려고 했지만 혼자서 남자 여럿을 상대하기엔 어려웠다. 강도인가? 일단 주변 사람들에게 도움을 요청해야 해. 그렇게 생각한 것도 잠시, 남자 두 명이 끼어들었다. 한 명은 주먹으로 몇 번이나 얻어맞았는지 얼굴이 퉁퉁 부었고 절뚝이며 걸었다. 다른 한 사람은 근육질이었으며 얼굴이 엉망인 남자의 목덜미를 붙잡고 질질 끌며 이쪽으로 다가왔다.

"거기 너. 네가 제이 시크냐?"

근육질인 남자가 선생님을 노려봤다. 선생님도 날카로운 눈매로 그를 노려봤다.

"그렇다면 어쩔 건데?"

"잘도 가게의 그림을 가지고 갔겠다!! 내 동생을 이렇게 만들어 놓고!"

"뭐?"

근육질인 남자가 형이고 얼굴이 부은 남자가 동생. 두 사람은 형제였나 보다. 근육질 형이 "이 녀석 맞지?"라며 선생님을 손가락으로 가리키자 얼굴이 부은 동생이 천천히 고개를 끄덕였다. 선생님은 그 두 사람을 보며 한숨을 쉬었다.

"난 처음 보는 녀석인데."

"거짓말하지 마! 내가 낮에 배달하러 갔다가 저녁에 돌아왔더니 동생이 이 꼴이 되어 있었다고!"

어제 낮부터 저녁 사이에 이렇게 엉망이……, 그렇다는 건 나와 제시 선생님이 함께 있었던 시간에 벌어진 일이었다. 선생님이 마구간 열쇠인지 뭔지를 가지러 간 건 5분 정도였다. 그래서 내가 말과 대화하는 걸 들키고 말았지.

"……저기, 죄송하지만 어제 동생분이 피해를 보셨을 때, 이분은 저랑 같이 저택에 있었는데요."

내 말을 듣고 근육질 남자가 흠칫했다. 그리고 시선을 이리저리 옮기더니 엄청난 기세로 화내기 시작했다.

"네, 네가 가게에 와서 그림이 갖고 싶다면서 억지를 부리고 동생을 때린 거잖아! 이런 어린아이한테 거짓말까지 시키다니!"

"저, 거짓말하는 거 아니에요. 게다가 절 이분의 저택으로 데려다준 마부도 이 분과 만났거든요. 아마 뭔가 오해가——."

"이 도둑 녀석!!"

내 말을 끊고 근육질 남자가 화를 내며 외쳤다. 억울하다는 듯한 말투였다. 동생이 다쳤다. 그것도 누군가한테 맞아서. 냉정함을 유지하지 못하는 것도 이해는 간다. 하지만 이렇게 갑자기 많은 사람을 끌고 와서 겁주는 건 정당한 일인가? 오히려 억지로 제시 선생님을 범인으로 몰고 가려는 듯한 악의가 느껴졌다.

주변에는 남자들뿐만 아니라 지나가던 사람들과 포장마차 점원들도 모여든 상태였다.

"지금 여기서 사과해."

사람들이 지켜보고 있는 와중에 상황을 수습하려고 사과했다간 자백한 것처럼 몰리겠지. 분명 제시 선생님은 억울하게 죄를 뒤집어쓸 것이다. 알리바이도 있다.

하지만 여기서 선생님이 강도로 알려지거나 체포되면 귀족 아카데미의 교사로 나타나는 미래는 찾아오지 않는다. 시크가의 명예 또한 관련된 일이다. 이 사건으로 인해 언젠가 시크가가 몰락할 가능성도 있다.

제시 선생님이 강도일 리도 없고, 게임 시나리오에도 그런 내용은 없었다. 선생님이 강도 사건을 일으켰다거나 억울하게 범인으로 몰렸다는 이야기를 한 적도, 그와 관련된 트라우마도 없었다. 설정에 '과거에 누명을 썼다'라는 표기도 없었고 '씻을 수 없는 과거가 있다'라는 의미심장한 묘사도 없었다.

즉, 게임에서는 강도나 누명 소동은 일어나지 않았다는 것이다.

게임에서 일어나지 않은 일이 왜 지금 일어난 걸까. ……분명 내가 원인이겠지. 그렇게 추측할 수밖에 없었다.

나는 고작 10살이기에 18살인 그에게 영향을 미치지 못하리라 생각하고 있었다. 하지만 영향은 정신적인 면에만 생겨나는 것이 아니었다. 나라는 변칙적인 존재가 제시 선생님과 연관되었기 때문에 이 이상 사태가 일어나고야 만 것이다.

하지만 원인을 알았다고 해도 이 상황을 타개하지 못한다면 의미가 없다. 헌병대를 찾아가서 무죄를 증명하더라도 이 많은 사람에게 무고하다는 사실이 알려질 것이라는 확신이 없었다. '시크가의 영식이 강도를 일으키고 도망쳐서 다음 날 시내에서 체포당했다며?'라는 악평이 꼬리처럼 따라다니고, 시크가의 신뢰가 파괴될 가능성이 있었다. '시크가의 영식이 경찰에 끌려간 사실'이 앞으로 어떻게 작용할지 모르는 이상, 지금 어떻게든 해결해야 한다.

어떻게 하면 좋지? 내가 떼를 쓴다고 말을 들어주는 건 부모님뿐이다. 지금 내가 무엇을 할 수 있을까.

내게는 뛰어난 추리력도, 통찰력도, 사실을 꿰뚫어 보는 논리적 사고력도 없다. 이 자리에서 모두를 사라지게 만드는 치트 능력도 없다. 돈으로 해결하면 나중에 제시 선생님의 명예에 금이 갈 게 분명했다. 미스티아 아렌이 할 수 있는 일은 없었다.

"신고할 거야! 빨리 사과해!"

절망적인 상황이다. 제시 선생님은 '내가 인정해야……'라는 표정을 하고 있었다. 눈을 감고 잘 생각해 보자……. 그러자 누명이란 말이 머릿속에 스쳐 지나갔다.

그래, 재판이다. 나는 내가 피해인 측에서 재판할 때를 상상하며 공부를 해왔다. 누명으로 인한 명예훼손으로 반대로 상대를 고소하는 법률과 수속에 대해 바로 어제 독학한 참이었다.

추리로 진범을 잡는 것은 불가능하더라도 상대를 동요시키고 그 모순을 지적하며 제시 선생님의 무죄를 이 자리에서 주장하는 것은 가능하지 않을까?

방금도 근육질 남자는 '내가 같이 있었다.'라는 아이의 발언에 순간 크게 동요하지 않았던가.

원래 제시 선생님은 무죄다. 달리 진범을 찾지 않아도 된다. 트릭을 풀지 않아도 괜찮다. 선생님이 무죄라는 사실만 증명하면 된다.

미스티아 아렌은 자신의 극악무도한 성격마저 자랑스러워했으며 자신이 흘러넘쳤고 언제나 당당한 표정으로 당당한 분위기를 풍겼다. 내용물은 매우 평범하지만 내 얼굴 근육은 미스티아의 것.

미스티아의 원한이 담긴 박력 넘치는 시선, 타인을 책망하는 고압적인 목소리로 상대가 모순점을 드러냈을 때 단숨에 몰아붙이면 된다.

등을 곧게 세우고 어깨와 가슴을 폈다. 똑바로 앞을 응시했다. 기분 탓인지 주변 사람들이 나를 보고 잠잠해지는 듯했다.

좋아. 나는 미스티아. 나는 미스티아다. 극악무도하고 흉악한 영애. 나는 고결한 아렌가의 영애.

지금 내가 말하는 것이 세상의 진리.

"잠시, 기다려 주시겠어요?"

나는 각오를 다지고 그 한 발짝을 내디뎠다.

눈을 가늘게 뜨고 고개를 기울였다. 게임 속 미스티아의 표정을 의식하며 근육질 남자를 올려다보았다.

"정말, 어제 낮부터 저녁 사이에 동생분이 다친 게 맞나요?"

"그래, 틀림없어!"

우선, 상대의 이야기를 잘 듣는 것부터다. 제시 선생님이 그때 나와 같이 있었던 것은 확실하다. 형제가 거짓을 말하고 있는 것이라면 모순점이 나타나겠지. 정말 오해라면 기억에 착오가 있었다는 것을 알아챌지도 모른다.

"그러면 그때, 가게에는 아무도 안 왔나요? 막는 사람은? 돌봐준 사람은?"

"없었어! 내가 배달을 나가서 혼자 있을 때 당한 거라고!"

가게 위치가 어딘지는 모르겠지만 목격자는 피해자인 얼굴이 부은 동생뿐이다. 다시 확인하며 반응을 지켜보자.

"그럼 동생분 외에는 목격자가 없다, 라고 생각해도 되는 거겠죠?"

"시, 시, 시끄러워!"

"죄송하지만 대답하지 못하신다면 동생분 외의 목격자가 없다고 판단할 수밖에 없는데, 그래도 괜찮으신가요?"

목격자가 피해자 본인밖에 없다는 게 이상하다는 식으로 말을 이어나갔다. 실은 이상할 일이 아니었지만 제대로 먹혀들었는지 얼굴이 부은 동생이 몸을 떨며 동요하기 시작했다.

이대로 이 흐름에 맡겨야 한다. 배수진이다. 아니, 그 방법뿐이다. 형은 반론하지 못하면 "시끄러워!"라며 억지를 부릴 가능성이 농후했다. 그렇다면 동생을 계속 자극해 보면 되겠지.

하지만 자극할 소재가 없었다. 제시 선생님을 바라보니 선생님은 지금도 남자들의 팔을 뿌리치려고 하고 있었다. 맞거나 다치지는 않은 모양이었다. 다행이다.

그리고 선생님의 양손이 눈에 들어왔다. 그렇다. 타박상도 자상도 없는 깨끗한 손이었다.

……응? 깨끗한 손? 사람 얼굴이 저렇게 퉁퉁 부을 정도로 때렸으면 저렇게 손이 깨끗하지는 않을 텐데. 피부가 까지거나 멍이 드는 게 보통이다. 나는 바로 얼굴이 부은 동생에게 말을 걸었다.

"맞은 건, 주먹으로 맞으신 건가요? 아니면 뭔가 무기 같은 걸 이용해서?"

"며, 몇 방이나 주먹으로 맞았어! 내, 내가 도망치려고 하면 더 심하게……!"

"알려주셔서 감사해요."

나는 다음으로 제시 선생님에게 다가가 선생님을 붙잡은 남자들에게 고개를 숙였다.

"죄송하지만 팔만 놔 주실 수 있을까요?"

"어어……?"

"팔만 놔 주시면 돼요. 손을 좀 보게요. 죄송해요."

내가 다시 고개를 숙이자 남자들은 떨떠름한 표정으로 붙잡고 있던 제시 선생님의 팔을 놓아주었다. 감사 인사를 한 후 선생님의 손을 가까이에서 확인하니 손바닥 안쪽에 승마로 인한 굳은살이 생겼을 뿐, 손은 깨끗했다. 선생님에게 팔을 들도록 부탁하고 나는 주변 사람들을 둘러봤다.

"이 주먹을 봐 주세요. 사람의 얼굴을 몇 번이나 때렸다면 주먹 피부가 조금은 까졌을 거예요. 그런데 이 손은 깨끗하죠. 아무 흔적도 없고요. 치료했을 가능성도 있지만 그렇다고 이렇게 빨리 낫지는 못할 거예요. 적어도 어제 생긴 상처가 오늘 사라지진 않겠죠."

"주먹이 아니라 몽둥이로……."

"기억이 잘 안 나시는 건가요?"

미스티아가 주인공에게 질문을 던질 때의 표정을 지어냈다. 이건 학원제의 파티가 일주일 남았을 때, 주인공에게 "어머, 드레스를 가지고 있긴 해?"라며 물었을 때의 표정이다.

형제는 내 표정을 보고 주춤거렸다. 이제 단숨에 몰아붙일 때다. 지금 가장 두려운 건 이들이 '어린애는 빠져 있어!'라고 말하는 것이다. 실제로 나는 고작 열 살이니까. 그렇게 말하면 찍소리도 못한다.

"방금 제가 그때 이분과 같이 있었다고 말했었죠. 저는 증언대에 서더라도 상관없어요. 절 저택에 데려다준 마부도 그럴 거예요. 이분은 제가 돌아갈 때 반드시 문까지 배웅해 주시거든요. 그때 마부도 이분의 얼굴을 봤을 테고요. 그러니 실제로 증언대에 서는 건 열 살 꼬마가 아니에요. 재판이 열렸을 때 위증을 하면 죄라는 거 아시죠? 저와 마부는 아무 망설임도 없이 증언할 수 있어요."

미스티아는 '내 논리가 타당하다, 내가 법이다'라는 듯한 극악무도한 연설을 전개했다. 어떨 땐 다친 주인공에게, 또 어떨 땐 젖은 생쥐 꼴이 된 주인공에게 "내가 이런 짓을 하는 건 네가 나쁘기 때문이야. 넌 괴롭힘당하는 게 당연한 존재니까."라고 말하곤 했다. 그때의 말투, 호흡, 논법을 최대한 따라 했다. 성대도 얼굴 근육도 전부 같으니 가능할 것이다.

"반대로 그쪽은 어떤가요? 위증으로 죄를 묻게 되어도 '우리가 중상모략을 당했다.'라면서 아렌가와 시크가를 역으로 고소할 각오로 증언하실 수 있겠어요? 정말로 오해나 착각일 가능성은 없나요?"

형제에게 위압적인 태도를 보이며 그렇게 말하자 제시 선생님을 붙잡고 있던 남자들은 "아렌가라고?", "얘기가 다르잖아.", "수지타산이 안 맞는데.", "웃기지 말라고."라며 하나둘씩 형제를 책망하기 시작했다. 그 모습에 주변 사람들도 형제에게 의심의 눈길을 보내기 시작했다.

"젠장, 어린애는 빠져⋯⋯."

근육질 남자는 말하려다가 갑자기 멈췄다.

뭔가, 집단이 다가오는 소리가 들렸다.

뒤돌아보니 헌병대가 우리를 둘러싼 사람들을 헤치고 다가오고 있었다. 헌병대는 제시 선생님을 붙잡고 있는 남자들을 제압해나가고, 형제에게도 쇠고랑을 채웠다.

자유의 몸이 된 선생님은 상황파악이 안 된 얼굴로 나를 보호하듯이 어깨를 잡았다.

"다친 곳은요?"

"없어. ……일단 옆으로 빠지자. 네가 위험할지도 모르니까."

둘이서 거리 구석으로 자리를 옮겼다. 길의 중심에서는 헌병대가 남자들을 우르르 제압 중이었다. 잠시 후, 그 사이를 헤치고 시크 백작이 나타났다.

"휴우. 늦지 않아서 다행이군. 아, 미스티아 양도 같이 있었나. 무서운 일에 휘말리게 해서 미안하구나."

백작은 내 머리를 쓰다듬고는 미안하다는 표정을 지었다. 사과를 받긴 했는데 대체 무슨 상황인지 알 수가 없었다.

"전부 아르고가가 꾸민 일이야."

백작의 말에 제시 선생님은 상황을 파악한 듯했다. 나는 아직도 상황을 파악하지 못했다.

"저기, 어떻게 된 일인가요?"

"꽤 전부터 시크가와 사이가 안 좋은 가문이 있거든…… 녀석들이 시크가를 깎아내리려고 이런 연극을 꾸민 거지."

"제이. 전부터 말하지 않았느냐. 사이가 안 좋은 게 아니야! 우리 시크가는 아르고가의 부당 무역을 적발하는 데 협력했을 뿐. 전부 녀석들이 원한을 품고 벌인 짓이야."

선생님의 설명에 백작이 분노를 담아 설명을 덧붙였다.

"즉…… 시내에서 누명 소동을 일으켜서 시크가의 평판을 떨어뜨리기 위해 꾸민 짓이라는 건가요?"

"역시 미스티아 양은 총명하구나! 그렇단다! 며칠이나 전부터 계획했다는 모양이야. 우리도 무슨 짓을 벌일 거란 건 예상했던지라 헌병대와 연락을 주고받고 있었는데…… 설마 제이를 노릴 줄은 몰랐단 말이지…….”

응?

그렇다면 방금 일어난 일은 원래 제시 선생님에게 일어날 일이고 미스티아의 영향은 없었다는 거야?

게임에서 선생님이 누명 이야기를 하지 않은 것은 말하고 싶지 않았던 게 아니라, 애초에 기억에 남아 있지 않을 정도로 사소한 일이라서 그랬던 거고?

헌병대는 애초에 아르고가를 주시하고 있었다. 헌병대가 끼어든 타이밍을 보면 오늘 같은 화려한 체포극이 일어나는 것은 이미 예정된 일이었을 것이다. 안 좋은 소문이 도는 일도 없었을 것이다.

나로 인한 변화가…… 내가 연관되어서 생긴 영향은, 애초에 없었어?

이 사건은 미스티아와 만나는 바람에 변화가 생겨서 일어난 일이 아니었다. 게임에서 선생님이 이 일에 관해 말하지 않은 건 지금처럼 진실이 바로 밝혀져서 아무 일도 없었기 때문이다. 미스티아와 연관되더라도――, 내가 아무것도 하지 않으면 이상 사태는 일어나지 않을 수도 있다.

다행이다.

제시 선생님의 무고함이 증명되어서 정말 다행이다. 선생님에게 아무 일도 없어서 다행이다.

“하아, 다행이다…….”

안심감, 그리고 고압적이고 공격적인 자세를 꾸며내느라 생긴 피로로 인해 온몸에서 힘이 빠져나가 주저앉을 뻔했다. 그러나 간발의 차로 선생님이 내 손을 잡고 단단히 내 몸을 지탱해 주었다.

"잡아주셔서 감사해요."

"신경 쓰지 마. 그보다……, 고마워. 편들어 줘서."

"선생님도 신경 쓰지 않으셔도 돼요. 오늘은 안장을 골라주셔서 감사했어요."

자세를 바로 하자 시크 백작이 "저기." 하며 내게 시선을 맞추듯이 쪼그려 앉았다.

"미스티아 양. 갑작스럽지만 오늘 저녁 식사에 초대해도 괜찮을까?"

"네?"

"위험한 일에 휘말리게 했으니까 말이야. 집에는 우리가 연락해 두지. 어때?"

어떡하지? 제시 선생님을 바라보니 선생님은 힘있게 고개를 끄덕였다.

"생각이 없다면 무리하게 강요하지는 않을게. 하지만 괜찮다면 같이……."

"그러면……, 어, 잘 부탁드리겠습니다."

"좋았어! 미스티아 양과 식사라니! 잘 됐지, 제이?"

"시끄러워."

"그럼 미스티아 양. 마차가 있으니 바로 그쪽으로 가지."

백작은 길가에 세워진 시크가의 마차에 올라타도록 재촉했다.

그대로 마차가 있는 방향으로 향하려 했는데, 제시 선생님이 내 안장이 든 봉투를 건넸다. 포장은 전혀 망가지지 않았다. 선생님은 붙잡혀 있는 동안에도 안장을 지켜준 모양이었다.

"감사해요! ……저, 저기, 선생님은 다치지 않았나요? 안장을 지키느라 선생님이 다치셨으면……."

"다친 곳은 없어. 게다가 그 질문, 벌써 두 번째야. 자, 얼른 마차에 타."

안장을 받아들고 마차에 올라타자 제시 선생님도 뒤이어 마차에 올라탔다. 시크 백작은 다른 마차를 타고 온다는 모양이었다. 마부가 문을 닫고 곧이어 마차가 달리기 시작했다.

작게 숨을 내쉬며 진심으로 제시 선생님이 무사하다는 사실과 변함없는 모습에 안도했다.

변칙적인 내가 공략 대상과 연관되어도 딱히 이상 사태는 일어나지 않는다.

나만 제대로 정신을 차리면, 상대의 트라우마나 정신의 근간과 관련된 이벤트만 건드리지 않으면 괜찮다.

그 사실에 마음이 편해지는 것을 느끼며 창밖을 바라보니, 태풍도, 검은 구름도 없이 그저 새빨갛게 타오르는 석양이 지고 있었다.

번외. 사랑은 맹목

SIDE: Jey

"승마를 배우고 싶다는 영애가 있으니 가르쳐 주도록."이라며
아버지에게 강요당하는 바람에 마구간 앞에서 기다리고 있자,
내가 만나러 가야 했던 그 녀석이 있었다.

그 봄날, 시내에 나갔다가 다리를 다친 나를 치료해 준 그 녀
석이.

자랑은 아니지만 나는 사람들이 무서워하는 얼굴을 지니고 있
다. 같은 반 녀석들도 나를 겁낸다. 어린 꼬마들은 나를 보면 울
면서 도망간다. 내가 그림책에 나오는 괴물도 아니고. 심지어
진짜 불량배조차 나를 보며 비슷한 반응을 보였다.

불량배 같은 인간이 다리에서 피를 흘리고 있으면 누구든지
외면하겠지. 당연하다. 실제로는 이발을 하러 가게로 향하는 중
에 간판에 발이 걸려 넘어졌을 뿐이다. 그러나 누군가를 반죽음
으로 만들고 왔다고 오해할 만한 꼴이 되었다.

그런데, 그런 살인범 같은 녀석에게 곧장 다가오는 꼬마가 있
었다.

꼬마는 나를 보자마자 달려왔다. 나를 보고 도망가는 사람은
자주 봤지만 다가오는 사람은 처음 봤다. 당황한 내 팔을 붙잡
고는 우물의 물을 끼얹어 내 다리를 씻어내고 깨끗한 손수건을

꺼내 묶어주었다. 그리고 빠른 걸음으로 사라져 버렸다.

꼬마의 모습이 점점 멀어져가다가 더는 안 보이게 된 것을 확인한 후, 나는 상황을 전혀 이해하지 못한 채로 저택에 돌아와 버렸다.

그 후로 계속 후회를 반복했다.

왜 그때 그냥 돌아온 거지? 그때 쫓아가서 이름이라도 물어봤으면 좋았을 것을. 그런 후회를 반복했다. 손수건에 이름이라도 새겨져 있었으면 좋았으련만, 하얀 천에 새겨진 건 장미 문양뿐이었다.

그걸 보고 누군지 알아낼 확률은 거의 없으리라 생각하며 낙담했으나, 한 가닥의 희망을 걸고 아버지에게 물어보니 당연하다는 듯이 아렌가의 문장이란 것을 알려주었다.

아버지의 이야기에 의하면 그 가문에는 나보다 8살 어린 꼬마가 있다고 한다. 이름은 미스티아 아렌. 이름과 주소를 알아낸 나는 감사 편지를 보내고자 다음 날 이발을 하고 오면서 편지지와 봉투를 샀다. 매우 길었던 머리카락도 짧아지고, 산뜻해진 기분으로 저택에 돌아왔던 것은 아직도 기억이 난다.

하지만 그날 편지를 보내지 못했다.

편지는 썼다. 하지만 버렸다. 내용이 마음에 들지 않아서 쓰고는 버리는 것을 반복했다. 감사 인사를 쓰고, 다시 읽고, 버린다. 다음 날도, 그다음 날도 같은 짓을 반복했다. 1주일이 지나도 마찬가지였다. 어느 땐 봉투에 넣는 것까지는 성공했지만 고민하다가 결국 찢어버렸다.

감사 편지를 쓰고, 세탁한 손수건을 동봉한 후 사람을 시켜 편지를 부치도록 한다. 그 간단한 과정이 불가능했다.

버린 편지 내용을 누군가가 볼 수도 있으니 쌓아둔 편지를 소각로에 태우는 게 주말 일과가 되었다.

매일매일 편지를 쓰고 버리는 것을 반복하다가 계절이 두 번 변했을 때, 기적이 일어났다.

미스티아 아렌이 승마를 배우러 내 앞에 나타난 것이다.

녀석을 앞에 두고 아버지가 승마를 배우고 싶어 하는 꼬마가 있다는 것을 내게 말할 때 묘한 분위기였던 것을 떠올려냈다. 아버지는 알고 있었던 것이다. 그렇게 확신했다.

눈앞에는 꿈에서만 보던 모습이 있었다.

하지만 내 입에서는 몇 번이나 종이에 적었던 말 대신 형편없는 말이 튀어 나갔다. '존댓말은 하지 마, 나를 신경 쓰다가 말에서 떨어지면 곤란하니까'처럼 바보 같은 요구뿐이었다. 하지만 미스티아 아렌은 당황하면서도 순순히 받아들여 줬다. 뭔가 대화를 하려고 해도 길게 말하면 거친 말투가 튀어나온다. 그래서 최대한 짧게 말하도록 노력했다.

처음엔 승마에 익숙해지는 게 먼저였다. 초심자 상대로는 직접 먹이를 주도록 하거나 말의 머리를 쓰다듬으며 말에 익숙해지게 만든 후 태우는 게 보통이었다. 하지만 나는 녀석의 몸을 들어 말에 태웠다. 그것도 둘이서 같이 탔다.

제대로 가르쳐서 녀석이 말을 탈 수 있게 해 주고 싶은데. 나는 이런 꼬마를 두고 무슨 생각을 하는 거야. 역시 머리가 이상해진 게 아닐까.

지금이라도 늦지 않았다. 이 녀석을 말에서 내리게 한 후 사과하자. 그렇게 결심하고 겨우 쥐어 짜낸 말은 "넌 나를 무서워하지 않아."였다. 이 녀석이 갑자기 자신을 말에 태운 나를 어떻게 생각할까 하는 생각을 하다 보니 입 밖으로 그 생각이 튀어나오고 말았다.

그 후로 어떤 이야기를 해야 할지 고민하고 있는데 말의 자세가 조금 흐트러지는 바람에 녀석이 떨어질 뻔했다. 급히 몸을 붙잡았는데 놀라울 정도로 가벼웠다. 왜 이런 꼬마 앞에서 긴장해야 하는 거지. 그런 생각을 했지만 내 긴장은 전혀 풀리지 않았다. 그러는 와중에 날씨가 변하기 시작하여 연습이 끝났다.

그 후로 아카데미가 쉬는 날엔 미스티아 아렌과 승마 연습을 했다. 여전히 나는 녀석에게 상처를 치료해 준 것에 대한 감사 인사도 하지 못했고, 손수건을 돌려주지도 못했다. 녀석이 계속 말을 못 타면 좋을 텐데. 그런 생각만 할 뿐이었다.

녀석이 말을 타지 못하면 계속 우리 집에 승마를 배우러 찾아오겠지. 그러면 기회를 잡아 손수건을 돌려주자. 감사 인사를 하자. 그런 생각을 하는 나와는 달리 녀석은 점점 승마술을 익혀나갔다.

그래서 미스티아 아렌이 저택에 오지 않는 날엔, 수업이 끝난 후 잘하면 우연히 만날 수 있지 않을까 기대하며 아렌가 저택 주변을 어슬렁거렸다.

그러던 어느 날. 저택 앞에 낯선 마차가 서 있는 것을 봤다. 안에서 나온 것은 남자. 그것도 녀석과 비슷한 나이로 보이는 꼬마 녀석이었다.

연습이 없는 날엔 자기 집으로 남자를 부르곤 했던 건가.

……아니지. 녀석은 고작 열 살이니까 그저 어린아이들끼리 노는 것뿐이겠지. 그렇게 생각하면서도 마음이 술렁거려서 주의 깊게 꼬마와 저택을 관찰하고 있자 저택 앞에 또 다른 마차가 섰다. 그리고 방금 나타난 꼬마와 비슷한 녀석이 나와 저택 안으로 들어갔다.

두 꼬마가 아렌가 저택에 들어가는 것을 본 나는 묘하게 짜증나는 기분으로 저택 주변을 지켜봤다. 기다리는 동안은 계속 짜증이 났다. 그러나 두 꼬마 녀석과 미스티아 아렌이 저택에서 나왔을 때, 내 짜증은 순식간에 사라졌다. 왜냐하면 저택에서 나온 꼬마들과는 달리 미스티아 아렌은 피곤한 표정이었기 때문이다. 틀림없이 즐겁게 놀고 있을 거라고만 생각했는데 상상과 전혀 다른 표정을 보니 혼란스러웠다.

그 후 저택에 돌아가 아버지에게 오늘 본 것을 우연을 가장하며 얘기했다. 아버지는 "신랑감이라도 고르고 있는 거 아닐까?"라고 말했다. 지금은 꼬마지만 앞으로 성장해서 누군가의 신부가 되겠지. 그렇게 생각하니 마음이 왠지 답답해졌다.

1주일 후, 미스티아 아렌이 또 승마 연습을 위해 찾아왔다. 나는 녀석을 최대한 보지 않기 위해, 손수건을 돌려주면서 할 말을 떠올렸다. 생각하면서도 손수건을 돌려주면 녀석과의 연결고리가 완전히 사라져 버린다는 사실이 무서웠다.

아니, 나는 왜 무서워하는 거지?

원인을 생각하려다 그만뒀다.

왜 연결고리가 사라지는 걸 피하는 거지. 그런 건 관계없잖아. 더는 엮이고 싶지 않아. 나는 녀석과 만난 후로 계속 이상했다. 이제 이런 바보 같은 고민도 하지 않을 거야.

연습이 끝난 후, 나는 미스티아 아렌을 마구간에서 기다리게 했다. 저택에서 손수건을 가져오기 위함이었다. 연결고리는 이제 상관없어. 녀석에겐 미래의 신랑이 있다. 이 답답한 마음은 분명 손수건을 돌려주면 나아질 것이다.

처음엔 손수건을 돌려주고 싶었다.

감사 인사만 할 생각이었다.

빌린 손수건과 새로 산 손수건, 두 개를 건네주며 감사 인사를 전하자. 편지를 건네든 직접 말하든 상관없다. 감사 인사만 하면 된다고 생각했다. 아니, 생각하는 것을 그만뒀다. 그런데도 생각하는 것을 멈출 수 없었다.

어째서, 연결고리가 사라지는 게 무서운 거지?

어째서, 녀석에게 남자가 다가가는 게, 신랑이 생기는 게 마음에 안 드는 거지? 어째서 나는, 이렇게 이상해져 버린 거지?

머리를 흔들며 생각을 털어냈다. 그런 의문도 사라졌다. 이 짜증도, 답답한 마음도, 고민도, 손수건을 돌려주면 바로 사라질 것이다.

전부 사라진다. 전부 없애버릴 것이다.

이제 나를 뭐라고 생각하든 상관없다. 어차피 앞으로 만나지 않는 것도 각오했다. 내일부터 적당한 이유를 대면서 승마 연습을 거부하면 된다. 이젠 힘들어. 끝내고 싶어.

그런데도 어느샌가 내 다리는 마구간을 향하고 있었다. 녀석은 말을 열심히 쓰다듬고 있었다. 그 눈동자가 너무나도 상냥해서 눈물이 나올 것만 같았다.

"무슨 일이 생기면 날 멀리 데려다줘."

부드럽게, 하지만 슬픈 듯이 미소 짓는 그 표정을 보자 마음에 걸려 있던 것들이 순식간에 사라졌다.

연결고리가 사라지는 게 무서웠던 것은. 남자가 다가가는 게, 신랑이 생기는 게 마음에 들지 않았던 것은. 내가, 이렇게 이상해졌던 것은, 내가 눈앞에 있는 이 녀석을, 미스티아를━.

"좋아하나?"

나도 모르게 입 밖으로 흘러나온 말을 미스티아는 그냥 못 들은 체하고 넘어가지 않았다. 나를 보고는 놀란 듯이 뒤돌아봤다. 일단 뭔가 말하려고 했는데 녀석은 얼굴을 붉게 물들이고는 입을 열었다.

"네."

아니, 아니지. 이건 나를 말하는 게 아니다. 아니, 하지만.

어쩌면. 머릿속에 든 생각을 급히 부정했다.

하지만 어쩌면 이 녀석도 나를……? 그녀를 바라보자 미스티아 아렌은 얼굴을 붉게 물들인 채로 끄덕였다.

지금까지 이 녀석이 이런 얼굴을 한 적이 있었던가?

머릿속에 의문이 떠올랐다. 미스티아 아렌은 꼬마치고는 표정의 변화가 없다고 생각했다. 내가 지금까지 봐온 또래 아이들을 떠올려보면 더욱 그런 생각이 강하게 들었다. 속이 안 좋은지, 어딘가 아픈 게 아닌지 표정으로 알 수 없으니 더욱 신경 써서 보자고 생각할 정도였다.

그런 미스티아 아렌이 얼굴을 붉게 물들이고 부끄러운 듯이 서 있다.

어쩌면, 승마를 배우고 싶다는 것도, 반말을 하라는 내 억지스러운 제안을 받아준 것도 전부 내게 마음이 있어서……? 어쩌면 그때, 손수건을 건네줬을 때부터 내게 마음이 있었나? 나는 이 녀석을 좋아하고, 이 녀석은, 나를, 좋아하나?

그렇다면, 그렇다면, 그게 정말이라면, 사실이라면.

서로에게 마음이 있다면 나이 차이는 전혀 상관없다. 범죄가 아니다. 이 녀석이 클 때까지 내가 손만 대지 않으면 되는 거잖아.

계속 고민했던 것이 바보처럼 느껴졌다.

그렇구나. 나는 미스티아를 좋아하고, 미스티아도 나를 좋아한다. 우리는 운명이었던 것이다. 그렇구나. 나를 좋아해서 저택에 남자들이 찾아왔을 때 피곤한 얼굴이었던 건가. 내가 아닌 남자와 결혼하는 게 싫어서. 그렇구나. 그랬구나. 신랑 후보에 내가 없었기에 나를 고르지 못한 거구나.

"……그럼 내일 안장이라도 사러 갈까."

마음을 굳게 먹고 데이트를 신청했다. 원래라면 남자인 내가 먼저 고백해야 했는데, 연하인 이 녀석에게 먼저 마음을 털어놓게 한 것은 내 실책이었다. 이런 건 남자고 연상인 내가 해야 했는데. 그러니 적어도 첫 데이트 신청은 먼저 해야 했다. 미스티아는 표정을 살피는 나를 보며 주저하면서도 고개를 끄덕였다.

나는 반드시 내일, 좋은 모습을 보여주겠다고 결심하며 그날의 승마 연습을 마쳤다.

그렇게 맞이한 연인과의 첫 데이트 날. 우리가 처음 들른 곳은 승마용품 상점이었다. 내 단골 가게. 데이트라면 화려하고 아기자기한 식당이나 가극 극장을 데려가는 게 더 어울리겠지만 안장을 사러 가자고 말하는 바람에 승마용품점에 오게 되었다.

가게에 들어서자 주인장은 미스티아를 보고 내 약혼자라고 착각했다. 바로 부정했지만 아직 아닐 뿐, 곧 그렇게 될 것이다. 그렇게 강하게 부정하지 않는 편이 좋았을지도 모르겠다.

주인장은 배려를 해주려는 건지 미스티아의 안장을 내가 고르도록 재촉했다.

지금까지 녀석을 계속 지켜봐 왔던 덕분에 미스티아에게 딱맞는 안장을 고를 수 있었다. 분명히 딱 맞을 것이라고 확신했던 검은 안장, 일단 보험 삼아 빨간색과 하얀색 안장을 포함해 세 개를 추린 후 고르라고 하자 미스티아는 검은색 안장을 골랐다. 역시 나와 미스티아는 운명이다.

하지만 그 후, 가문과 관련된 일 때문에 사소한 문제가 발생했다. 전부터 아버지와 엮였던 아르고가의 녀석들이 시크가의 평판을 떨어트리기 위해 나를 노리고 누명을 씌우려 했던 것이다. 다행히 아무 일도 없었지만, 혹시라도 미스티아가 다쳤다면 주변에 있는 남자들을 전부 반쯤 죽여놓을 뻔했다. 아니, 완전히 죽였을 것이다. 누명이 문제가 아니다. 분명 나는 살인범으로 체포되었을 것이다.

하지만 나를 열심히 변호하는 미스티아는 강했고 사랑스러웠다. 사태가 수습된 후, 무서웠는지 미스티아가 휘청거렸다. 창백한 얼굴을 보고 나는 미스티아가 아직 열 살 아이란 사실을 새삼스레 인식했다. 앞으로는 절대로 이런 무서운 일에 휘말리게 하지 않겠어. 반드시 내가 지켜주겠다고 강하게, 강하게 맹세했다.

그 후엔 아버지가 미스티아를 식사에 초대해서 같이 저녁 식사를 하게 되었다. 아버지에게는 감사한 마음뿐이었다. 이 녀석은 내 여자친구라고 미스티아를 소개하고 싶었지만 결국 하지 않았다. 미스티아도 부끄러울 테고, 조금 전에 험한 일을 겪지 않았던가. 소개는 좀 더 큰 후에 하기로 했다.

저택에서 식사를 마치고 마차로 미스티아를 아렌가의 저택까지 배웅했다. 지금까지 밖에서 보기만 했지만 지금은 연인 관계. 연인끼리 배웅할 땐 가벼운 키스라도 하는 게 좋겠지만 미스티아는 아직 열 살이다. 건전한 교제가 필요하다고 생각하여 이별 인사는 평범하게 손을 흔드는 것으로 끝냈다.

미스티아는 계속 감사 인사를 하며 "안장은 소중히 쓸게요."라며 포장을 꼭 끌어안았다. 그 모습이 미치도록 귀여웠다. 생각해 보면 첫 선물이니 안장을 내 분신처럼 여길지도 모른다. 그러면 좀 더 좋은 걸 선물하면 좋았을 텐데. 아직 우리는 쉽게 만날 수 있는 사이가 아니라서 더 아쉬움이 드는 것일지도 모르겠다.

그래도 언젠가 같은 집으로 돌아갈 날이 오겠지.

그때까지 참자. 마음을 받아들이듯이 미스티아의 인사에 끄덕이고는 나는 마차에 다시 올라탔다.

그 후로 일주일이 지나, 내일은 우리의 마음이 통한 후 맞이하는 첫 승마 연습 날이다. 지금까지는 교사와 학생 같은 상태로 승마 연습을 했지만 이제 우리는 연인 관계.

"웃―, 젠장!"

미칠 듯이 뛰는 심장 소리가 시끄러워서 잠들지 못했다.

내일을 위해 침대에 누웠는데 전혀 잠이 오지 않았다. 내일 어떤 표정을 지어야 할지 알 수가 없어서 베개를 마구 때렸다. 당분간 베개에 얼굴을 묻고 때리기를 반복하자 미스티아의 목소리가 문득 뇌리를 스쳤다.

――무슨 일이 생기면 날 멀리 데려다줘.

미스티아는 나를 생각하며 그런 슬픈 표정을 지었겠지. 나와 이루어지지 못하리라고 생각하며 그런 괴로운 얼굴이 되었던 것이다.

……혹시 미스티아도 지금쯤 잠들지 못하고 있는 게 아닐까?

원하지 않는 결혼이 두려워서, 날 생각하며. 걱정하지 않아도

괜찮은데. 미스티아와 결혼하는 것은 바로 나다. 우리는 운명이
니까 아무도 방해할 수 없다.

"……이런 말은 부끄러워서 절대 못 해."

작게 중얼거리고 천천히 숨을 내쉬었다.

그리고 나는 나답지 않게 미스티아가 푹 잠들 수 있기를 기도
하며 눈을 감았다.

제5장

약혼자 방문

지나가는 나비

붉게 물들었던 나무들이 시들고 얼어붙을 것 같은 바람이 부는 겨울. 나는 방에서 인생의 기로를 맞이하였다.

내 인생을 크게 좌우하는 존재. 평온한 나날을 격동하는 태풍 속처럼 바꾸는 존재는 이 세계에 단 한 명밖에 없다. 즉, 레이드 녹터에게 편지가 왔다.

편지야 봄부터 그럭저럭한 빈도로 오긴 했지만 문제는 그 내용이었다.

레이드 녹터의 편지는 기본적으로 정원의 상태, 가족의 상태, 최근 읽은 책, 최근 들은 음악, 이렇게 네 종류로 구성되어 있다. 그러니 나도 비슷한 내용으로 답장을 할 수 있었다. 처음엔 투옥, 사형 엔딩이 눈에 어른거려서 혈안이 되어 수상한 내용을 적지 않았는지 편지를 써놓고 몇 번이나 다시 읽고는 했지만, 적당히 작품 감상을 쓰면 된다는 것을 알아챈 이후엔 마음 편히 답장을 쓸 수 있었다.

따라서, 가끔 저택에 초대할 때만 잘 거절하면 되는 것이다. 나는 그런 식으로 생각하며 자만하고 있었다.

[이번에 저택을 안내해 주지 않을래? 시간이 되는 날을 구체적으로 알려 줘.]

그리고 오늘 아침 도착한 편지의 마지막 한 문장.

어쩐지 '구체적으로 알려 줘.'라는 말에서 그 어느 때보다 강력한 압박이 느껴졌다.

일반적인 약혼자끼리 편지를 주고받는 것이라면 훈훈한 내용일 것이다. 단둘이 사이좋게 정원을 거닐며 우아하게 홍차를 마시는 모습도 상상할 수 있었다.

하지만 레이드 녹터와 내가 함께 걷는 모습을 상상하고 있으면 서서히 주변이 불타오르고, 나와 부모님이 투옥되는 모습이 같이 떠올랐다. 멜로와 저택에서 일하는 모두가 길거리에 나앉는 모습도 떠올랐고, 마지막으로 단두대 처형 후, 새까만 배경 위에 새빨간 '게임 오버'라는 글자가 떠오르며 끝나는 광경이 머릿속에서 영화처럼 재생되었다.

저번에 에릭과 레이드 녹터가 만나 버리는 사건이 일어난 탓에, 내가 레이드 녹터의 초대를 계속 거절하는 사이에 에릭과는 높은 빈도로 만나왔던 것을 들키고 말았다.

그 후, 각자에게 설명하여 에릭의 오해는 풀 수 있었으나, 레이드 녹터는 납득하지 못한 듯했다. 아마도 그 변명을 듣고 싶은 거겠지.

나는 피로를 느끼며 달력을 보고 일정이 빈 날을 확인했다.

초록색 별이 그려진 날은 에릭과 공부하는 날. 빨간 동그라미가 그려진 날은 승마 연습을 하는 날이다. 그 후로 말을 타고 달릴 수도 있게 되었지만 제시 선생님이 "계속하지 않으면 실력이 녹슬 거야."라고 지적하기에 연습을 계속하기로 했다.

그러고 보니 선생님의 누명 사건 당일, 내가 시크가의 저택에서 저녁 식사를 대접받을 때 아렌가의 저택에선 내가 시크가와 아르고가의 다툼에 휘말렸다는 사실을 알게 된 아버지가 아르고가를 당장 무너트리겠다며 노발대발하는 바람에 소동이 일어났다고 한다.

어머니께서 그런 아버지를 "미스티아는 그런 걸 원하지 않을 거야."이라고 설득해 준 덕분에 일이 커지지 않았다고 들었다.

정말 고마운 일이다. 죄는 법으로 다스리면 되니까 가족의 손을 더럽히고 싶지 않았다. 내가 받은 대미지는 '혹시 상대는 그저 오해했을 뿐인데 내가 고압적으로 나선 건 아닐까?' 하는 죄책감뿐이었다. 형제에겐 악의가 있었지만 정말 악의 없이 그저 오해였을 가능성도 충분히 있지 않은가. 반성하도록 하자.

참고로 아버지는 녹터 부인의 조카 사건 때도 조카에게 보복하려고 했으나, 녹터 백작이 "그건 제게 맡겨주시죠."라고 부탁하는 바람에 참았다고 한다. 가족이 아무것도 하지 않아도 된다는 점은 다행이었으나 복잡한 심경이 되었다.

그렇게 에릭과 같이 공부하고, 제시 선생님과 승마 연습을 한다. 공략 대상과 연관된 생활을 보내고 있지만 내가 공략 대상과 엮이는 것만으로는 버그나 이상 사태가 일어나지 않는다는 점을 알았기 때문에 마음은 편했다.

달력을 보면서 편지지에 일정이 빈 날을 적었다. 버그는 일어나지 않았지만 투옥 사형 엔딩과 직접 연관된 레이드 녹터와의 대화는 불편하기만 했다.

나는 배송 실수로 3개월 후쯤 이 편지가 도착하기를 기도하며 편지를 적었다.

레이드 녹터로부터 답장이 온 것은 바로 다음 날이었다. 놀랐다. 어떻게 이게 가능한 거지? 속도가 너무 빠르잖아.

혼란스러워하면서도 편지를 확인하자, 그가 저택에 방문할 날짜가 적혀 있었다. 잘 보고 다시 읽어 봐도, 편지에 적힌 날짜는 바로 이틀 후였다.

보충 데이트

    레이드 녹터에게 편지를 보내고 사흘 후. 나는 내 방에서 창문 너머로 눈이 쌓이는 정원을 바라봤다.

    추워. 바깥 공기는 창문과 벽으로 막혀 있는데도 동장군이 도래한 것처럼 추웠다. 이런 날에는 저택에 틀어박히는 게 제일인데, 오늘은 레이드 녹터가 저택에 오는 날이었다.

    시계를 확인하니 그가 저택에 방문한다는 시간까지 20분밖에 남지 않았다. 그가 사전에 고지하고 저택에 찾아오는 것은 처음이지만, 그의 성격상 약속 시각 15분 전에 도착할 것으로 예상되었다.

    슬슬 문 앞에서 기다리고 있어야겠지. 앞으로 세계를 구할 용사가 된 기분으로 목도리를 손에 들고 현관 홀로 나서자, 내 전속 메이드인 멜로가 목도리를 들고 기다리고 있었다.

    “멜로. 안 돼. 방에 있으라니까.”

    레이드 녹터는 그녀가 내 전속 메이드로 일하고 있다는 것을 알고 있고, 나와 친하게 지내는 모습도 본 적이 있다. 나중에 내가 감옥에 갈 때 멜로가 공범으로 의심당하기라도 하면 안 된다. 그러니 더 이상 멜로가 그의 눈에 닿지 않도록 어제 레이드 녹터가 저택에 와 있을 땐 숨어달라고 그녀에게 부탁했다.

    “그게 아니라, 괜찮으시다면 이걸 둘러주셨으면 해서요.”

    우리 공주…… 아니, 멜로가 목도리를 내게 건넸다. 내가 가지고 있는 목도리가 아니다. 그렇다는 것은 멜로의 목도리인가?

"이건?"

"어제 예쁜 털실을 찾아서요."

"지, 지, 직접 만든 거야?"

"네. 미스티아 님을 위해서요."

"지금 둘러봐도 괜찮아?"

"물론이죠."

멜로에게서 목도리를 받아 바로 목에 둘렀다. 길이도 두께도 적당하고, 뜨개질은 잘 모르지만 정성스레 만들었다는 것은 확실히 알 수 있었다. 오래 걸렸겠지. 분명 일이 끝난 후 시간을 내서 만들어 줬을 것이다.

"소중히 간직할게! 부적으로 여길게! 고마워, 멜로!"

방에서 가져온 목도리는 겨드랑이에 꼈다. 나중에 넣어놔야지. 힘이 나. 기뻐. 지옥 바닥으로 걸어가는 기분이었는데 순식간에 구름 위를 걷는 것 같아.

"그럼 다녀올게. 멜로, 숨어 있어. 나오면 안 돼."

다시 한번 당부하고 저택을 나서자 부지를 둘러싼 울타리 너머로 녹터가의 마차가 다가오는 것이 보였다.

타이밍이 딱 맞았다. 멜로가 직접 뜬 목도리를 만지며 마음을 가라앉혔다. 문이 있는 방향으로 걸어가자 녹터가의 마차가 정지하더니 문이 열렸다. 그리고 여유로운 걸음으로 레이드 녹터가 나타났다.

"와, 오늘 만날 수 있어서 기뻐, 미스티아 양."

싱긋 웃으며 마차에서 내리는 그 모습은 마치 왕자님 같았다.

하지만 그 웃음을 그대로 받아들이면 안 된다.

사실, 에릭과 마주친 사건 때문에 레이드 녹터는 아마도 내가 미래에 바람을 피울 가능성이 있다고 판단했을 것이다.

지금도 기억이 선명했다. 에릭과 함께 그가 돌아가려 할 때, 호선을 그리는 입꼬리와 반대로 전혀 웃지 않았던 증오가 담긴 눈동자. 그 눈동자는 분명 미스티아가 주인공을 보는 눈과 같았다. 그것도 엔딩에 가까워지며 엄청나게 심사가 뒤틀렸을 때 말이다.

바람기 있는 약혼자라고 생각하면 약혼 파기가 더 쉬워지는 게 아닐까 생각했지만, 이대로라면 투옥, 사형의 원인이 '주인공을 괴롭혔기 때문'이 아니라 '레이드 녹터의 원한을 샀기 때문'으로 변할 수가 있었다.

미스티아의 투옥은 아카데미에 불을 지른 것이 결정타였다.

그때까지 주인공을 절벽에서 밀어 떨어트리거나, 때려눕히기를 반복해도 잡혀가지 않았던 이유는 첫 번째로, 미스티아가 사건을 쉬쉬하며 넘어갔기 때문. 두 번째로는 주인공이 미스티아를 신고하지 않았기 때문. 세 번째로는 레이드 녹터가 가만히 놔뒀기 때문이다.

그가 미스티아를 가만히 놔뒀던 이유는 증거를 모으기 위해서였다. 미스티아가 주인공을 질투해서 절벽에서 밀어 떨어트린 후, 그가 알 수 있었던 것은 항상 '단정하진 못하겠지만 아마 미스티아가 저지른 일'이라는 추측뿐.

그래서 증거를 확실히 잡기 위해 그는 미스티아를 가만히 놔 뒀다.

하지만 지금은 확실히 날 증오하고 있다. 바로 나를 감옥에 처 넣을 것이 분명했다. 절대로 투옥으로 이어질 만한 포석을 깔면 안 된다. 티끌만 한 실수라도 저질렀다간 큰일 난다.

그렇게 생각하며 그를 맞이하려고 마음먹었는데——,

"그럼 어디부터 안내받아야 하나."

그렇게 말하며 내 앞에 서서 웃는 레이드 녹터를 보니 위화감 이 느껴졌다. 절박한 듯하면서도 힘이 없는 듯한 모습. 나는 항 상 그의 온화한 미소를 보고 불안을 느꼈다. 하지만 오늘은 왠 지 그가 불안해 보였다.

부모님과 싸우고 나왔나? 오는 길에 안 좋은 일이라도 생겼던 걸까?

아렌가의 부지를 빙 둘러보는 레이드 녹터를 잘 관찰했다.

딱히 눈에 띄게 특이한 점은 없었다. 머리 모양도 복장도 평 범, 발끝까지 살펴보니 문득 하얀 목이 그대로 드러나 있는 것 이 보였다.

그렇구나. 목도리가 없구나. 그는 추운 것이다. 그렇군. 납득 했어.

"괜찮다면 이거라도."

팔에 껴둔 목도리를 그에게 건넸다. 마침 이건 두르지 않았 다. 나중에 넣어두려고 들고만 있었다. 즉, 사용 전. 한편 그는 목도리를 보고 곤란한 표정을 지었다.

"어…….'

"괜찮아요. 세탁한 거예요. 두르려고 했는데, 그냥, 다른 목도리를 두르고 싶어져서요. 이건 그냥 들고 오기만 한 거라……. 쓰던 건 아니에요."

서둘러 목도리의 내력을 전하자 그는 나를 빤히 바라본 후 목도리를 받아들었다.

"고마워.'

레이드 녹터는 목도리를 자신의 목에 둘렀다. 다행이다. 이제 춥지는 않겠지. 추위는 방심할 수 없는 데다가 그는 아직 열 살. 아이는 추운 데서도 잘 뛰어다닌다지만 따뜻한 편이 훨씬 낫다.

자, 그럼 저택을 안내할까. 그렇게 생각하며 저택 방향으로 뒤돈 후에야 깨달았다. ……맞다. 저택 안에 들어가면 난로가 있지. 지금 목도리의 내력을 설명하는 것보다 저택 안으로 빨리 들어가는 편이 나았다.

"죄송해요. 춥죠? 저택 안으로 들어가요."

"아니…… 우선 정원부터 안내해 줄래?"

레이드 녹터가 정원을 손가락으로 가리켰다. 방금보다 안색은 좋아졌지만 뭐라 표현하기 어려운 위화감이 아직도 느껴졌다.

나는 고개를 끄덕이고는 위화감을 느끼면서도 그와 함께 정원으로 향했다.

식물무늬가 새겨진 작은 벽돌길을 나아가, 허브로 만들어진 아치를 통과해 정원으로 들어섰다.

아렌가의 정원은 저택에서 안이 보인다. 하지만 그 외의 방향에서는 나무로 둘러싸여 있어서 안이 보이지 않는다. 그래서인지 레이드 녹터는 주변을 둘러보며 내 뒤를 따라왔다.

"저건……."

그는 근처에 핀 꽃들이 아니라 뭔가 멀리 있는 것을 바라보며 발을 멈췄다. 그의 시선을 따라가 보니 정원사 포레스트가 나무에 비료를 주고 있었다.

우리가 있는 것은 아직 눈치채지 못했는지 두꺼운 코트를 입고 그저 열심히 일하는 중이었다.

"너희 가문의 정원사는 꽤 젊네. 우리랑 5살 정도밖에 차이가 안 나려나……?"

"아뇨. 지금 성인이에요."

"그렇구나……."

레이드 녹터는 시선을 아래로 떨어트리고는 눈앞에 있는 화단을 바라봤다. 그곳에는 체스판처럼 심어진 하얀 백합과 검은 백합이 피어 있었다.

"백합이 피어 있잖아……. 겨울인데 어떻게?"

"정원사가 겨울에도 정원을 즐길 수 있도록 여러모로 연구해 줬거든요."

포레스트는 전부터 겨울 정원의 경관에 많이 신경 써 왔다. 최근 몇 년 동안 교배와 시행착오를 반복해가며 따뜻한 기온을 선호하는 꽃을 겨울에도 피우는 것에 성공했다. 그의 능력과 끈기에는 감탄할 수밖에 없었다. 그 성과를 학회에서 발표하도록 추천했지만 그는 "그냥 취미니까."라며 거절했다.

아깝긴 했지만 그의 선택이고 그의 인생이다. 하지만 그의 마음이 바뀌어서 '역시 발표하는 게 낫겠어.'라고 한다면 바로 행동에 옮길 수 있도록 준비는 해 뒀다.

"이 꽃은……."

레이드 녹터는 흥미진진하게 한곳을 바라봤다. 그의 앞에 있는 화분에는 고추나물 꽃이 선명한 색채를 자랑하며 흔들리고 있었다. 이건 포레스트가 계절이 지난 꽃을 얼마나 오래 유지할 수 있는지를 연구 중인 풀이었다. 어제 "약혼자님이 오시면 이걸."이라며 특별히 일부를 여기에 배치해 줬다.

"레이드 님이 저택에 오신다는 이야기를 듣고 정원사가 둔 거예요. 생약으로도 쓰인다고 들었어요."

"그렇구나. 고맙다고 전해줘."

"네."

레이드 녹터는 꽃을 빤히 바라봤다. 그보다 기온이 더 떨어지는 것 같았다. 슬슬 따뜻한 실내로 들어가지 않으면 그가 감기에 걸릴지도 모른다.

"그럼 슬슬 저택 안을 안내할게요."

"응. 정원 보여줘서 고마워."

"별말씀을……."

나는 정말 아무것도 하지 않았다. 그저 정원사인 포레스트가 대단할 뿐이다. 나는 멀리 있는 그에게 인사하고 정원을 나와 레이드 녹터와 함께 저택으로 향했다.

"오. 여기가 미스티아의 방이구나."

우리 부모님과 인사를 마친 레이드 녹터는 "좀 빠르지만 미스티아 양의 방이 보고 싶어."라고 말했다. 부엌, 화장실, 거실, 복도, 접객실, 서고, 창고 등 다양한 선택지가 있는데 내가 '제일 먼저 데려가긴 싫었던 곳'으로 꼽았던 내 방을 선택한 것이다.

왜 그를 방에 들이는 게 싫냐면, 미래에 수라장 이벤트가 그곳에서 일어나기 때문이었다.

게임이 후반부에 들어섰을 때, 레이드 녹터에게 약혼 파기 의사를 전해 들은 미스티아는 그를 속이고 방으로 끌어들여 혼절시킨다. 그리고 미스티아는 취한 약혼자에게 덮쳐진 비운의 영애를 연기하며 약혼 파기를 하지 못하도록 그를 압박한다.

하지만 그래도 레이드 녹터는 철저히 미스티아를 거부한다. 미스티아는 그의 태도에 분개하며 자신이 임신했다는 위조 진단서로 그를 협박한다. 이 정도면 더 이상 여성향 연애 게임이라고 할 수 없었다.

그런 스토리의 무대가 되는 방에, 관계자인 레이드 녹터 본인과 같이 들어오다니. 마치 미래에 내가 살해당하는 장면이 눈앞에 펼쳐진 듯한 기분이 들었다.

원래라면 저택 안내를 거의 마치고, 그의 귀가 시간이 가까워졌을 타이밍에 잠깐 들러야 할 방이다.

내 방을 조금씩, 그리고 주의 깊게 관찰하던 레이드 녹터는 마치 살인 현장을 수사하는 형사 같았다.

"미스티아 양은 항상 여기서 생활하는구나."

"네……."

그러고 보니 녹터가 저택에 갔을 때 나는 레이드 녹터의 방에 들어가 봤던가? 그의 저택에 갔을 땐 무서운 감정에 휩싸였던 나머지 잘 기억이 나지 않는다.

"저기, 걔는 여기에 온 적 있어?"

"걔요?"

"하임가의 영식 말이야."

"온 적…… 있네요."

"흐음."

그는 나를 빤히 응시했다. 무서워. 거짓말을 하는지 꿰뚫어 보는 것 같아. 완전히 형사나 탐정의 눈초리였다. 거짓말은 하지 않았지만 공포가 느껴졌다.

"걔랑은 어릴 때부터 친했어?"

"아뇨. 그렇진 않아요."

"언제, 어디서 만난 거야?"

"올해 여름에 하임가가 주최한 다과회에서요."

마치 조사, 아니, 신문이었다. 이곳만, 내가 있는 곳만 평소보다 몇십 배의 중력이 가해지고 있는 게 틀림없었다.

"묵고 간 적도 있다고 하던데 자주 있는 일이야?"

"따, 딱 한 번 비가 너무 많이 와서 귀가하기 어려웠던 적이 있어서요."

그날은 평소처럼 에릭과 놀았다. 그런데 그가 귀가할 때쯤,

갑자기 소나기가 내렸다. 양동이로 물을 퍼붓는 듯한 강수량을 보니 마차를 타고 가면 위험할 것 같아서 귀가하려는 에릭을 내가 붙잡았다.

"그럼 오늘도 눈이 많이 내리면 나도 묵고 갈 수 있어?"

"네?"

생각지도 못했던 질문에 사고가 정지했다. 분명 '정말 비가 내려서 그런 게 맞아?'라거나, '그게 언제인데?'라고 물을 줄 알았다. 눈이 많이 내리면 말도 위험할 테고 길 위에 빙판이 생길 위험이 있으니 당연하다. 레이드 녹터가 이 저택에 묵고 가는 것은 위험하지만 사람의 목숨이 더 중요하다.

"그야 당연하죠. 위험하니까요."

대답하자 이번엔 그가 놀란 듯한 표정을 지었다. 먼저 질문해 놓고 이렇게 놀라는 건 무슨 상황이란 말인가.

"그렇구나……. 슬슬 다른 방도 안내해 줘."

"네."

레이드 녹터가 확실히 동요하고 있다. 전에 그의 저택에서 고집을 피우며 난동을 부린 적이 있었는데 그때의 그는 냉정했다. 동요하기보다는 쓰레기를 보는 듯한 시선으로 나를 바라봤다. 그런 그가 지금은 동요하고 있다.

……화장실이라도 가고 싶은가?

그렇다면 충분히 이해할 수 있다. 다른 사람의 집에 와서 화장실에 가도 되냐고 묻는 건 긴장되는 일이다. 애초에 다른 사람의 집에 오는 것 자체가 긴장되는 일이다.

아무래도 다음으로 안내할 방을 고르지는 않는 것 같으니 화장실을 안내하자. 혹시라도 '화장실에 가고 싶은 걸 들켰어.'라고 생각하지는 않을까? 그렇다면 상당히 민망할 것이다.

자연스럽게 근처 서고로 안내한 후 '죄송해요, 오늘은 잠겨 있는 모양이네요—.'라며 핑계를 댄 후에 화장실을 안내하자.

나는 동요를 감추지 못하는 레이드 녹터와 함께 방을 나섰다.

"부엌은 여기예요."

출입 가능한 구역을 한차례 돌고, 다음으로 찾아온 곳은 부엌이었다. 요리장 라이아스 씨에게는 사전에 제대로 허가를 받았다. 그래도 일을 방해하지 않도록 세심한 주의를 기울여야……라고 생각했는데——,

"요리장이 없어……."

레이드 녹터를 데리고 가니 부엌은 텅 비어 있었다. 휑했다. 시계를 확인해 보니 마침 간식 시간이었다. 라이아스 씨는 이 시간에 항상 부엌에 있었다. 그런데 지금은 없다.

"이상하네……."

벽에 붙은 라이아스 씨의 예정표를 봐도 외출 일정은 없었다. 오늘 이 시간엔 부엌에 있어야 한다는 뜻이다. 그런데 조리도구도 전부 정리되어 있었고, 평소처럼 손질된 재료가 나와 있지도 않았다.

"이, 일단 여기가 부엌이에요."

정신을 차리고 레이드 녹터가 있는 쪽을 보니, 그는 한곳을 응시하는 중이었다. 그 시선의 끝에는 내 조리도구 세트가 놓인 선반이 있었다.

선반에는 '아가씨 전용 선반'이라는 문구가 적혀 있고, 안에는 아이 체격에 맞춘 앞치마, 프라이팬, 칼 등이 들어 있었다. 부모님이 사주신 내 조리 세트다. 요리장이 바쁘지 않고 내가 요리하고 싶은 기분이 들 때 쓰는 조리 세트다.

참고로 그 근처에는 시식을 위한 간소한 의자와 테이블도 있었다. 의자는 아이용이지만 테이블은 요리장이 레시피를 연구하는 작업대로 사용하기 때문에 꽤 컸다.

"혹시 미스티아 양은 요리도 해?"

"가끔 동생한테…… 아, 아니, 동생이 있으면 만들어 줘야지 하고 상상하면서 가끔 해요."

"오. 미스티아 양은 요리도 할 수 있구나."

레이드 녹터는 의미심장한 말투로 말하며 고개를 끄덕였다. 뭐지. 이런저런 가능성을 하나하나 떠올려 보다가 문득 한 생각이 머리를 스쳤다.

"……혹시 배고픈가요?"

"배고프다고 하면 요리해 줄 거야?"

"어, 으음."

질문을 질문으로 받아치다니. 그리고 이 흐름은 뭐지? 좋지 않은 예감이 든다. 아니, 좋지 않은 예감밖에 들지 않는다.

"배고프다면 준비된 디저트가 있어요."

"나는 미스티아 양의 요리가 궁금해."

이상하다. 대화가 왜 이렇게 흐르는 거지. 그럼 이제 내가 요리해야 할 것 같잖아.

"저……, 아마 상상하는 요리랑은 많이 다를 거예요."

"상상도 못 하는걸. 먹어본 적이 없으니까 말이야."

내 말에 레이드 녹터가 싱긋 웃었다. 내게 느껴지는 압력과는 모순된 웃음이었다.

"혹시 하임가의 영식에게는 자주 요리해 주곤 해?"

"아뇨. 한 번도 요리해 준 적은 없어요……."

"흐음……."

공백이 숨 막혔다. 말이 없는 게 고통스럽게 느껴졌다.

"드……드셔 보실래요?"

"고마워. 기대할게."

만들고 싶지 않다. 가능하다면 요리하고 싶지 않다. 미스티아가 레이드 녹터에게 손수 요리를 해 주다니……. 그런 이벤트는 없었다. 하지만 에릭의 이름이 나온 이상, 사태의 악화를 막기 위해서라도 나는 요리를 해야만 한다. 나는 결심하고 냉장고를 뒤졌다.

"뭐 하는 거야?"

"제가 써도 될 재료를 항상 준비해 주거든요."

트레이를 꺼내자 그곳엔 빵과 햄, 치즈, 베이컨 등의 재료가 있었다.

요리장인 라이아스 씨가 그날 사용하지 않거나 남은 재료를 이 트레이에 넣어두면 내가 그것을 요리하는 시스템이 구축되어 있었다. 그리고 트레이 속 재료의 소비 기한이 다가오면 라이아스 씨가 다른 요리로 소진하고는 한다.

"……단 음식이랑 짠 음식 중에 어느 쪽을 좋아하세요? 아니면 싫어하거나, 몸에 안 받는 재료가 있나요?"

"전혀 없으니까 전부 너한테 맡길게."

"그러면 거기 앉아서 기다려 주세요."

레이드 녹터를 의자에 앉히고 나는 그에게 등을 돌린 후 손을 씻고 앞치마를 두른 후 요리를 시작했다.

하지만 등 뒤로 날카로운 시선이 느껴졌다. 만일 시선이 화살이었다면 나는 이미 과다 출혈 상태였겠지. 떨리는 손을 겨우 진정시키며 볼로 시선을 옮겼다. ……그래. 금속은 거울처럼 물건을 비추기도 하니까 뒤를 돌아보지 않고도 그가 지금 어디를 바라보고 있는지 확인할 수 있다.

어쩌면 나를 보는 게 아닐지도 모른다.

자연스레 볼을 고르는 척하며 확인한 후, 바로 후회했다.

레이드 녹터는 나를 보며 손을 흔들고 있었다. 나를 보고 있었다. 게다가 볼로 확인하려 한 것까지 들켜 버렸다.

그를 돌아보며 작게 인사하고 다시 요리에 나섰다. 이제 여기에 집중할 수밖에 없다. 일단 계란과 햄, 치즈, 빵이 있다. 전부 신선한 상태였다.

시간을 생각해 보면 샌드위치를 만드는 게 무난하겠지. 살균하자는 의미로 굽자.

평소와 같은 순서대로 샌드위치를 만든 후, 버터를 녹인 프라이팬에 구웠다. 나는 그렇게 만든 핫샌드위치를 접시에 담은 후 포크와 나이프를 올려 그에게 건넸다.

"저, 드셔 보세요."

"고마워."

레이드 녹터는 감사 인사를 한 후 샌드위치를 바라보더니 고개를 들어 나를 봤다.

"네 건?"

"아뇨. 전 배가 전혀 안 고파서……."

"그래?"

"네."

"그렇구나……, 잘 먹을게."

레이드 녹터가 우아한 손놀림으로 샌드위치를 한 입 먹었다. 간단한 동작이었는데 이렇게 우아해 보이는 것은 외모 때문일까, 품격 때문일까.

한 입 먹은 후 뭔가 말할 줄 알았는데 그는 조용했다. 그저 샌드위치를 바라볼 뿐이었다. 입맛에 맞지 않는 걸 필사적으로 감춘다기보다는, 마치 여기에 마음이 없는 듯한, 그래도 표정은 밝은 듯한…… 오묘한 표정이었다.

"싱겁나요? 아니면 너무 짠가요?"

"아니. 엄청 맛있어."

레이드 녹터가 미소지었다. 나는 갈 길을 잃은 소금 병을 쥐고 그 모습을 바라봤다.

"잘 먹었어. 고마워. 엄청 맛있었어."

"별말씀을요."

깔끔히 비운 접시를 앞에 두고 레이드 녹터가 나를 바라봤다. 그는 잠시 더 앉아 있으라고 하고 식기랑 조리도구를 씻어서 넣어두자.

그렇게 생각하며 식기를 치우려던 손은 그에게 막혔다.

"대접받았으니까 내가 정리할게."

이게 그 일숙일반(一宿一飯/한 번 잠자리를 얻고 한 번 식사 대접을 받는다는 뜻으로, 조그만 은덕을 입음을 이르는 말)이란 건가.

하지만 그를 위한 앞치마가 준비되어 있지 않았다. 지금 그의 복장은 더럽히기에는 너무 고급스러운 것이었다. 하지만 그가 괜찮다는 내 말을 들어줄 것 같지도 않았다.

……그래. 접시의 물기를 닦는 것 정도라면 옷이 더러워질 일은 없겠지.

"그러면 접시의 물기를 닦아주실 수 있을까요?"

"알았어."

내 제안을 레이드 녹터가 수락했다.

둘이서 접시와 식기를 설거지대로 옮겼다. 둘이 나란히 서서, 내가 접시와 포크, 조리 도구를 씻으면 옆에 깨끗한 행주를 들고 서 있는 레이드 녹터에게 패스한다.

대화하지 않아도 돼서 편하다고 생각하고 있었는데, 그렇게는 못 두겠다는 듯이 그가 입을 열었다.

"오늘은 정말 고마워."

"아니에요."

"……요리사가 아닌 사람이 요리를 만들어 주는 건 오랜만이라 정말 좋았어."

또, 그에게서 위화감이 느껴졌다. 왠지 그는 누군가와 사별한 듯한 말투로 말을 할 때가 있다. 귀족이 요리사가 아닌 다른 사람이 만든 음식을 잘 먹지 않는 것은 일반적인 일이다. 대체 그에겐 무슨 일이 일어나고 있는 걸까.

"예전엔 어머니가 자주 미트 파이나 키슈를 만들어 주시곤 했거든……."

어머니가 손수 만든 요리가 그리워진 걸까.

아니, 그의 어머니, 녹터 부인은 살아 있다. 몸과 마음 모두 건강할 터. 사건 이후로 가족과 지내는 시간이 줄어든 걸까……?

"지금은 다른가요?"

"뭐, 어머니는 지금 임신 중이시잖아. 그래도 아이가 생겼다는 걸 알기 전까지는 만들어 주셨어. 스튜 같은 것도."

그의 슬픈 표정을 보고 떠올랐다. 맞아. 그의 어머니는 지금 홑몸이 아니지. 아마도 백작은 출산을 준비 중인 부인에게만 정신이 팔려 있겠지.

전생에서 나는 동생과 그리 나이 차가 나지 않았다. 철이 들었을 때쯤엔 이미 동생이 옆에 있었다. 그래도 그는 지금 열 살. 이미 철도 들었고 나이치고는 어른스럽지만 그래도 아이는 아이. 임산부가 배 속의 아이에게 신경을 쓰는 것은 당연한 일이다. 주변 사람들이 임신한 부인을 챙기는 것도 당연하다. 아마 그것 때문에 그는 쓸쓸함을 느꼈을지도 모른다.

……편지를 보내거나 우리 집으로 갑자기 찾아오는 건 약혼자의 의무를 다하기 위해서라고 생각했는데, 어쩌면 외롭거나 고독해서 그랬을지도 모르겠다는 생각이 들었다.

만일, 사건 이후로 친한 친구와 소원해졌거나, 제대로 대화할 수 있는 게 나뿐이었다면, 나는 지금까지 그에게 너무나도 비정한 태도를 보여온 게 아닌가.

아니, 그에게 친한 친구가 있는지조차 나는 알지 못했다. 나는 그에 관해서 아무것도 모른다. 내 미래만 생각하느라 그를 제대로 보려는 생각조차 하지 않았다.

"저기, 레이드 님."

……지금도 일가의 운명이나 사용인의 고용 문제가 걸린 이상, 배드 엔딩은 조심해야 하고 앞으로도 조심할 것이다.

하지만──.

"저, 저라도 괜찮다면 만들러 가도 될까요? 요리, 같은 거요."

"……그래도 괜찮아?"

레이드 녹터의 고독은 내게 원인이 있다. 그에게는 원래 동생이 없었다. 하지만 내가 그의 어머니, 녹터 부인이 사망하는 현장에 끼어들어서 그 스토리를 바꾸고 말았다. 부인을 구했다는 사실은 전혀 후회하지 않는다. 지금 시간을 되돌릴 수 있더라도 나는 같은 행동을 할 것이다. 하지만 그렇다고 해서 이대로 둘 수는 없었다. 행동에는 책임이 동반한다. 그를 고독하게 만든 책임을 져야 한다.

하지만 가족이나 사용인이 우선이다. 그와 만나는 날이 많아지면 미래에 투옥, 사형 엔딩을 맞을 위험성이 높아진다.

"대, 대략 2주나 3주에 한 번 정도라면."

임신부터 출산까지는 약 10개월이 걸린다. 전에 그가 말해준 일자로 계산해 보자면 아마 출산은 약 1개월이 남았을 것이다. 다만 출산은 출산 전도 힘들지만 출산 후도 만만치 않게 힘들다. 사람 한 명이 뱃속에서 나오는 거니까.

……대충 출산 후 반년 정도 지나면 그의 가족은 아마 안정되지 않을까…….

그동안 3주에 한 번 페이스라면, 그의 저택에 방문하는 건 많아도 10회 미만. 그리고 게임 본편이 시작하는 15세까지는 3년이나 남았다. 내가 녹터가 저택에 여러 번 들른다고 해도 '동생의 탄생'이라는 빅 이벤트에 순식간에 묻힐 것이다.

게다가 앞으로는 '동생과의 싸움', '동생과 함께 놀기'라는 즐거운 이벤트가 계속 발생하겠지. 괜찮다. 위생과 알레르기를 신경 쓰고 중독을 일으키지 않는 이상, 내가 요리를 만드는 것이 그의 기억에 남을 일은 없을 것이다. 아, 그래도 부인은 출산 부담이 있겠지. 우리 저택으로 초대하는 편이 좋을지도 모르겠다.

그런 생각을 하고 있자 레이드 녹터는 의아하다는 듯이, 그리고 마음에 걸리던 것이 사라진 듯이 나를 바라봤다.

"틀림없이 너는 나를 싫어할 거라고만 생각했어."

갑작스러운 폭탄 발언에 씻고 있던 프라이팬을 떨어트릴 뻔했다. 접시가 아니니 깨질 일은 없겠지만 위험했다. 떨어트리지 않아서 다행이다. 그의 얼굴을 보니 방금까지 짓고 있던 슬픈 표정은 사라지고 밝은 표정으로 변해 있었다.

"네, 네?"

"그래도 그렇게 말해주는 걸 보니 싫어하는 건 아닌가 봐."

그렇구나, 하며 혼자 납득하고 혼자 끄덕이는 그. 하지만 내겐 전혀 의미가 와닿지 않았다. 혼자서만 납득하고 끝내지 말아줬으면 좋겠다.

"2, 3주에 한 번인가. 그럼 2주에 한 번이라고 생각하고……."

레이드 녹터는 행주를 내려두고 달력이 있는 곳으로 뚜벅뚜벅 걸어갔다.

혹시, 나는 방금 돌이킬 수 없는 말을 꺼내버린 건가? 그를 따라가고 싶었지만 내 손엔 거품이 묻어 있고 손에는 설거지 중이던 프라이팬이 들려 있어서 움직일 수가 없었다.

한편 그는 부엌의 달력을 확인하고 "이 날은 괜찮겠어.", "이 날은 어렵겠네." 하며 중얼거렸다.

정말 어떡하면 좋지? 나는 머릿속이 새하얘져서 그저 멍하니 서 있을 수밖에 없었다.

번외. 위험한 눈동자

SIDE: Raid

봄, 미스티아 양을 시내에서 발견했다. 옆에 있는 건 그녀의 메이드. 마치 신분 차가 존재하지 않는 듯이 둘이서 걷고 있었다.

미스티아 양은 평소에 이런 식으로 즐겁게 웃으며 지내는 건가. 그렇게 생각하자 마음이 답답해졌다. 말을 걸자 그녀의 표정이 또다시 굳어져서, 내가 이렇게 그녀를 압박한다는 사실에 죄책감이 강해졌다.

나는 그녀와 처음 만났을 때, 그녀를 싫어했고 미워했다. 무시하고 싶었지만, 처음 만났을 때 나는 분명 그녀에게 적의를 보였다.

그러니 미스티아 양이 나를 피해도 어쩔 수 없다. 편지를 주고받기는 하지만, 다과회나 저택 초대를 거절당하는 것도 당연하다. 편지에 꼬박꼬박 답장은 해 주고 매우 진지하게 대응해 준다. 이대로 편지를 주고받으면서 신뢰를 쌓고 싶었다.

그런데도 이대로 있으면 안 될 것 같은 생각이 들어서, 아렌가에 연락도 없이 찾아간 적이 있었다. 감사 인사를 전하고, 처음 만났을 때의 태도를 사과했다. 하지만 그녀는 나를 무서워하기만 했다. 게다가 내게 동생이 생긴다는 사실을 알고 안도하는 듯한, 기뻐하는 표정을 지었다.

만일 남동생이 태어나면 그쪽과 결혼하고 싶다고 생각한 것일지도 모른다. 막연히 그렇게 생각했다. 귀족 간의 결혼에 나이차는 크게 상관없다. 오히려 또래끼리 결혼하는 경우가 적다.

그날, 나는 처음 미스티아 양과 악수했다. 그녀의 몸에 닿는 건 처음이었다. 손은 맞잡았지만 마음의 거리를 여실히 느낄 수 있었다.

그리고 얼마 지나서, 에릭 하임이라는 소년의 존재를 알게 되었다. 그는 미스티아 양을 끌어안고 뺨에 뽀뽀를 했다. 그녀는 그에게 화내며 충고하긴 했지만, 자신이 당하는 게 싫어서가 아니라 동의 없이 그런 행위를 한다는 것에 화내는 것이었다. 그를 걱정하는 것처럼 보이기도 했다.

미스티아 양은 내 초대를 거절하는 동안 에릭 하임과는 만나왔다는 듯했다.

그 정도로 나를 싫어하는 건가. 그 정도로 그녀는 그를 좋아하는 건가. 어느 쪽이든 마음이 괴로운 것은 마찬가지였다.

그 후로 나는 고민하다가 아버지에게 미스티아 양과의 약혼을 파기하고 싶다고 말했다. 그녀에게 연인이 있다는 것, 그 상대가 녹터가와 비슷한 지위의 가문이고, 상대도 그녀와의 결혼을 바라는 것 같다는 것을.

나도 괜찮다고 했던 약혼이었다. 반대하더라도 어쩔 수 없다고 생각했다. 하지만 아버지는 내 염치없는 의견을 받아들여 줬다.

"······내 탓에 네가 오랫동안 외로웠을 거야. 녹터가의 후계자로서 필요 이상으로 엄하게 대해왔지. 그래도 앞으로는 네가 원하는 것을 하고 살았으면 한다. 네가 원한다면 약혼을 파기할 수 있도록 적극적으로 노력하마."

그렇게 말한 아버지는 내게 따뜻한 시선을 보냈다. 예전엔 두 번 다시 볼 수 없으리라 생각했던 시선. 어머니를 향하는 시선도 예전과는 완전히 달라졌다.

예전의 아버지는 어머니에게 확실히 거리를 뒀다. 하지만 지금은 임신한 몸에 문제가 생기면 안 된다며 어머니를 억지로 별장에서 지내게 했다. 산파와 의사를 상주시키고 세상에서 가장 안전한 장소를 만들어 그곳에서 어머니를 지킬 것이라고, 걱정과 애정이 담긴 눈으로 내게 말했다.

아버지의 변화도 미스티아 양이 없었다면 일어나지 않았으리라 생각하자 마음이 다시 아팠다. 그런 내 마음을 알아챘는지 아버지는 내게 말했다.

"하지만 그 전에, 한 번 더 아렌가에 가서 잘 보고, 듣고, 다시 잘 생각해 보도록. 그게 약혼 파기 조건이다. 그 후 무슨 판단을 하든 나는 막지 않으마. 분명, 어머니도 그럴 거야."

아버지는 마음 한구석에는 아직 망설임이 남아 있는 나를 꿰뚫어 본 거겠지.

만나서 결심이 무뎌지면 약혼을 유지하고, 만나고 난 뒤에도 생각이 변하지 않는다면 약혼을 파기해 주겠다고. 아버지의 말을, 나는 그렇게 이해했다.

미스티아 양에게 편지를 보내서 아렌가의 저택으로 찾아간 당일. 그녀는 문 앞까지 나와 나를 기다리고 있었다. 목에 두른 목도리의 색은 미스티아 양의 눈동자 색과 똑같았다. 나는 아름답다고 생각하면서 오늘 날씨가 춥다는 사실을 처음 인식했다.

저택을 안내해 달라는 것은 핑계였다. 나조차도 알 수 없는 이 마음을 잘라 버리기 위한 만남이었다.

하지만 뜻밖에 그녀는 내게 목도리를 건넸다.

자신이 건넨 목도리가 낡은 것이 아니란 것을 열심히 설명하며, 추워 보이니 두르라며 내게 말했다.

그녀는 상냥하다. 전에는 한 청년을 치료해 주는 장면을 본 적이 있었다. 눈앞에 곤란해하는 사람이 있으면 가만히 두지 못하는 성격이겠지.

나는 미스티아 양의 호의를 받아들여 그녀의 목도리를 둘렀다. 그리고 정원을 안내받았다.

그곳에서 본 정원사의 눈동자는 무서웠다. 정원사치고는 매우 젊었고, 미스티아 양과 똑같은 흑발이고, 온화한 인상이었다. 머리카락 색보다 조금 옅은 그 눈동자는 꿰뚫듯이 그녀를 바라보고 있었다. 한눈에 봐도 그녀에게 엄청나게 집착한다는 것이 느껴지는 이상한 눈이었다. 그건 행동으로도 나타났다. 그가 나를 위해 준비해줬다는 꽃의 꽃말은 '적의'. 내게 원한을 품고 있다는 뜻이었다.

그리고 이상한 눈으로 그녀를 바라보고 있는 건 정원사뿐만이 아니었다. 저택 내에서 마주친 사용인 전원이 그랬다. 지금까지 눈치채지 못한 게 이상할 정도라고 생각하며 저택 안을 돌아다니다가 마지막으로 부엌으로 안내받았다.

그곳에서 나는 미스티아 양에게 요리를 대접받았다. 처음엔 그녀가 요리할 수 있다는 이야기를 듣고 대단하다고 생각했다. 하지만 중간부터는 에릭 하임을 향한 대항심이 생겨나서 그녀에게 요리를 만들어 달라고 강하게 부탁했다.

그녀의 교우 관계는 분명 그리 넓지 않다고 들었다. 그러니 어쩌면 그녀가 손수 만든 요리를 먹는 건 아렌가의 사람들 외엔 내가 처음일지도 모른다. 그렇게 생각하자 가정일 뿐이었지만 기분이 좋아졌다.

그리고 미스티아 양이 만들어 준 요리는 정말로 맛있었다.

그녀의 요리를 먹은 후, 설거지는 내가 하겠다고 했으나 그녀는 잠시 생각에 빠지더니 내게 접시의 물기를 닦는 역할을 맡겼다. 내 옷을 빤히 쳐다봤던 것을 생각해 보면 옷이 더러워지는 것을 막기 위함인 듯했다.

둘이서 설거지를 하는 사이에, 문득 아버지와 어머니의 모습이 떠올랐다. 아버지는 어머니가 만드는 요리를 좋아했다. 나도 어머니가 만드는 미트 파이나 키슈를 좋아했다. 하지만 어머니는 요리를 많이 하지 않는다.

왜냐하면 아버지가 어머니에게 너무 들러붙기 때문이다.

아버지는 어머니가 요리하고 있는 사이에 부엌 근처를 서성거린다. 한창 요리를 하고 있을 때 다가가기도 했다. 그래서 어머니는 계속 지켜보지 않아도 되는 스튜 요리를 만들고는 했다. 바닥이 조금 타 버린 냄비는 아버지가 열심히 닦았다. 나는 그런 두 사람의 모습을 보는 게 좋았다. 하지만 최근엔 그런 모습을 볼 기회가 적어졌다고 미스티아 양에게 이야기했다.

그리고 나는 깨달았다. 내가 이렇게 솔직히 이야기를 한 상대는 그녀가 처음이라는 사실을.

스스로도 바보 같다고 생각했다. 캐묻고, 겁주고, 강요하기만 했다. 그러면서도 그녀가 나에 관해 알아주기를 바라는 내게 화가 났다. 그녀와 만난 후 나는 후회만 했다. 이상해져 버렸다.

하지만 미스티아 양은 말했다. 나를 똑바로 바라보며, 자기라도 괜찮다면 요리를 만들어 주겠다고. 그녀가 먼저 말했다.

"그래도 그렇게 말해주는 걸 보니 싫어하는 건 아닌가 봐."

아렌가의 부엌에서, 설거지대 앞을 벗어나지 못하는 그녀를 힐끗 바라보며 슬쩍 자리를 떴다.

두려운 상대를 위해 식사를 만들어 주겠다고 나서는 사람이 있을까. 기대하고 싶어지는 마음을 억누르고, 그녀가 너무 상냥한 것이라고 생각을 고쳤다. 그녀는 곤란해하는, 슬퍼하는 사람이 눈앞에 있으면 가만히 두지 못하니까.

미스티아 양의 솔직한 상냥함에선 다른 의도가 느껴지지 않았다. 그녀에게는 당연한 일. 아무 의미도 없다.

그래도 지금은 상관없다.

내게는 그녀가 있어야 한다. 그녀뿐이다. 포기할 수 없다. 제대로 나와, 그리고 그녀와 마주한다.

"2, 3주에 한 번인가. 그럼 2주에 한 번이라고 생각하고……."

나는 날짜를 확인하는 척하며 조용히 마음속으로 각오를 다졌다.

제 6 장

돌아오는 계절

프롤로그. 생일

오늘은 나, 미스티아 아렌의 11살 생일이다.

즉, 전생을 떠올린 지도 1년이 지났다. 상황은 아무것도 변하지 않은 것을 넘어서서 매일 악화하기만 했다. 그러던 와중에 나는 11살이 되었다.

10살에서 11살이 되어서 마력이 갑자기 생겨나거나, 특수 능력이 발현하는 등의 변화는 없었다. 이곳은 두근러브의 세계. 마법이나 특수 능력은 존재하지 않는다. 뭔가 싸움이 일어난다면 피로 피를 씻어내는 참혹한 수라장이 펼쳐질 뿐이다.

그리고 그 참혹한 상황을 직접 만들어낼 나. 하지만 11살이 되었다고 갑자기 사악한 카리스마가 개화하지는 않았다. 내용물은 평범한 그대로에, 귀족 아카데미 입학이 5년 후가 아니라 4년 후가 되었을 뿐이다.

생각해 보면 1년 전 오늘, 전생의 기억을 떠올리고 내가 미스티아 아렌으로서 두 번째 삶을 얻었다는 것을 알게 되었다. 그 후 봄에는 약혼자인 레이드 녹터와 만났고, 그의 어머니가 사망하는 스토리를 바꿨다. 여름에는 에릭 하임과 만나 그의 가정교사 첫사랑 이벤트를 파괴하여 그의 성적 취향을 바꾸고 말았다. 가을에 내게 승마를 가르쳐 준 제이 시크──제시 선생님은 딱히 별일 없었다.

그리고 봄이 다가오기 시작한 지금, 나는 레이드 녹터와 저녁 식사를 함께하거나, 에릭에게 공부를 가르치거나, 제시 선생님에게 승마를 배우고 있다.

문제는 산처럼 쌓여 있다. 약혼은 파기하지 못했고, 에릭은 아직도 한 살 어린 나를 주인이라고 부른다.

바뀐 것이 있다면 레이드 녹터에게 남동생이 태어났다는 것일까. 지금으로부터 3주 전, 녹터 부인은 건강한 남자아이를 출산했다. 이름은 자르드. 자르드 녹터 군이다. 모자는 둘 다 건강하고, 출산을 지켜본 녹터 백작은 안도한 나머지 실신했다고 한다. 레이드 녹터와는 2주에 한 번씩 저녁 식사를 함께하고 있지만, 모자의 건강 상태를 생각해 보면 아마 반년이면 이것도 끝나겠지.

크게 기지개를 켜고 몸을 뒤척였다. 밤도 깊었고 침대에 누웠으니 이제 잠들기만 하면 된다. 하지만 아무 생각 없이 눈을 떴다. 달빛이 내리비추는 침대 옆에는 오늘 생일 파티에서 받은 선물이 놓여 있다. 최근 새로 문지기로 들어온 토마스가 준 십이지장 인형은 다른 선물 사이에 묻혀 있었다. 토마스는 어릴 때부터 고아원에서 지내왔다.

내가 고아원에 방문할 때마다 "나, 언젠가 아가씨의 저택에서 일할 테니까 기다려!"라고 말하곤 했는데 설마 정말로 우리 저택에 취직할 줄은 몰랐다. 옛날 일을 떠올리며 나는 오늘 모두에게 받은 선물을 하나씩 바라봤다.

10살 생일엔 성대한 파티를 열었으니 11살 생일은 조용히 넘어가리라고 생각한 내 예상과는 반대로, 아버지가 생일 파티장으로 지정한 곳은 바로 배였다.

아버지는 선물이자 파티장으로 배를 고른 것이다.

선물과 파티장을 한꺼번에. 합리적인 판단이라고 생각하며 그냥 넘길 수는 없었다. 나는 아버지에게 부디 참아달라고 부탁했다.

설득하는 나. 우는 아버지. 분명 축하하고 축하받는 상황인데 대체 이게 무슨 짓이란 말인가. 어머니는 어느 쪽이냐 하면 아버지의 편이었다. "배인데? 잘 들었니, 미스티아? 보트가 아니란다?"라고 말했다.

부모님의 마음은 충분히 이해했다. 나를 사랑한다는 것도. 사랑하는 사람의 생일은 성대히 축하하고 싶은 것은 나도 마찬가지였다. 하지만 그 마음은 화려하고, 눈부시고, 호화찬란한 파티를 열지 않더라도 충분히 전해져 온다.

부모님이 내가 저택에 에릭——친구를 데리고 왔을 땐 몰래 눈물을 흘리며 기뻐했고, 승마 연습을 하고 싶다고 내가 내 의사와 희망을 정확히 전달했을 때 신나 했던 것도 나는 전부 알고 있다.

그러니 얼굴을 눈물로 적시는 아버지에게 생일은 가족과 저택 사람들끼리 축하하고 싶다고 몇 번이나 요구했다.

그래서 아버지는 결국 내 소원대로 11세 생일 파티장은 아렌가 저택, 참가자는 가족, 멜로, 그리고 사용인들로만 구성된 파티를 열었다. 참고로 너무나도 대규모였던 선물 예산도 10분의 1로 줄어들었다.

대대적으로 여기저기 초대장을 보냈던 작년과는 다르게 올해는 파티가 조용히 열린 탓에, 아렌가 외부의 사람들은 오늘 파티가 있었다는 사실도 잘 모를 것이다. 지나가는 이야기처럼 제시 선생님에게 말한 것이 끝이었다. 마치 위험한 거래라도 벌이는 것 같지만 실은 입식 파티. 드레스 코드도 없는 자유로운 파티. 평소 저택에서 일하는 모두를 위한 위로회도 겸했다.

그리고 11세 생일 파티는 훈훈하게 시작하여 훈훈하게 끝났다.

화려함도 호화로움도 작년과는 달랐지만, 저택에서 일하는 모두가 맛있게 식사하는 모습이나 즐거워하는 모습은 내게 최고의 축하이자 선물이었다.

사랑하는 부모님, 사랑하는 멜로, 사랑하는 모두가 즐거워한다. 내 11살을, 그저 살아 있었을 뿐인데 지난 1년을 축하해준다. 내용물이 평범한 나는 앞으로도 이런 파티를 열고 싶다고 생각했다.

그래서인지 11세 생일의 밤은 상상보다 더욱 온화한 기분으로 보낼 수 있었다. 작년엔 전생의 기억 때문에 불안해져서 반쯤 불안한 마음을 다스리기 위해 잠들었지만, 지금은 '모두를 지킬 거야, 힘낼 거야'라는 강한 의지를 품고 잠들 수 있었다.

또 내일부터 힘내자.

나는 작년보다도 온화해진 마음으로 눈을 감고 수마에 몸을 맡겼다.

11세

〈봄. J의 장래 계획〉

눈이 녹고 따뜻한 햇볕이 나의 연인을 비추고 있다.

오늘도 나의 연인, 미스티아는 세계에서 가장 귀여웠다.

저택의 정원에서 말을 부르자, 내 옆에 선 미스티아는 익숙한 몸놀림으로 말에 올라타려 했다.

실은 손으로 잡아줄 필요는 없었다. 하지만 나는 남자로서, 연인으로서 미스티아에게 손을 뻗었다.

"아, 감사합니다."

망설이며 내 손을 잡고 말에 올라탄 그녀가 감사 인사를 건넸다. 그런 모습도 귀여웠다. 나도 내 말에 올라타 둘이서 근처 연못을 향해 출발했다.

평소와 같은 흐름. 평소와 같은 데이트.

나보다 8살 어린 연인은 봄에 11살이 되었다. 나이가 한 살 많아졌다고 해서 우리의 나이 차가 줄어드는 것은 아니었다. 미스티아와 교제를 시작한 지 반년. 여전히 관계는 비밀이고 데이트는 항상 승마 데이트다.

비가 오는 날엔 수업을 구실로 저택에서 말에 관한 대화를 나눈다. 가끔 비품 조달이라는 핑계를 대며 승마용품을 사러 단둘이 시내로 나갈 때도 있었다.

나는 아직도 서툴다. 그래서 '이유'를 만들지 않으면 만날 수 없고, 그 빈도도 많이 만들 수 없었다. 주변 사람들을 떠올려보면 우리의 관계는 연인치고는 건전하고 순수한 관계라고 생각한다. 하지만 우리 둘 다 서툴다. 마음이 통하고 교제한다는 사실만으로도 충분했다.

미스티아는 어린 데도 그것을 이해하고 있었다. 연인인 나와 지낼 수 없다면 다른 누구와도 시간을 보내지 않겠다는 듯이 미스티아는 자신의 생일 파티를 가족과 사용인들끼리 보냈다. 내가 한심한 탓에 이렇게 할 수밖에 없었지만, 미스티아의 마음은 기뻤다.

결혼만 하면 언제든 축하해 줄 수 있다. 1년에 한 번 축하하는 것이 아니라 지금까지 참아왔던 만큼 더욱 많이 축하해주면 된다. 약속된 미래를 떠올리면 얼마든지 참을 수 있었다.

하지만 이대로 있으면 안 된다.

미스티아에게는 약혼자가 있다. 저번 주, 자세한 대화를 나누다가 신랑 후보가 아니라 약혼자가 있다는 사실을 들은 나는 눈앞이 캄캄해졌다. 하지만 그건 결국 부모님끼리 정한 약혼. 미스티아가 나를 좋아한다는 사실엔 변함이 없으니 불안해할 필요도 없었다.

게다가 그 사실을 차마 내게 말하지 못했던 미스티아의 심정을 생각해 보면 안타깝기만 했다. 내게 말했다간 차일지도 모른다고 생각하며 울었을지도 모른다. 그런 생각을 하니 마음이 무너질 듯이 괴로웠다.

이제 그녀가 슬퍼할 만한 일은 절대로 만들지 않을 것이다.

미스티아가 연인인 내게 제대로 기댈 수 있도록, 미스티아가 괴로워하지 않도록. 내게는 제대로 의지할 만한 남자가 되어서 미스티아를 행복하게 만들 의무가 있다.

그러니 나는 성실해질 것이다. 딱히 원래 비뚤어진 인간은 아니었지만 그래도 성실하게, 누가 봐도 괜찮은 사람이라고 생각할 정도로 좋은 남자가 되어 미스티아를 맞이할 것이다.

2주 전, 아버지가 교사의 길을 권했다. 가문을 잇기 전에 사람을 이끄는 자로서 경험을 쌓으라는 것이었다.

교사란 이야기에 가장 먼저 떠오른 건 다른 게 아니라 미스티아의 얼굴이었다.

미스티아는 나를 '선생님'이라고 불렀다. 승마를 내게 배웠으니 당연한 호칭이다. 단둘이 있을 때는 이름을 불러주면 좋겠지만 누군가 보고 있을지도 모르니까. 게다가 미스티아가 나를 선생님이라고 부르는 것은 그리 기분 나쁘지 않았다.

그래도 설마 아버지가 교직의 길을 추천할 줄은 상상도 못 했다.

귀족은 15세가 되면 귀족 아카데미에 입학한다. 미스티아도 마찬가지겠지.

지금부터 공부한다면 미스티아가 아카데미에 입학할 때 나는 교사가 될 수 있을 것이다.

만일 우리가 또래였다면 좋았을 텐데. 그런 생각을 매일 해 왔다. 어딜 가든 마찬가지였다. 저택에 있어도, 시내에 나가도, 숲에 있어도, 아카데미에 있어도 그런 생각을 했다. 우리가 또래였다면 분명 같은 수업을 들었겠지, 같이 밥도 먹었겠지. 그렇게 나는 언제 어디서든 미스티아의 모습을 떠올렸다. 하지만 교사가 되면 같은 교정에 있을 수 있다. 담임이 될 수 있을지도 모른다. 그렇게 되면 만날 수 있는 시간도 늘어난다.

게다가 약혼자의 마수로부터 그녀를 지킬 수 있다.

교사는 학생에게 손을 댈 수 없지만 나는 원래부터 미스티아가 제대로 성인이 될 때까지 손을 댈 생각이 없었다.

역시 나의 운명. 신은 항상 내 편이었다.

그렇게 생각한 나는 평소였다면 떨떠름하게 들었을 아버지의 의견을 바로 받아들였다.

"나 말이야."

말을 타고 나란히 내 옆을 달리는 미스티아를 부르자, 녀석은 나를 바라봤다. 귀여워, 가 아니라 위험하잖아. 떨어져서 다치는 바람에 얼굴에 흉터라도 생기면 어쩔 거야. 그땐 책임을 지고 내가 신부로 맞이해야── 아니, 아무것도 없어도 신부로 맞이하겠지만 미스티아가 다치거나 낙마하는 것은 싫었다.

"앞 보면서 들어. 위험해. 대화할 때도 제대로 앞을 보라고 했잖아."

"네!"

미스티아가 황급히 고개를 앞으로 돌렸다. 이런 옆모습도 좋단 말이지. 예쁜 얼굴이다. 매일 예뻐지고 있었다. 아니, 이게 아니지. 지금 미스티아가 예쁘고 귀여운 것이 중요한 게 아니라 장래 이야기를 해야지! 바보도 아니고!

"나, 교사가 되려고."

미스티아는 또 나를 바라보며 놀란 듯이 눈을 깜빡거렸다. 이 반응은 뭐지. 좋은 반응인가? 나쁜 반응인가? 젠장, 궁금해서 기다릴 수가 없잖아.

"너는 어떻게 생각해? 내가 교사가 되는 거."

"……정말인가요?"

"그래."

"……응원할게요! 정말 좋은 생각이에요! 분명 천직일 거예요!! 운명이에요!"

미스티아가 흥분한 얼굴로 몇 번이나 고개를 끄덕였다. 이 녀석도 운명이라고 생각한 건가. 이렇게 기뻐할 줄은 몰랐다. 다행이라는 생각에 안도하다가 미스티아가 또 나를 쳐다보고 있다는 사실을 깨달았다.

"위, 위험해. 앞을 보라고 했잖아."

"네, 네!"

내 말을 듣고 미스티아는 앞을 보고 고삐를 다시 제대로 잡았다. 젠장. 급하게 말하는 바람에 거친 말투가 튀어나와 버렸어. 무서워할까 봐 말투엔 항상 신경 쓰려고 했는데.

"말이 좀 험했지. 미안."

"아뇨. 괜찮아요."

"싫지 않아?"

"네."

그렇게 말하는 미스티아의 얼굴은 매우 기뻐 보였다. 지금 말투 그대로 써도 괜찮다는 뜻인가……?

이 녀석은 꾸밈없는 나를 좋아하는구나.

내 꿈을 응원해준다. 있는 그대로의 나를 받아들여 준다.

"역시, 내 운명이야……."

작게 중얼거린 사랑 고백은 말의 달리는 소리에 묻혀서 나의 연인의 귀에는 들어가지 않았다. 하지만 지금은 그걸로 괜찮았다. 우리는 아직 건전하고 순수하고 올바른 관계를 유지할 필요가 있다.

하지만 그 관계를 끝낼 때가 온다면, 많이, 정말 많이 좋아하고 사랑한다고 말해줄 수 있다.

그때까지 잠시 참자.

사랑해.

마음속으로 그렇게 전하자 마치 우리를 축복하듯이 우리 사이로 봄바람이 불어왔다.

〈여름. 집사의 관찰 결과〉

아렌가에서 일한 지도 6년. 아가씨는 11살이 되었고 처음엔 의욕이 없었던 나도 지금은 훌륭한 집사가 되었다.

예전엔 불편하다고만 생각했던 짙은 붉은색의 연미복도 몸에 딱 맞는 듯이 편해졌고, 가슴팍에 달아둔 회중시계도 정확히 시간대로 흐르고 있었다. 최근엔 외안경도 착용해봤다. 안경알은

도수 없는 유리알이지만.

그렇게 외안경을 끼고 매우 집사 같은 발걸음──집사장의 흉내를 내며 복도를 걸었다. 하지만 바깥은 찌는 듯이 더워서 바로 어깨를 늘어트렸다.

아렌가에서 맞이하는 여섯 번째 여름. 올해도 귀찮은 계절이 찾아왔다. '사용인 증원 고용'이 있는 여름이다.

봄에는 당주님이 여러모로 바쁘기 때문에 방해하지 않도록 사용인들도 기민하게 움직인다. 그 시기에 신입 교육을 할 순 없었기에 아렌가에서는 매년 여름 새로운 사용인을 고용한다.

사람이 늘어난다. 그 자체는 좋은 일이다. 1인당 업무량이 줄어들고, 일이 빨리 끝나고, 그만큼 쉴 수 있다. 급료는 같지만 몸은 더 편해진다. 장점뿐이다.

하지만 아렌가에서 일하는 사람들에겐 단점뿐이다. 1인당 업무량이 줄어들고, 일이 빨리 끝난다는 것은 아가씨를 볼 시간이 줄어든다는 것이다.

그뿐만 아니라 아가씨를 연모하는 자들이 늘어난다. 어쩌면 아가씨를 노리는 쓰레기가 들어올 가능성도 있다. 장점이 없을 뿐만 아니라 짜증 나는 일밖에 없다. 그런 귀찮은 계절이 찾아왔다. 최악이다. 사용인은 지금 있는 자들만으로도 충분하다. 오히려 좀 더 줄었으면 하는 게 사용인들의 공통적인 생각이었다.

하지만 당주님은 매년 사용인을 늘리려 한다. 그것도 아가씨의 요청으로. 사실 당주님은 기본적으로 아가씨나 마님의 말만 듣는다. 예전엔 좀 더 재산이나 권력에 욕심을 보이고 활동적이었다고 하는데…….

어쨌든 아가씨는 아무래도 우리가 인력이 부족한 상황에서 필사적으로 어떻게든 일한다고 생각하는 듯하다. 다른 저택에 비해서 사용인이 압도적으로 적다고 느끼는 듯했다. 확실히 그건 맞는 말이다. 하지만 딱히 일할 사람이 없는 것이 아니라, 우리가 주체적으로 인원을 줄였기 때문이다.

아가씨가 걱정해 주는 것은 기쁜 일이지만 사용인 증원만큼은 별개다. 사람이 늘어나면 아가씨를 연모하는 위험인물이 늘어난다. 그러니 우리는 인원을 줄여야 한다.

기본적으로 해충을 고용할 땐 희망직의 책임자들……, 집사장, 청소부장, 요리장 등이 송부된 서류를 심사하고 면접을 보고, 채용 후의 신인 지도까지 맡는다.

따라서 쓰레기를 처리할 기회는 서류 심사, 채용 면접, 고용 후 해고. 이렇게 세 번 있다. 조금씩 인원을 줄여나가다 보면 결국 증원은 없었던 일이 된다. 서류 심사에서 전원을 탈락시키면 당주님이 수상하게 여길 것이다. 면접에서 떨어트리더라도 마찬가지다. 그러니 단계를 밟는다.

……귀찮아.

당주님에게 받은 해충의 성장 과정, 경력이 적힌 서류를 들고 한숨을 쉬었다. 이것을 각 사용인의 책임자들에게 전달하러 가야 한다. 이 저택에서 일하는, 윤리관도 도덕심도 평범하지 않은 광인들에게. 우울하다.

우선 요리장. 라이아스라는 이름의 아저씨부터다. 지금쯤 아가씨는 점심 식사를 마쳤을 테니 바쁘지 않겠지.

　……하아, 귀찮아. 요리장은 사용인 책임자 무리에서도 가장 귀찮은 사람이다. 나는 몸서리를 치며 부엌으로 향했다.

　부엌에 들어서자 요리장은 아가씨의 저녁 식사로 추정되는 고기를 두드리고 있었다. 타격음이 울려서 시끄러웠다.

　"요리장. 이거 올해 고용 서류예요."

　"아! 루크 아닌가! 뭐야, 올해도 벌써 그 시기인가! 하하하! 고맙네! 거기 있는 냄비 옆에 두고 가!"

　요리장이 가리키는 방향에는 부글부글 끓는 냄비가 놓여 있었다. 이런 냄비 옆에 두면 타 버릴 텐데. 이 녀석은 예전에 일하던 요리사, "아가씨가 먹는 것을 나 말고 다른 사람이 만들다니. 그냥 지켜볼 수가 없군."이라며 질투한 나머지 파티시에와 제빵사를 해고한 전적이 있다고 들었다. 그것도 본인에게서 들은 이야기다.

　그 후로 아렌가의 식사는 계속 이 녀석이 전부 담당했다. 디저트도, 빵도, 전부. 처음 그 이야기를 들었을 땐 농담이라고 생각했다. 하지만 아가씨 앞에서 이 녀석이 보이는 행동이나 매년 이 시기의 모습을 보면 납득할 수 있었다.

　이런 대화를 나누는 동안에도 요리장이 고기를 두드리는 속도가 빨라지고, 그 힘도 점점 세지고 있었다.

　아, 분명 저 고기는 "아가씨에게 이런 걸 먹일 수는 없어."라면서 우리의 밥상에 올라오겠지.

요리장은 있는 힘껏 고기를 두드리면서도 입꼬리는 억지로 끌어올리고 있었으나, 눈에는 확실히 분노의 불꽃이 타오르고 있었다. 분명 상상한 거겠지. 자신 말고 다른 사람이 여기서 아가씨에게 요리를 해 주는 모습을.

……올해도 요리사는 증원되지 않겠군. 괜히 불똥이 튀기 전에 빨리 나가자.

서둘러 부엌을 나오기 직전, 요리장이 소리를 질렀다. 나는 뒤돌아보지도 않고 오늘의 메뉴는 고기 경단이고 어쩌면 내일도 같은 메뉴가 나올지도 모른다고 생각하며 자리를 떴다.

부엌을 나온 나는 여전히 우울한 기분으로 정원으로 향했다. 다음은 정원사 포레스트다. 그는 요리장만큼 정서가 불안정하진 않지만, 위험인물이란 점에는 변함이 없었다.

예전에는 저택에 세 명의 정원사가 있었다고 한다. 네 번째로 그가 들어오고 3개월 후…… 다른 세 명, 녀석 외의 정원사는 일제히 사직서를 냈다.

그들의 퇴직 이유는 '좋은 취직처가 생겨서', '부모님의 병환' 등으로 전부 달랐다. 수상한 점은 없었으나 비슷한 시기에 세 명이나 그만뒀다. 아직도 어떻게 한 건지는 모르겠지만 녀석이 저지른 일이 틀림없다.

게다가 녀석이 온 후로 매년 정원사를 지망하는 해충들은 서류 심사나 면접을 취소해 달라고 연락해오고는 했다. 분명 녀석이 뒤에서 뭔가 압박을 준 것이다.

그래서 정원사는 현재 녀석 한 명뿐이다. 하지만 녀석은 책임자 자리를 받은 것도 아니면서 정원사로서 이 정원을 도맡았다. 이 저택의 정원사는 영원히 자신뿐이라고 선언하듯이.

정원에 들어서자 녀석은 사다리 위에 올라가 나무의 가지를 치고 있었다.

"고용 서류를 전해드리러 왔어요."

"그 아래 놔 주세요. 날아가면 곤란하니까요."

정원사는 손을 멈추고 서류를 둘 곳을 지정하고는 다시 가지치기를 재개했다.

그의 말대로 바람에 날아가지 않도록 사다리 옆에 있던 작업 도구 아래에 서류를 둔 후 나는 바로 정원을 떠났다.

녀석과는 엮이지 않는 게 최선이다.

정신은 멀쩡해 보이고 이성적인 것 같지만 서류 이야기를 들은 순간, 규칙적이었던 가위 소리에 힘이 실렸다.

몸을 떨며 뒤를 돌아보니 광대한 정원이 시야 가득 들어왔다. 보통이라면 다섯 명이 힘을 합쳐도 손질하기 어려울 정도로 넓다. 녀석은 이 넓은 정원을 혼자서 정비하고, 독자적인 연구까지 하고 있다. 사람이 할 만한 일이 아니다. 연구도 "아가씨를 위해 계절에 상관없이 꽃을 피우고 싶어."라는 이유였는데 그게 정말인지는 모르겠다.

독초인 줄 모르고 냄새를 맡는 것만으로도 사람을 죽음으로 모는 꽃, 사람의 정신에 작용하는 꽃 정도는 연구하고 있을 것 같다. 아름답게 피는 화단 아래에 시체가 한두 개 있어도 이상하지 않다. 나는 거의 도망치듯이 저택으로 돌아왔다.

"하아. 겨우 끝났네."

아무도 보지 않는 것을 확인하고 옷깃을 벌려 바람을 통하게 했다.

마침 거실을 지나던 마부 솔에게 서류를 건네고 차례대로 책임자들이 있는 곳을 돌다 보니 파랬던 하늘이 빨갛게 물들기 시작했다.

이 저택에서 일하는 인간은 전부 개성이 강하다. 그들을 책임지는 책임자들은 더욱 심하다. 간단한 대화를 나누는 것만으로도 피곤해졌다. 어차피 피곤해질 거라면 아가씨를 위해 일하는 편이 훨씬 낫다.

"마지막은 집사장인가……."

타는 듯한 더위에 지쳐 머리를 쓸어올리고 있는데, 문득 창밖으로 저택 부지 안을 돌아다니는 아가씨의 전속 메이드의 모습이 시야에 들어왔다. 그녀의 앞을 보니 아가씨가 부지 내를 산책하고 있었다.

아가씨에게 똑바로 다가가는 전속 메이드의 규칙적인 걸음걸이는 인간 같지가 않았다. 내가 아렌가에 취직하기 바로 얼마 전에 고아원에서 이곳으로 들어왔다는 저 여자는 정교하게 만들어진 인형이라고 표현하는 게 더 어울렸다. 지금은 뒷모습만 보이지만 어떤 표정인지 알 수 있었다. 감정을 지워버린 듯한 무표정이겠지. 저 여자는 언제나 감정을 겉으로 드러내지 않는다. 기계 인형 같았다.

하지만 그 인형도 아가씨 앞에서는 인간으로 변한다……고 한다. 아가씨는 저 여자에게 "웃는 것도 귀여워.", "삐지는 것도 귀여워." 하며 말을 걸지만, 내 눈에는 저 여자가 항상 같은 표정을 짓고 있는 것처럼 보였다.

하지만 내게도 저 여자의 미묘한 감정이 느껴지는 순간이 있다. 아가씨의 약혼자가 저택에 왔을 때, 저 여자의 의안 같던 눈동자가 아가씨를 향한 집착과 독점욕으로 흔들렸던 것이다.

역시 전속인 만큼 저 여자는 자신의 역할을 잘 해내고 있었다. 스스로가 만능이 되어 모든 일을 책임짐으로써 다른 사람이 고용될 자리를 애초에 만들지 않는다.

지금 아가씨의 전속 메이드는 기본 교육뿐만 아니라 피아노, 작법, 댄스 레슨까지, 아가씨와 관련된 모든 일을 맡고 있다. 저 여자가 손대지 않는 영역은 아가씨의 옆을 벗어나야 하는 것들뿐이었다. 엄청난 집착이었다.

계속 창밖을 보고 있자, 전속 메이드가 아가씨에게 말을 걸었다. 아가씨는 그 여자를 향해 부드럽게 미소지으며 손을 흔들었다. 저 여자는 무표정한 얼굴로 아가씨를 바라본다. 역시 저 여자의 마음은 아가씨만이 이해할 수 있는 거겠지.

저 여자가 아가씨의 약혼자를 제거하지 않는 것은 아가씨가 약혼자를 어떻게 생각하는지 모르기 때문이다. 이렇게 말하는 나도 모르기는 마찬가지다. 아가씨는 약혼자의 편지가 오면 안색이 매우 나빠진다. 편지 답장을 보낼 때도 세상의 종말이 찾

아오는 듯한 얼굴이다. 2주에 한 번 약혼자에게 식사를 만들어 주고는 있지만 즐거워 보이지는 않았다.

호감은 느끼지 못하는 건가. 그렇다면 왜 편지를 주고받으며 저택을 오가는 걸까.

아직 그 질문에 대한 대답은 찾지 못했지만, 아가씨는 당주님 과 마님을 소중히 여기고, 두 사람이 권한 약혼이니 함부로 대하지 못하는 것이라고 생각한다.

……역시 방해돼. 아가씨의 약혼자.

당주님은 아가씨에게 가장 좋은 상대를 골랐다고 자부했다. 상속에 관해선 앞으로의 상황을 보고 정하자고 한다. 그리고 약혼자에게는 남동생이 생겼다. 아마 녀석은 이 가문에 데릴사위로 들어올 가능성이 크겠지. 아가씨가 원하는 상대라면 용서할 수 있지만 이상한 짓을 벌이면 바로 죽일 것이다. 그럴 경우를 생각해 보면 그가 이 저택에 찾아오는 편이 더 편했다.

……나뿐만 아니라 사용인 모두가 같은 생각을 하고 있겠지.

내가 직접 나서지 않아도 되겠다고 결론짓고 집사장의 집무실 문을 두드렸다. 대답을 듣고 방으로 들어가자 집사장은 책상에 앉아 뭔가 서류를 기입하고 있었다.

"실례합니다. 집사 지원자 서류예요."

"아, 고맙습니다."

그렇게 대답하는 그의 눈은 매우 차분했다. 지금까지 봐온 사용인들의 책임자와는 전혀 달랐다. 그의 눈엔 아무 감정도 동요도 없었다.

하지만 집사장은 분명 신입을 고용하지 않을 것이다.

당주님의 눈을 신경 써서 고용하는 척은 하겠지만 항상 면접에서 떨어트린다. 서류로 전부 떨어트리는 게 아니라, 우선 반 정도 탈락시킨 후 면접에서 모두를 떨어트리는 것이 익숙해 보여서 내심 감탄할 정도였다.

나는 정말 사람이 부족해서 어쩔 수 없이 고용된 거겠지.

"지금 불채용 문서를 다 쓴 참이었어요."

"여기요."

서류를 건네자 집사장은 적혀 있는 이름을 확인하고 불채용 통지 서류에 옮겼다. 집사장 아래에서 일한 지 6년. 나는 이 사람의 이름이 '스티브'라는 것과.

"······매년 구더기처럼 들끓기는······, 11년 전 역병처럼 모두 죽어버리면 좋을 텐데."

아가씨를 향해 남다른 애정을 품고 있다는 것밖에 알지 못한다.

11년 전에 일어난 역병 유행은 물이 매개였고, 주변에는 공작가의 저택이 많았기에 귀족, 평민 할 것 없이 다량의 사망자를 냈다고 들었다. 이렇게 평온한 얼굴로 비유해도 좋은 사건이 아니다.

방을 나와서 그가 내 생각을 읽기 전에 바로 문을 닫았다.

······이 저택의 사용인 중에 제대로 된 녀석은 한 명도 없다. 내가 정신을 차리고 제대로 아가씨를 지켜야 한다.

아예 밤에 아가씨의 방 앞을 지키는 게 좋을지도 모르겠다.

내 생각에 끄덕이고 있자 그런 내 생각에 동의하듯이 복도 끝에서 미지근한 여름 바람이 불어왔다.

〈가을. R의 희망 유지〉

"저기, 맛은 어때요?"

아렌가의 저택에서 미스티아 양과 저녁 식사를 함께하고 있는데 그녀가 불안한 얼굴로 내게 질문했다.

"맛있어."

미스티아 양이 내게 저녁 식사를 대접한 지도 반년. 처음 약속은 2주에 한 번이었으나 지금은 그 기간을 조금 줄여둔 상태다. 그녀의 저택에 방문할 땐 대낮에 출발하여 만나는 시간도 늘렸다.

하지만 마음의 거리가 줄어든 것 같은 기분은 전혀 들지 않았다.

올해 여름이 올 때쯤, 그녀는 내 어머니와 동생이 건강하다는 것을 이유로 이 식사회를 끝내려 했다. "나는 또 혼자서 맛없는 저녁 식사를 해야겠네."라고 그녀에게 들리도록 중얼거리자 그녀가 바로 내 말을 믿은 덕분에 이 시간은 겨우 지속되고 있었다.

내가 먼저 속여놓고 이런 생각을 하는 건 좋지 않지만, 미스티아 양은 정말 속이기 쉬운 상대였다.

주의력이나 경계심은 상당히 강한 편인 듯하고, 뭔가 행동하기 전에 깊이 생각하고 갈등하는 것은 딱 봐도 알 수 있었다. 하지만 가끔 주의나 경계가 사라지는 순간이 있었다. 그 점이 불안하긴 했지만 나는 그 기회를 잡는 것을 그만둘 수 없었다.

그렇게 미스티아 양의 선의와 동정을 이용해 만나는 빈도를 높이고, 그 시간을 늘려도 그녀와의 신뢰 관계는 아직 쌓지 못했다.

조금이지만 진전은 있었다. 만날 때마다 그녀가 나라는 존재에 익숙해지고 있다는 것이 느껴졌다.

지금까지는 내 얼굴을 보는 것만으로도 식은땀을 흘리고 눈동자를 흔들며 바닥을 내려다보고는 했다.

하지만 최근엔 내 앞에서 바닥만 내려다보지 않았다. 평소에 아래를 보던 그녀의 시야는 지금은 내 목 정도까지 올라왔다. 조금 더 있으면 시선을 맞출 수 있을 듯했다.

그리고 평범하게 대화하고 싶었다.

"그, 러고, 보니."

갑자기 미스티아 양은 스푼을 내려놓고 내 눈을 보려고 했다.

사람과 대화할 땐 시선을 맞추는 게 예의……라는 것은 항상 염두에 두고 있는 모양이었다. 하지만 내가 무서운지 그녀는 뭔가를 말할 때 항상 내 목을 봤다.

"최, 최, 최근에 피아노 연주회에서, 우승했다고요……."

"아……."

그렇다. 1주일 전, 나는 피아노 연주회에서 우승했다. 미스티아 양과 편지를 주고받을 때 그녀는 음악에 크게 흥미를 보이지 않았다. 그래서 그녀에게는 말하지 않았다.

분명 우리 부모님에게서 들은 거겠지. 멍하니 생각하고 있자 미스티아 양은 결심한 것처럼 나를 봤다.

"수, 수고하셨어요. 연습도, 힘들었을 텐데."

"응?"

예상과 다른 미스티아 양의 반응.

……수고했다고? 축하한다는 말이 아니라?

의아해하는 나를 보고 그녀는 큰일 났다는 듯한 표정이 되었다.

"그게……, 아! 우승 축하해요."

시선을 이리저리 옮기며 다시 바닥을 보기 시작한 그녀를 관찰했다. 그녀는 우승에 관한 말을 가장 먼저 꺼내지 않았다. 내 노력을 치하했다.

지금까지 내 주변 사람들은 내가 우승하는 것, 내가 1등이라는 것을 당연히 생각했다. 부모님 외에는 노고를 치하하는 사람이 없었다. 그녀와는 아직 만난 지 1년밖에 지나지 않았다. 그래서 내가 우승한 것을, 1등이라는 것을 당연하게 생각하지 않아도 이상한 일이 아니다.

"고마워. 우승이라고는 해도 실감이 안 나네."

나도 예전에는 확실히 실감을 느꼈다. 우승한 기쁨을 느꼈다. 하지만 지금은 원하는 것을 손에 넣었다는 감각보다는 일과를 소화하는 감각에 가까웠다.

"……그래서, 뭐라고 해야 하나. ……미안. 네 반응을 보고 놀랐어."

말한 후 바로 후회했다. 너무 솔직히 말하고 말았다. 역시 이런 대화에는 대답하기 어렵겠지. 그녀의 안색이 점점 나빠지고 있었다. 뭔가 다른 화제를 꺼내야 해. 마땅한 화제를 떠올리고 있자 그녀는 "저기." 하며 주저하면서 입을 열었다.

"연주회를 위해 연습하셨잖아요……. 노력하는 거, 아니, 뭔가 하려고 마음먹는 것만으로도, 정말 대단하다고, 생각해요."

"응……?"

"그게 뭐든, 결과가 어떻든, 뭔가를 위해 노력하고 시도했다는 자세는 매우 자랑스러운 거라고 생각해요. 아, 연주회에 나가려고 생각한 것 자체도…… 대단하다고 생각해요."

미스티아 양은 생각하며 말을 이어나가고 열심히 내 눈을 보려 했다.

……혹시 그녀는 나를 칭찬해 주고 있는 건가?

"앗, 우승하는 것도 엄청 힘든 일인데…… 어려운 일이고…… 대단하다고 생각해요. 저는 지금까지 살면서 1등을 한 적이 없어서…… 제 눈에는 엄청 대단해 보여서……. ……어, 그게 끝이에요. 아, 아무것도 모르면서 무슨 소릴 하나 싶으시죠, 죄송해요."

연습하는 것이 대단하다니. 나가려고 생각하는 것도 대단하고. 지금까지 당연하게 생각했던 행위를 미스티아 양은 대단하다고 생각하는 건가.

그녀가 그렇게 생각한다면 지금까지 당연히 따냈던 우승도, 상도, 전부 의미 있는 것처럼 느껴졌다.

한편 미스티아 양은 내가 말이 없어지자 초조해하며 식은땀을 흘리기 시작했다.

그저 대화하는 것만으로도 내가 지금까지 해온 행동에 의미를 부여했다. 무거웠던 마음을 순식간에 가볍게 만들었다. 하지만 자신이 어떤 일을 해냈는지 미스티아 양은 전혀 모르겠지. 그뿐만 아니라 그녀의 눈동자가 점점 흔들리기 시작했다.

처음 만났을 땐 무표정하고 감정이 없어 보였다. 하지만 실은 이렇게 다양한 표정을 짓고, 지금 내가 그걸 알아챌 수 있다는 사실이 매우 기뻤다.

"네가 그렇게 말하면 앞으로는 좀 더 노력해야겠네."

미스티아 양의 고개가 완전히 아래로 향하기 전에 대답하자 그녀가 고개를 들었다. 기쁘기보다는 '살았다'라는 표정이었다.

지금 나는 그녀의 마음을 무겁게 만들기만 한다. 하지만 언젠가 내 존재가 그녀의 마음을 가볍게 만들 수 있었으면 좋겠다는 생각이 들었다.

그렇게 기도하며 스튜를 한 입 먹었다. 창밖에는 우리를 방관하듯이 가을바람이 나무를 흔들고 있었다.

〈겨울. E의 긍정 대상.〉

미스티아에게 줄 크리스마스 선물을 사기 위해 나는 시내로 나왔다.

그녀는 가족을 소중히 생각한다. 그러니 크리스마스도 생일처럼 가족과 사용인끼리 보내려고 한다는 것을 알게 된 나는 이브에 함께 놀자고 했다. 그녀는 잠시 생각에 빠졌지만, 나는 몇 번이나 부탁하며 떼를 쓰고 우는 척을 하여 겨우 약속을 잡아냈다.

그러니 크리스마스는 함께 보내지 못하더라도 이브는 함께 보낼 수 있다. 생일 선물은 아무 의미도 없는 다음 날에 줬지만, 크리스마스 선물은 제대로 당일에 건넬 것이다.

미스티아에게 줄 선물은 이미 정했다. 그녀는 책을 자주 읽으니 책을 선물할 생각도 했지만, 기왕 선물하는 김에 몸에 착용하는 것을 주고 싶어서 장갑을 골랐다. 그녀는 전속 메이드에게 받은 목도리를 소중히 하고 다녔으니 나는 장갑을 줄 생각이다. 실은 목도리를 주고 싶었지만 내가 미스티아에게 목도리를 또 준다면 상냥한 그녀는 곤란해하겠지. 이번엔 메이드에게 양보할 생각이다.

어떤 장갑을 선물해야 미스티아가 날 더 좋아하게 될까. 가게가 잔뜩 늘어선 거리를 걷고 있자 주변에 있던 내 또래 여자아이들이 나를 보는 것이 느껴졌다.

내가 시선을 맞추자 여자아이는 전부 얼굴을 붉게 물들이고 바닥을 보며 웃었다. 그런 여자아이들에게 손을 흔들어주자 다들 맞추기라도 한 것처럼 기쁘게 반응했다.

지금까지는 누가 보는 것만으로도 무서워서 덜덜 떨었던 나다. 상대의 얼굴을 보지도 못했다. 하지만 지금은 간단히 시선을 맞출 수 있었다.

미스티아와 만난 후로 나는 내가 바뀐 것을 실감했다. 서서히 그렇게 생각하는 횟수가 늘어나는 중이다.

예전에는 다른 사람의 시선이 무섭고 너무나도 기분 나빴는데 지금은 전혀 신경 쓰이지 않았다. 그뿐만 아니라 호감을 담고 나를 바라보는 시선이 조금 귀찮게 느껴지기도 했다.

내게는 미스티아만 있으면 된다. 그녀의 옆에, 그리고 그녀의 첫 번째가 나라는 것만으로도 충분하다. 다른 누군가의 시선은 전혀 상관없다. 미스티아와 나 외의 다른 사람은 어찌 되든 좋았다. 그녀를 상처입히거나 괴롭히는 존재가 아니라면 나는 전혀 개의치 않는다.

그래서 레이드 녹터가 싫다. 그녀의 약혼자, 방해되는 녀석. 나는 그 녀석이 매우 싫다. 사라지면 좋을 텐데.

가끔 그 녀석에 관해 질문하면 미스티아는 슬픈 표정이 되었다. 그녀가 피곤해하거나 뭔가 깊이 생각에 빠질 때는 거의 그녀의 일정표에 녀석의 이름이 적혀 있을 때다.

레이드 녹터는 미스티아의 행복을 방해한다.

하지만 그런데도 그 녀석은 미스티아를 좋아한다. 그게 가장 싫었다.

전에 그녀와 그 녀석, 셋이서 차를 마셨을 때 바로 알아챘다. 그 녀석은 그녀를 좋아하지만, 그녀를 불안하게 만든다는 것을. 그녀의 행복을 방해하는 주제에.

게다가 부모님끼리 멋대로 정한 약혼이니 미스티아에게 선택권이 있는 것도 아니었다. 그러면서 약혼자로서 행동하는 게 싫었다.

내가 좀 더 미스티아와 빨리 만났다면 약혼자는 분명 나였을 텐데.

그 녀석만 없었다면 지금 그녀의 약혼자는 분명 나였을 것이다.

짜증 나는 기분으로 주변을 둘러보자 마침 장갑이나 소품을 취급하는 가게가 늘어선 거리까지 와 있었다.

옷가게나 모자 가게, 머리 장식이나 귀걸이 전문점 등, 다양한 가게가 늘어서 있었다. 돌아다니는 사람들도 왠지 복장이 화려했고, 한껏 멋을 부린 사람들이 많아진 느낌이었다. 그러나 나는 그 광경에 고개를 갸웃거렸다.

"응?"

지나가는 여자아이가 전부 비슷한 머리 장식을 하고 있었다. 그러고 보니, 나를 보던 여자아이들도 같은 머리 장식을 하고 있었던 것 같다.

마치 똑같이 맞춘 것 같았다.

머리 장식도 좋겠다고 생각하며 전문점 앞을 지나가는데 줄이 늘어서 있었다.

가게 벽에는 '현재 유행 중인 머리 장식, 하루 20개 한정.'이라는 문구가 적혀 있었다. 그 문구 아래엔 다들 똑같이 하고 다니던 머리 장식이 그려져 있었다.

……유행이라서 다들 하고 다녔던 건가?

미스티아는 머리 장식이나 목걸이에 관심이 없었다. 그래서 나도 유행을 알아보지 않았다.

줄을 서 있는 여자아이들을 보며 '힘들겠네'라고 생각하다가 퍼뜩 정신을 차렸다.

기성품을 사서 선물하면, 미스티아는 모르는 새에 나 말고 다른 누군가와 같은 장갑을 끼는 것이 된다.

그건 정말 싫다. 그녀와 모르는 사람이, 그녀에게 인정받지 못한 사람이 그녀와 같아지다니 용서할 수 없다.

……특별 주문을 넣자. 미스티아의 손은 자주 잡아봤으니 어느 정도 크기인지 아는 데다가 사이즈를 조정할 수 있게 만들어 달라고 하면 된다.

머리 장식 가게 앞을 지나서 재봉점으로 발걸음을 옮겼다.

미스티아에게 어울리는, 특별한 장갑을 주문하자. 그리고 나도 같은 장갑을 만들어서 낄 것이다. 나는 검은색 장갑, 그녀는 하얀 장갑이면 좋겠지. 겨울이니 두꺼운 원단을 써야겠지만 하얀 장갑은 마치 신부가 끼는 장갑 같으니까.

그리고 언젠가 내가 고른 목도리를 둘러 달라고 해야지.

미스티아가 기뻐하는 모습을 상상하며 재봉점 문을 열자, 가게 안의 따뜻한 공기와 바깥의 차가운 공기가 섞여들며 내 앞에 바람이 불었다.

12세

〈봄. R의 우상〉

화려한 드레스를 입은 영애들로부터 거리를 두듯이 댄스홀 구석을 걸었다.

눈이 녹기 시작하며 조금씩 봄이 느껴지는 이때, 나는 변경백이 주최하는 파티에 왔다.

변경백의 별장에 묵으며, 첫째 날부터 이틀째까지는 푹 쉬고, 사흘째부터는 파티에 출석하는 게 매년 정해진 여행 코스였다. 부모님이 서먹해진 후엔 생략되었던 여행이지만, 작년, 어머니가 출산한 후 올해부터 부활했다.

가족끼리 예쁜 풍경을 보고 이 지역의 전통 가극을 보는 것은 즐거웠다. 가족이 다 함께 파티에 출석하여 교양을 얻는 게 올바른 일이라고 나는 생각했다. 녹터가…… 아마도 아렌가까지 잇게 될 후계자로서도 올바른 일이다.

그런데 왠지 마음이 들뜨는 것은 이번 달 화이트데이가 다가오기 때문이겠지.

화이트데이까지 조금밖에 남지 않았지만 나는 미스티아 양에게 보낼 선물을 정하지 못했다.

무난하게 고른다면 디저트, 드레스, 목걸이 등의 액세서리, 꽃 정도겠지. 하지만 미스티아 양은 기본적으로 선물을 좋아하지 않는 듯했다.

아렌가는 백작가지만 영지에서 얻는 세금은 공작가에 비견할 정도다. 하지만 영지민을 압박하고 착취하는 게 아니라, 영지의 특산품에 이름을 붙여 시장에 풀거나 고용을 늘리는 등의 방식으로 막대한 부를 쌓고 있다.

보통 백작가가 그렇게 힘을 얻으면, 그만큼 사치나 도박으로 소비하는 게 아닌 이상 국가나 공작가에게 견제를 받을 것이다. 하지만 아렌가는 재산을 그대로 의원이나 고아원에 기부하고 약 연구소를 만드는 자금에 보태고 있다. 그리고 영지민이 재해를 입었을 때 피난할 건물을 세우는 등, 재산을 쌓을 틈이 없었다.

그래서 아렌가는, 그리고 아렌가의 외동딸인 미스티아 양은 선물을 많이 받는다. 아렌가에게 지원을 요청하는 사람, 운영하는 의원이나 고아원에 연관된 사람, 재산에 눈독을 들이는 사람들이 끊이지 않기 때문이다.

하지만 미스티아 양은 자신에게 보내는 선물은 받지 않는다. 빨리 소비해야 하는 식품은 독이 없는지 확인한 후 사용인들에게 나눠주고, 길게 보관할 수 있는 것은 고아원에 분배한다. 꽃 등은 제대로 살펴본 후 꽃 세공품을 파는 영지에 보낸다고 한다. 마음에 드는 게 없는지 물어봐도 "원래 가지고 있는 것들만으로도 충분해서요……."라며 곤란해하는 표정으로 대답했다.

한번 내 선물도 그렇게 처리하는지 물어보니, 그녀는 한 번도 만나지 못한 상대에게서 온 선물만 그렇게 하고 지인이 보낸 선물은 제대로 보관한다고 대답했다.

나는 미스티아 양에게 지인 정도는 된 모양이었다.

그런 그녀는 밸런타인데이에 초콜릿을 손수 만들었다고 한다. 그것을 선물 받은 것은 약혼자인 내가 아니라 사용인들이었다. 사용인…… 거의 전원.

미스티아 양이 말하기를, 사용인들이 그녀에게 만들어 달라고 부탁하는 바람에 만들 수밖에 없었다고 한다.

그 이야기를 들었을 때, 그녀는 밸런타인이라는 행사를 이해하지 못하거나 오해하고 있다고 생각했다.

밸런타인은 남녀 간에 초콜릿을 선물하는 날이다.

원래 그녀는 생일은 반드시 사용인과 가족끼리 지내려고 하는 등, 평범한 영애보다 사용인과 거리가 가깝다고는 생각했다. 하지만 그건 일반적인 게 아니다. 사용인이 모시는 영애에게 수제 초콜릿을 받다니.

아렌가의 사용인은 관찰할수록 평범한 사용인과는 달랐다.

그들은 미스티아 양을 마치 절대적인 신을 보는 듯한 눈으로 봤다. 아렌 백작이나 부인이 아니라 미스티아 양을 말이다.

그래서 나는 예전에 사용인과 거리가 너무 가까운 게 아니냐며 그녀에게 지적한 적이 있었다. 그녀는 그 지적을 받아들이는 게 아니라 나를 무서워했다. 최대한 상냥하게 말하려고 했는데 위기감을 느끼길 바라는 마음이 앞서는 바람에 가시 돋친 말투로 말해 버렸는지도 모르겠다. 아니, 분명 그랬다.

미스티아 양을 위해서 한 말이었지만 그녀에게 전달되지 않으면 의미가 없다. 그리고 그녀가 이번 달, 사용인에게 화이트데이 답례를 잔뜩 받을 것이란 건 명백하다.

그러니 나는 그것들에 묻히지 않을 정도의 선물을 준비해야 한다.

뭔가 좋은 게 없을까 생각하며 파티장을 지켜보고 있는데, 한 영애가 여러 영애에게 둘러싸인 모습이 눈에 들어왔다.

사람들에게 둘러싸인 것은 루키트 자작가의 영애였다. 변경백이 주최하는 파티에서 몇 번 본 적이 있고 대화를 나눈 적도 있다. 그녀를 둘러싼 다른 영애들도 마찬가지였다.

그 옆으로 다가가자 "다른 영식에게 추파를 던지다니.", "천하기는."이라며 루키트 양을 규탄하는 목소리가 들려왔다.

루키트 양이 눈물을 참으며 고개를 숙이는 모습은 확실히 도움을 구하는 듯처럼 보였다. 그녀의 행동이 교태를 부리는 것처럼 보이기는 했다. 자업자득이라고 말할 수 있을지도 모른다.

……그래도 미스티아 양이라면 그녀를 도와줬겠지.

"저기, 무슨 대화 중이야? 나도 끼워주지 않을래?"

루키트 양과 그녀를 둘러싼 영애들에게 싱긋 웃어 보였다. 그녀를 둘러싼 영애들은 바로 표정을 바꿔 웃는 얼굴이 되었다.

"아뇨, ……그게. 숙녀의 행실에 관해서 이야기하고 있었어요. 녹터 님께 말씀드릴 만한 이야기는 아니에요."

"그렇구나. 한 명을 둘러싸고 추파를 던지고 천하다고 규탄하는 게 이 지역에서 통하는 행실인가 보군. 이 파티는 오랜만에 참가하는데 내가 오지 않는 동안 꽤 변한 모양이야."

내 말에 영애들은 서로 마주 봤다. 그리고 허둥지둥하며 자리를 폈다. 눈물을 참으며 떠는 루키트 양에게 시선을 보내자 그녀는 "감사합니다."라고 작게 말했다.

"딱히. 방향성이 어떻든 뭔가를 위해 노력하고, 시도하려는 자세는 자랑스러운 거니까 말이야. 그런 식으로 규탄받을 일이 아니지. 그러니 당연해."

미스티아 양이라면 어떻게 말할지 생각하며 손수건을 내밀었다. 그러자 루키트 양은 싱긋 미소지으며 나를 바라봤다.

"감사합니다…… 레이드 님."

"천만에. 그럼 이만."

미소로 화답한 후 나는 그녀에게서 떨어졌다.

이런 식으로 미스티아 양과 대화할 수 있으면 좋으련만.

그녀의 앞에서는 왜 이러지 못하는 걸까. 그저 상냥히 대하면 되는데 언제나 책망하는 듯한 말투가 되어 버린다. 그녀와 있으면 나는 감정에 지배당하여 냉정한 판단을 할 수 없었다.

완벽에 가깝다고 생각한 내가 실은 전혀 그렇지 않았다는 사실을 미스티아 양과 만날 때마다 알게 된다.

그녀와 만난 지 2년. 시간은 그저 지나기만 할 뿐, 그녀와 가까워지는 기분은 들지 않았다. 생각하고 싶지는 않지만 매일 마음의 거리가 멀어지는 것처럼도 느껴졌다.

이제는 저녁 식사를 함께하지도 않는다.

실은 누구보다 상냥하게 대하고 싶다. 그런데 왜 그게 안 되는 걸까.

억지로 거리를 좁히지 않으면 그녀는 멀어지기만 한다. 그렇다고 해서 더 억지로 일을 진행하려 하면 더욱 나를 싫어하겠지. 그렇게 생각하면서도 억지로 굴었던 탓에 나는 몇 번이나 그녀를 무섭게 해 왔다.

미스티아 양의 마음을 얻기 위해서는 어떻게 해야 할까. 무엇을 희생하면 그녀의 마음을 얻을 수 있을까.

하아. 안 돼. 점점 비뚤어지고 있어. 정신 차려야지. 나는 일단 파티장에 와 있다.

나는 정신을 차리고 영식들이 대화를 나누는 방향으로 다가갔다.

〈여름. E의 욕망〉

"저 별은 용사 자리라고 하자. 저게 검이고 옆에는 방패."

"멋지다! 그럼 나는 뭐로 할까."

미스티아와 함께 밤하늘을 올려다보며 별들에 이름을 붙였다.

오늘, 미스티아는 우리 저택에 묵는다. 낮에 도착한 그녀와 놀고, 공부하고, 함께 저녁 식사를 했다. 놀고 나서 함께 목욕하자고 했으나 거절당했다.

그래서 목욕이 끝난 후 별을 보자고 했더니 "체온이 낮아질 테고 여름 감기는 오래가니까 위험해."라며 거절하기에 나는 계속 고집을 부렸다. 그러자 미스티아는 결국 내 말을 들어주었다. 그리고 우린 저택에서 가장 큰 창문이 있어서 별이 잘 보이는 서재에서 별자리를 만들며 노는 중이다.

"그럼 저건 궁사 자리라고 하자!"

미스티아는 열심히 별자리를 만들었다. 그 모습은 평소보다 활발⋯⋯이라기보다는 억지로 분위기를 밝게 만들려는 것처럼 보였다. 이건 내 탓이다. 아니, 고양이 탓이다.

오늘, 정원에서 키우던── 키운다기보다는 정원에 자리 잡은 고양이가 죽었다. 미스티아와 함께 정원을 산책하다가 발견했는데, 죽은 후 시간이 좀 지났는지 이미 손 쓸 도리가 없었다.

고양이의 사체는 둘이서 정원에 묻었지만 미스티아는 고양이보다 나를 걱정하며 "오늘 하룻밤 자고 갈까?"라며 물었다.

그래서 자고 가라고 했다.

그 고양이. 내가 정말 어릴 적부터 정원 주변을 어슬렁거리던 고양이였으니 아마 수명이 다해서 죽었을 것이다. 고양이가 죽은 것은 슬펐지만 엄청나게 슬프진 않았다. 하지만 미스티아가 그렇게 되는 상상을 했더니 그녀를 계속, 계속 꼭 끌어안고 싶었다.

"저기, 주인. 안아줘."

"응?"

미스티아는 당황했다. 별빛을 받은, 붉고 예쁜 눈동자가 흔들린다.

"부탁이야, 주인."

일부러 힘이 없는 목소리로 부탁하자 그녀는 나를 끌어안고 진정시켜 주려는 듯이 등을 쓰다듬어 주었다. 나는 그녀에게 매달리며 물었다.

"……있지. 고양이도 죽을 때 슬펐을까?"

"슬프지 않았을까? 그래도 그보다는 주변 사람들을 걱정했을 것 같아."

미스티아는 뭔가를 떠올리듯이 말했다. 내가 죽을 때 그녀는 나를 걱정할까?

"그래도 모르는 길거리가 아니라 에릭이 바로 발견할 수 있는 정원에서 잠들 듯이 하늘나라로 간 건 행복한 일이 아닐까?"

그녀의 말을 듣고 눈을 크게 떴다. 확실히 고양이는 이곳저곳을 돌아다녔으니 우리 정원이 아니라 다른 곳에서 죽었을 수도 있다. 게다가 병이나 사고로 죽을 가능성도 있었다. 그런데도 오늘 이렇게 삶을 마무리한 것은 좋은 일일지도 모른다. 그런 식으로 생각한 적은 없었기에 놀라면서도 납득했다.

미스티아에게 안겨 창밖을 보니 반짝이는 별이 눈에 들어왔다.

재작년에도 나는 내 방에서 이렇게 밤하늘을 올려다보고는 했다. 하지만 별은 보이지 않았다. 그냥 새까만 하늘뿐이었다.

하지만 지금은 제대로 별이 반짝여 보였다.

이것도 전부 2년 전 미스티아가 정원에서 나를 발견해 준 덕분이다. 나를 발견하고, 나와 함께 있어 주고, 심한 짓을 한 나를 용서해 줬다. 그 후로도 같이 놀아주고, 생일을 축하해 주고, 옆에 있어 줬기 때문이다.

그때 미스티아와 만나지 못했더라면, 나는 지금까지도 어두컴컴한 방 안에서 지냈을지도 모른다. 아무도 알지 못하는 곳에서, 아무도 모르게 죽어버렸을지도 모른다.

……하지만 미스티아가 나를 발견해 줬다.

내게 행복을 주는 것은 그녀뿐이다. 그녀에게 행복을 주는 게 나뿐만이 아니란 사실은 안타깝지만.

게다가 그녀에게 행복을 주려 하는 건 나뿐만이 아니다. 상냥한 그녀가 너무나 좋지만, 왠지 그녀가 상냥하다는 사실이 아쉽게 느껴졌다.

실은 미스티아가 내게만 상냥한 모습을 보여줬으면 좋겠다.

"나랑 같이 있어 줘서, 나를 발견해 줘서 고마워."

솔직한 마음을 그대로 전했다. 이것도 예전엔 하지 못했던 일이다. 하지만 지금은 쉽게 할 수 있었다.

"으음, 나야말로, 내 이야기를 재밌게 들어주고 같이 얘기해 줘서 고마워."

미스티아는 어깨너머로 곤란한 듯한 목소리로 그렇게 말했다.

기뻐서 나도 모르게 그녀의 뺨에 뽀뽀할 뻔했지만 오늘은 참기로 했다. 이대로도 충분히 행복하니까.

지금 나는 장소도, 타인의 시선도 신경 쓰지 않고 지낼 수 있다. 아무것도 무섭지 않다. 내 일상은 변했다. 분명히 행복한 방향으로.

……하지만 가끔 생각한다. 미스티아와 함께라면 그 어두컴컴한 방에 틀어박혀도 좋다고.

그녀와 나. 둘만의 세계. 아무도 방해하지 않는 곳 말이다. 그렇게 하면 고양이가 그랬을 뻔한 것처럼, 그녀를 혼자 두지 않을 수 있다.

하지만 그런 곳은 어디에도 없다. 만일 그런 세계를 만들 수 있다면 좋겠다고 생각했다. 하지만 그것을 그녀가 행복하다고 느낄지는 모르겠다. 나는 그녀를 행복하게 만들고 싶은 것이지, 가두고 싶은 것은 아니다. 그녀는 가족과 사용인을 소중히 여기니까 어딘가에 갇히고 싶지는 않겠지.

……하지만 만일 미스티아가 원한다면, 원해 준다면.

나는 언제든지 그녀와 단둘이 될 것이다. 주변 사람들을 지우고, 없애고, 정말 단둘이.

"저기…… 주인. 슬슬 쉴까?"

"응. 밤이 꽤 깊었네. 이제 잘 시간이야."

내 질문에 미스티아가 끄덕였다.

우리 둘은 서재를 나왔다. 나는 언젠가 올지도 모르는, 그녀와 정말 단둘이 있게 될 때를 생각하며 문을 닫았다.

〈가을. J의 인내〉

"얼마 후에 채용 시험이 있어. 미안하지만 합격할 때까지 못 만나."

사랑하는 연인 미스티아에게 그런 말을 전한 후 2주가 지났다. 나는 국립 도서관의 자습실에서 참고서를 앞에 두고 정신의 한계를 느꼈다.

나도 모르게 다음 데이트 장소를 생각하다가 문제를 풀던 펜이 멈춘 것을 깨달았다. 나답지 않게 의지박약한 모습에 괴로워하며 머리를 싸맸다.

미스티아와 만나고 싶다. 하지만 만날 수 없다. 이건 격리다.

녀석과 만나면 힘이 나지만, 전후 1주일 씩은 아무것도 하지 못한다. 1주 전에는 녀석과 만난다는 기대와 기쁨으로, 1주 후에는 녀석과 만난 기쁨과 반가움으로 가득 차 한심한 상태가 되고 만다.

그러니 제대로 공부해서, 합격해서, 훌륭한 교사가 되어서, 미스티아를 신부로 들여서 행복하게 만들기 위해, 나는 시험에 합격할 때까지 그녀와 만나지 않기로 했다.

하지만 매일, 매시간, 매초, 시험이 끝날 때까지 미스티아와 만날 수 없다는 사실이 나를 좀먹었다. 지금까지도 만나는 빈도가 줄어들거나 못 만나는 기간이 길어진 적은 있었지만 지금은 다르다.

만나지 않겠다고 미스티아에게 선언한 이상, 만나러 갈 수도 없다. 가서는 안 된다. 만나러 갈 수 있는 건 그 녀석이 위험할 때뿐이다.

머리로는 그렇게 생각하면서도 마음은 미스티아를 원하며 방해를 한다. 하아, 안 되겠어. 빨리 만나고 싶어. 지금 당장 만나러 가고 싶어. 만나서, 움직이는 그녀를 보고 싶어. 목소리가 듣고 싶어.

……안 돼. 참아야 해. 지금쯤 미스티아도 나와 만나고 싶은 마음을 참고 있을 것이다. 외로움을 필사적으로 가라앉히며 내가 교사가 될 수 있도록 기도하며 기다리고 있을 녀석을 배반할

수는 없다.

게다가 미스티아는 작년 겨울부터 육아 책을 읽고는 했다. '상처받지 않게 혼내는 법', '나쁜 버릇을 고치는 법', '갱생 대사전' 등, 나와의 미래를 상상하며, 우리 사이에서 생겨난 아이를 위해 벌써 육아 공부를 시작했다. 그런 기특한, 어머니가 될 준비를 하는 그녀의 기대를 배신하는 것은 아버지로서 실격이다.

주먹을 꾹 쥐고 문제집으로 시선을 떨어트렸다. 자습실에서 공부를 시작한 지 3시간. 푼 문제를 채점하며 동그라미를 그려 나갔다. 문제지에서 고개를 들자 자습실에 장식된 그림이 눈에 들어왔다.

은색으로 그려진 말 그림이었다. 언젠가 저런 말을 타고 그녀를 데리러 가고 싶다. 저 그림은 원래 귀족 아카데미를 운영하는 상층부⋯⋯, 이사직을 맡은 공작가가 살던 지역의 강 그림이었으나, 미증유의 역병이 유행하여 다량의 사망자가 난 후에 말 그림으로 바뀌었다고 들었다. 아버지에게서 들었을 땐 딱히 아무 생각도 들지 않았지만 지금 보니 그런 위험한 것이 유행하면 절대로 미스티아를 밖에 내보내지 않아야겠다는 생각이 들었다. 나도 그녀에게 해가 가지 않도록 조심해야지.

미스티아. 보고 싶어⋯⋯.

멍하니 있다가 펜을 떨어트릴 뻔했다. 서둘러 문제지에 시선을 되돌렸다.

솔직히 필기시험은 걱정이 없었으나 문제는 면접이다. 말투를 고치려고 신경 쓰고는 있지만 눈매와 얼굴은 고칠 수 없다. 그러니 최대한 필기에서 점수를 많이 따놔야 한다. 묵묵히 문제지를 바라보고 있자 점심시간을 알리는 종이 울렸다.

뭔가 먹으면서 진정하자고 생각하며 도서관을 나오자, 눈앞에 익숙한 꼬마가 지나가는 것이 보였다.

지긋지긋한 금발. 미스티아의 신랑 후보인지 약혼자인 그 녀석이다. 그 꼬맹이는 꽃다발을 들고 지나가는 중이었다.

꽃다발……. 미스티아에게 주려는 건가?

미스티아는 믿고 있다. 미스티아가 좋아하는 것도, 사랑하는 것도 나뿐이다. 혹시라도 다른 남자에게 한눈을 팔 리가 없다. 하지만, 그래도 나 말고 다른 녀석이 미스티아를 좋아하고, 자상하게 굴고, 뭔가를 선물한다는 것이 짜증 났다.

……망할 꼬맹이. 지금 당장이라도 붙잡아서 혼을 내주고 싶었다. 아니면 미스티아를 납치해서 어딘가 먼 곳으로 떠나고 싶다. 망할 꼬마 녀석의 손이 닿지 않는 곳으로. 하지만 그런 짓을 하면 우리의 비밀 관계가 알려지고 만다. 교사가 된 후 미스티아를 신부로 들이려는 내 계획은 엉망이 된다.

그렇게 편하게 지내는 것도 지금뿐이란다. 네 녀석은 지금 자기가 잘난 줄 알고 미스티아를 제 것처럼 생각하겠지만 녀석의 마음은 예전부터, 그리고 앞으로도 내 거야. 네 녀석이 들어올 틈은 아무 데도 없어. 명심하라고.

마음속으로 선언하며 꽃다발을 끌어안은 그 모습을 계속 노려봤다. 그의 뒷모습은 점점 작아지다가 보이지 않게 되었다.

미스티아는 망할 꼬맹이에게 받은 꽃다발을 어떻게 할까. 성

실한 성격이니 버리지는 않겠지만 분명 나를 떠올리며 곤란해하
겠지. 내 미래의 신부를 곤란하게 만들다니. 역시 쫓아가서 혼쭐
을 내줄까. 그런 생각을 하다가 안 된다며 고개를 가로저었다.

미스티아와 만나지 못해서 짜증 나기도 하지만, 나는 미스티
아와 관련된 일에는 화가 많아지는 기분이다.

나도 아직 어리다니까. 녀석과 만나지 않는 동안 제대로 여유
로운 남자가 되어야지.

밥 먹고 빨리 공부하러 돌아가자.

나는 망할 꼬맹이와는 다른 방향으로 발걸음을 옮겼다.

〈겨울. 미스티아 아렌. 밸런타인 전야 괴담〉

밤이 깊은 시각. 나는 혼자서 부엌에 서 있었다. 눈앞에 있는
것은 제과용 초콜릿……의 산이다.

나, 미스티아 아렌에게 밸런타인 전날은 전투와도 같았다. 약
40인의 사용인에게 줄 초콜릿을 준비할 책무가 있었다. 그 정도
면 개인업자가 만들 만한 양이다. 아니, 그보다 더 많으려나.

발단은 언제였을까. 분명 상당히 오래전 밸런타인에 내가 멜
로를 포함한 모든 사용인에게 초콜릿을 받아서 이의를 제기한
게 원인이었나.

사용인 모두가 감사함을 담았다며 내게 밸런타인 초콜릿을 선
물해줬다. 그 마음은 기쁘지만, 나는 원래 모두에게 도움을 받
는 처지다. 모두가 청소해 주고, 밥을 만들어 주며 여러모로 도

와주기 때문에 내가 편히 지낼 수 있는 거다.

　게다가 이 저택의 사용인들은 "아가씨는 입만 열고 있으세요."라며 식사를 떠먹여 주려고 하거나, "저택 안에선 제가 옮겨드릴 테니 움직이지 않으셔도 돼요."라면서 날 들어서 옮겨주려고 하거나, "아가씨는 아무것도 하지 마세요. 그냥 가만히 있으시면 돼요."라며 편을 들어주는 등, 나를 매우 잘 보살펴 주었다. 너무 잘 보살펴줘서 그 탓에 내가 너무 게을러질 것 같아서 전부 정중히 거절했지만. 받아들였다간 정말 아무것도 하지 못하는 몸이 될 것 같았다.

　그러니 감사한 마음을 전해야 하는 건 내 쪽이다. 입장이 바뀌었다.

　그래서 밸런타인에 사용인들에게 보너스를 주는 것을 아버지에게 제안했으나, 어째서인지 마부 솔 씨와 그에게 동조한 모든 사용인이 "보너스보다는 아가씨의 초콜릿 선물이 받고 싶어요."라고 말하는 바람에 내가 모두에게 밸런타인 초콜릿을 선물하게 된 것이다.

　그러면 보너스가 받고 싶은 사람은 보너스를 받고, 초콜릿이 받고 싶은 사람은 초콜릿을 받도록 신청받으면 되겠다고 생각하여 나도 그 제안을 받아들였다.

　원래, 약 40명으로부터 받은 초콜릿을 전부 먹기는 힘들었다. 모처럼 선물해줬는데 상하기 전에 억지로 먹어야 한다는 사실이 미안했다. 게다가 나는 원래 모두에게 감사해야 할 위치이다. 그래서 좋은 제안이라고 생각했다.

⋯⋯그 길이 가시나무 길이라는 것을 깨달은 것은 작년 밸런타인데이 2주 전.

앙케트 종이를 손에 들고 사용인 모두에게 원하는 것을 물어보며 돌아다녔는데, 어째서인지 사용인 모두가 초콜릿을 원했다. 게다가 어느 가게의 초콜릿이 좋냐고 묻자 모두가 수제 초콜릿을 원했다.

나는 보너스 9할, 드물게 초콜릿 1할 정도를 예상했는데, 설마 다들 수제 초콜릿을 원할 줄은 몰랐다.

전원의 호불호, 알레르기를 조사하여 위생과 식중독을 신경쓰면서 약 40인분의 초콜릿을 준비하는 것은 간단한 일이 아니다. 밸런타인데이 전날 초콜릿을 만드는 건 가히 전장이었다. 나는 작년 이맘때쯤, 전쟁터에 나간 병사 입장이었다.

하지만 그 괴로움도 초콜릿을 받은 모두의 웃음을 보고 전부 날아가 버렸다.

그래서 잊고 있었다. 2월에 돌입할 때까지 밸런타인데이의 존재 자체를. 그리고 저번 주 부모님이 "올해도 레이드 군에게 줄 초콜릿을 고르러 시내로 나갈 거지? 아버지도 같이 가마.", "엄마도 미스티아랑 외출하고 싶어."라고 말한 덕분에 떠올렸다.

레이드 녹터에게 줄 초콜릿은 이미 준비했다. 두근러브 세계에서 밸런타인데이는 '남녀 사이의 필수 행사. 약혼 관계라면 더욱 필수'라는 이미지의 행사였다. 젊은이들 사이에 유행하는 행사가 아니라, 거의 연말, 명절 정도의 의미를 지닌 행사였다. 역시 연애 시뮬레이션 게임이다.

그래서 레이드 녹터와 행복한 약혼 파기를 이루지 못한 지금, 초콜릿을 선물하는 것은 '상식'이었다. 그래서 최대한 미래에 지장이 가지 않을 만한 무난한 초콜릿을 골랐다.

하트 모양도 없고, 빨간색이나 분홍색이 들어가지 않고, 레이드 녹터의 어린 동생, 자르드 군이 잘못해서 먹어버리지 않을 만한 포장에, 원재료에 알코올이 들어가지 않은 것. 그 조건을 충족한 초콜릿을 가게에서 발견하여 밸런타인데이에 레이드 녹터의 저택에 보내도록 배송을 요청해놨다.

어머니는 하트 모양이 좋지 않냐며 세 번이나 물었으며, 더 나아가 수제 초콜릿이 좋지 않냐는 말까지 했다. 하지만 그렇게 연애 감정이 담긴 것 같은 선물은 하고 싶지 않았다. 애초에 그는 밸런타인데이에 대한 고집이 있는지, 작년 이맘때쯤 사용인들에게 수제 초콜릿을 주냐며 묻기에 내가 긍정하자 "밸런타인에 수제는 좀……."이라며 꺼림칙한 표정으로 말했다. 원하지 않는 약혼자라고 해도 수제를 싫어하는 사람에게 수제를 선물하는 것은 좋지 않은 일이다.

그렇게 레이드 녹터의 초콜릿은 준비를 끝내놓고 다시 전장으로 돌아왔다.

확인을 위해 우선 알레르기 표를 훑었다. 올해 다시 모두에게 물어보며 작성한 것인데 작년과 같았다. 알레르기 내용부터 인원까지……. 인원까지……?

여름에 사용인을 새로 고용했을 텐데 사용인 수가 늘어나지 않았다.

그럴 리 없는데. 매년 증원하고 있을 텐데. 그런데 왜 변함이 없는 거지? 늘어난 사람들은 대체 어디로 가 버린 거지?

등골이 오싹해지는 기분이었다.

이거, 혹시 7대 불가사의 같은 거 아니야……? 그런 생각을 떠올리자마자 뒤에서 덜컹 하는 금속음이 들려왔다. 흠칫거리며 뒤를 돌아보니, 거기엔 검고 긴 머리를 늘어트리고 멍한 눈으로 나를 바라보는 여자도, 단발머리를 하고 씨익 웃는 인형도 없었다. 그저 조리 기구가 떨어진 것뿐이었다.

휴우. 다행이다. 이게 공포 게임이었다면 지금쯤 난 죽었을 것이다.

심호흡을 하고 손을 씻은 후, 다시 초콜릿 산에 시선을 뒀다.

자, 올해도 모두의 웃음을 위해 힘내자.

나는 작년 본 사용인들의 웃음을 떠올리며 초콜릿 산에 손을 뻗었다.

13세

〈봄. R의 계기〉

미스티아 양의 생일로부터 10일이 지났을 때. 나는 내 방에서
그녀가 보내온 편지를 봉투도 뜯지 않고 바라보는 중이다.

올해도 그녀의 생일 파티에는 초대받지 못했다. 작년, 그녀의
생일을 축하하지 못했다며 말을 꺼냈지만 13세 생일도 가족과 사
용인들끼리 파티를 할 예정이라 초대하지 못한다며 거절당했다.

그렇다면 생일 1주일 전에 만나 달라고 부탁했지만 그녀는 그
부탁에도 떨떠름하게 반응했다.

억지로 나가지 않으면 미스티아 양과 만나지 못한다는 사실을
알고 있는 나는 "그러고 보니 크리스마스이브는 작년, 재작년
둘 다 하임가의……."라고 반쯤 협박하듯이 말하여, 그저께 아
렌가의 저택에 찾아가 그녀의 생일을 축하할 수 있게 되었다.

선물은 꽃으로 정했다. 다알리아 꽃다발이었다. 다양한 색을
조합했는데, 그중에서도 미스티아 양은 노란색 다알리아를 빤
히 쳐다보더니 왠지 쓸쓸한 목소리로 꽃의 이름을 말했다. 뭔가
추억이 있는 걸까. 어쩌면 예전에 다른 누군가에게 같은 꽃을
받았을 가능성도 있다.

그러니 내년엔 나만이 줄 수 있는 것을 미스티아 양에게 선물
하고 싶다.

분명 그녀는 겨울에 메이드에게 받은 머플러, 하임가 영식에게 받은 장갑 등을 착용하고 있었다.

나도 그녀에게 그런 선물을 하고 싶었다.

서랍에서 페이퍼 나이프를 꺼내 조심스레 편지에 가져다 댔다. 아마도 내용은 다알리아 선물에 대한 감사 인사겠지. 내용을 예상하다 보니 문득 한 생각이 뇌리를 스쳤다.

몸에 착용하는 것을 선물하려면, 뭘 선물해야 좋지? 생각해 봐도 전혀 떠오르지 않았다. 그리고 아무 생각도 나지 않는 내게 놀랐다.

내가 미스티아 양에 관해 알고 있는 것은 단 것을 싫어하지 않고, 음악에 별로 흥미가 없다⋯⋯와 같은 사소한 취향뿐이다. 명확히 뭘 좋아하고 뭘 싫어하는지, 전혀 알지 못했다.

미스티아 양이 좋아하는 색——. 그녀가 좋아하는 색은 뭘까. 노란색 다알리아를 빤히 쳐다봤으니 노란색? 하지만 그 후에는 빨간색 꽃도 쳐다봤다.

나는 미스티아 양에 관해 아무것도 모른다. 지금까지 나는 알려고 한 적이 없었나? 그녀를 제대로 지켜보지 않았나? 아니, 그렇지 않다.

생각을 털어내듯이 머리를 흔들자 미스티아 양의 주변에 있는 사람들의 얼굴이 떠올랐다. 분명 그녀를 웃게 만드는 사람은 다들 그녀의 취향을 알고 있을 것이다. 무엇을 싫어하는지도 정확히 파악하고 있으니 그녀를 기쁘게 만들 수도 있겠지.

하지만 나는 모른다. 약혼자인데도, 미스티아 양의 취향도 무엇도. 이미 만난 지 2년이나 지났는데 아무것도 모른다. 흥미가 없던 것도 아니었는데. 제대로 알아보려고 했을 텐데도.

머리에 화가 오르듯이 열이 나며 지끈거렸다. 거칠어지는 호흡을 가다듬고 심호흡을 하며 미스티아 양의 모습을 떠올렸다. 그러다 딱 하나, 생각나는 것이 있었다.

처음 만났을 때 그녀가 관심을 보였던 체스 보드.

아마 나와 연관된 물건 중 미스티아 양이 가장 흥미를 보였던 것은 체스 보드였을 것이다. 체스를 둔 후 그녀가 하는 말이 마음에 들지 않아 기억에서 지우고 있었지만, 지금 떠올려 보면 그녀는 체스를 둘 때 즐거워 보였다.

그 순간이 없었으면.

그때, 나는 그녀에게 나를 싫어하냐고 물었다. 조금 심술을 부린 것뿐이었는데 그녀는 매우 두려워했다.

시간을 되돌릴 수 있다면 좋을 텐데. 기억을 지닌 채로, 미스티아 양을 향한 감정을 남긴 채로 다시 시작할 수 있으면 좋을 텐데.

그런 일은 아무리 기도하더라도 이루어지지 않겠지. 생각해봤자 불가능한 일이다. 결국 소중한 것은 현재와 미래다.

후회하고 있을 때가 아니다. 생각을 바꾸자. 내가 줄 수 있는 것 중 그녀가 기뻐할 만한 것은 무엇일까. 그녀의 말을 떠올리다가 문득 예전에 그녀가 내게 한 말이 생각났다.

——저는 레이드 님이 소중하다고 생각하는 분을 찾았을 때, 약혼을 파기할 수 있도록 반드시 힘을 보탤게요.

미스티아 양이 처음 내게 부탁했던 것. 내가 운명을 느끼는 사람과 만났을 땐 그녀에게 말해달라는 것.

그게 어떤 의미를 지녔는지, 지금은 확실히 이해할 수 있었다. 맞아. 그녀의 부탁은, 원하는 것은, 처음부터 정해져 있었다.

"자유, 려나……."

중얼거리다가 내 목소리가 떨린다는 것을 알아챘다.

미스티아 양과 처음 만난 날, 그녀는 말했다. 언젠가 내게 운명의 상대가 나타나서 약혼을 파기해야 할 날이 올지도 모른다고.

미스티아 양은 내게 운명의 상대가 나타날 것이라고 말했지만, 만일 운명의 상대가 이 세계에 있다면 분명 그건 미스티아 양일 것이다. 하지만 그녀의 운명의 상대는 내가 아니다. 언젠가, 그녀는 다른, 그녀의 운명의 상대와 이어질 날이 온다. 그렇게 나를 떠나는 날이 올 것이다.

그날이 온다면, 나는 반드시 그녀의 걸림돌이 되겠지.

나는 좋아하는 사람의 행복을 바랄 수 없다.

그렇게 인식하자 방금까지 열이 끓어오르는 듯하던 머리가 급속히 차가워지는 것이 느껴졌다.

미스티아 양의 목도리를, 장갑을 칭찬했을 때, 그녀는 분명 웃었다. 그때 나는 그저 분했고, 불타오르는 듯한 질투를 느꼈다.

──결혼은 사랑하는 이들끼리 하는 거니까요. 평생 백년해로할 상대요.

처음 만났을 때, 미스티아는 내게 그렇게 말했다. 처음엔 받아들이지 못했던 그 말을, 계속 마음에 두고 있던 시기가 있었다.

하지만 지금은 다르다. 사랑하는 관계가 아니더라도 결혼은 할 수 있다. 미스티아 양은 경험으로 그 사실을 알게 되리라고 생각했다.

나는 손에 든 편지를 바라보며, 나이프로 단숨에 봉투를 찢었다.

〈여름. J의 데이트〉

오늘은 미스티아와 1년 만에 데이트하는 날이다. 설레는 마음을 가라앉히려 했으나 들뜨는 마음은 어쩔 수 없었다. 빨리 보고 싶다. 만나고 싶다. 빨리, 나의 미스티아와 만나고 싶어.

연인과의 만남도 끊고 공부에 집중하여 교원 채용 시험에 무사히 합격한 나는 내년 봄부터 교사로 일하게 되었다. 게다가 취임할 아카데미는 학군을 생각해 보면 아마 미스티아가 다니게 될 귀족 아카데미. 2년만 있으면 그 녀석이 입학하게 될 것이다.

미스티아를 신부로 들이기 위한 첫걸음을 무사히 내디딜 수 있어서 기뻤다. 그 녀석과 만나는 시간이 늘어나는 것도 기뻤다. 게다가 합격한 덕분에 녀석과 자유롭게 만날 수 있게 되었다.

그리고 오늘, 드디어 미스티아와 데이트하는 날이 찾아왔다. 설레는 마음을 감추지 못하고 다리를 떨고 있다 보니 어느새 마차는 녀석의 저택 앞에 도착했다. 마부가 문을 여는 것을 기다리지 않고 바로 마차에서 내리자 이미 미스티아는 문 앞에 나와서 기다리고 있었다. 키가 커졌고 아이 같은 인상이 줄어들었으며 외모에선 늠름함까지 느껴졌다.

"와, 오랜만이네."

"오, 오랜만이에요."

미스티아는 조금 긴장한 듯했다. 어쩌면 나와 오랜만에 만난 것이 너무 기대되어서 머리가 새하얘진 것일지도 모른다. 나도 마찬가지였다. 마차에 태우기 위해 손을 내밀자 미스티아는 주저하면서 내 손을 잡았다.

좌석에 앉은 것을 확인하고 마부에게 출발 신호를 보내자 마차가 달리기 시작했다.

오늘은 시내로 나갈 예정이다. 시내에 가서 함께 가극을 보고 식사를 한 후 옷가게를 돌아볼 예정이다. 오늘만큼은 연인처럼 행동해도 용서해 주겠지.

하지만 벌써 기대감이 너무 커져서 큰일이었다. 입꼬리가 느슨해졌다. 들키지 않도록 창밖으로 시선을 옮기자 미스티아가 "저기……." 하며 포장된 무언가를 건넸다.

"저기, 괜찮으시다면, 이거, 합격 축하 선물, 이에요."

"합격 축하 선물……?"

작은 상자였다. 미스티아가 내게 합격 축하 선물을……? 눈앞에 벌어진 상황을 아직 이해하지 못했다.

"그리고, 승마 연습 답례도 포함해서요."

미스티아가 덧붙여 말했다. 뭔가 마음에 걸리는 말투였다. 왜인지 생각하던 나는 떠올렸다.

……오늘은 미스티아와 내가 처음 만났던 날. 다친 나를 이 녀

석이 치료해준 날. 우리의 첫 만남 기념일이다. 왜 지금 승마 연습 답례를 하는지 의아했으나 합격 축하 겸 기념일 선물이었잖아. 중요한 날인데 미스티아와 만나는 게 기뻐서 완전히 잊고 있었다. 나는 몹쓸 연인이었다. 미스티아는 제대로 나와의 기념일을 기억해 줬는데.

"열어봐도 돼?"

"네."

포장을 열자 말을 모티브로 만든 장식이 나타났다. 곳곳에 작은 보석으로…… 내 눈동자 색과 같은 색이 섞여 있었다.

"저, 북엔드예요. 요즘 책을 많이 읽으신다고 들어서……."

"고마워. 기뻐."

미스티아는 내게 줄 선물을 고민하다가 아버지에게 최근 내가 책을 자주 읽는다는 이야기를 들었나 보다. 이렇게 기특할 수가. 확실히 요즘 나는 책을 많이 읽는다. 교사로서 필요하게 될 교재 자료뿐만 아니라 좋은 연인, 좋은 아버지가 되기 위한 안내서, 그리고 연애소설도 읽는다.

아버지 앞에서는 연애소설을 읽지 않았으니 무슨 책을 읽는지는 모르……겠지?

미스티아를 위해서라곤 하지만 연애소설을 읽는다는 사실을 들키면 조금 부끄럽다. 소설 속 등장인물에 나와 미스티아의 모습을 겹쳐보며 망상한다고 오해하면 죽고 싶어질 것이다. 나는 그저 여자 주인공과 이어지는 남자 등장인물의 말이나 행동을 보고 공부하는 것뿐이다.

하지만 공부만 했을 뿐, 전혀 실행하지 못했다. 게다가 등장인물 녀석들은 꼬마애들처럼 욕을 하거나 합의 없이 스킨십을 하기도 해서, 참고가 될 만한 것은 대부분 여자주인공과 이어지지 않는 남자 캐릭터의 말뿐이었다.

이어지지 않는 남자의 말을 참고하는 건 좋지 않다고 생각했지만, 애초에 나는 미스티아와 함께 있으니 신경 쓸 일이 아니라고 생각했다.

"소중히 여길게."

내가 감사 인사를 건네자 미스티아는 그것만으로도 부끄러워하는 듯한 표정을 지었다. 귀여워. 소중히 여길 거야. 평생, 너를.

마음속으로 중얼거리며 천천히 말 장식을 창문으로 들어오는 빛에 비췄다. 장식은 마치 보석처럼 빛났다. 그게 앞에 있는 미스티아와 똑같다고 생각하며 나는 장식을 손가락으로 쓰다듬었다.

〈가을. E의 거래〉

"나, 내년에 아카데미에 입학해."

찻잔을 바라보던 미스티아에게 말을 걸자 그녀는 고개를 들었다. 오늘은 아렌가의 저택에서 단둘이 티타임을 즐기는 중이다. 방해하는 사람도 없다. 매우 기쁜 일이지만 내 기분은 좋기는커녕 점점 우울해지기만 했다.

나는 내년에 진학한다. 매주 5일간 아침부터 저녁까지 아카데미에 있어야 한다. 그러니 그사이엔 미스티아와 만날 수 없다. 주 2일은 휴일이지만 그녀에게도 볼일이 있을 터. 항상 만날 수는 없을 것이다.

내년 1년간은 미스티아와 만나는 시간이 지금보다 훨씬 줄어들 것이다.

1년만 참으면 그녀도 같은 아카데미에 입학하겠지만, 그때까지는 만나지 못한다.

나는 미스티아만 있으면 되는데. 왜 우리가 떨어져 있어야 하는 거야.

그녀와는 한 살 차이밖에 나지 않아서 나이 차를 의식한 적 없었는데, 지금은 그 한 살 차이가 매우 크게 느껴졌다. 그녀는 1년 늦게 입학하고 나는 1년 빨리 졸업한다. 그게 너무 길게 느껴져서 괴로웠다.

내가 1년 빨리 태어났고 미스티아가 1년 늦게 태어났을 뿐인데 만나는 시간이 이렇게나 많이 줄어들어 버린다. 동갑이었다면 떨어져 있지 않아도 되는데.

함께 아카데미에 입학하고, 함께 졸업하고, 아카데미에서도 계속 같이 있을 텐데.

"입학 축하해."

미스티아는 축하 인사를 건넸다. 그녀가 하는 말은 뭐든지 기쁘게 들었지만 오늘은 기뻐할 수 없었다.

"주인이랑 같이 입학하지 못해서 쓸쓸하지만 계속 기다리고 있을게."

내 말에 그녀는 생각에 빠졌는지 바닥을 바라봤다. 그러나 바로 고개를 들고는 초조한 듯이 입을 열었다.

"그, 그, 유, 유급하면, 안 돼. 절대 안 돼."

미스티아는 불안한 눈으로 나를 봤다. 그녀의 눈이 나만을 담고 있다. 기쁘다. 유급은 나도 몇 번이나 생각해 본 적이 있었다. 내가 유급하면 그녀의 아카데미 생활 3년간 함께 지낼 수 있다. 선후배의 격차도 사라진다.

······하지만.

"안 할 거야. 나한테는 하고 싶은 일이 있거든."

미스티아와 계속 함께 있기 위해서는 꼭 해야 하는 일이 있다.

3년 전엔 용기를 내는 것만으로도 충분했지만, 지금은 그것만으로는 안 된다. 나는 한 걸음을 더 내디뎌야 했다.

그녀와 함께 있기 위해, 그녀의 옆에 계속 있기 위해. 그러기 위해서 제대로, 그녀보다 1년 빨리 졸업할 것이다. 그녀가 아카데미에 있는 사이에, 그녀가 아카데미 생활에 쫓기는 동안 나는 단둘이 계속 같이 있을 수 있는, 영원히 행복하게 지낼 수 있는 그런 장소를 만들 것이다.

3년 전에 만든 마을처럼, 우리의 이상이 담긴 세계를. 우리만의 행복한 세계를.

"하지만 유급도 괜찮을 것 같네. 그렇게 하면 입학식도 같이 갈 수 있으니까!"

장난스럽게 웃자 미스티아는 눈에 띄게 얼굴이 창백해졌다. 귀여워. 내 한마디에 그녀의 표정이 점점 바뀐다. 모든 표정을 소유하고 싶었다. 하지만 우는 얼굴은 별로 보고 싶지 않다.

"농담이야. 장난쳐서 미안해. 주인."

그렇게 말하자 그녀의 표정에서 불안이 사라졌다. 평소 얼굴로 돌아왔다. 평소 얼굴도 웃는 얼굴도, 미스티아의 얼굴은 전부 내 것이다. 다른 누군가에게 절대 주지 않을 것이다.

……그러니 내가 제대로 네 이름을 부를 수 있을 때까지, 제대로, 기다려 줘.

"주인, 정말 좋아해!"

미스티아를 향해 웃어 보였다. 그녀는 조금 곤란한 눈으로 나를 봤다. 그 표정도 전부 내 것이다.

나는 그녀에게 미소 지으며 들고 있던 찻잔에 남은 홍차를 전부 마셨다.

〈겨울. 미스티아 아렌. 행방불명 괴담〉

겨울의 한기가 조금 가시기 시작한 요즘. 나는 평소와 다르게 초조했다.

사건의 발단을 되짚어보자면 바로 어제. 아침 식사를 할 때 아버지 지인인 백작의 딸이 유학한다는 이야기를 들었다.

백작가의 영애가 무역을 공부하려 한다. 세계를 직접 눈으로 보고 견문을 넓히고 싶다면서 유학을 떠났다고 한다. 아버지는 그 이야기를 듣고 불안해졌다면서 내게 말했다.

나는 유학한다고 한마디도 하지 않았는데 쓸쓸하다며 우는 아버지를 본체만체하며 요리장 라이아스 씨가 열심히 만들어 준 오믈렛을 먹다가 문득 깨달았다.

그래. 유학이다.

아직도 이어지고 있는 레이드 녹터와의 혼담은 최근, '졸업하면 식을 올리자'라는 구체적인 이야기로 진화했다.

처음부터 나와 그의 약혼은 결정된 사항이었지만, 결혼식, 혼인 신고로 이어지는 스케줄은 애매하기만 했다. 그건 애초에 내가 외동딸이고, 부모님이 자식을 더 낳지 않고 셋이서 사이좋게 살자고 결정했으며, 그런 나의 약혼자가 녹터가의 외동아들인 레이드 녹터로 결정된 탓에 후계 문제가 앞을 가로막았기 때문이다.

그러던 참에 부인이 임신하여 남자아이를 낳았다.

요컨대, 녹터가에게 후계자가 생긴 것이다. 게다가 레이드 녹터는 "나는 미스티아와 결혼하면 아렌가도 소중히 여길 거야. 그러니 제대로 아렌가가 계속 유지되었으면 좋겠어."라며 간접적으로 상속 포기 의사를 밝혔다.

따라서 레이드 녹터를 아렌가의 데릴사위로 들이는 것, 결혼식 날짜 등 구체적인 이야기가 나오기 시작했다.

그러니 혼담이 더 구체적으로 이어지기 전에 약혼을 파기해야 한다.

지금까지 나는 부모님에게 약혼 파기에 대해 대놓고 이야기한 적이 없었다.

10살 땐 진지하게 들어주지 않으리라고 생각하여 얘기하지 않았다. 11살 땐 녹터 부인이 자르드 군을 출산했기에 몸을 보살펴야 할 그녀를 불안하게 만들고 싶지 않아서 얘기하지 않았다. 12살 때도 같은 이유였다. 육아는 육체적, 정신적으로 부담이 된다고 책에서 읽었다. 아들의 약혼 파기 이야기가 나오면 부인에게 좋지 않을 듯하여 얘기하지 않았다.

그리고 지금 나는 13살. 원래라면 중학교 1학년이 될 나이. 초등학교도 졸업했을 나이다. 부모님에게 약혼에 관한 상담을 하면 진지하게 들어주실 만한 나이가 되었다.

녹터 백작과 부인에게 얘기하는 것은 나중으로 미루고, 우선 레이드 녹터에게 이 이야기를 꺼내자!

그렇게 결심한 나는 올해 여름, 그에게 "저기, 정말 이기적인 이야기지만……."이라며 서론을 꺼낸 후, '약혼을 파기해 보는 건 어떨까요?'라고 말하려고 했다.

말하려고 시도는 했다.

하지만 그러지 못했다. 중간에 누군가가 방해한 것은 아니었다. 내가 '약혼을 파기해 보는 건 어떨까요?'의 '약'을 말한 순간, 그가 "약혼은 절대 파기하지 않을 텐데 뭐가 이기적인 이야기야?"라며 웃었기 때문이다.

게다가 "같은 이야기를 몇 번이나 듣는 건 유쾌하지 않아."라고 이어 말했다. 내 마음은 순식간에 공포로 가득 차서 마음을 접을 뻔했다. 하지만 그래도 어떻게든 마음을 다잡은 후, 입을 열려고 하자 "내 이야기 제대로 들었지?"라며 그가 노려본 것이다.

내 마음은 꺾였다. 꺾이고, 산산조각이 났다.

그 후로 반년이 지나 아직도 우울한 일상을 보내고 있는 내게 백작가 영애의 유학 이야기는 하늘의 계시처럼 느껴졌다.

나도 그 영애처럼 '미스티아 유학 가고 싶어!'라며 고집을 부려 요구하면 된다.

에릭과는 서서히 적절한 친구 관계를 구축하려고 노력했지만 아직도 주인 호칭을 고치지 못했다. 귀족 아카데미에 입학하여 에릭과 주인공의 만남 이벤트가 제대로 발생하여 그가 갱생하는 것을 확인한 후, 그대로 외국으로 떠나자. 완벽한 시나리오라고 생각했다.

그 후는 그저 해외에서 공부하면 된다. 분명 1년이 지났을 때쯤엔 누군가가 주인공과 마음이 통했겠지.

만일 상대가 레이드 녹터라도, 내가 유학하는 바람에 약혼이 흐지부지되고, 그사이에 좋은 사람을 만났으니 어쩔 수 없다는 분위기가 되어서 나는 그와 자연스럽게 약혼을 파기할 수 있을 것이다.

양쪽 가문에 피해도 없다. 완벽한 작전이다.

그 완벽한 작전에 우쭐해진 나는 아침 식사를 마친 후 집사 루크에게 최대한 빨리 유학 자료와 서류를 준비해 달라고 부탁했다.

유학 서류는 그날 오후에 도착했다. 운명이 느껴졌다.

서류는 취득 제한이 있었다. 1인당 3부만 받을 수 있고, 그 후에는 신청할 수 없었다. 그 가문의 사용인이 신청할 수도 없다는 이야기를 들은 나는 한 부는 예비로 서랍에 넣어두고 남은 두 부를 전부 작성했다. 작성을 마쳤을 땐 이미 해가 진 상태였다.

오늘 밤은 푹 잘 수 있겠다고 생각하며 잠자리에 들었는데, 다음 날 아침 눈을 떴을 땐 어째서인지 책상 위에 있던 유학 신청 서류가 휑하니 사라져 버렸다.

방 안을 뒤지다가 아침 식사를 마치고 수색을 재개했다. 서류를 찾지 못한 채로 지금에 이른다.

"왜 없지……? 왜? 왜지?"

나는 반쯤 절망하면서 혹시 몰라 복도를 뒤지기 시작했다. 암벽 등반을 하다가 생명줄이 끊어져 버린 것처럼 불안했다. 아니, 암벽 등반은 해 본 적 없고 지금 그런 걸 생각할 때가 아니다.

버린 것도 아니었다. 책상 위에 올려두기만 했다. 창문도 열어두지 않았다. 그저께부터 바람이 들어온 적은 없다. 어딜 찾아봐도 보이지 않았다. 팸플릿조차 보이지 않았다.

실수로 버렸나……?

하지만 어제는 아무것도 버리지 않았는데……. 기억을 뒤지고 있자 어느샌가 뒤에 멜로가 다가와 있었다. 멜로가 "뭘 찾고 계세요?"라고 물었다.

"으음. 유학 자료가 사라져서……."

"그렇군요…… 저도 같이 찾아드리고 싶지만 지금 급한 일이 생겨서요. 도와드리지 못해서 죄송해요."

"괜찮아, 멜로. 나는 신경 쓰지 마."

"죄송해요, 아가씨. 끝나는 대로 바로 도와드릴게요……."

미안한 표정으로 멀어지는 멜로를 배웅했다.

괜찮다고 말하긴 했지만 매우 상황이 좋지 않다. 전혀 괜찮지 않았다. 땀이 폭포처럼 흐르기 시작했다.

무엇이 큰일이냐면, 유학 신청 서류는 취득 제한이 있다. 분실하면 끝. 유학은 불가능하다.

그게 없어졌다는 것은 내 해외 도망, 즉, 유학의 길이 막혀버렸다는 뜻이다.

일단 복도를 뒤로하고 현관 주변을 살폈다. 그래도 전혀 보이지 않았다. 소각로도 살펴보기 위해 찾아가 보니 이미 청소한 후였다.

어쩌지. 3부나 받아놓고 전부 잃어버리다니 어떻게 이런 일이.

"……잠깐. 3부?"

내 기억에 걸리는 것을 찾아냈다. ……내가 어제 기입한 것은 2부뿐이다. 남은 한 부는 기입하지 않은 채로 서랍에 넣어뒀다.

서랍은 절대 건드리지 않았으니 분명 있을 것이다. 살길을 찾은 나는 방으로 달려갔다. 숨을 헐떡이며 방에 도착해 문을 열자, 무슨 운명의 장난인지 레이드 녹터가 방 안에 있었다.

"안녕, 미스티아."

"어…… 아, 안녕하세요."

우아하게 웃는 레이드 녹터가 부자연스럽게 책상에 손을 얹고 있었다. 시선을 그쪽으로 돌리자, 쓰러진 꽃병과── 흠뻑 젖은 유학 신청 서류가 있었다.

"어……?"

"미안해. 꽃을 보고 있었는데 손이 미끄러져서, 책상이나 바닥은 괜찮은데 마침 여기에 물이 쏟아져버렸어."

"유, 유학, 내, 유학 서류……."

서류는 글씨가 물에 녹아 흰 종이로 변해 있었다. 원래대로 돌려놓는 것은 불가능했다. 레이드 녹터는 내 말을 듣고 놀라며 어깨를 늘어트렸다.

"어, 유학 신청 서류였구나. 물 때문에 잉크가 젖어서 이건 못 쓰려나……. 정말 미안해."

의미를 알 수 없었다. 이 상황이 이해되지 않았다. 왜 방에 그가 있는지도 모르겠고, 서랍에 들어있어야 하는 유학 서류가 왜 나와 있는지도 모르겠다.

"……그러고 보니 유학 서류는 취득 제한이 있었지? 책임지고 내가 구해볼 테니까 안심해."

레이드 녹터는 내게 다가와 안심시키듯이 어깨를 두드렸다. 고마운 말이고 감사할 따름이었지만 정체를 알 수 없는 공포가 느껴졌다. 그건 그가 왠지 안심한 것처럼 보였기 때문이다. 마치 암벽 등반을 하다가 추락할 뻔했는데 안전장치가 작동한 듯한, 마치 아슬아슬하게 위기를 피한 듯한 표정.

"정말로 미안해."

그렇게 미소 짓는 레이드 녹터의 눈은 웃고 있지 않았다. 나를 옥죄는 듯했다. 나는 몸을 떨면서 주춤거리며 고개를 끄덕였다.

14세

〈봄. J의 일상〉

아카데미 내에 있는 빵집 봉투를 들고 직원실로 걸어갔다. 봉투 안에는 과일빵, 치즈빵, 크림빵이 들어 있었다.

미스티아가 입학하면 뭐가 맛있는지 알려주기 위해 식당에서도 빵집에서도 매일 다른 것을 주문했는데, 오늘 점심은 이것이었다. 대부분 단 것들. 솔직히 단 건 그리 좋아하지 않는다. 좋아하지 않는 수준이 아니라 싫어하는 편이다. 하지만 그 녀석을 위해서라면 뭐든 먹을 수 있다. 사랑의 힘이다.

하지만 빵집과 식당에는 단 종류의 빵이 많았다. 역시 달기만 한 빵은 힘들었다. 조금은 생선이나 고기를 사용한…… 파이나 키슈를 하나라도 놔 줬으면 좋겠다. 그것도 빵의 한 종류니까.

하지만 그와 비슷한 것이라고는 전혀 찾을 수 없었다.

미스티아가 입학할 때쯤엔 늘어나려나……? 하지만 빵집과 식당 메뉴는 약 6년마다 주기적으로 변하고, 이미 작년에 한 번 교체되었다고 들었다. 그렇다면 미스티아가 입학해도 메뉴는 올해와 똑같겠지.

……맛있는 걸 찾아야겠어.

미스티아가 입학할 때 멋지게 메뉴를 추천해 주고 싶다.

연인을 떠올리며 봉투 안에 든 빵에서 시야를 돌렸다. 하품을 참고 있자 문득 학원장실을 향해 걸어가는 백발 남자가 눈에 들어왔다. 뒷모습밖에 보이지 않았지만 장발을 흔들며 시종과 학원장을 대동하고 걸어가고 있었다. 그 머리카락 색이 순간 미스티아의 전속 메이드와 비슷해서 놀랐지만 잘 보니 다른 느낌이었다.

남자의 옆에서 걷는 학원장은 아부를 떨 듯이 고개를 몇 번이나 숙였다. 학원장보다 윗사람…… 막대한 금액을 기부한 보호자거나 이사회 쪽 사람이겠지.

그들에게서 시선을 돌려 복도의 창문을 바라보며 걷고 있자 이번엔 창밖으로 학생들이 점심을 먹는 모습이 보였다. 야외 정원에 놓인 벤치에서 각자 빵집의 봉투, 저택에서 가져온 소풍용 바구니를 펼치고 있었다.

……맞아. 먹을 장소도 찾아야 해.

최대한 사람들의 눈에 띄지 않는 곳. 그러면서도 분위기가 좋은 곳이어야 해. 그리고 경치도 좋아야 하고……, 장소 후보를 떠올리고 있자 낯익은 얼굴이 여학생을 데리고 다니는 모습이 보였다.

분명 미스티아의 저택에서 나왔던, 약혼자가 아닌 쪽……, 예비 신랑 후보. 이 아카데미 학생이었나.

꼬마가 점심을 먹으러 가는 건지는 모르겠지만 마치 후궁을 거느린 것처럼 양팔에 여자를 끼고 있었다. 미스티아에겐 이제 관심이 없어진 건가.

하지만 미스티아는 귀엽다. 솔직히 다른 사람의 얼굴엔 관심이 없었고 다들 비슷하게 생겼다고 생각했지만, 그런 내 눈에도 귀여워 보일 정도로 그 녀석은 귀엽다.

그런 귀여운 미스티아를 저런 바람둥이 같은 녀석이 가만히 둘 리가 없다. 분명 손을 댔을 것이다. 그러지 않았더라도 싫어하는 미스티아에게 뭔가 나쁜 짓을 하려고 생각한 적은 있을 것이다.

짜증이 났다.

날려버리고 싶었다. 손을 댔다면 더는 미스티아에게 손을 대지 못하도록, 손을 대지 않았다면 앞으로도 미스티아에게 손대는 일이 없도록 양팔을 부러트리고 싶었다.

……아냐. 그런 짓을 했다간 미스티아가 슬퍼하겠지. 상냥한 아이니까. 평화주의고. 정의롭고. 저 망할 꼬마 녀석. 갑자기 숨이라도 끊기면 좋을 텐데.

"선생님―."

분을 풀기 위해 바닥만 노려보고 있자 갑자기 누군가가 어깨를 두드렸다. 서둘러 뒤돌아보니 동기 교사가 서 있었다.

"제이 선생님도 참!"

"네?"

"점심시간 곧 끝나요. 안 와서 찾았잖아요."

아, 미스티아를 생각하다가 멍하니 서 있었나. 아마도 몇 번이나 불렀는데 내가 반응하지 않았던 모양이다. 내년 담임을 맡을 수 있도록 동기를 포함한 교사진들의 신뢰를 얻어야 하는데.

"죄송해요. 학생 생각을 하다가 저도 모르게……."

"열심인 건 좋지만…… 가끔은 쉬어줘야죠."

"신경 써 줘서 고마워요."

잠깐 학생을 날려버릴 방법을 궁리하고 있었다고 말할 수 없었기에 얼버무리자, 동기는 나를 생각이 많은 신임 교사라고 생각한 모양이었다. 떠나가는 뒷모습을 배웅하며 손목시계를 확인해 보니 점심시간이 반밖에 남지 않았다.

나는 적어도 빵 하나쯤은 먹어보자고 각오를 다진 후 직원실로 향하는 속도를 높였다.

〈여름. E의 보편〉

"재미없어—."

수업 사이의 쉬는 시간. 교실에 있고 싶지 않아서 나는 뒤뜰 벤치에 앉아 있었다. 주변에는 아무도 없다. 나 혼자뿐이다. 안정되는 기분이었다.

미스티아와 함께 있을 때를 제외하고 나는 기본적으로 혼자 있는 것이 편했다. 하지만 아카데미에 입학한 후 1주일이 지났을 때부터 다른 사람에게…… 특히 여자아이들에게 둘러싸이는 일이 많아졌다. 그보다 최근엔 거의 매일 아카데미에 오면 둘러싸인다.

여자아이들은 나를 둘러싸고는 제각기 점심 식사를 같이하자거나, 방과 후에 놀러 가자거나, 저택이나 다과회에 초대하고는 했다. 상냥하고 멋지고 아름답다며 나를 칭찬했다. 마치 내게 얼마나 호감을 얻을 수 있는지 경쟁하는 것처럼 보였다. 그런 여자아이들을 상대하는 것이 귀찮아서 나는 이렇게 쉬는 시간에 인적이 드문 곳으로 피난하는 일이 많아졌다.

미스티아가 이곳에 없다.

입학은 내년이고, 지금쯤 그녀는 저택에 있을 테니 당연한 사실이다. 하지만 그런 당연한 사실이 무척이나 괴로웠다.

아카데미에 입학한 후 내 예상대로 미스티아와 만나는 시간이 줄어 버렸다. 어떻게든 만나기 위해 시간을 내기는 했지만 만날 수 있는 시간은 입학 전보다 절반 이하로 줄어들어 버렸다.

그뿐만이 아니다. 미스티아는 나를 하임 선배라고 부르기 시작했다. 지금까지 에릭이라고 불러 줬으면서. "아카데미에서 잘못 부르면 안 되니까."라면서 존댓말로 말할 때도 많아졌다. 그녀는 점점 나와 거리를 뒀다.

미스티아는 다른 사람의 눈을 신경 쓰는 듯했다. 하지만 나는 다른 사람들은 전혀 신경 쓰지 않는다. 그녀만 있으면 된다.

"하아."

나는 한숨을 쉬었다. 아무것도 할 게 없었다. 즐거운 일이 전혀 없다.

미스티아가 입학할 때, 아카데미 내부를 안내해줄 수 있도록 구석구석 돌아다니고, 대략 어디에 뭐가 있는지 파악해 뒀더니 더욱 심심해졌다.

수업도 미스티아에게 가르쳐 줄 수 있도록 공부하다 보니 올해 학습 내용을 전부 앞서나가 버렸다. 그래서 내년에 배울 것을 예습하기 시작했는데 그것도 곧 끝날 예정이었다.

앞으로 이 공허한 시간을 반년 이상 견뎌야만 한다. 생각만으로도 지긋지긋했다.

만나자고 약속하면 확실히 미스티아와 만날 수 있었던 예전이 너무나도 그리웠다.

지긋지긋해서 땅을 노려보고 있자, 문득 발끝에 그림자가 졌다. 고개를 들어보니 모르는 여학생이 내 앞에 서서 미소를 짓고 있었다.

"하임 군?"

"아, 안녕."

일단 웃어 보이며 인사했지만 눈앞의 여학생이 누구인지는 전혀 모른다. 이름도 모르고, 얼굴도 처음 본다. 무슨 일일까.

"교실에 없어서 찾았어."

그렇게 말하며 여학생은 내 옆에 앉았다. 거리가 가까웠다. 슬쩍 몸을 움직여 몸이 닿지 않도록 하자 그녀는 내게 감사 인사를 했다.

미스티아라면 다가와도 괜찮은 것을 넘어서서 안정감이 느껴질 거리인데. 아카데미에 입학한 후로 미스티아 말고 다른 사람이 다가오는 게 불쾌하다는 것을 알게 되었다.

사람에겐 타인이 다가오면 불쾌하게 느껴지는 범위가 있다고 하는데, 나는 아마 그게 극단적으로 넓은 편일 것이다. 그리고 그 범위는 미스티아 상대로만 소멸했다. 어쩌면 미스티아가 이미 내 일부처럼 느껴지기 때문일지도 모르겠다.

"미안해. 나한테 볼 일 있어?"

"실은 하고 싶은 말이 있어서."

여학생은 내 손을 잡고 수줍게 말했다.

"저기, 나, 하임 군을 좋아해."

또야. 또 내가 모르는 여자애가 날 좋아한다고 말한다.

두세 번이라도 대화를 나눈 상대라면 차라리 나았다. 지금처럼 이름도 모르거나 얼굴도 처음 보는 경우가 더 많았다. 이렇게 갑자기 나타나 고백하거나, 나를 불러내거나, 책상이나 신발장에 편지를 넣어놓고는 한다.

"모두랑 사이좋게 지내고 상냥한 점이나, 상대를 생각하면서 행동하는 점, 엄청 좋다고 생각했어."

그건 미스티아가 입학했을 때 내가 집단에서 고립된 모습을 보면 걱정할 게 뻔하기 때문이다. 다른 사람에게 상냥하게 대하는 것도 내가 다른 사람에게 냉정한 태도를 보이면 미스티아가 슬퍼하기 때문이다. 결국 다른 사람이 아니라, 미스티아에게 호감을 얻기 위한, 나를 위한 일이다.

"하임 군이 웃는 게 좋아서, 계속 보고 싶었어."

내가 아카데미에 들어와 진심으로 웃은 적은 한 번도 없다. 애는 대체 무슨 소리를 하는 거야. 나에 관해 아무것도 모르면서. 아무것도 모르는 인간을 어떻게 좋아한다는 거야.

"갑자기 말해서 미안해. 그래도 하임 군이 계속 좋아서."

"그렇구나. 그래도 네 마음엔 답해주지 못할 것 같아. 미안해."

여학생의 손을 놓고 그대로 자리를 떴다. 여학생의 눈에는 눈물이 고여 있었지만 위로해 줬다가는 괜한 기대감을 주게 되어서 더 귀찮은 일이 벌어진다는 것을 지지난 주에 이미 학습했다.

"기분 나빠……."

손을 잡는 것도 기분 나빴고, 친근하게 말을 거는 것도 기분 나빴다.

잠시, 미스티아가 입학해서 내가 다른 이에게 고백받는 모습을 보면 질투하지 않을까 기대한 적도 있었다. 하지만 이대로라면 미스티아와 있을 시간을 빼앗겼다며 여자애들에게 심한 태도를 보여서 미스티아에게 혼날 가능성이 컸다.

그래. 분명히 그러겠지. 나는 분명 심한 태도를 보일 테고 미스티아는 분명 화낼 거다.

미스티아가 입학하면 아카데미 자체의 따분함은 사라지겠지만, 그녀 외의 다른 사람에게 느끼는 따분함은 배가 되겠지.

나는 인기척 없는 별동 화장실에서 손을 씻고 그 자리를 뒤로 했다.

〈가을. R의 평소〉

창문 밖으로 보이는 붉은 나무들을 바라보며 책상 위에 있는 일정표를 확인했다. 올해도 끝을 보이고 있었다. 일정표의 페이지를 내년으로 넘기다가, 입학식이라고 쓰인 페이지에서 손이 멈췄다.

내년 봄, 나는 귀족 아카데미에 입학한다. 미스티아와 함께.

봄은 그녀와 만난 계절이다. 그 후로 4년이 지난 지금, 그녀는 내 이름을 잘 부르지 않는다는 것을 깨달았다.

미스티아가 우리 부모님이나 그녀의 부모님과 대화할 때 "레이드 님은"이라며 말하기는 하지만, 그녀가 자발적으로 나를 부른 적은 손에 꼽을 정도로 적다.

그런 그녀는 하임가의 영식을 "에릭"이라고 당연하게 이름으로 불렀다. 내 동생 자르드도 "자르드 군"이라며 활기차게 불렀다. 나만 이름으로 불리지 못했다.

나를 부를 때 미스티아는 이름을 말하지 않고 "저기", "죄송하지만", "잠깐 괜찮으신가요?"로 끝낸다. 조금 짜증이 났다.

다른 사람은 당연하게 받는 혜택을, 나만 받지 못한다.

그녀는 전에 형제를 갖고 싶다고 한 적이 있었는데, 내 동생을 보며 그 욕구가 충족되었는지 내 동생을 매우 아꼈다.

그리고 그 때문인지 내 동생 자르드도 그녀를 매우 좋아했다. 자르드는 황당하게도, 생일 선물로 뭐가 갖고 싶냐고 물었더니 선물은 필요 없으니 미스티아가 갖고 싶다고 대답했다. 어머니는 "어머, 형한테 이겨야겠네."라고 말하며 웃었다. 아버지도 "그래도 미스티아 누나는 물건이 아니니 줄 수 없단다."라며 상냥하게 자르드를 달랬다. 나는 전혀 웃지 못했다.

무엇보다 마음에 들지 않는 것은 미스티아가 자르드에게 호의적인 감정을 받으면 기뻐한다는 것이다. 자르드에게 당연하다는 듯이 웃어주는 미스티아. 아무리 어린 동생이라지만 증오가 끓어올랐다.

그녀가 내게 4년간 한 번도 보여주지 않았던 표정을, 자르드에게는 쉽게 보여준다.

내게 보여주는 것은 항상 무서워하는 얼굴, 경계하는 얼굴, 당황한 얼굴, 생각에 빠진 얼굴뿐이었다.

이 4년간, 나는 최대한 미스티아를 상냥하게 대하며 호감을 얻기 위해 행동했다. 하지만 그녀의 태도는 전혀 변하지 않았다. 처음엔 서서히 내게 익숙해진다고 생각하여 기뻐했지만 실은 정말로 단순히 익숙해지기만 했을 뿐이었다.

아무리 대화해도, 만나러 가도, 선물을 해도, 그녀의 태도는 언제부턴가 전혀 변하지 않았다. 무슨 짓을 해도 넘을 수 없는 그 선을, 동생 자르드는 간단히 뛰어넘었다.

나는 알 수 있었다. 자르드도 분명 미스티아를 좋아하게 될 것이다. 친한 누나로서가 아니라, 한 명의 여성으로서.

지금은 그저 자르드가 어리니 모르는 것뿐이다. 때가 되면 언젠가 깨닫게 될 것이다. 분명 그녀를 두고 싸울 날이 오겠지.

자르드가 뭔가를 원하면 나는 동생을 위해 양보해왔다. 하지만 미스티아만은 절대로 양보할 수 없다.

나는 누구든지, 그게 동생이더라도, 그녀를 빼앗는다면 절대 가만두지 않을 것이다.

……그녀의 몸과 마음은 내 것이 아니지만.

여름에 미스티아가 "저기, 정말 이기적인 이야기지만……."이라며 서론을 꺼낸 후 뭔가를 말하려고 했다. 그 서론이 너무 심각하게 들려서 "약혼은 절대 파기 안 해."라고 바로 말을 가로막자 그녀는 창백한 얼굴로 바닥을 바라봤다.

그리고 얼마 후, 별다른 목적 없이 아렌가의 저택을 찾아갔다가 소각로에서 미스티아의 메이드가 탄 종잇조각을 모으는 광경을 목격했다. 그 종이는 독특한 파란색이었다. 멀리서 봐도 바로 유학 신청 서류라는 것을 알아챌 수 있었다.

이 나라의 유학 신청 서류는 전부 독특한 파란색이었다. 예전에 친척이 유학할 때 보여준 것과 같은 파란색이, 불에 탄 상태로 메이드의 손에 들려 있었다.

좋지 않은 예감이 들어 미스티아의 방에 찾아가 방의 주인이 부재중일 때 서랍을 뒤지자 같은 파란색──유학 신청 서류가 나타났다. 설마 유학하면서까지 나를 피하려고 할 줄은 몰랐다. 나는 놀랐다. 그리고 정신을 차렸을 땐 꽃병의 물을 그 파란 종이에 뿌린 후였다.

그 직후, 미스티아가 나타나 적당히 얼버무리긴 했지만, 그때 내가 어떤 표정으로 그녀를 대했는지는 잘 기억이 나지 않는다.

그 후부터였다. 문득 내가 내가 아닌 듯한 감각에 빠져들었다. 지금까지는 그녀에게 미움받는 게 무섭다고 생각했다.

하지만 최근엔 달랐다. 미스티아의 자유를 빼앗아 어두운 방에라도 가둔 후 그녀의 생활을 관리한다면 언젠가 나를 사랑하게 되지 않을까 하는 생각을 하게 되었다.

내게 매달리지 않으면 살아갈 수 없도록. 그녀의 소중한 것을, 가족을, 사용인에게 위해를 가해서 그녀를 협박하며.

그렇게 해서 지금보다도 더 거리를 두더라도, 그녀의 그 마음을 통째로 부수고 망가트리고, 그녀의 정신을 지배해 버리면 되지 않을까. 그런 생각만 하게 되었다.

게다가 미스티아를 보는 사용인들의 눈은 평범하지 않다. 그녀를 지키기 위해서라면 그게 가장 올바른 방법이라고 생각한다. 그녀가 생각하는 것은 나뿐만이 아니다. 하지만 그녀를 가장 생각하는 건 나다. 나뿐이다.

미스티아가 아카데미에 있을 때, 내 옆에 있을 때, 튼튼한 우리를 만들면 된다. 그곳에 가둬서, 밖으로 나가지 못하게 하면 된다. 나밖에 없도록 만들면 나를 사랑할 수밖에 없을 것이다.

미스티아가 사랑하는 것을 전부, 전부 망가트리면. 그녀가 내게 긋는 선도 분명 부서지겠지. 그렇게 한다면 분명, 그녀도 나를——.

갑자기 창밖에서 천지가 진동하는 듯한 천둥소리가 들려왔다. 정신을 차리고 뒤돌아보니 푸르렀던 하늘은 마치 처음부터 없었던 것처럼 어두침침한 두꺼운 먹구름에 뒤덮여 있었다.

〈겨울. 미스티아 아렌. 약혼자 괴담〉

최근 레이드 녹터가 무섭다.

아니, 그의 존재는 여전히 지뢰고 폭탄이며, 매일 나는 공포를 느낀다. 하지만 미래에 대한 걱정이 아니라, 그것과는 다른, 표현하기 어려운 물리적인…… 몸을 옥죄어오는 듯한 공포가 그에게서 느껴질 때가 있었다.

그리고 나는 최근 그 정체를 깨닫고 말았다.

레이드 녹터는 그의 동생 자르드 군이 나와 사이좋게 지내면 반드시 절대 영도로 차가워진 시선을 내게 보낸다는 것을.

"미스띠아 누나!"

아렌가의 저택에서 레이드 녹터의 동생, 자르드 군이 내게 달려왔다. 역시 그의 동생이어서 그런지 충분히 동화의 등장인물이 될 수 있을 만한 외모였다.

그 천사 같은 웃음은 모두를 매료시키고, 주변에는 새들이 모여들고 발치에는 꽃이 피고, 순식간에 주변을 천국으로 만들어 버리는 듯한…… 그런 힘이 있었다. 멜로가 귀여움의 대명사라면 자르드 군은 순수의 대명사다. 성격도 상냥하고, 순수하고 천진난만하다. 장난으로 '하늘은 소다 맛이 나. 그러니까 비는 소다수인 거야.'라고 말하면 믿을 것 같았다.

그런 귀여운 자르드 군이지만, 여기서 내게 달려오면 매우 곤란해진다.

"자르드. 뛰면 안 돼."

그렇게 말하며 자르드 군의 뒤를 쫓듯이 다가오는 것은, 나와 자르드 군의 접촉을 매우 싫어하는 레이드 녹터였다.

오늘은 우리 어머니와 녹터 부인이 다른 백작가의 부인 한정 다과회에 가버린 탓에 두 사람은 아렌가 저택에 와 있다. 참고로 아버지와 녹터 백작은 낚시를 하러 갔다.

"미스띠아 누나, 좋아—!"

까르르 웃는 자르드 군의 머리를 쓰다듬었다. 그는 유소년기

특유의 모든 걸 궁금해하는 '왜? 공격'에 한창 빠져 있었다. 그 질문에 내가 계속 대답해 준 덕분에 내가 마음에 든 모양이었다. '미스띠아 누나'라고 부르며 날 잘 따른다.

솔직히 그가 레이드 녹터의 동생이라는 것과, '가족 간의 친분이 두터워져서 약혼 파기가 어려워지는 것'을 걱정했지만, 뽀짝뽀짝 소리가 날 것 같은 서툰 발걸음으로 '미스띠아 누나'라고 혀짧은 소리로 날 부르는데 냉정하게 굴 수가 없었다.

하지만 문제는 그것뿐만이 아니다.

레이드 녹터는 내가 자르드 군의 옆에 있는 것을 매우 싫어한다.

내가 조금이라도 대화를 하려고 하면 순식간에 자르드 군을 멀리 떨어트리며 간격을 둔다. 내가 자르드 군의 이름을 조금이라도 입에 담으려 하면 엄청난 눈초리로 노려본다. 그럴 때 그의 분위기는 귀족이라기보단 도깨비 같았고, 패기가 아닌 분노에 가까운 감정이 느껴졌다.

그리고 결정타는 2주 전에 들은 이 한마디였다. "아무도 없는 곳에 가둬버리고 싶어."라는 말.

정말로 레이드 녹터는 그 말을 중얼거렸다. 내가 자르드 군과 놀고 있을 때.

과보호라는 말로는 담지 못할 병적인, 아니, 완전한 브라콤이었다. 광기가 느껴졌다.

생각해 보면 전조가 있었다. 4년 전에 레이드 녹터가 내게 "동생이 생길 거야."라고 알려준 날. 그때 내가 크게 동요하자 그는 의아하다는 눈으로 나를 바라봤다.

아마도 그때 그는 나를 '어린 소년에게 비상식적인 애정을 품은 사람'이라고 오해했을 것이다. 친동생이 변태의 독니에 당하지 않도록 레이드 녹터는 나를 경계하고 있다. 물론 나는 그런 애정을 품지 않는다. 엄청난 착각이다.

나도 전생에서는 소중한 여동생이 있었고. 정말 소중하고, 지금도 형제의 모험담이 담긴 책을 읽으면 강하게 감정이입을 할 정도다. 그래서 동생을 소중히 여기는 것도, 변태일지도 모르는 사람과 가까이 두고 싶지 않은 마음도 이해한다. 하지만 레이드 녹터의 발언은 형제애치고는 너무 도를 넘은 것이었다.

레이드 녹터는 동생에게 미쳐있다.

하지만 그는 나와 약혼을 파기하여 재빨리 동생을 나와 떨어트리려고 하지 않았다.

기본적으로 가문의 후계자는 장남이다. 기본적으로 차남은 다른 가문에 데릴사위로 들어가곤 한다. 나는 아렌가의 외동딸이고, 레이드 녹터와 결혼할 경우 내가 녹터가에 며느리로 들어가거나 레이드 녹터가 아렌가의 데릴사위로 들어오는 두 선택지가 있었다.

하지만 레이드 녹터는 가문의 상속을 포기하고 아렌가에 들어오겠다고 선언했다. 그렇다는 것은 차남인 자르드 군이 원만히 녹터가를 이을 수 있게 된 것이다. 어딘가에 데릴사위로 들어가지 않고.

레이드 녹터는 자르드 군에게 녹터가의 후계자 자리를 주기 위해 약혼을 유지하고 있을 가능성이 매우 크다. 그런 생각이 처음 들었을 땐 '에이, 설마. 보통 그렇게까지 할 리가 없지. 내 생각이 과한 거야.'라고 생각했으나, 나와 자르드 군이 놀고 있을 때 그가 중얼거렸던 "아무도 없는 곳에 가둬버리고 싶어." 발언은 완전히 진심이었다. 자르드 군에게 녹터가를 잇게 하고 자신은 아렌가에 데릴사위로 들어오는 계획을 반드시 실행하겠다는 진심이 담긴 목소리였다.

전에 내가 변화를 일으키면 공략 대상의 정신에 영향이 가지 않을까 생각한 적이 있었는데, 지금 정말로 레이드 녹터에게 이상한 변화가 생겨 버렸다.

내가 에릭의 가정 교사 첫사랑 이벤트를 파괴하고, 그를 주종 놀이 마니아로 만들어버린 것처럼, 레이드 녹터가 내게 동생이 생긴다는 이야기를 할 때 내가 수상한 반응을 한 탓에 그는 브라콤이 되어 버렸다.

에릭에 이어서 레이드 녹터에게도 빠른 치료, 주인공과의 연애에 의한 히로인 테라피가 필요해진 것이다.

이쯤 되니 유학이라는 비장의 카드가 사라진 것은 매우 큰 타격이었다. 설마 에릭에 이어서 레이드 녹터까지 갱생시킬 필요가 생길 줄은 몰랐다.

"꽤 많이 친해진 모양이야. 꼭 원래 남매 사이였던 것 같아."

자르드 군의 머리를 쓰다듬으며 생각에 빠져 있자, 그가 내 등에 가볍게 손을 댄 탓에 현실로 돌아왔다.

"아니, 그게, 이렇게 어린 아이는, 그, 수, 순수하니까요."

레이드 녹터를 대할 때마다 나는 위기 상황에 빠지면 어떻게 빠져나가야 좋을지를 항상 생각한다. 그래, 화장실이 급하다고 하자. 간식을 가져온다고 하면 "나도 같이 갈게". 책을 가져오겠다고 하면 "같이 가서 들어줄게". 좋은 음악이 있다고 하면 "어라, 미스티아. 음악에 관심 있어? 그럼 나중에 함께 가극이라도……."라면서 도망칠 구멍을 없애버리는 대화를 지금까지 몇 번이나 반복해왔다.

하지만 화장실은 다르다. "나도 같이 갈게."라고 말하면 문제다.

"저 잠깐 화장……."

"저, 화장실, 가고 싶어요."

입을 연 순간, 자르드 군이 내 옷 소매를 꼭 잡으며 내게 부탁하듯이 말했다. 이 타이밍은 상당히 좋지 않다. 마치 내가 자르드 군에게 "화장실 가고 싶어지면 나한테 말해!"라고 미리 약속했다고 오해할 소지가 있다.

"어어—, 어딘지 알아?"

"몰라요. 알려 주세요."

자르드 군에게 고개를 끄덕여 보이고는 "알았어—."라며 안내하려 하자, 누군가 내 팔을 꽉 붙잡았다. 나도 안다. 자르드 군은 내 팔을 이렇게 꽉 잡지 못한다. 지금 이곳에서 내 팔을 이렇게 잡을 수 있는 인간은 한 명뿐이다.

"어딘지 아니까 내가 갈게."

레이드 녹터는 내 팔을 놓아주고는 자르드 군의 손을 상냥하게 잡았다.

"그럼 미스티아. 잠깐 기다려."

그대로 내게 미소를 짓고는 자르드 군과 함께 방을 나가는 레이드 녹터. 큰일이야. 화내고 있어. 눈이 전혀 웃고 있지 않았다.

문이 닫히는 소리가 '열심히 유언이라도 생각하고 있으라고.'라는 말처럼 들렸다. 나는 어떻게 설명해야 그의 오해가 풀릴지를 생각하며 그저 그 자리에 멍하니 서 있을 뿐이었다.

입학생 설명회

봄이 다가온다는 것이 느껴지는 바람이, 살짝 열어둔 창문을 통해 하얀 꽃잎과 함께 불어 들어왔다. 두근러브의 세계에서 벚꽃은 기본적으로 한 달간 만개한 상태로 유지된다. 떠올려 보면 게임 개시 직후 입학식 때도 벚꽃이 피어 있었고, 게임 종료, 3학년 졸업식이 열리는 시기에도 피어 있었다.

상쾌한 공기를 크게 들이쉰 후 고개를 들고 나는 내 방에 놓인 거울을 바라봤다.

웨이브가 진 검은 장발. 피처럼 붉은 눈동자.

확실히 게임 속 미스티아, 즉, 15살의 내 모습이었다. 당연하지만 10살 때부터 한 살씩 나이를 먹어왔다. 그리고 나이를 먹을 때마다 나는 성장했다. 그렇게 성장하여 점점 게임 속 미스티아의 모습에 가까워졌고, 입학식까지 한 달이 남은 지금, 내 외모는 완전히 미스티아였다. 미스티아 완전체였다.

입학식 한 달 전인 오늘은 입학생 설명회가 있었다. 게임이 시작되는 것은 한 달 후지만, 오늘도 방심하면 안 된다. 오늘 입학생 설명회가 열리는 곳은 공략 대상이 모이는 두근러브의 무대, 귀족 아카데미였다.

전생……, 현대적으로 말하자면 고등학교와도 같은 그곳은 귀족이 모였다고는 하지만 시스템이나 위치는 기본적으로 현대의 고등학교와 비슷했고 수업 내용도 동일했다. 학생회, 동아리 등학생 조직 외에도 문화제와 같은 행사도 있었다. 정말로 고등학교였다. 분명 매점과 학식도 있다고 들었다. 예산은 국립이라고는 해도 재학생 보호자의 기부금으로 충당되어서 나라가 관여하는 사립 학교라고 말하는 편이 올바를지도 모르겠다.

참고로 교훈은 '자립'이다. 귀족이라고는 해도 자기 일은 스스로 하자는 뜻인 듯했다. 분명 '교훈이니 어쩔 수 없지.'라며 열리는 행사 이벤트가 꽤 많았던 기억이 있다. 참고로 '자립'을 돕기 위해 학생을 모시는 사용인은 출입 금지다.

교복은 검은 블레이저에 지정된 셔츠, 리본, 조끼, 치마였다. 입학생 설명회를 위해 교복을 입어보니 확실히 현대적인 디자인이었다. 그 외에도 점퍼스커트나 볼레로도 있다고 한다. 역시 중세의 좋은 점만 적당히 가져오고 복잡한 곳은 애매하게 만들거나 현대화한 세계관이다.

"미스티아 님. 시간이 다 됐어요."

아까부터 계속 옆에 있던 멜로가 내 손을 잡았다. 그 확실한 체온을 느끼며 나는 운명을 거스르겠다는 결심을 다시 하고 앞을 똑바로 바라봤다.

"입학생 설명회 회장은 이쪽입니다!"

딱히 별일 없이 저택을 나와 귀족 아카데미에 도착한 나는 학교 건물까지 이어지는 길에 일정 간격으로 선 교직원들의 지시에 따라 설명회 장소——귀족 아카데미의 강당으로 향했다. 주변에는 벚꽃 나무가 늘어서 있고, 그 사이를 메우듯이 다양한 꽃 화분이 놓여 있었다. 벚꽃에 둘러싸인 길을, 나처럼 새 교복을 입은 학생들은 긴장한 얼굴로 걸었다. 눈앞에는 앞으로 3년간 다닐 커다란 교사가 세워져 있었다.

……엄청나게 넓다.

귀족에게서 막대한 학비와 기부금, 국립이니 나라에서 받은 보조금에 의해 세워진 이 학교는 예산 규모에 비례하듯이 넓었다. 단층 건물이어도 충분히 넓을 텐데 무려 5층 건물이었다. 게다가 본교사 너머에는 별동이 있었고, 미술실이나 도서실, 가정과실, 생물실 등의 교실은 그곳에 있었다.

각 층에는 교사와 별동을 잇는 복도가 있어서 좋은 의미로는 성, 나쁜 의미로는 마경 같았다. 방대한 교실 수, 너무나도 긴 복도는 라스트 보스가 있는 던전, 혹은 버그를 써야 도달할 수 있는 제작 실수에 의한 비밀 스테이지라고 해도 과언이 아니었다.

교직원의 지시에 따라 교사 내에 들어가자 역시 실내는 게임에서 본 그대로였다. 나는 강당 위치는 물론이고 기본적인 교실의 위치를 게임으로 이미 알고 있었기 때문에 헤맬 일 없었지만, 게임을 플레이하지 않았다면 분명 길을 잃었을 것이다. 저택에 돌아가지도 못하고 싸늘해진 상태로 나중에 발견되겠지.

1층 복도를 걸으며 확실히 잘못된 방향으로 걸어가는 사람들에게 "저쪽이래요."라며 정확한 루트를 알려주면서 나아갔다. 오늘은 교내를 공개하는 날이기도 해서, 수업이 없는 날이지만 여러 교실이 열려 있어서 견학할 수 있었다.

교실 내부는 현대의 교실과 거의 다르지 않았다. 하지만 창문

밖으로 보이는 중앙정원은 학교 정문에서 교사까지 오는 길과는 다른 꽃들이 피어 있고, 분수가 그림처럼 물을 뿜어내고 있었다. 예산 규모가 차원이 다른 건축물들을 보며 압도되고 있는데, 문득 분수 주변을 빙 돌듯이 수레를 끄는 사람이 눈에 들어왔다.

곱슬거리는 남색 머리카락을 휘날리며 걷는 저 사람은 아마 직원이겠지. 제복도 직원 같았다. 빤히 쳐다보고 있자 눈이 마주쳤는지 직원이 이쪽을 바라봤다. 작게 고개를 꾸벅인 후 시선을 앞으로 향했다.

그보다 꽤 많이 걸었는데 아직도 도착 못 했다니. 이 복도는 정말 길었다. 게임에서 주인공은 화면 전환 한 번으로 순식간에 이동하던데 어떻게 그런 속도를 낼 수 있었던 걸까. 그래도 뭐, 게임에서 오랫동안 복도를 걷는 장면을 내보내기도 어려울 테니 그냥 편집한 거겠지.

이동하는 장면이 항상 편집되는 그 주인공은 오늘 설명회에는 참석하지 않는다. 왜냐하면 그런 스토리이기 때문이다. 입학생 설명회 날, 주인공은 교복을 받고 귀족 아카데미에 입학하라는 이야기를 전달받는다. 따라서 주인공은 귀족 아카데미에 들어가야 한다는 사실을 지금 전달받고 있을 것이다.

이곳에 주인공이 없어서 다행이었다. 한 달 후, 나는 안심할 수 없는 아카데미 생활을 지내게 되겠지. 상상만으로도 괴롭다.

앞으로 펼쳐질 미래에 배가 아파지는 것을 느끼며 걷고 있자 뒤에서 뭔가가 달려오는 소리가 들렸다.

"미스티아 아렌 양!"

뒤돌아보니 남학생이, 아니, 만나고 싶지 않았던 인물이 달려오고 있었다. 하늘거리는 밤색 머리카락, 지적이고 조금 냉정해 보이는 짙은 보라색 눈동자. 그 눈동자를 감싸는 얇은 안경…….

두근러브의 캐릭터, 로베르토 와이즈──. 통칭 '성실캐'다.

성격은 물론 성실하다. 자신에게 엄격하고 타인에게도 엄격하다. 따라서 주변 사람들에게도 깐깐하게 군다. 독설가……라고 해야 하나. 어쨌든 한마디로 매우 성실하고 사람 대하는 게 서투른 성격이다. 참고로 미스티아가 소동을 일으키거나 큰 소리를 낼 때면 "귀족답지 않은 행동은 그만둬."라며 드물게 충고하는 인물이기도 하다.

그는 미스티아의 결말과는 관계없는 사람이다. 그러니 오히려 관계되지 않는 편이 좋다. 레이드 녹터는 현재 브라콤, 에릭은 주인 놀이에 빠진 상태다. 이런 상태에서 로베르토 와이즈에게 실수해서 그에게도 악영향을 미친다면 돌이킬 수 없다.

그보다 왜 로베르토 와이즈가 날 보고 달려온 거지? 게임에선 미스티아를 마음에 들어 하지 않았는데, 그건 미스티아가 주인공에게 심하게 굴었기 때문이다. 나는 지금 그저 바닥을 보고 용무원과 시선이 마주친 것뿐이다. 그가 화낼 만한 짓은 아무것도 하지 않았다.

주저하며 그의 표정을 살피고 있자 그는 "아, 미안." 하며 헛기침을 뱉었다.

"내 이름은 로베르토 와이즈. 너처럼 올해 이 아카데미에 입

학해.”

“미스티아 아렌이에요. 잘 부탁드립니다. ……저, 죄송하지만 우리 전에 어딘가에서 본 적이 있나요……?”

그는 나를 잘 아는 듯한 말투로 말했다. 혹시 내가 까먹었을 뿐이고 예전에 어딘가에서 만났을지도 모른다. 하지만 그는 내 말을 듣고 고개를 가로저었다.

“아니, 만난 적은 없어. 그저 네 평판을 들었을 뿐이야. 의료에 관심이 있는 영애라고 들어서 대화해보고 싶었어. 그래서 이렇게 같은 아카데미에 입학해서 기뻐. 자랑스럽게 생각해.”

의료에…… 관심? 분명 우리 집안은 의료 분야와 연관되어 있지만 나는 딱히 의사가 되고 싶다거나 약품 연구를 하고 싶다고 말한 적은 없었다. 그런데 그런 의문을 품고 있는 와중에도 그는 기쁜 듯이 말을 이어나가며 웃었다.

그래도 괜히 어디서 그런 소리를 들었냐고 추궁하다가 엮이긴 싫다. 거리를 두며 대답하자 그는 “갑자기 이런 말을 해도 곤란하겠지……, 미안.”이라며 면목 없다는 듯한 표정을 지었다.

“아뇨. 신경 쓰지 않으셔도 돼요.”

“고마워. 그럼 나는 먼저 실례할게. 올해부터 잘 부탁해.”

로베르토 와이즈는 상쾌하게 인사하며 먼저 자리를 떴다. 뭐지? 소나기처럼 갑자기 찾아와서 갑자기 가 버렸다. 뭘 어쩌다 그가 내 평판을 들은 거지? 그보다 내 평판이 어떤데? 다른 사람의 저택에서 난동을 부렸다거나, 그런 평판이 아닌 게 다행이지만…….

고개를 갸웃하며 강당으로 향하고 있자 갑자기 뒤에서 누군가가 내 오른손을 잡았다. 뒤돌아보니 레이드 녹터가 내 손을 잡고 나를 빤히 쳐다보고 있었다.

"안녕, 미스티아."

"안녕하세요……."

왜, 나는 그에게 손을 잡힌 거지? 대답해도 그는 손을 놔주려 하지 않았다. 지나가는 사람들이 멈춰 서있는 우리를 이상하다는 눈으로 쳐다본다. 손을 놓기 위해 다시 한번 손가락을 움직여도 역시 그는 놓아주지 않았다. 계속 저항하자 그는 작게 중얼거렸다.

"오늘."

"오늘?"

"응. 오늘 미스티아를 데리러 갔는데 저택에 없더라."

그의 말을 듣고 얼굴이 굳었다. 확실히 오늘 나는 혹시라도 가는 도중에 녹터가의 마차와 마주치지 않도록 예정 시각보다 상당히 이른 시각에 저택을 나섰다. 분명 그는 그것을 말하는 것이다. 주변을 보니 이미 다들 설명회 회장으로 들어갔는지 복도에는 우리뿐이었다.

"아니, 그, 잠깐 들를 곳이 있어서……."

"나는 오늘, 미스티아랑 같이 오고 싶었는데 미스티아는 어딜 들렀던 거야? 무슨 일로?"

레이드 녹터가 내뿜는 압력에 짓눌려 괴로웠다. 산소 농도가 떨어지는 기분이었다. 그 탓인지 뇌가 제대로 돌아가지 않아서 변명을 떠올릴 수가 없었다. 시선을 피할 수도 없어서 아, 그, 저를 반복하고 있자, 부드러운 뭔가가 목에 닿아왔다.

"그야 주인이 너랑 같이 있기 싫어서 빨리 출발한 거 아냐?"

에릭이 내 목에 팔을 두르고 나를 끌어안았다. 아니, 나한테 업히려고 하는 건가……?

"갑자기 뒤에서 끌어안으면 위험해요."

에릭의 팔을 풀려고 했지만, 그는 천진난만하게 "꼬옥—."이라고 말할 뿐이고 놔주지를 않았다. 바로 레이드 녹터가 싸늘한 시선을 내게 보내왔다.

"하임 선배. 오늘은 입학생 설명회인데요. 다른 학생들은 출입 금지입니다만."

"하하. 오늘은 주인이랑 만나러 온 거니까 그런 건 상관없어."

아니, 에릭의 논리가 너무 억지였다. 그보다 에릭도 레이드 녹터도, 입학생 설명회의 시간이 다가오고 있는 것을 잊은 게 아닐까. 시계를 보니 이미 설명회 시작 시각까지 5분도 남지 않았다.

이제 슬슬 가지 않으면 정말로 큰일이다.

"저기, 입학생 설명회에, 가고 싶은데요."

"그럼 내가 데려다줄게!"

에릭이 내 목에 두른 팔을 풀고, 이번엔 레이드 녹터에게 붙잡히지 않은 손을 잡았다. 그대로 에릭이 강당으로 향하려 하자 내 팔이 팽팽하게 펴졌다. 레이드 녹터가 내 다른 손을 꼭 잡고 있었다.

"우왓."

"하임 선배는 돌아가 주세요. 입학생 설명회는 입학생만 참가가 허가되어 있습니다. 그러니 그녀는 제가 데려갈게요."

레이드 녹터는 내 팔을 당겼다. 하지만 반대편에서 에릭이 더욱 잡아당겼다. 위험해. 이건 정말 위험해.

"저기, 둘 다 놔주세요. 정말로 시간이 없어요."

두 사람에게 말해도 둘은 서로 노려보기만 할 뿐 전혀 해결되지 않았다. 내게 힘이 있다면 힘으로 뿌리칠 수 있을 텐데. 이미 양팔이 곤장대에 묶인 듯한 상태가 되어서 어찌할 수가 없었다.

창문을 바라보자 레이드 녹터와 에릭에게 팔이 당겨지는 내 모습이 반사되어 보였다. 객관적으로 보면 마치 나를 뺏으려 드는 것 같았다.

"자, 하임 선배. 미스티아를 놔 주세요."

"끈질기기는! 그러니까 주인도 널 싫어하지. 좋아하면서 상냥하게 대하지도 않고 잘난 체만 하고. 네가 무슨 왕인 줄 알아?"

나를 좋아한다고……? 왜? 아니, 그럴 리 없잖아. 아무튼 이런 곳에서 오도 가도 못 한 채로 있을 수는 없다. 설명회가 시작될 것이다.

식은땀을 흘리고 있자 "뭐 하는 거지?"라는 바닥을 뚫는 듯한 저음이 들려왔다.

"선생님."

제시 선생님이 이쪽으로 달려와 레이드 녹터와 에릭을 노려봤다. 레이드 녹터는 선생님을 언뜻 보고는 바로 팔을 놓았다. 에릭은 아직도 날 붙잡고 있었지만 선생님의 "하임." 하고 부르는 소리에 크게 한숨을 쉬고는 내 손을 놔 주었다. 오랜만에 내 팔이 자유를 찾았다.

"너희들. 자기 힘이 어느 정도인 줄 모르는 거냐? 이 녀석의 뼈가 부러지면 어쩌려고. 책임질 수 있나? 무슨 짓을 하는 거야. 위험하잖아."

"책임질 수 있어요. 결혼할 거거든요."

에릭이 태연한 얼굴로 대답했다. 그 대답에 레이드 녹터는 살기를 내뿜으며 그를 노려봤다. 선생님은 "일단."이라며 분위기를 바꾸기 위해 두 사람을 바라봤다.

"입학생 설명회가 시작된다. 빨리 가도록. 설교는 그 후에 하지."

"……네."

"네에—."

레이드 녹터는 모든 감정이 사라진 듯이 대답했다. 한편 에릭은 말꼬리를 길게 늘이며 대답한 후 그대로 강당으로 가려 했다. 하지만 선생님이 그를 막았다.

"하임은 학교에서 나가. 다른 학년은 출입 금지라는 설명이 있었을 텐데. 그리고 녹터. 강당으로 가는 동안 아까 같은 난폭한 행동은 하지 마라."

제시 선생님은 그렇게 말하며 에릭의 어깨를 힘으로 붙잡았다. 레이드 녹터는 선생님이 보지 못하도록 슬쩍 웃으며 나를 바라봤다.

"그럼 가자. 미스티아. 둘이서."

"네, 네."

레이드 녹터가 웃었다. 웃는 얼굴이 무서웠다. 이 상황은 뭐지? 게임에서 그는 다른 사람의 팔로 줄다리기를 하는 성격이 아니었다. 게다가 동생에 미치지도 않았다.

"잘 다녀와, 주인!"

그리고 에릭은 미스티아를 주인이라고 부르지 않는다. 그보다 애초에 로베르토 와이즈도 미스티아를 싫어할 터였다. 이 자리에서 멀쩡한 사람은──── 제시 선생님뿐이었다. 선생님만이 희망의 빛이었다.

나는 지금 나를 둘러싼 환경에 강한 위화감을 느꼈다. 그리고 한 달 후 시작되는 게임 시나리오에 커다란 불안을 품으며 길게 이어지는 복도를 걸었다.

악역 영애입니다만
공략대상의 상태가 이상합니다

외전

부디 행복하고 즐겁게 지낼 수 있도록

"미스티아가 10살이 되었네……."

"그래……."

잠옷 위에 숄을 걸친 아내가 침실 발코니에 서서 감개무량한 표정으로 나를 돌아봤다. 달빛에 비친 그녀의 머리카락도 눈동자도, 아래층에서 잠들었을 딸, 미스티아와는 다른 색이었다. 그 아이의 외모와 목소리는 아내가 어렸을 적과 똑 닮았고, 머리카락과 눈동자 색은 나를 닮았다.

나는 살며시 아내에게 다가가 그 어깨에 손을 얹고 함께 달을 올려다봤다.

딸이 10살을 맞이하는 생일의 밤이 깊어간다. 분명 기쁜 일일 텐데 왠지 마음이 술렁거리는 것은 그 아이가 지금 살아 있는 것 자체가 기적이기 때문이겠지.

미스티아가 태어날 때, 아내의 목숨도, 그리고 그 아이도 위험하다고 의사는 말했다. 나는 머리가 새하얘져서 얼마든지 돈을 내겠다고, 그러니 둘 다 구하라고, 어느 한쪽이라도 위험해지면 너와 네 가족의 목을 날려버릴 거라고 의사에게 화냈다.

왜, 나의 아내가 출산으로 목숨을 잃어야 하는 거야. 죽어도 될 사람은 세상에 얼마든지 많이 있는데. 어중이떠중이 평민들은 태평하게 아이를 낳는데 왜 나의 아내와 아이에게 이런 일이 생기는 거야. 그런 생각을 하며 신을 저주했다.

하지만 내가 예상한 최악의 경우는 오지 않았다. 아내는 무사히 아이를 낳았다. 의사는 아내가 더는 아이를 낳지 못할 것이며 태어난 아이는 여자아이이기 때문에 후계자가 될 수 없다는 이야기를 했지만 그런 건 어찌 되든 좋았다.

아이를 안고 미소짓는 아내. 그리고 작고 어린 우리 아이를 봤다. 툭 건드리면 부러질 것만 같은 아이의 연약한 손가락이 내 손가락을 쥔 순간, 절대적인 권위, 재산을 쌓아서 무슨 일이 생기든지 이 두 사람을 지키겠다고 강하게 맹세했다.

후계는 알 바 아니다.

그런 건 나중에 어떻게든 할 수 있다. 지금은 이 두 사람을 지키는 일에 전념하자. 누구든 방해하면 가만 두지 않겠다. 아무도 뭐라고 하지 못할 정도로 높은 자리로 올라가자.

원래 아렌가는 백작위라고는 해도 전통 있는 혈통. 권위도 충분하고 재산도 크게 부족하지 않았다. 그래도 아내와 딸을 생각하면 부족하게 느껴졌다.

그 후로 세월이 흘러 일에 매진하다 보니 어느샌가 내 목적은 두 사람을 지키기 위해 권위와 재산을 얻는 것에서 단순히 그 자체를 탐하는 것으로 바뀌었다. 사람들이 보내는 선망의 시선에 우월감에 빠져들고, 사람들이 아부를 떠는 것을 당연하게 여기고, 나를 거스르는 자들은 전부 잘라냈다.

한편 아내는 원래 치장에 관심이 있었으나 전보다 더 보석과 장식품을 사 모으며 사치에 빠져들었다. 생각해 보면 육아로 인한 정신적인 피로와 더는 아이를 낳을 수 없다는 사실 때문에 필사적으로 다른 데서 마음의 안정을 찾은 거겠지.

나는 그런 그녀를 보고도, 아내를 아름답게 꾸며 사교계에 내보내면 가문의 재력을 알릴 수 있으니 좋다고만 생각했다.

당시엔 앞으로 우리 가문이 더욱 번영하리라는 확신이 있었다. 하지만 지금은 안다. 그때 우리는 천천히 무너지고 기울어지고 있었다. 그리고 기울어져 가는 우리를 제정신으로 돌려놓은 것은 바로 우리의 딸, 미스티아였다.

그것은 미스티아가 3살 때의 일이다. 가족이 함께 외출한 날. 그 아이는 다른 아이들보다도 빨리 자라 벌써 존댓말을 할 수 있게 되었다. 배움도 빠르고 총명했다. 다만 자주 혼자 놀았으며 다른 사람과 많이 엮이려 하지 않았지만, 우리 부부는 아무 걱정하지 않고 그 아이와 외출했다.

레스토랑에서 점심을 먹은 후 극장에서 가극을 보고 이동하던 중, 지인인 자작 부부와 마주쳤다. 그렇게 잠시 대화를 나누다 또래 아이가 있는 부부에게 미스티아를 소개하려던 때, 그 아이가 사라진 것을 알아챘다.

나와 아내는 깜짝 놀랐다. 호위가 바로 옆에 있었지만 미스티아를 보지 못했다고 한다. 우리 부부는 자작 부부와 헤어져 호위와 함께 그 아이를 찾으러 다녔다. 아이가 좋아하는 과자점, 장난감을 파는 가게, 여자아이가 좋아할 만한 보석이나 옷을 파는 가게……. 이곳저곳을 돌아다녔지만 그 아이는 보이지 않았다. 책을 읽는 것을 좋아한 것을 떠올리고 서점에도 가 봤으나 보이지 않았다. 초조한 마음에 뛰어다니고 있자 갑자기 한 위병이 나를 불렀다.

미스티아가 의사와 함께 있으니 와 달라고.

나는 최악의 사태를 상상하며 왜 그런 곳에 그 아이가 있냐며 위병에게 달려들려 했다. 하지만 그들의 태도는 어딘가 이상했다. 이야기를 들어보니 아이는 무사하다고 했다.

그러면 왜 의사와 함께 있는지를 묻자 어쨌든 와 달라고 했다. 아내와 함께 안내받은 곳으로 가자 그곳에는 매우 차분한 미스티아와, 침대에 엎드린 불량배, 그리고 곤란한 표정을 짓고 있는 의사가 있었다.

의사는 나를 보며 "도와주십시오. 아가씨가 이 남자를 데려와서……."라며 살려달라는 듯이 매달려 왔다.

이야기를 들어보니 미스티아는 갑자기 죽을 것처럼 피를 토하는 불량배를 데리고 진료소에 와서 진료를 봐달라고 부탁했다고 한다. 대금은 자신의 옷과 장식품의 보석으로 해도 되겠냐며 교섭까지 하고, 착용하고 있던 목걸이를 벗으려 하기에 위병을 불렀다고 한다.

대충 경위를 전해 들은 나는 의사가 한 말을 믿을 수 없었다.

아직 세 살 아이가 그런 일을 할 리가 없다. 게다가 왜 불량배 따위를 돕겠는가. 거짓말하지 말라며 의사에게 화낸 후 일단 미스티아를 데리고 돌아가려고 했는데, 그 아이는 "거짓말 아냐."라며 나를 똑바로 바라봤다.

그리고 내가 자작 부부와 대화하고 있을 때, 멀리서 걸어오는 불량배가 피를 토하는 장면을 목격한 것, 서둘러 다가가자 불량배가 쓰러졌다는 것, 의사에게 보이기 위해 진료소로 향했다는 것을 담담하게 내게 설명하기 시작했다. 속거나 협박당한 게 아닌지 묻는 내게 "그런 거 아냐."라며 바로 부정했다.

나는 상황을 이해할 수 없었다. 왜 미스티아가 그런 일을 한 것인지, 그 행동의 이유를 알 수 없었다. 그 아이는 "이 사람의 치료비는 이 드레스랑 보석으로 내도 괜찮나요?"라며 의사에게 묻기 시작하고, 내가 뭘 하고 있냐고 묻자 "아빠 엄마가 왔으니 돌아갈 땐 마차를 타면 되니까 드레스도 담보로 할 수 있을 것 같아서."라며 아무렇지 않게 말했다.

나는 일단 미스티아를 무사히 저택으로 돌려보내고 싶단 일념으로 "그러지 않아도 그런 푼돈은 내가 내줄 테니까!"라며 언성을 높였다. 귀찮아져서 의사가 청구하는 치료비의 3배를 테이블에 내던지자 그 아이는 "돈을 던지면 안 돼."라고 말하면서도 감사 인사를 하고는 나를 따라 진료소를 나왔다.

그날 밤, 미스티아를 데리고 저택에 돌아온 우리 부부는 그 아이를 무사히 찾아서 다행이라고 안도하며 기뻐했지만 그 후의 일은 이야기하지 않았다. 그것은 그 아이는 그날만 특별히 그런 행동을 한 것이라고 착각했기 때문이다. 오늘은 어쩌다 보니, 불량배를 보고 그냥 둘 수 없어서, 우연이 겹쳐서 오늘과 같은 소동이 일어났다고 생각했다.

하지만 우리의 예상은 다음 날 간단히 깨지고 말았다.

"큰일입니다. 아가씨가 안 보입니다."

원래 있던 호위를 해고하고 공작가에서 일한 경력이 있는 유능한 호위를 고용한 나는 변경백의 다과회에 가족 셋이서 출석했다. 그러자 또다시 미스티아가 사라졌다.

변경백가에 머무는 것은 7일 정도. 딱 절반 정도의 시간이 지났을 때쯤이었다. 그날 아내는 부인들이 모이는 다과회에 출석하고, 나는 자작, 남작들과 사냥하러 가느라 미스티아는 호위에게 맡긴 채였다.

그리고 내가 사냥을 하고 돌아오자 호위는 내게 미스티아가 사라졌다는 사실을 보고했다.

내가 호위에게 화를 내고 있을 때, 이번엔 그 아이는 아무렇지 않은 얼굴로 꾀죄죄한 청년을 데리고 내 앞에 나타났다.

"이분은 근처 마을에 사는 분인데 이름은 솔이래. 아까 사람들한테 맞고 있길래……. 우리 저택에 고용할 수 없을까?"

내 표정을 살피며 말하는 미스티아를 보고 현기증이 일었다. 사람들한테 맞고 있었다는 것은 그 현장을 봤다는 것. 그런 위험한 자리에 딸이 끼어들었다고 생각하면 간담이 서늘해졌다.

아내가 울면서 "그 사람들은 어떻게 했어? 무슨 짓이라도 당한 건 아니지?"라며 묻자 미스티아는 "함정에 빠트렸으니까 괜찮아."라고 말했다.

미스티아와 꾀죄죄한 청년에게 자세한 이야기를 물어보니, 청년은 오랫동안 마을에서 괴롭힘을 당해왔으며 지나가던 저 아이가 청년을 때리던 이들을 근처에 있던 정비 중인 구덩이에 떨어트려서 도와줬다고 한다. 아내는 그 이야기를 듣고 실신했고 나는 의식을 붙잡는 것만으로도 벅찼다.

그날 밤. 나는 미스티아가 말한 대로 꾀죄죄한 청년을 아렌가의 사용인으로 고용할 준비를 했다.

실은 미스티아가 보지 않을 때 청년을 보이지 않는 곳으로 치워버릴 생각도 했다. 하지만 미스티아가 그 사실을 알면 그 아이가 어떻게 행동할지 예상할 수가 없어서 청년을 마부 견습으로 저택에 들이기로 했다.

그리고 아내와 앞으로의 일에 관해 대화를 나눴다.

미스티아를 이대로 두면 안 된다. 우리가 제대로 보고 있지 않으면 그 아이는 언젠가 죽을지도 모른다.

지금까지 그런 적은 없었으나 미스티아에게 화를 내고 방에 가둔 후 식사를 주지 않는…… 방법도 생각했으나 그런 심한 짓을 할 수 있을 리가 없었다. 그렇다고 해서 하찮은 평민을 위해 몸소 위험에 몸을 던지는 미스티아를 이대로 둘 수 없다는 것도 사실이었다.

우리 부부는 고민하다가 좀 더 미스티아를 제대로 지켜보며 그 아이와 더 편히 대화할 수 있는 호위를 붙이자고 결론을 냈다. 지금까지 그 아이에게 붙여둔 호위는 경력만을 보고 고용한 자들로, 그 아이와 몇십 년이나 나이 차가 나는 자들뿐이었다. 남자가 더 강하리라 생각해서 남자들만 고용했지만, 화장실까지 따라가지 못할 테고 애초에 그 아이를 지키기 전에 그 아이를 놓치곤 했다. 나는 여자 호위를 찾기로 했다.

그렇게 생각한 참이었다. 그 아이는 또다시 사라졌다.

변경에서 꾀죄죄한 청년을 데려온 지 한 달도 지나지 않았을 때였다. 아침부터 꾀죄죄한 청년──마부 견습과 함께 사라졌다.

위병들과 함께 필사적으로 찾았으나 저녁, 미스티아는 위병한 명과 마부 견습, 그리고 이번엔 꾀죄죄한 여자를 데려왔다.

미스티아를 데려온 위병에게 묻자 꾀죄죄한 여자는 술집에서 일하던 평민 여성으로 남편에게 폭행당하던 때 그 아이가 끼어들었다고 한다.

마부 견습은 무엇을 하고 있었냐고 묻자, 몰래 저택을 빠져나가는 미스티아를 보고 뒤를 쫓아갔다가 그 아이를 꾀죄죄한 여자의 남편에게서 지켰다고 말해서 나는 입을 떡 벌렸다.

화낼 힘도 없이 미스티아에게 왜 그런 일을 했냐고 묻자 "변경에서 돌아오는 마차 안에서, 거리를 지날 때 폭행당하는 여자를 봐서."라고 담담히 대답했다. 그리고 "리자 씨, 일할 곳이랑 지낼 곳이 없다는데 고용해 줬으면 좋겠어……."라고 매우 면목 없다는 얼굴로 내 표정을 살폈다. 그리고 "앗, 리자 씨는 이 사람 이름이고…… 청소부는 어때? 자리 없으려나?" 하고 덧붙이기까지 했다.

왜 이런 일을 했는지에 대한 대답이 되지 못했다.

정말로 미스티아는 왜 자신을 희생해서 하찮은 평민 따위를 위해 이런 일까지 벌이는 걸까.

우리 부부는 미스티아를 진심으로 걱정하는데 그 마음이 전혀 전해지지 않았다. 전에는 이렇게 손이 가는 아이가 아니었는데. 이렇게 이상한 아이가 되어버린 건 밖에 나가기 시작하고 나서부터다. 대체 왜 이렇게 손이 가는 아이가——라는 생각을 하다가 정신을 차렸다.

우리 부부는 미스티아가 이상한 행동을 할 때까지, 그 아이를 밖에 내보내기 전까지는 아무 걱정도 하지 않았다는 것을.

미스티아를 보지 않고, 나는 권위와 돈에, 아내는 사치에 빠져 있었다는 것을 깨달았다.

우리가 미스티아를 돌보지 않으니 쓸쓸해서 그런 행동을 했다고 생각하기에는 간단한 일이 아니었다. 어쩌면 이 아이는 우리를 반면교사 삼아 반대로 타인을 아끼게 된 것일지도 모른다.

내가 그런 생각을 할 때, 옆에 있던 아내도 비슷한 생각을 했는지 뭔가를 깨달은 듯한 눈이었다. 우리 부부는 서로 얼굴을 마주 봤다. 미스티아만이 아주 차분한 눈으로 우리를 보며 "이 사람 저택에 고용해도 돼?"라고 물었다.

나는 바로 리자라는 여자를 청소부로 고용하고 그녀의 이혼 절차도 도와주겠다고 선언했다. 그리고 기뻐하는 미스티아에게 앞으로 하고 싶은 것, 우리에게 바라는 것이 있으면 무엇이든지 말해달라고 부탁했다. 나와 아내는 언제나 미스티아를 소중히 여기고 믿을 것이라고 맹세했다.

맨 처음 그 아이가 불량배를 주웠을 때 우리는 그 아이의 말을 믿지 않았다. 하지만 앞으로는 무슨 엉뚱한 말을 하더라도 반드시 믿어줄 것이다.

미스티아는 우리의 말을 듣고 왠지 당황한 듯했으나, 앞으로는 우리 부부가 행동으로 보여주겠다고 굳게 결심했다.

그 후로 나는 지금까지 진행했던 무역이나 광산 투자, 군사 사업에서 손을 떼고 의료와 약품 연구 등 사람들에게 도움이 되는 분야에 투자하며 경영에 힘을 써서 영지민에게 걷는 높은 과세를 인하했다. 갑작스러운 경영 전환으로 다양한 문제가 발생했고 한때는 자금 부족에 허덕일 때도 있었지만 아내가 보석이나 드레스를 팔아 어떻게든 버틸 수 있었다.

수익이 안정된 후에는 고아원에 기부를 시작했고, 다른 사람에게 빼앗는 게 아니라 베풀 수 있도록 움직였다.

모든 것은 미스티아를 위해서다. 그 아이에게 우리가 바뀐 모습을 보여주고 제대로 자신을 소중히 여길 수 있도록 하기 위함이었다.

미스티아는 우리 몫까지 사람들을 도와주려 했고 결과적으로 자신까지 소홀히 해 버린다. 그러니 우리가 사람들을 도와주면 그 아이는 필요 이상으로 다른 사람들을 돕는 일을 그만두리라 생각했다.

그렇게 우리는 변했다고 생각했다. 하지만 그 후로 7년. 미스티아가 10살이 된 지금 현재, 그 아이는 전혀 변하지 않았다. 그 아이는 생일 선물은 마음만으로도 좋다고, 드레스는 한 벌로도 족하니 나머지는 의료 시설이나 약품 연구소, 고아원에 기부하거나 추가로 새로운 시설을 세워달라고 부탁했다. 가끔 사라질 때도 있었고 사람을 주워오는 나쁜 버릇도 고쳐지지 않았다. 그때보다 나아진 것은 그 아이의 5살 생일이 지났을 때쯤 고용한 전속 메이드 멜로가 제대로 봐준다는 것일까. 마부 견습──, 지금은 그 아이의 전속 마부가 된 솔도 지켜봐 주고는 있지만 역시 전속 메이드가 동성이기 때문인지 확실히 다르다. 옷을 갈아입을 때도 화장실을 갈 때도 동행할 수 있다. 원래는 고아원 출신이라 걱정했는데 정말 다행이었다.

미스티아가 잘 대해주던 고아원 아이가 어느 날 갑자기 떠나버려서 미스티아는 당분간 활기가 없었다. 전속 메이드는 그 사이를 메우듯이 고아원에 들어온 아이였는데, 분명 뭔가 운명이 작용한 것이라고 생각한다.

전에 미스티아가 도와준 불량배——브람은 치료가 끝난 후 저택에서 일하고 싶다며 갑자기 찾아왔다. 당시엔 회의적인 시선으로 봤으나 지금은 훌륭한 문지기가 되어 그 아이가 저택을 나갈 때마다 제대로 보고해 주는 중이다. 아내는 그 아이가 멋대로 밖에 나가지 않도록 해 달라고 요청했지만 나는 문지기에게 전속 메이드나 마부가 함께라면 막을 필요 없다고 전해두었다.

최대한 미스티아에게는 자유롭게 지내면서 하고 싶은 일을 하며 살게 하고 싶었다. 무사히 태어나준 것이 기적인 아이니까 즐겁게 지내며 장수하기를 바랐다. 조금 낯을 가리고 과묵하긴 하지만 마음이 따뜻하고 영리한 우리의 딸이다. 자유롭게 살아줬으면 했다.

하지만 골치 아픈 일도 있다. 미스티아의 사람을 주워오는 버릇도 그렇지만, 그 아이 주변도 문제였다.

지금 청소부장이 된 여자를 주워왔을 때, 미스티아가 밖으로 나가는 것을 막지 않았다며 견습 마부를 매우 질책한 적이 있었다.

그러나 녀석은 기가 죽기는커녕 "제가 옆에 있으니 괜찮아요.

아가씨가 옆에 있어서 죽이진 않았지만 아버님이 원하신다면 목을 가져오겠습니다." 하고 아무렇지도 않게 말했다.

허언인 줄 알았으나 다음 날 위병에게 듣기로는 알코올 중독 남편은 팔다리가 부러져서 회복하려면 시간이 걸리고 대화도 하지 못하는 상태라고 한다.

마부는 미스티아에게 은혜를 느꼈는지 견습을 마친 지금도 마부 일을 계속하고 있지만, 지조 없고 야만적인 인간을 내 딸 옆에 둬야 한다는 것은 아버지로서 복잡한 심경이 들었다. 다른 사용인들도 미스티아에게 구해진 사람이 많았다. 그중엔 가정교육을 제대로 못 받은 사람도 있었지만, 그 녀석만큼 야만적인 인간은 없었다. 특히 원래 불량배였던 문지기는 나도 감탄할 정도로 예술…… 특히 음악 분야에 조예가 깊어서 그 아이의 가정교사까지 부탁할 정도다.

조금 더 마부가 야만적이지 않은, 섬세한 감성을 지녀줬으면 좋겠다. 하지만 미스티아를 지키려는 마음만큼은 확실했기에 마음이 매우 복잡했다.

"앞으로 미스티아는 어떻게 될까……. 슬슬 자신의 행복을 찾으면 좋을 텐데……."

"……지금처럼 우리가 제대로 지켜봐야겠지. 괜찮아. 사용인들도 도와줄 거야. 게다가 약혼자도 우수하다고 정평이 나 있는 녹터가의 영식으로 정해졌잖아. 차분하고 어른스러운 아이라고 들었으니 그 아이도 분명 미스티아를 제대로 봐 줄 거야."

"그러려나…… 불안해."

아내는 불안한 듯이 눈을 내리깔았다. 안심시키기 위해 어깨를 가볍게 두드렸다. 마부 외의 사용인은 딱히 야만적인 부분이 없고, 미스티아는 전속 메이드를 매우 잘 따르며 항상 데리고 다닌다.

집사장으로서 내 비서 역할을 맡은 스티브도 분위기는 전보다 차가워졌지만 그 아이에겐 자상하게 대하고, 부하인 루크도 그 아이를 상냥한 눈으로 보는 듯했다. 요리장 라이아스나 정원사 포레스트는 그 아이를 위해 성심성의를 다해 일하고, 청소부장 리자는 다른 청소부에게 그 아이를 잘 지켜보도록 주지시키고 있는 모양이었다.

다들 미스티아가 위험한 일에 빠지지 않도록 주의하여 그 아이를 존중해 준다.

그러니 언젠가 미스티아도 그 마음을 이해하고 자신을 존중할 줄 아는 사람이 되었으면 좋겠다. 아니면 아버지로서는 쓸쓸하지만 그 아이의 남편이 될 사람이 그 아이를 행복하게 만들어서 평생 지켜주기를 간절히 바랐다.

그때까지는 우리가 제대로 미스티아를 지킬 것이다. 지켜볼 것이다.

"내년 미스티아의 선물로는 배를 준비할까?"

"당신…… 그런 말을 했다간 미스티아는 또 거절하면서 고아원에 기부하라고 할걸."

"파티장과 선물을 같이 준비했다고 하면 되지 않으려나."

그리고 그 아이가 누군가의 손을 잡을 때까지는, 최대한 어린

아이처럼 지내줬으면 한다. 원하는 만큼 원하는 것을 주며 기뻐하는 모습을 보고 싶다.

　나는 아내의 황당한 표정을 보면서 미스티아가 크게 아프거나 다치지 않고—— 살아서 10살 생일을 맞이했다는 사실에 행복을 느끼면서 달을 올려다봤다.

후기

안녕하세요. 이나이다 소입니다. 이번엔 〈악역 영애입니다만 공략 대상의 상태가 이상합니다〉를 구매해 주셔서 감사합니다. 후기부터 읽는 신념을 가지고 계신 분들은, 후기에 이야기의 스포일러가 있으니 부디 신념을 잠시 접고 본편부터 읽어주시면 감사하겠습니다.

그러면, 바로 본론으로 들어가서, 공략대상이상 1권은 어떠셨나요?

이 작품의 주인공인 미스티아 아렌은 가족과 사용인을 지키고 싶다는 선의로 움직입니다. 그런 행동으로 인해 공략 대상들은 원래 싫어해야 할 그녀에게 호감을 느끼고 이야기가 전개됩니다.

원래 어머니를 잃을 예정인 약혼자에게는 남동생이 태어나고, 여자를 싫어하면서도 농락하여 대리 복수를 하는 영식은 꿈을 찾고, 그저 사람을 대하는 게 서투르기만 했던 교사는 아무도 모르게 미쳐버립니다. 게다가 그녀가 모를 뿐, 저택에서 일하는 사용인들도 이상한 사람들입니다. 이 작품은 그런 환경 속에서 그녀가 무사히 1년을 지낼 수 있을지에 관한 스토리입니다. 말하자면 요즘 유행하는 악역영애물과는 약간 성질이 다를 수도 있고, 얀데레물이라고 하기엔 광기와 병적인 사고가 완성된 얀데레 남주가 나오는 게 아니라 평범한 남주가 서서히 병들어가는 과정을 그리고 있으므로 얀데레를 좋아하시는 분들에게는 부족한 상태라고 생각합니다.

그런데도 이 작품을 출판하기 위해 힘써주신 편집자님께는 고개를 들 수가 없습니다. 표지와 권두 일러스트의 분위기를 다르게 하고, 캐릭터와 어울리는 꽃을 정하는 등, 공략대상이상에 깊이를 더하는 방법은 편집자님이 떠올려주신 것입니다.

그리고 그 표지와 권두 일러스트, 삽화와 함께 캐릭터, 배경, 세세한 소품과 꽃 디자인을 맡아주신 하치피스☆왕 선생님은 캐릭터의 수도 많고 요청도 많은 와중에 멋진 그림을 완성해주셨습니다. 아크릴 피규어가 갖고 싶습니다.

이상, 편집자님, 일러스트레이터님, 디자이너님, 교정자님 등 많은 분의 도움을 받아 공략대상이상, 별명 얀데레 책은 세상에 나올 수 있었습니다.

그리고 출판 기회를 만들어주신, 웹 버전 공략대상이상을 응원해주신 여러분께도 이 자리를 빌려 감사 인사를 전하고 싶습니다. 감사합니다.

언제나 슬럼프를 공유해주는 저의 유일한 친구에게도 감사의 마음을 최대한 전하며.

이후 공략대상이상의 등장인물들의 광기는 점점 가속하므로 부디 응원해 주시면 감사하겠습니다. 1권의 이 평화도, 이후 벌어질 지옥도를 위해 꼭 필요한 이야기이므로 부디 따라와 주시면 좋겠습니다. 그리고, 편집자님의 의견을 받아 속표지에 재밌는 것이 숨어있으니 구매해주신 분은 꼭 봐 주세요.

그럼 이만 수고하셨습니다.

CHARACTER KARTE

여 성 향 게 임

두근러브

두근♥두근 러브♥스쿨

극악무도하고 흉악한 영애!

미스티아 아렌
(CV:-- --)

소속/직업: 1학년 A반
생일: 3월 4일
키: 166cm
혈액형: B형
좋아하는 음식: 디저트
취미: 연애소설 읽기
특기: 왈츠, 바이올린 연주

"너민 주계에 레이드 님에게 다가가려 하다니 부끄럽지도 않아?"

"바보 같으니. 모든 건 내가 원하는 대로 될 거야. 네 상은 원래 그런걸."

현재

좋아하는 음식 : 그라탱
취미 : 산책, 독서
특기 : 없음
이미지 플라워 : 흑장미

이상상태

주 증상 : 도피
소견 : · 파멸에 대한 강한 위기감이 있음
· 약혼자와의 접촉을 회피하는 경향이보임
· 상담 필요

여 성 향 게 임
두근♥두근
러브♥스쿨
두근러브

완전무결한 왕자님!
레이드 녹터
(CV:-- --)

소속/직업: 1학년 A반, 반장
생일: 2월 9일
키: 175cm
혈액형: A형
좋아하는 음식: 미트 파이, 키슈
취미: 체스
특기: 검술

"곤란한 일이
있으면 뭐든지 말해."

"네 존재가 나를 치유해줘."

현재
좋아하는 음식: 핫샌드위치
취미: 체스
특기: 검술
이미지 플라워: 블루스타

이상상태
주 증상: 집착
소견: ・약혼자를 지배하려는 행동을 보임
・행동 후 자기혐오
・연모……?

두근러브

절대 향락주의 귀족님!

에릭 하임
(CV:-- --)

"네가 마음에 들었어. 그러니 넌 내 옆에 있어."

"날 좋아한다고 했으니 내가 무슨 짓을 해도 괜찮잖아?"

소속/직업: 2학년 E반
생일: 9월 23일
키: 178cm
혈액형: AB형
좋아하는 음식: 고기 요리 전반
취미: 도박
특기: 속임수

현재
좋아하는 음식 : 크레이프
취미 : 그림, 공예
특기 : 암기
이미지 플라워 : 다원난

이상상태
주 증상 : 독점
소견 : · 신체접촉 과다
· 주종 호칭 및 경도의 속박
· 경과 관찰 필요

여성향게임

두근러브

두근♥두근 러브♥스쿨

열렬한 마음을 품은 담임 교사!

제시 선생님

(CV:-- --)

"뭐? 누가 조폭 교사야. 앞으로 나와."

"연애도 나랑도 별로 익숙하지 않아서 말이야. 미안."

소속/직업: 귀족 아카데미 국어 교사, 1학년 A반 담임
생일: 5월 9일
키: 180cm
혈액형: O형
좋아하는 음식: 차가운 것
취미: 산책
특기: 승마, 체술

현재

좋아하는 음식: 차가운 것
취미: 연애소설 읽기
특기: 승마, 체술, 외국어
이미지 플라워: 네스트리움

이상상태

주 증상: 연애 망상
소견: · 감싸주고 싶어 함
· 책임감이 강하니 주의
· 증상이 일관적이어서 안정……?

만화판 미리보기

※일본과의 제책 방식 차이로 인하여
이 페이지부터는 우측에서 좌측으로(←) 읽어주시기 바랍니다.

일러스트 하치피스☆왕
디자인 AFTERGLOW

두근러브
세계의
벚꽃은
한 달간
만개한 상태를
유지한다.

게임이 시작되는
입학식 때도,
종료되는
졸업식 때도
벚꽃은
피어 있었다.

입학생 설명회
회장은
이쪽입니다!

─1개월 후

이 '입학생 설명회'에 주인공은 참석하지 않는다.

미스티아 아렌 양!

나는 안심할 수 없는 아카데미 생활을 지내게 되겠지.

여기 주인공이 없어서 다행이야.

아직 만난 적 없을 텐데…

…저, 죄송하지만 우리 전에 어딘가에서 본 적이 있나요?

잘 부탁 드립니다.

아니, 만난 적은 없어.

의료에 관심이 있는 영애라고 들어서 대화해보고 싶었어.

같은 아카데미에 입학해서 자랑스럽게 생각해.

나는 로베르토 와이즈. 너처럼 올해 이 아카데미에 입학해.

갑자기 불러세워서 미안.

공략 대상 중 한 명… ─통칭 '성실캐'

의료에… 관심?

안녕,
미스티아

안녕
하세요…

왜 손을
잡는 거야?

아니, 그게,
잠깐 들를
곳이…

어딜
들렀는데?
무슨 일로?

오늘
미스티아랑
같이 오고
싶어서
데리러 갔는데

저택에
없더라.

—그야

레이드 녹터

우리 가문의
조상들은
귀족이면서도
어느 시대엔
왕가의 기사로,
어느 때엔
신관으로
일했다고
한다.

아버지
또한
약품 연구나
의료 시설을
운영하며
고아원에
기부한다.

─오늘은 나, 미스티아 아렌의 10살 생일

전통 깊은
아렌가에
우연히 태어난
평범한
여자아이

그게 나,
미스티아
아렌

그런 나의
생일 파티는
내 평범함이
위축될 만큼
호화찬란한
규모로 열렸다.

둘이 건강했으면 좋겠어.

저번 주도 이번 달 들어 259번째로 원하는 선물을 묻기에

실은 가족이나 가까운 사용인끼리 케이크를 먹는 소소한 파티가 좋은데

라는 순수한 대답으로 부모님을 울린 참이니까.

흑흑

부모님의 마음을 짓밟는 일이니까.

그래도 이건 말 못 해.

——안 되겠어. 잠이 안 와…

바람 이라도…

전부 정원사가 꼼꼼히 관리해준 덕분에 볼 수 있는 것들이다.

하늘에 떠 있는 커다란 달도, 마치 게임 이펙트처럼 고르게 배치된 나무와 꽃들도.

……예쁘다…

그게 뭐지?

게임?

이펙트…

─응

이 형용할 수 없는 불안감은…

그래, 미스티아…

뭐지…

알 수 없는 단어

악역 영애입니다만

공략대상의 상태가 이상합니다

Akuyaku reijou desuga kouryakutaisyou no yousu ga ijousugiru
by Sou Inaida

Copyright ⓒ 2020 by Sou Inaida
Original Japanese edition published by TO Books, Inc.
Korean translation rights arranged with TO Books, Inc.
Korean translation rights 2022 by Somy Media, Inc.

악역 영애입니다만 공략 대상의 상태가 이상합니다 1

2022년 12월 1일 1판 1쇄 발행

저   자   이나이다 소
일 러 스 트   하치피스☆왕
옮 긴 이   강유정
발 행 인   유재옥
본 부 장   조병권
담 당 편 집   정지원
편 집 1 팀   김준균 김혜연 박소연
편 집 2 팀   정영길 조찬희 박치우 정지원
편 집 3 팀   오준영 곽혜민 이해빈
디 자 인   김보라 박민솔
라 이 츠   김정미 맹미영 이승희 이윤서
디 지 털   박상섭 김지연
발 행 처   (주)소미미디어
등   록   제2015-000008호
주   소   서울시 마포구 토정로 222, 403호(신수동, 한국출판콘텐츠센터)
판   매   ㈜소미미디어
제 작 처   코리아피앤피
영   업   박종욱
마 케 팅   한민지 최원석 최정연
물   류   허석용 백철기
전   화   편집부 (070)4164-3962, 3963 기획실 (02)567-3388
                    판매 및 마케팅 (070)4165-6888 Fax (02)322-7665

ISBN 979-11-384-3480-5 (04830)
ISBN 979-11-384-3479-9 (세트)